储南君 ◎ 著

从放牛娃到公安总队政委

（增订版）

群众出版社　中国人民公安大学出版社

图书在版编目（CIP）数据

从放牛娃到公安总队政委/储南君著.—北京：群众出版社，2017.7
ISBN 978-7-5014-5695-6

Ⅰ.①从… Ⅱ.①储… Ⅲ.①传记文学—中国—当代 Ⅳ.①I25

中国版本图书馆CIP数据核字（2017）第132165号

从放牛娃到公安总队政委（增订版）

储南君 著

出版发行：	群众出版社
地　　址：	北京市丰台区方庄芳星园三区15号楼
邮政编码：	100078
经　　销：	新华书店
印　　刷：	三河市书文印刷有限公司
版　　次：	2017年7月第1版
印　　次：	2017年7月第1次
印　　张：	10.25
开　　本：	880毫米×1230毫米　1/32
字　　数：	270千字
书　　号：	ISBN 978-7-5014-5695-6
定　　价：	49.00元
网　　址：	www.qzcbs.com
电子邮箱：	qzcbs@sohu.com

营销中心电话：010-83903254
读者服务部电话（门市）：010-83903257
警官读者俱乐部电话（网购、邮购）：010-83903253
文艺分社电话：010-83901330　010-83903973

本社图书出现印装质量问题，由本社负责退换
版权所有　侵权必究

卢福贵、张莹亚夫妇（1949年10月9日摄于南京）

卢福贵与家人合影（摄于1987年6月18日）
右起：次子陆谦生、卢福贵、长子陆新宁、夫人张莹亚（抱外孙张超伦）、女婿张大同、女儿陆建军

卢福贵与夫人张莹亚（1989年摄于杭州）

卢福贵在写回忆录（1989年摄于杭州）

我军政治工作的楷模（代前言）

在人民军队建军 90 周年之际，长篇传记文学《从放牛娃到公安总队政委》（增订版）问世了。该书主人公、老红军卢福贵，1929 年参加革命，1930 年入党参军。他经历土地革命、抗日战争、解放战争，在沙场奋战 20 年，经受了生与死、血与火的考验，身上流淌着舍生忘死的热血，心灵永远涌动着奋勇杀敌、一往无前的豪情，为建立新中国尽心竭力，做出了不朽的贡献。

卢福贵是我军政工战线一名优秀领导干部，战友们亲切地叫他"老政工"。他爱岗敬业，勤奋学习，在 1929 年《古田会议决议》和 1944 年谭政《关于军队政治工作问题》报告的指引下，结合战争和部队实际，克服文化低的困难，用心探索政治工作的内涵和意蕴，不断总结实践经验和心得体会。军队政治工作涉及面很广，内容丰富，任务繁重，现根据《从放牛娃到公安总队政委》的记述，着重强调以下几点：

首先，充分认识军队政治工作"生命线"的地位和作用。1927 年"八一"南昌起义，中国共产党创建了人民军队，同时诞生了军队政治工作。军队政治工作是党的工作，是党在军队的思想工作和组织工作。老一辈无产阶级革命家一贯重视军队政治工作，1929年毛泽东在《古田会议决议》中，严肃地批评了轻视政治工作的倾向，指出"中国的红军是一个执行革命的政治任务的武装集团"，除了打仗之外，还要担负宣传群众、组织群众、武装群众，并帮助群众建立革命政权等重大任务，离开了这些目标，红军"就是失去了打仗的意义，也就是失去了红军存在的意义。"决议强调"军事只是完成政治任务的工具之一，"规定"红军中政治工作的领导作用"，"红军的军事机关和政治机关，在军委领导之下，平行地执行工作"，确定了政治工作的重要地位。1930年3月，中共中央军事部改称中央军事委员会，周恩来任书记；6月将党代表改称政治委员，连队称政治指导员；10月党中央制定了《中国工农红军政治工作暂行条例（草案）》，阐明在红军中建立政治工作的目的，"就是要巩固无产阶级先锋队中国共产党在红军中的领导，要使红军成为有力的工农革命的武装力量，""巩固红军的战斗力"。条例确立了红军建军的基本原则、具体内容和重要制度。1931年2月正式成立总政治部，毛泽东任主任，统率全国各地红军的政治工作。经过两年的实践，红军在中央根据地连续三次取得了"反围剿"的辉煌胜利，充分显示了政治工作巨大的威力和强大的战斗力。1932年党中央给苏区中央局及苏区闽赣两省委的信指出："政治工作在红军中有决定的意义"，"政治工作不是附带的，而是红军的'生命线'"。首次提出"生命线"的概念。半年后，中央根据地又取得了第四次"反围剿"的胜利。1934年2月，中国工农红军第一次全国政治工作会议上，朱德、周恩来、王稼祥等高层领导人都明确提出"政治工作是红军的生命线"，"是提高红军战斗力的原动力。"从此，军队政治工作"生命线"的地位和作用，得到全党全军的肯定，取得共识，逐渐深入人心，产生了深远的影响。

政治工作"生命线"，是对人民军队政治工作地位和作用的科学总结，像阳光、空气和水是维持生命不可缺少的因素，须臾不可离开。"生命线"的内涵主要表现在：保证实现党的纲领、路线、方针、政策和党赋予的各项使命任务；保证人民军队的性质、宗旨和本色，永远成为一支绝对服从党的领导、全心全意为人民服务、具有无产阶级思想意识的新型人民军队；保证巩固和提高部队的战斗力，发扬勇敢顽强、不怕牺牲、不怕疲劳和连续作战的战斗精神，实现"团结自己，战胜敌人"的目的。离开了政治工作，就会重蹈中央红军第五次"反围剿"失败的覆辙。政治工作"生命线"，对于我们这支新型的人民军队具有兴衰成败、生死攸关的作用。

其次，坚持党对军队的绝对领导，是军队政治工作"生命线"的根本原则和核心内涵，也是人民军队特有的政治本色和优势。1927年毛泽东在"八七会议"上就告诫全党，"要非常注意军事，须知政权是由枪杆子中取得的。"共产党要完成自己的历史使命，必须拥有和牢固掌握军队，绝对地领导军队。"三湾改编"和古田会议确立了"支部建在连上"，班排成立党小组，营团建立党委，前敌委员会实行统一领导。1932年1月，红军总政治部在《关于红军中支部工作的一封信》中，首次提出党在红军中的"绝对领导"的概念。1938年11月在中共六届六中全会上，针对张国焘拥兵自重，同党争兵权的历史教训，毛泽东指出，共产党不争个人兵权，不要学张国焘，但要争党的兵权，争人民的兵权，并把党对军队的绝对领导概括为"党指挥枪，而决不容许枪指挥党。"其内涵主要是：一、中国共产党是唯一的、独立地领导和指挥军队的政党。军队的最高领导权和指挥权集中于党中央、中央军委。二、军队必须完全地、绝对地、无条件地置于共产党的领导之下,决不允许军队闹独立性,决不允许任何人同党争兵权。除共产党及其助手共青团可以根据党中央、中央军委指示,在军队中工作外,其他政党都不得在军队开展工作。三、未经相应政治机关批准,军队成员不得参加其他党派和宗教组织,不得擅自参加地方群众团体,不得成立条例条令规定之外的团体和组织。四、军队的一切活动都必须服从和服务于党的纲领、路线和方针政策。贯彻执行党对军队的绝对领导,还需坚持民主集中制、党委统一的集体领导下的首长分工负责制,设立政治委员和政治机关制度,以及支部建在连上等一系列制度。

第三,掌握思想教育是团结全党全军进行伟大政治斗争的中心环节。我军从建立政治工作起,就注意把思想教育放在首要位置。古田会议确立了思想建党的原则,指出:红军"党的组织基础的最大部分是由农民和其他小资产阶级出身的成员构成,""党内存在着各种非无产阶级的思想,这对于执行党的正确路线,妨碍极大。"强调要"有计划地进行党内教育。"据统计,决议中有 35 次提到"教育"一词,足见其重要性。周恩来叹服地说,"用无产阶级思想教育作为革命主体的农民,是毛泽东特别伟大的贡献。"谭政报告指出,"在一定的物质基础上,思想掌握一切,思想改变一切"。1945 年 4 月毛泽东在《论联合政府》中深刻指出:"掌握思想教育,是团结全党全军进行伟大政治斗争的中心环节。"强调"如果这个任务不解决,党的一切政治任务是不能完成的。"思想教育的基本内容:一是进行马列主义、毛泽东思想教育,实施思想领导。它是人们认识世界、改造世界的强大思想武器,只有理解和掌握其精神实质,才能树立起正确的世界观和方法论，建立共产主义理想信念，确立为人民服务的世界观，增强抵制各种错误思想侵蚀的能力。二是进行党的路线方针政策教育，实施政治领导。通过教育使广大官兵相信它的正确性，从而真心实意地拥护它，坚定不移地贯彻它，懂得干什么，怎么干，增强贯彻执行的自觉性。三是抓好人民军队性质、宗旨教育，弘扬军队的优良传统和作风。官兵来自人民，服务人民，是人民的子弟兵，必须把人民利益摆在至高无上的地位，为人民而战斗，必须保持革命英雄主义战斗本色，发扬不怕苦不怕累，不怕流血牺牲，勇往直前，压倒一切敌人的英雄气概和艰苦奋斗的革命精神。四是开展经常细致的思想工作，是人民军队强化思想工作的重要手段。结合各项战斗任务和日常活动，解决思想问题和现实问题。工作中贯彻疏导方针，以表扬为主，以情感人，以理服人，既对不良现象敢抓敢管，又要鼓励先进弘扬正气。经常性的思想工作，实际上是群众性的政治工作，要发动群众、依靠群众，人人参与这项工作。

第四，群众路线是政治工作的根本工作路线。1929年9月由周恩来主持、陈毅起草的中共中央《给红军第四军前委的指示信》指出：在没收豪绅财产、收集给养、筹款等项工作中都要"经过群众路线"，做好发动和组织群众的工作，不要红军单独去干。第一次出现了"群众路线"的概念。1943年6月，毛泽东在《关于领导方法的若干问题》中强调，"凡属正确的领导，必须从群众中来，到群众中去"，"将群众意见集中起来，又到群众中去宣传解释，化为群众的意见，使群众坚持下去，见之于行动，并在群众行动中考验这些意见是否正确，然后再从群众中集中起来，再到群众中坚持下去。"他还提出"一般号召和个别指导相结合"、"领导和群众相结合"、"培养典型,推动一般"等群众路线的工作方法。1945年中共"七大"会上一致肯定,并反复强调党的一切组织和工作必须走群众路线。1944年8月抗日战争进入反攻阶段,毛泽东、刘少奇、陈毅联名致电华中部队领导,提出以练兵为中心的整训,要打破陈规,采用官教兵、兵教兵、兵教官的训练方法。实行能者为师,当教员,做表演,介绍经验,互教互学,教学相长,把军营办成学校。在教学指导上,各级领导干部亲自抓训练,深入基层,调查研究,总结推广典型经验,用以指导一般,注意发扬民主,和大家商量,并通过骨干把领导意图变为群众的行动。训练中采取鼓励为主,组织竞赛,表扬先进,形成了你追我赶,不甘落后的局面,把全体官兵带进了练兵热潮。在这次大整训中,练兵技巧不断创出新的成绩记录,有效地提高了训练质量,极大地调动了官兵练兵积极性,增强了军队内部团结,实现了群众路线在军事训练领域的具体化。在解放战争时期,全军开展了诉苦运动、立功运动和团结互助运动,提高了官兵的思想觉悟,激发了战斗热情,为争取战争的胜利发挥了巨大的作用,被誉为"打通连队工作之门的三把钥匙"。还有新式整军运动,毛泽东赞扬说:"陕北部队经过整训诉苦以后,战士们觉悟提高了,明了了为什么打仗,怎么打法,个个摩拳擦掌,士气很高,一出马就打胜仗。"贯彻执行党的群众路线,思想上必须树立以下观念:一切为了人民的观念,全心全意为人民服务,做人民的公仆;一切向人民负责的观念,要正确执行党的路线、政策和任务,不出错误,严肃负责;相信群众自己解放自己的观念,人民群众是真正的英雄,是创造历史的动力,要相信群众,依靠群众;向人民群众学习的观念,群众的知识和经验最丰富最实际,有无限的创造力,先向群众学习,然后教育群众。这些观念就是我们的群众观点,有了牢固的群众观点,才能有明确的群众路线,才能实现正确的领导。

第五,严格执行革命纪律,保证人民军队高度集中统一。大革命时期,共产党人就强调纪律"是革命最重要的一个要素,""只有严整的军纪可以集中革命力量,统一革命行动。"秋收起义后,毛泽东一直非常重视部队的纪律作风建设,教育官兵不得侵犯群众利益。1927年10月,他率领部队向井冈山挺进,经过江西遂川荆竹山时,制定出三条纪律:行动听指挥,不拿老百姓一个红薯,打土豪要归公。1928年1月部队在遂川分兵深入农村发动群众时,又规定六项注意。4月初毛泽东在湖南桂东县沙田,正式颁布三大纪律六项注意。1930年9月,红一方面军总政治部颁布《红军士兵会章程》,规定三大纪律是:不拿工农小商人一点东西,打土豪要归公,一切行动听指挥。八项注意是:上门板,捆禾草,说话和气,买卖公平,借东西要还,损坏东西要赔并须爱护公物,不得胡乱屙屎,不搜敌兵腰包。从此,红军有了统一的纪律和行为规范,各地红军先后执行了这些规定。1947年,毛泽东征求全军对三大纪律八项注意的意见,亲自修改,作了统一规定,于10月10日由解放军总政治部向全军公布《关于颁布三大纪律八项注意的训令》,三大纪律是:一切行动听指挥,不拿群众一针一线,一切缴获要归公。八项注意是:说话和气,买卖公平,借东西要还,损坏东西要赔,不打人骂人,不损坏庄稼,不调戏妇女,不虐待俘虏。同时又发布了毛泽东起草的《中国人民解放军宣言》,号召"打倒蒋介石,解放全中国",在进军中"必须提高纪律性,坚决执行命令,执行政策,执行三大纪律八项注意,""不允许任何破坏纪律的现象存在。"1948年9月解放战争进入决战时期,战争由游击战转为正规战,中共中央在河北平山县西柏坡村召开政治局会议(中央9月会议),毛泽东提出"军队向前进,生产长一寸,加强纪律性,革命无不胜"的伟大号召,把"加强纪律性"放在战略方针的中心环节,要求全党全军用最大的努力克服无纪律、无政府状态,将一切可能和必须集中的权力集中于中央和中央代表机关手里,来加强战争的集中统一的领导和指挥,以求夺取决战的全胜。"加强纪律性"对于保证全军的集中统一,实现军民一致、军政一致、官兵一致、全军一致,增强团结、提高战斗力,都具有重大意义。"加强纪律性"要对官兵进行严格的纪律教育,树立以守纪为责、遵规为荣的思想,使执行纪律成为自觉的军人行动。朱德说:"自觉遵守纪律的红军,就是铁的红军。"

第六,充分发挥党支部的战斗堡垒作用和共产党员的先锋模范作用。党支部是党在军队的组织基础,是连队统一领导和团结的核心,是做好一切工作的基础和根本保证。1928年11月,毛泽东在《井冈山的斗争》中说:那时党的组织有连支部、营委、团委、军委四级,班有小组。"红军所以艰难奋战而不溃散,'支部建在连上'是一个重要原因"。军队的基础在士兵,只要做好连队工作,才能"抓住士兵",与士兵生死相依,血肉相连,把他们牢牢地团结在党的周围,从而形成具有强大威力和生命力的战斗堡垒。同时,党支部地位和作用也经历了一个发展过程。在土地革命和抗日战争时期,根据1930年红军《连队支部及团委暂行条例》和1942年八路军《连队党支部及总支部工作条例》的规定,党支部定位在"党在军队的基本单位,是连队中的堡垒",党支部委员会和党员大会是"连队支部的指导机关",其任务是"建立党与红色战斗员群众的密切联系,并有系统的用各种方法巩固党在红军中的领导作用"。中共"七大",决定按照古田会议决议原则,恢复军队中各级党的委员会,以加强集体领导,保证党对军队的绝对领导。军队党支部迎来了重要的发展机遇。1947年7月总政颁发《中国人民解放军党委员会条例草案》专列"党支部"。1948年10月总政拟定《关于支部工作的条例草案》。经过一年的试行,1949年12月向全军颁发《中国人民解放军连队支部工作条例(草案)》,明确规定"支部是军队中党的组织基础,是连队的最高领导机关与一切团结的核心,支部全体党员大会闭幕后,由支委会行使最高领导机关之职权。"支部书记产生,"由支部委员会推选能指导全盘工作,并有半年以上党龄的正式委员任之。"上述三个条例草案,为党支部在连队确立最高领导地位奠定了坚实基础,为党支部充分发挥战斗堡垒作用提供了必要的条件。

军队政治工作十分注意发挥共产党员的先锋模范作用。党员的模范作用是无声的命令、战斗的号角。党员以身作则,做群众的表率,是最有说服力的教育,是最好的政治工作。"喊破嗓子,不如做好样子",在战斗最激烈的关键时刻,共产党员喊声"跟我上!"部队攻击的冲击波,似惊涛骇浪,所向无敌,战无不胜,攻无不克。在每次战斗中,支部"战斗堡垒"的工作中心,放在加强党员的先锋模范作用上,党员始终站在战斗最激烈、环境最艰苦、最危险的岗位,要求做到作战勇敢,不怕牺牲,冲锋在前,退却在后,吃苦在前,享受在后,用自身的模范行动鼓舞和团结身边的官兵一起浴血奋战,去争取战斗战役的最大胜利。因此,由于连续、激烈、大规模的攻防作战,许多指战员奉献出青春和宝贵的生命,其中共产党员伤亡的数量远远超过普通战士。可以说,我军从小到大、从弱到强的胜利过程，都渗透着这些英雄模范的鲜血印记。

总之，上述人民军队的优良传统和作风，形成于上世纪前半叶的革命战争年代，是革命前辈为我们留下的宝贵财富，是我军的"生命线"、"看家本领"、"传家宝"。当前，在新的历史条件下，我军要为巩固执政党的地位提供坚强保证，要为实现中国梦、强军梦发挥重要作用，提供不竭的动力。加之，军队建设所处的环境发生深刻变化，官兵成分结构也发生很大变化，思想观念、心理素质和行为方式都打上深刻的时代烙印。这些都对政治工作提出了新课题、新挑战，要求我们既要继承我军的优良传统，又要求推进政治工作的新发展。习近平主席于2014年在福建上杭古田镇召开的全国政治工作会议上，指出：当前，国内外形势发生深刻复杂变化，面对深化国防和军队改革这场考试，我军政治工作只能加强不能削弱，只能前进不能停滞，只能积极作为不能被动应付。他强调：我们一定要深刻认识我军政治工作的重要地位和重大作用，把先辈们用鲜血和生命铸就的优良传统一代代传下去。会议期间，习主席同基层会议代表共进午餐，吃"红军饭"时，边吃边谈，回顾老红军艰苦卓绝的战争岁月，语重心长地叮嘱：青年一代是党和军队的未来和希望，革命事业靠你们接续奋斗，优良传统靠你们继承发扬。军队政治工作要大家一起来做，基层做好工作是重要环节。他号召大家：要带头学传统、爱传统、讲传统，带动部队官兵传承好红色基因、保持老红军本色。

储有君

2017年5月8日

目 录

我军政治工作的楷模（代前言）

第一章　大山育雏鹰 / 1
　　一、宁静的山村——河湾村 / 1
　　二、苦难的童年 / 3
　　三、放牛娃子 / 7
　　四、纸棚学艺 / 9
　　五、赤卫队队员 / 12
　　六、加入中国共产党 / 15
　　七、乡苏维埃主席 / 16

第二章　新兵之梦 / 20
　　一、"当红军去！" / 20
　　二、第一支钢枪 / 22
　　三、双桥大捷 / 25
　　四、去新集报到 / 28
　　五、电台"守护神" / 31
　　六、告别家乡 / 34

第三章　西移电台三千里 / 38
　　一、遭敌袭击 / 38

二、走进大洪山区 / 40
　　三、暗渡漫川关 / 44
　　四、夺回天线　再登秦岭 / 46
　　五、渡汉水　跨越大巴山 / 50

第四章　川陕苏区架天线 / 56
　　一、毛裕镇的电波 / 56
　　二、大练兵 / 59
　　三、偶遇老舅 / 64
　　四、智取绥定府 / 67
　　五、首长的赞扬 / 70

第五章　雪山草地上的盘桓 / 74
　　一、嘉陵江上古渡口——塔子山湾 / 74
　　二、电台进驻凤仪镇 / 77
　　三、夹金山下的"天线"情结 / 80
　　四、第一次北上　两过草地 / 86
　　五、第九次翻雪山 / 90
　　六、第二次北上　三过草地 / 94

第六章　砸烂最后一部电台 / 99
　　一、北上大会师 / 99
　　二、七部电台进河西 / 101
　　三、两进倪家营子 / 105
　　四、走进祁连山 / 108
　　五、最后一仗 / 113

第七章　红色军事技术学校"新兵营" / 119
一、聚集星星峡 / 119
二、踏上新征程 / 125
三、从学习文化知识开始 / 130
四、学习机械化军事技术 / 135
五、常抓不懈的政治课 / 140
六、再见，新疆！ / 143

第八章　回归延安 / 147
一、艰险的历程 / 147
二、八路军荣誉军人学校政委 / 157
三、在中央党校参加整风学习 / 165
四、出征豫西 / 174

第九章　在皮旅 / 179
一、初见1支队皮、徐首长 / 179
二、荥阳县县委书记兼独立团政委 / 183
三、庆祝抗日战争胜利 / 190
四、中原东路千里大突围 / 196
　　豫东政治整训 / 196
　　突出重围 / 200
　　休整吴家店 / 204
　　毛坦厂再抓"思想领先" / 209
五、高邮整顿淮阴战 / 215
六、新政委抓的第一件事 / 221
七、贯彻大矿地会议精神　强化政治工作 / 227

八、孟良崮合围立头功 卢政委身负重伤 / 238

第十章 华野特种兵纵队 / 248
  一、在医院 遇挚友 / 248
  二、喜结良缘 / 251
  三、"红色哥萨克" / 257
  四、骑兵团政治委员 / 262
    上任张弓镇 / 262
    攻占宁陵城 / 264
    上蔡剿匪战 / 267
    汝南埠切断黄维补给线 / 272
    回师鄌城集 / 274
    政治工作是"传家宝" / 276
    殷楼歼敌 / 284
    骑兵打坦克 / 286

第十一章 三野教导师政治委员 / 294
  一、升调教导师 / 294
  二、渡江前的政治思想教育 / 295
  三、渡江 / 300
  四、在沪宁线上 / 302
  五、南京公安总队政委 / 305

后记 / 309

附 卢福贵简历 / 312

第一章 大山育雏鹰

一、宁静的山村——河湾村

清朝末年,即1911年(辛亥年)9月28日,卢福贵降生在大别山北麓、安徽省金寨县西北边境的一个名不见经传的小山村——河湾村,今为双河区铁冲乡李桥村月畈组。

卢福贵原名陆富贵,祖籍金寨县在当时是一个新建的县治。在历史地图册上是找不到金寨县的,这里是一个复杂多变的政区。幼年时,卢福贵只知道自己是河南固始县人,家乡河湾村原是固始县的一个保。到他懂事的时候,才知道自己的祖籍是河南商城县。那年是1929年(民国十八年),鄂豫皖边区成立苏维埃政权,河湾村归属商城县苏仙石区第一乡。1932年(民国二十一年),蒋介石对鄂豫皖苏区实行第四次"围剿",9月20日,国民党军队卫立煌部占领了中共鄂豫皖苏区中央分局、红四方面军主力临时驻地金家寨。10月初,蒋介石为表彰"围剿"反共有功的卫立煌,也是为了进一步强化对该地区的反动统治,以便继续"围剿"、"清共",命令"于金家寨添设新县,即以陆军第14军军长卫立煌之名,定名立煌县,以金家寨为县治所在地","隶属于河南省"。

立煌县新划出的政区疆域是依山脉、河流等自然形态划分,以江淮分水岭为界,由从安徽、河南两省五县边区划出的五十五个保组成的。大体包括：安徽的六安县六区（金家寨）、七区（麻埠），霍山县的六区（燕子河），霍邱县的一区（白塔畈）；河南商城县的和区、乐区、康区一部（吴家店、斑竹园、南溪、汤家汇、双河等），以及固始县的长江河以南地区（包括李桥保），隶属于河南省第九行政督察区。1933年（民国二十二年）3月，改属安徽省第三行政督察区（六安）。

1947年（民国三十六年）9月2日，刘、邓大军收复立煌县治金家寨，成立民主政府，改名金寨县。从此，金寨县被载入历史史册，继而出现在中华人民共和国地图册里，卢福贵的祖籍便确定为金寨县了。

在人生的道路上，经历了金戈铁马、枪林弹雨、硝烟弥漫、尸横遍野的战争之后，走进太平盛世，特别是在耄耋之年，卢福贵回忆起家乡的往事，倍感亲情、友情、乡情和家国之情的亲切温暖，常常思绪万千，百感交集。

卢福贵的故乡——铁冲乡，地处金寨县西北边境。西、北两面以大别山脉的金刚台山北系支脉为界山，与河南商城、固始县毗邻。铁冲乡周围群山环抱，奇峰耸立，金刚台山主峰（1584米）和大尖峰俯视全乡；黄土岭虎踞西边；老和尚尖、猫耳石龙盘北边；螺丝群、笤箕墙和狗迹岭环列东边。中间是九十五平方公里的高山、陡坡、深谷和盆地相间的一块山地。河湾村（李桥村）位于铁冲乡的中部地区，恰好坐落在山坳中间。卢福贵童年时，常常在晴空万里的时候，站在村头，仰望这些秀丽宏伟的山峰。他上山打柴时，站在深山陡岩上，就可以看到奇峰异洞、怪石嶙峋、峭壁如切、飞瀑四溢，处处引人入胜。尤其是金刚台山上悬空的、横卧长达二十多米的仙人桥，更是鬼斧神工、天造地设的一处自然风景。在山谷之间，则溪涧纵横，汩汩泉溪，清澈见底，终年流淌。皂靴河便是其中一条较大的溪流。卢福贵是喝皂靴河水长大的，沿河两岸恬静而多彩的自然景观，已在他的记忆中刻下道道深痕，使他终生难忘。

这里是属于北亚热带温润季风气候的山林地区。四季分明，气候温和，雨量充沛，适宜农作物和树林的生长。其中所盛产的物产以绿茶尤为著名。卢福贵在20世纪50年代初期回乡探亲返京时，曾带回了一包头年老叶茶秫。这种茶是春茶的最后一道茶叶，茶农不再出售，常常留作自用，并加工成茶秫，以利泡饮。卢福贵拿这茶秫请办公室的同志们品尝。办公室的秘书是一位生长在江南茶乡的同志，他立即用开水沏泡，果真茶香四溢，馥郁芬芳，沁人心脾。品尝的同志都称赞道：好茶！名不虚传。

铁冲乡的自然资源也很丰富，有铁矿、铜矿、石墨矿等，真可谓是一块宝地。但是，由于地处鄂、豫、皖三省边缘的大别山区腹地，文化落后，生产力低下。交通仅有人行大道和山间崎岖的小路，皂靴河又不能通行船筏，因此形成了与外界隔绝、自给却不能自足的小农经济式的"世外桃源"。

二、苦难的童年

陆家祖祖辈辈都生活在这个封闭的"世外桃源"中。然而，主宰这块土地的是封建统治阶级，地主、工商业主垄断了全部财富和资源，对老百姓在经济上进行残酷剥削，在政治上施行高压统治。普通老百姓过的生活并不像陶渊明描写的那样自由自在、自给自足，相反却是生活在苦难之中。

陆家一家五口人，父母和卢福贵兄弟三人，父亲陆华柱，母亲叶氏名善民。卢福贵是老大，小名叫"如意"，大名叫富贵；老二叫富旺；老三叫富启。

卢福贵童年时，陆家住的房子是祖上传下来的两间土墙茅草房，只有一个木料窗子，半米见方，中镶木窗棂，采光和通风极差。房子低矮，大人进出门要低头，睡觉伸不直腿。刮风下雨时，屋檐都晃动，好似要掉下来一样，外面下大雨，屋内下小雨。土墙残破，处处透风，从大窟窿眼可以看见邻居叶家的院子，有时邻居在纺纱，可以清清楚楚地看到纺车轮的转动，听到纺锭发出"呜呜"的声响。这里农户的饮食，每年要吃一半到三分之二的杂粮，荒年靠葛根、橡栗、野菜等掺粮度日。一般是每天一干两稀或一干一稀，插秧、割稻、砍柴等忙季，下午加一餐"下昼"。每家都砌有锅灶，无烟囱，靠烧柴薪，秋冬改烧火笼，经常满屋是烟。卢福贵的母亲是家庭妇女，常年在这样艰苦困难的环境中劳作。她总是围着锅台转，每做一顿饭，都要被炊烟熏得两眼通红。她承受了全家最琐碎、最繁杂、最沉重的劳动。她是一位传统的、贤惠能干又正直善良的母亲，对陆氏兄弟的成长起到了榜样作用。

为了能有一个好年成，卢福贵要经常帮着父亲积肥攒粪。小小年纪的他，背着圆粪筐，手拿着小锄头，不怕苦、不怕累、不怕脏，跑遍附近的山山沟沟，满山野地捡牲畜粪便。他不停地走啊走，捡啊捡，捡了一筐又一筐，满头汗珠直往下淌，还是继续劳作着。

有一天早晨，年幼的卢福贵像往常一样，背着粪筐出门，真不凑巧，在路上遇到地主冯佩如家的狗腿子王麻子。王麻子一脚将他的粪筐踢出老远，还恶狠狠地骂说捡了他东家的狗屎。幼小的卢福贵只好憋着一肚子气，暗暗地从心底里骂了他一句："不是好东西。"回家后，妈妈叫他吃橡粉、苦菜饭，他半天没吭一声。妈妈便问他："为什么不吃饭？不舒服吗？"为了不给母亲增添烦恼，他回答说："没什么，等一会儿再吃。"母亲的关爱，使少年卢福贵忘记了一肚子的愤怒，渐渐地消了气。

多年后，卢福贵在讲到他幼年的生活时说："有一天，看到邻居叶万春捧着一碗又白又香的大米饭，坐在门口吃着。我目不转睛地盯着他一口一口地吃，嘴里直淌口水。他见我呆呆地看着他吃饭，就说：'你回家拿个碗来，我拨点儿给你吃。'母亲听见了，一进屋就骂我：'你别给我丢脸，人穷志不能穷。'还狠狠地打了我几巴掌。母亲的这一教训,让我感到惭愧和羞耻,从那以后我再也不看别人吃饭了。"

卢福贵家乡的可耕田地实在太少了。俗话说:"八山半水半分田,一分道路和庄园。"尤其是深山区,耕地更少,多是沤水田,而且百分之八十的田地被地主富农占有。陆家没有耕地,只能从地主冯佩如家佃租六斗(约为四亩)沤水田和一块山地,以便养家糊口度日。

卢福贵十二三岁时,便跟着父亲一起下田干活。父亲是一位质朴敦厚、勤劳务实的好农民。他十分熟悉农时,对本地区的气候了如指掌,从不耽误农时,而且精通多项农业技术。他最发愁的是春耕农活,因为深山区的春季比低山区和平原区都要短暂,每年只有五十天左右属于播种期。而且沤水田只栽一季中稻,即一熟稻。所谓沤水田,即是说农民为蓄水防旱、养地培肥,在冬季经过一段晒垡之后,一般要关水沤田,以待来春耕种。如果错过农时,一年的收成就会落空。俗话说得好:"一年之计在于春。"卢福贵家太穷了,养不起耕牛,买不起大农具。每年为了抢占农时,父亲都要挨家挨户去商量借助畜力翻地。但是,谁肯耽误自家的农活呢?往往是"狗咬破衣人",借不着,只能依靠自身的力量。卢福贵回忆说:"父亲在前面拉动铁木结构的犁耙,我在后面扶犁把。有时连耕具也借不着,只好用锄头、铁耙一块一块地翻地。真是面朝黄土背朝天,日子过得好心酸、好艰苦啊!我父亲是一位插秧高手,熟练掌握了三角插秧法。他插的秧苗,秧角距离是十六寸,行行整齐,像一条直线,左看成行,右看也成行,真是插秧如绣花呀!堪称当地一绝。相比之下,我的插秧技术就差多了,栽的秧苗根子尽是烟袋窝,秧苗虽不死也受伤,像害了一场病似的,不能很快成活,茁壮生长。"

每年秋冬之际的农闲时节,穷人的孩子仍然不能闲着,还得上山砍柴。每天一早,天蒙蒙亮,就要起床,穿上单薄的衣服,腰间系一条稻草绳子,提着冰冷的柴刀和绳子上山。赤脚走在石子路上，像针刺一样，痛入心肺，冒着刺骨的寒风，冷得浑身打哆嗦，加上腹中饥饿，可谓饥寒交迫。但硬是一步步地爬上高坡，攀悬崖，过峭壁，用冷冰冰的砍刀砍柴。有时为了砍下一根手指粗细的树枝，要用很大的力气，用砍刀一连砍好几次，还是砍不断，就像弹棉花一样，一用劲儿，它又弹了回来。一次，卢福贵用力过猛，树枝把砍刀绷了回来，正好打在左手背上，将四个指头削掉了半边肉，鲜血直淌。情急之下，他只好用"土"办法治疗，随地抓了一把细土当"止血药"，又剥一片柳皮当"绷带"，把伤口包扎了起来。伤口好痛啊，脸上汗珠像雨点儿一样落到地上，可他还是忍痛背了几斤柴草回家。一到家门口，他就两腿发软，软得像棉絮一样，肚子乱叫，头发晕，眼一黑就倒在地上不省人事了。醒过来时，他脑中浮起一个念头，地主家的孩子不干活，却吃好的、穿好的，还能上学读书。他便问父母："为什么不让我读书？"父母只能回答："人家祖坟埋在好地方，我们命不好啊！"

穷人的命的确很苦。卢福贵全家五口人，一年辛苦一年忙，到头来还落不了一个温饱。按中等收成计算，沤水田亩产稻谷三石（每石约六十公斤），四亩多年产稻谷十二石多，约合七百多公斤，加上山坡地还可以生产一些麦子、豆类、山芋等杂粮，大约每年可得原粮一千五百多公斤。要给地主缴纳地租四到五成，还要留足种子和饲养家畜，这样只剩下七百多公斤的粮食。五口之家每人平均原粮为一百四五十公斤，由原粮加工成食粮后，日均粮食约半斤。这比雇农好一点，雇农劳动一年，工钱一般为三四石稻谷（合二三百公斤），只够养活两个人。但遇到旱涝和虫灾荒年，特别是大荒之年，年成歉收，或者颗粒无收，佃农的日子就更不好过了，往往连地租都交不起，温饱根本谈不上，生活就要面临危机。有一年，年成不好，产粮还不够给地主交租，到了秋冬之际，地主冯佩如亲自上门催租。他身穿长袍马褂，手提文明棍，神气十足，一走三晃鸭子步，红蒜头鼻子蛤蟆肚。一进陆家门，便站在院子中间，卢福贵的父亲忙搬条凳子请他歇息。他看有灰尘，不肯坐，吐了口口水在地上，用文明棍敲了几下凳子，吹胡子瞪眼，张口就恶狠狠地说："你赶快如数把租粮送到我家的第五粮仓去，少一粒都不行！如果不如数如期缴租，就给我滚蛋，田有人种！"父亲无可奈何地说："是、是、是……"后来，母亲为这事着急得直跺脚，说："真不让人活了，坏蛋！租没交齐，还要收缴苛捐杂税。"

三、放牛娃子

在国民党黑暗统治的年代，云遮满天，大地无光。

卢福贵十四五岁的时候，固始县是在军阀任应岐的统治下。任应岐是一个很小的军阀，没有多大实力，统治着河南东南的潢川、光山、固始、息县、商城五县。统治河南的大军阀先是吴佩孚，后来又有张作霖，都因为这五县地域偏僻，鞭长莫及，无暇过问。任应岐便利用这个时机，勾结当地豪绅地主势力，对老百姓实行残酷剥削，苛政压迫。老百姓特别是贫苦农民，生活在水深火热之中。民谣云："穷人头上三把刀，租课重，利贷高，苛捐杂税赛牛毛！"陆家孩子多，劳动力少，生活异常困难。

这一年，大约是 1925 年，卢福贵的家乡发生了地震。陆家房子墙体的裂缝又加大了。后来卢福贵才知道，这次地震的震中发生在金刚台断裂层上，震级大于或等于四点七五级，有轻微的破坏性。同时，干旱也严重地威胁着贫苦农民，大家饿得吃草根树皮，逃荒的、要饭的、出卖儿女的，比比皆是，人民挣扎在死亡线上。真是苍天不佑穷苦人。祸不单行，之后，陆家又发生了一次火灾，把这两间破旧不堪的茅草房烧得精光。没有吃的，没有穿的，连住的地方也没有，只能在院子里搭一个简易窝棚，为一家人遮风避雨。为了生存，减少家庭口粮的消耗，父亲与地主秦邦贤口头协议,让卢福贵到秦家放牛,不计报酬,有口饭吃就成了。从此,他便从佃农、贫农阶层跌落为雇农了。

在回忆这段辛酸的童年时,卢福贵说:"最初,遵循父亲的教导,为了不给大人增加负担,让家人多吃一口饭,我是奋勇直前,很痛快地到秦家去放牛。殊不知,为地主干活、当长工是十分心酸苦涩的,在我幼小的心灵上烙下了一道痛苦的烙印。

"我第一次去秦家的时候,是空着手去的。一进门,秦邦贤就给我一个下马威,问:'你来帮我家放牛,怎么不带棉被呀,是不是不愿长干下去啊?'这么一问,把我问住了。其实,不是我不愿带被子,而是没有被子可带。经过一场火灾后,我家老少五口人,只有一床旧棉被,平时五人共盖这床棉被,我怎么能一个人独占这床被子呢!但这时,为了糊口,尽管父母、弟弟都冻得瑟瑟发抖,还是让我一个人把被子背走,真让人不忍心啊!我把被子背来了,秦邦贤连看都没有看,信口开河地说:'被子脏死了,有虱子,不要传染给我家,赶快给我扔出去!'我只得又把被子背回家。以后的日子,我就和几头牛做伴了,晚上睡在牛圈里,没有被子只好盖稻草,身上被虱子咬了很多包;吃在伙房里,一日三餐喝稀粥;白天活动在荒山野岭,经受风吹雨打,有时还能听到豹子的吼叫声,阴森可怕。

"当雇农是没有人身自由的,一切都要听从地主的指使,服从地主的意志。我是民国初年生人,身上还留着浓重的大清时代的烙印。最明显的标志是蓄发梳辫,把辫子盘在头上。就是这辫子给我惹出了一肚子气。在东家家里没过几天,东家娘子看见我这辫子就没好脸,啰啰唆唆地唠叨:'梳辫子不干净,也不好看,成了小老头',责令我赶快把头上的大辫子剃掉。那以后他们常笑话我,叫我'小老头'。后来还是东家奶妈高大嫂同情我,偷偷地跟我说:小老头,你知道东家为什么硬要你剃辫子吗?他们嫌你的辫子影响干活。还有东家大姑娘秦聪英也不想看到你的辫子,向她妈告状说:男放牛的,又不是姑娘,留辫子干啥?我听了之后,心里十分难过,这条辫子已经跟了我十多年了,真舍不得剪掉它。我心中暗骂,修辫子都没有自由!但穷人犟不过富人,雇农犟不过地主,在生活的逼迫下,我只能无可奈何地剃了个光头。"

卢福贵当雇农期间,主要活计是放牛。东家共有五头牛,其中有三头水牛、两头黄牛。农家养牛,主要是使用牛的役力,用来耕作田地。水牛腿短蹄大,喜水力大,适于水田耕作;黄牛精悍矫捷,行动灵活,适宜旱地耕作。虽然水牛、黄牛同属牛科,但在体格、习性上存在差异,两者不能"和平共处",常常互相排斥。水牛体格粗壮,行动迟缓,皮厚而汗腺不发达,夏天需浸水散热,食量也大;黄牛形体较结实,四肢强壮,性好斗,食量也小些。因此,两者喂养不能共槽,在林间放牧不能合群,赶去赶回途中行动快慢又极不一致,一句话,就是不能同时混合放牧。卢福贵这个放牛娃子一开始就碰上了这个难题,也找不到解决的办法。偏偏东家执意要求他一个人混合放牧五头牛。除了放牛他还要干家务,而且要求严格,稍有差错,不是实施体罚——打,就是精神折磨——骂,有时还不给饭吃……这些痛苦,小小的卢福贵只得独自忍下,又常常控制不住感情,不知暗自流过多少次眼泪。

四、纸棚学艺

卢福贵在秦家放牛大约放了一年时间。父亲知道实情以后,心疼孩子,很快请"中人"说合,把他送到了夹河村(距离李桥村只有二三里路程)曹永盛造纸棚当学徒。

"中人"有点儿像"具保人",他陪同师傅来到陆家,小福贵磕头拜师,还要请师傅吃酒席,双方签订合约,规定学艺三年。学艺期间,师傅只管吃,不管穿,不发工钱,学成之后,师傅送给一套造纸工具，徒弟要为师傅义务劳动半年到一年。这三年的学艺合约，意味着徒弟要为师傅奉献劳动力，为师傅创造财富；而徒弟可以学到造纸的谋生本领，将来好安家立业，生活得到保障。这是"双赢"的事情，大家都乐意接受。

民国期间，金寨县辖境内根本没有现代化工业，全部加工、制作都是手工业生产。历史上较为兴旺的手工业集中在冶炼、造纸、制茶、缫丝、织绸等项目上。这些手工业没有像样的工厂，只有作坊，大多散布在农村。

造纸是当地的一项重点产业。利用本地生产的山野竹子、雀稗、杨桃桦、石灰等做原料，运用水碓、石碾打浆，土槽、竹帘捞纸，生产皮纸、竹纸、土纸。产品除供应本地消费外，还销往亳县、寿县等地。附近的皂靴河镇是当地产品远销的集散地。到了1940年，还筹建了运销合作社，专事山纸购销，促使皂靴河一带的造纸业迅速发展。陆父也看到了这一行业的发展前途，觉得造纸这个行当是谋生的好路子，所以，决心让大儿子去纸棚当学徒。

这个纸棚的工人不多。卢福贵的表弟易来成早在表兄来之前就已经是这个纸棚的工人了。还有老纸工肖扬仙，造纸技术精湛，人又顶好，和善可亲，对新师弟颇为照顾。这样的劳动环境对新来的卢福贵来说十分可贵，于是他下决心干下去，全身心地投入学艺中。每天站在土槽前，手拿竹帘捞纸，一站就是十多个小时。时间一久，他积劳成疾，左腿患了静脉曲张病。不过，卢福贵仍旧坚持不懈。经过两年多的努力，他从雇农成长为一名手工业工人。手艺学成了，不管皮纸、竹纸、土纸都能做得起来，他沉浸于自己有了立身之本的喜悦中。

工人圈子里的生活是比较自由的，思想也十分活跃。卢福贵加入这个生活圈子，对其一生十分重要，是他人生轨道上的一个转折点，是他随后踏上革命旅程的一个基础台阶，更是他革命人生的一个新的起跑线。

曹永盛造纸棚经常有纸贩子往来，有一个纸贩子名叫柯海乔，大家都叫他"跑江湖的"。他常来曹氏纸棚与工人们谈话、聊天、拉家常，久而久之就混熟悉了。他每次来"棚"，总要带来工人们在封闭的山坳里听不到的许多新消息、好消息、革命的消息！慢慢地，工人们的视野扩大了，知道了山坳之外的世界，思想上也受到了革命的启蒙教育，对共产党、红军开始有了新的认识，阶级觉悟得到了相应的提高。卢福贵编了一首打油诗，揭露学徒艰难生活的剥削根源："鸡鸣捞纸清油灯，从早到晚浑身疼。刷锅汤饭吃咸菜，如网麻衣不敌寒。算盘日夜嗒嗒响，多少银元滚滚来。大鱼大肉大吃喝，都是工人血汗钱。"

此时，山坳之外的世界正处于一种各派军阀之间长期对立和混战的形势，各派军阀拥兵自重，连年战争。整个河南是各派军阀"问鼎"、"逐鹿中原"的地区。前有直系军阀吴佩孚，后有奉系军阀张作霖，现在又来了国民军冯玉祥。吴佩孚统治河南时，鄂、豫边境地区是由小军阀靳云鹗统治，豫东南五县归靳部第 10 师师长任应岐统治。为了筹措军费，他加重税赋，从民国十五年预征钱粮至民国十八年。奉直之战后，张作霖入主河南，也征收钱粮。接着，冯玉祥率领国民军从西安东出潼关，赶走奉系部队，随后派国民军 29 师师长程希贤率部驻扎信阳至潢川一线，宣布任应岐所征钱粮无效，而后他又从民国十八年预征钱粮至民国二十一年。此外还有印花税、督察税、民团税等苛捐杂税，几年里"物物完税，事事定捐"，把人民群众压迫得喘不过气来。加之，1928 年至 1929 年，河南连续两年大旱，商城县南部地区虽旱灾灾情较为轻微，但年降水量仍不足正常年份的一半。塘堰干涸、禾苗枯死，平均收成只有百分之三十到四十，一半以上的农民没有粮吃，大家连树皮都吃光了。百姓食不果腹，衣不蔽体，挣扎在死亡线上。不少人被迫抛妻别子、背井离乡或举家出外乞讨，甚至卖儿卖女。但是，地主的田租稻谷却一粒也不肯少收。军阀、地主豪绅们已经把民众逼上了绝路，整个河南已处于风雨飘摇之中。

山坳之外的世界同时又处在一个充满革命风暴、人民革命热情空前高涨的新的历史时期。1927年7月，国共合作全面破裂，国共两大政治力量由并肩对敌转变为刀兵相见。中共中央于8月7日在汉口召开了紧急会议，纠正和结束了陈独秀的右倾投降主义错误，正式确定了实行土地革命和武装起义的方针。大批共产党员从城市转入农村，并在各地组织了一系列的秋收起义。从此，中国共产党进入创建红军、开展土地革命战争的新时期。当年，大别山南麓的黄麻地区迎来了共产党和红军的创建、发展时期。大批共产党员走向大别山腹地。群众纷纷传说"大别山区来了共产党"。共产党员们一踏进山区，便宣传"八七"会议精神，开展农民运动，进行土地革命，着手建立工农组织和武装工农群众，给大别山腹地带来了新的活力。

农民运动的浪潮一步步地向卢福贵家乡的山坳地区涌动和靠近。1928年冬，商城县乐区、和区等地重新整顿和建立农民协会，还建立了保卫地方治安的农民自卫军，领导农民群众进行"抗租、抗债、抗粮、抗税、抗捐"的五抗斗争，并组织游行示威行动，高喊口号"打倒帝国主义"、"打倒军阀蒋介石"、"杀尽贪官污吏"、"打倒土豪劣绅"、"反对苛捐杂税"，等等，这些都是群众心里要说的话。"大别山的农民真的暴动了"，吓得地方官员、豪绅地主慌作一团，惶惶不可终日。这都让卢福贵感到穷人有了靠山，老百姓有了出头之日。

五、赤卫队队员

1929年5月，是卢福贵一生都难以忘怀的日子，不论从外部环境，还是人们内在思想方面，都发生了巨大变化。其中最重要的是他的家乡发生了商南武装起义。所谓商南，包括商城县南部的和区、乐区，即今金寨县的斑竹园区、南溪区。

中共商南区委（又称南邑区委或丁家埠区委）决定于当年5月6日（农历3月27日）立夏日举行武装起义。这一天傍晚，各地的地主老财按照惯例都大摆筵席，邀请民团成员大吃大喝一顿，以示慰劳。区委领导人乘机举行了以农民暴动和民团士兵起义相结合的武装暴动，犹如一声惊雷响彻了大别山腹地的商南地区。一夜之间，在丁家埠、南溪、斑竹园等十个暴动点同时起义成功，有效地控制了和、乐两区，史称"立夏节"武装起义。这是鄂豫皖边区继黄麻起义之后又一次胜利的武装起义。

5月9日，起义武装会师斑竹园，成立了中国工农红军第11军32师（亦称红32师），下辖97、98团和特务营、炸弹队，全师共二百多人，一百多支长、短枪。

为创建商南革命根据地，中共商城临时县委成员、红32师师团负责人率领红军队伍，分赴各地广泛宣传红军宗旨，并立即开始肃清民团的残余反动武装，收缴地主武器，没收豪绅地主的粮食。

5月中旬，红32师进军南溪以西地区，来到卢福贵的家乡，解除了皂靴河的民团枪支。红军所到之处，受到广大人民群众的热烈欢迎。红军镇压少数罪大恶极的反动分子，安定了社会秩序；发动农民协会分配地主的粮食和浮财，救济贫苦百姓，安定了群众的生活；宣布当年庄稼谁种谁收，不交租课，鼓励群众安心生产，秋后进行土地分配；过去官府规定的苛捐杂税、贫苦农民拖欠地主的租课、利贷，一律废除。这样，解除了几千年来套在农民身上的枷锁，广大农民群众个个拍手称快，纷纷开展拥军、参军活动。

这几天，纸棚的几个工友高兴极了，一个个满脸笑容，跃跃欲试，急着要投身革命洪流。卢福贵和表弟易来成更是喜上眉梢，整天安不下心来造纸，干脆就停了工。卢福贵和易来成想到一起了，他们说："我们盼共产党盼了好几年，好像天旱盼霖雨。

如今真的盼来了共产党，盼来了红军，黑暗被赶走，咱们穷人一起见到了太阳，有了翻身出头的日子了。我们一定跟着共产党走，跟着红军走。"老工人肖扬仙听了这席话，笑眯眯地说："你们这些小伙子心满意足了，高兴了，真是天赐良机，好好跟着闹革命吧！"

接着，红军战士在皂靴河乡组织群众武装队伍，成立赤卫队，宣布参加赤卫队人员的条件为十八至二十五岁身体健康的工农劳动群众。由于卢福贵和表弟易来成都是工人，身体条件又好，被首选为皂靴河乡的第一批赤卫队队员。

卢福贵参加赤卫队后，主要标志是脖子上系一条红布，后来变成一块红袖章。进入正规阶段时，则佩戴绘有斧头、镰刀标志和"全世界无产者联合起来"字样的红布袖章，胸前挂长方形红布条，书写所属乡政府和本人姓名。因为红军初建，严重缺乏武器，赤卫队队员只好拿着梭镖，有的还拿着鸟枪、大刀、长矛，等等。

第一批赤卫队队员的首要任务是投入反地主恶霸的斗争。根据上级的指示，卢福贵率领赤卫队回到李桥，第一目标是抄地主冯佩如的家。赤卫队在前面走，贫苦群众紧随其后，男女老少，你背箩筐，我拿口袋，他提篮子，飞快地赶到冯家门口，前挤后拥地冲了进去。冯佩如早在红军打到皂靴河之前，就连夜催粮要款，带着一家老少逃之夭夭，跑到城里去躲避了。斗地主是不能了，只好开仓分粮，还挖开夹墙，把藏起来的衣物等浮财分给了大家。卢福贵分到了冯佩如的一件长袍和一件马褂。他高兴极了，从来都没穿过这样的衣服，于是当场穿在身上，还背了一麻布口袋金灿灿的稻种，乐呵呵地回了家。父亲、母亲笑嘻嘻地迎了上来，说："这下子可好了，明年稻种不缺了，足有饭吃了。第一条，要好好保存起来，不能叫老鼠吃了。你穿主人的衣服，赶快给我脱下来，放着以后太平了再穿。"卢福贵说："马褂穿着，把长袍给爸穿。你们还怕会变天吗？"母亲说："留着过年穿，别弄脏了。"卢福贵说："现在穿比将来穿意义更大，对分粮分物的群众影响更好,我带个头嘛!"这时,父亲对母亲说:"不要管他,由他自己高兴好了。"于是母子都不吭声了。

六、加入中国共产党

商城南乡起义之后,红32师经过一个多月的苦战,连续打退了国民党商城县保安大队(即县民团)和几个区民团的多次进剿,保卫了南乡地区起义的胜利果实。皂靴河乡地处偏僻的深山密林之中,局势相对比较稳定。赤卫队负责当地的社会治安,日夜警戒,防止国民党派遣特务潜入根据地,进行破坏活动。经过短短几个月的革命斗争实践的考验和锻炼,卢福贵很快感悟到革命人生充满着高尚的奉献精神、可贵的忘我精神,以及不怕流血牺牲的奋斗精神。共产党的奋斗目标是如此的远大、宏伟和崇高,值得自己奋斗一生。随即他向党支部提出口头申请,要求加入共产党。当时农村的党组织对党员的出身成分十分重视,卢福贵家庭出身是贫农,个人成分是雇农、工人,祖上三代都是老实的穷苦农民,用后来的话说,是"根红苗正"。吸收新党员还讲阶级立场,他在对地主的斗争中立场是坚定的,站在革命斗争的最前列,带领群众冲在前;平时站岗放哨也很认真负责,从未出过差错。所以,党支部很快同意了他的申请,并确定由纸棚老工人肖扬仙作为他的介绍人。在革命战争年代,吸收党员的手续比较简单,还不够完善,但是,入党仪式还是要履行的。

1929年6月1日,夕阳向西山背后慢慢下落,天边的彩霞凝聚在山巅之上,似乎留恋着皂靴河欢乐的民众、喜悦的人群,依依不舍,不想很快离去。接到党支部的通知,卢福贵匆忙吃了几口饭,一口气跑到李桥庙的后殿。会场上聚集着十几名老乡,看上去尽是忠厚之人。"我就预感到这些人大概都是共产党员。墙壁正中悬挂着党旗,这是我生平第一次见到绘有镰刀、斧头的大红旗,所以很自然地联想到:这是木匠的斧头,庄稼人的镰刀。

诸位老乡以友好的笑脸望着我,表示真诚的欢迎。"许多年之后,卢福贵每每回忆起入党时的情景,总是激动地说,"头一次经历这样的场面,我的心怦怦地跳,脸庞羞涩得似乎在发烧,这是激情燃烧的红焰。不一会儿,大家安静了下来,支部书记宣布开会,议题是发展新党员。首先由肖扬仙同志介绍我的个人简历、表现,表示愿意介绍我加入中国共产党。我控制不住心中的激动,热泪盈眶。抬头望着墙壁上鲜红的党旗,脑海里响起介绍人曾对我的谆谆教导:做一名光荣的共产党员,条件是严格的,要求处处带头,事事以模范行动来影响群众;吃苦在前,享乐在后;打仗时冲锋在前,退却在后;不怕流血牺牲,勇往直前。他的这些希望、期待的话语,句句铭刻在我的心里。"

6月1日,是卢福贵永远难忘的一天,也是他最荣耀的一天。陆家祖祖辈辈都是种田的,他是第一个加入共产党的人!从此,他就成为中国共产党的一员,被称为"同志"了。他知道"同志"一词的含义是多么的庄重,多么的深远。从此,他不仅肩负着党和国家的希望,背负着父母的梦想及皂靴河乡亲的期待,而且要以实际行动来挑起无产阶级革命、建设共产主义的重担。在残酷的革命斗争中有流血,也有牺牲,他要将自己这一生献给共产党,献给革命,献给共产主义事业!

为了纪念这一天,卢福贵深思良久,念出了这样一首顺口溜:"支部会议人来齐,镰刀斧头大红旗。支书领诵入党词,举起拳头复宣誓。一颗红心献给党,革命到底志不移。"

七、乡苏维埃主席

自从红32师于1929年5月下旬进军皂靴河打掉了反动民团之后,这里便建立了乡农民委员会,行使乡政府的权力。接着,红32师挥师东进,从商南地区跨过史河进入皖西地区,帮助六安六区（今属金寨县）攻打民团，建军建政，开辟新的皖西革命根据地。此时，蒋介石感到大别山区红军的势力越来越大，不是地方民团能够对付得了的，便命令鄂、豫、皖三省边区军阀派兵向大别山区红军进剿。自6月至10月，红32师连续三次粉碎了敌人的"会剿"，收编了河南国民党12军向红32师投降的一个连，共一百零九人、九十九支枪，和湖北国民党军队的溃兵四十一人、四十二支枪合编为红32师100团，原连长吴云山任团长。这为豫东南革命根据地的建立奠定了良好的基础。为了进一步发展革命形势和巩固根据地，中共商城县委和红32师党委着手建政工作。9月底建立了商城县工农革命委员会，10月建立了五个区、五十七个乡苏维埃政府。

卢福贵的家乡一带，属商城县苏仙石区，现属金寨县境的有两个乡，一乡辖李桥、张店，二乡辖皂靴河、前营；铁冲乡原属固始县一区，即徐冲区。当时，卢福贵被党组织派往皂靴河建立苏维埃政府。

皂靴河是个有几十户人家的小镇，坐落在一条大山沟里，北枕山梁南有川，四周都是翠绿的青山。镇的中心有一条狭窄的街道，只能通行一辆马车。街道两旁开设着稀疏的店铺，店内陈列的无非是些油盐酱醋、日用小百货，还有几家铁棚和其他手工业作坊，生意显得冷冷清清，但也足够供应当地居民的生活需求。

10月的天气秋高气爽、阳光普照。这一天，红军派人来村主持召开群众大会，议题是选举产生皂靴河乡苏维埃政府。太阳刚刚从东山冉冉升起，人流便从四面八方向皂靴河滩上聚集。如今的皂靴河滩，由于去年大旱，今年又少雨，河床已经干涸，河卵石静卧在河床上，平整自然，显然是开大会的好处所。来参加会议的，有男有女，有老有少，有的全家都来了。大家的心情比赶庙会、看大戏还要兴奋、急切，一个个喜气洋洋，心里充满着阳光。孩子们欢喜地打闹嬉戏；男青年精神抖擞，眉飞色舞；女青年穿上了走亲戚才穿的衣裳，梳妆打扮，艳丽多彩；老年人则是人逢喜事精神爽，喜笑颜开，兴奋地谈论着打土豪、分粮、分浮财的快事，还盼望着冬天分配田地呢！一时间，露天会场上聚满了人，人们谈论着、走动着，却又那样有秩序，都在期盼着自己的人来当"乡官"，好为老百姓谋福利，领着大家闹革命。会场之外则相对平静，只从街里不时传来铁锤的叮当声，那是铁工们正为赤卫队打造梭镖、大刀、长矛的声音；以及甘蔗小商贩的叫卖声……

突然，主席台上有人宣布开会了。会场上顿时寂静无声，大家都全神贯注地盯着主席台。所谓主席台，是用两张桌子拼起来的，报告人站在桌子上，面向众百姓讲话。报告人中等身材，穿一套灰色布军服，头戴红五星八角帽，脚穿草鞋，腰间别着一把盒子炮。他首先说："中国共产党是穷人的党、人民的党，要打土豪、分田地，废除苛捐杂税，打倒封建势力，消灭白匪军，使广大工农群众真正得到自由解放，不再受封建土豪劣绅的压迫和剥削。"这时，站在一旁的高大嫂小声对卢福贵说："共产党真好，就是好。"报告人接着阐述什么是红军，"就是咱们自己的军队，保卫人民利益，消灭白匪军，使咱们过幸福生活"。随即他便转入大会主题，说："我们要革命，就得有革命机关，要有办事的人。要把保甲制度推翻，保甲制度是有钱人的政权机关；现在穷人要建立自己的权力机关，这个机关就是苏维埃政府。苏维埃政权就是人民民主政权，体现人民自己管理自己，当家做主的政权。"

他继续说："当前苏维埃的任务很多很繁重，主要有以下几项：要接受和贯彻上级的法令和指示；支援红军，扩大红军；没收逃亡地主的财产；领导土地革命；慰问烈、军属，组织代耕；负责建设公共事业；组织群众文化生活；负责卫生和医务工作；维持社会治安；组织发展生产……"

他解释说："凡在苏区的工人、雇农、贫农、中农、独立劳动者、学生和革命职业者，年满十六岁以上，不分男女、种族和居住时间长短,均有选举权和被选举权。地主、资本家、反革命分子和僧、道、卜巫等无选举权和被选举权。按照上级关于选举的规定,我代表党组织提名以下六人参选。他们是:纸棚工人陆富贵(即卢福贵)、肖扬仙、易来成,贫农叶中发、周石匠屋里人,小学教师张世敬。如果大家同意,请鼓掌表示通过。"报告人话音刚落,便响起了长时间热烈的掌声,六人得到大家一致认可,大会通过。接着,报告人宣布皂靴河乡苏维埃政府的分工,"陆富贵为主席,肖扬仙为土地委员,叶中发为武装委员,周石匠屋里人为妇女委员,易来成为青年委员,张世敬为文教委员。"会场又一次活跃起来,掌声雷动,议论纷纷。贫雇农的反映最为强烈,老汉张季海乐得像绽开的棉花桃似的——合不拢嘴,边笑边说:"开天辟地的新鲜事!我老汉还是头一次见到一个放牛娃能当上主席!"

  会议的最后一个议程是审判恶霸地主叶善科。赤卫队队员把叶善科的双手捆绑在背后,推上会场的审判席,让他低头倾听老乡们的控诉。叶善科平日勾结国民党欺压残害百姓,为非作歹,引起民愤极大。共产党打到皂靴河时,他还不甘心失败,纠集了一批土豪劣绅的民团武装,造谣惑众,破坏社会治安,说什么"国民党快回来了"、"红军不长久"、"国民党军队要进攻老苏区了",等等。群众听了他的罪恶事实,情绪非常激动、愤怒,齐声高呼:"打倒地主!""枪毙叶善科!""为穷人报仇!""不要当牛做马,要自由!"怒吼声振动山河,响彻云霄。报告人随即宣布,按老百姓的要求,当场处决叶善科。

  会后,卢福贵的心情非常激动,他感到自己的心在怦怦地跳。共产党、红军给了自己这样重的任务,寄予他这样大的希望,又给了他这样高的荣誉。为了表达感激之情,立志做一个合格的乡主席,他当即编出几句打油诗:"自从来了共产党,翻天覆地见青天。千家万户齐欢笑,庆祝苏维埃政权。劳动人民做主人,穷山沟里换新天。"

第二章　新兵之梦

一、"当红军去！"

1929年12月中旬，为征收河南南部地区捐税问题，国民党发生内讧。南五县的民团与国民党暂编第2旅李克邦部，在商城、潢川、信阳、固始边区发生战斗。商城县县长也率民团赴潢川参与作战，城内守卫部队力量薄弱。中共商城县委和红32师党委研究决定，乘机攻取商城。24日，天阴沉沉的，夜晚下起了鹅毛大雪。红32师的指战员们冒雪进发，经过一个小时的战斗，商城解放。红32师利用缴获的一百多条枪支和没收的县政府及"躲反"城内各个不法地主、官商的财产，组建装备了一个新团——101团，并号召开展拥军、参军活动。

为了庆祝红32师胜利解放商城，红军召开了扩军大会。商南老革命根据地的广大劳苦群众兴高采烈，奔走相告，一片欢腾、一路歌舞，整个山区洋溢着欢乐明快的民歌声。其中，商南苏区广泛流行的一首歌叫《八月桂花遍地开》，最后一段特别地嘹亮，"……八月桂花遍地开，红军队伍多豪迈，消灭反动派，革命胜利幸福来。跟着共产党打出新世界。"青年人还特别爱听爱唱《红军歌》，并领着全乡赤卫队队员齐唱。卢福贵有生之年都还记得它是《苏武牧羊》的曲调，后半首的歌词是："……工农痛苦实在深，齐心闹革命，武装结同盟，大地主资本家消灭不居住时间长短，均有选举权和被选举权。地主、资本家、反革命分子和僧、道、卜巫等无选举权和被选举权。按照上级关于选举的规定，我代表党组织提名以下六人参选。他们是：纸棚工人陆富贵（即卢福贵）、肖扬仙、易来成，贫农叶中发、周石匠屋里人，小学教师张世敬。如果大家同意，请鼓掌表示通过。"报告人话音刚落，便响起了长时间热烈的掌声，六人得到大家一致认可，大会通过。接着，报告人宣布皂靴河乡苏维埃政府的分工，"陆富贵为主席，肖扬仙为土地委员，叶中发为武装委员，周石匠屋里人为妇女委员，易来成为青年委员，张世敬为文教委员。"会场又一次活跃起来，掌声雷动，议论纷纷。贫雇农的反映最为强烈，老汉张季海乐得像绽开的棉花桃似的——合不拢嘴，边笑边说："开天辟地的新鲜事！我老汉还是头一次见到一个放牛娃能当上主席！"

　　会议的最后一个议程是审判恶霸地主叶善科。赤卫队队员把叶善科的双手捆绑在背后，推上会场的审判席，让他低头倾听老乡们的控诉。叶善科平日勾结国民党欺压残害百姓，为非作歹，引起民愤极大。共产党打到皂靴河时，他还不甘心失败，纠集了一批土豪劣绅的民团武装，造谣惑众，破坏社会治安，说什么"国民党快回来了"、"红军不长久"、"国民党军队要进攻老苏区了"，等等。群众听了他的罪恶事实，情绪非常激动、愤怒，齐声高呼："打倒地主！""枪毙叶善科！""为穷人报仇！""不要当牛做马，要自由！"怒吼声振动山河，响彻云霄。报告人随即宣布，按老百姓的要求，当场处决叶善科。

　　会后，卢福贵的心情非常激动，他感到自己的心在怦怦地跳。共产党、红军给了自己这样重的任务，寄予他这样大的希望，又给了他这样高的荣誉。为了表达感激之情，立志做一个合格的乡主席，他当即编出几句打油诗："自从来了共产党，翻天覆地见青天。千家万户齐欢笑，庆祝苏维埃政权。劳动人民做主人，穷山沟里换新天。"

第二章 新兵之梦

一、"当红军去!"

1929年12月中旬,为征收河南南部地区捐税问题,国民党发生内讧。南五县的民团与国民党暂编第2旅李克邦部,在商城、潢川、信阳、固始边区发生战斗。商城县县长也率民团赴潢川参与作战,城内守卫部队力量薄弱。中共商城县委和红32师党委研究决定,乘机攻取商城。24日,天阴沉沉的,夜晚下起了鹅毛大雪。红32师的指战员们冒雪进发,经过一个小时的战斗,商城解放。红32师利用缴获的一百多条枪支和没收的县政府及"躲反"城内各个不法地主、官商的财产,组建装备了一个新团——101团,并号召开展拥军、参军活动。

为了庆祝红32师胜利解放商城,红军召开了扩军大会。商南老革命根据地的广大劳苦群众兴高采烈,奔走相告,一片欢腾、一路歌舞,整个山区洋溢着欢乐明快的民歌声。其中,商南苏区广泛流行的一首歌叫《八月桂花遍地开》,最后一段特别地嘹亮,"……八月桂花遍地开,红军队伍多豪迈,消灭反动派,革命胜利幸福来。跟着共产党打出新世界。"青年人还特别爱听爱唱《红军歌》,并领着全乡赤卫队队员齐唱。卢福贵有生之年都还记得它是《苏武牧羊》的曲调,后半首的歌词是:"……工农痛苦实在深,齐心闹革命,武装结同盟,大地主资本家消灭不留情。打倒国民党,驱逐美日英,苏维埃成立,红旗耀日明,工人有吃,农民有田,士兵干红军……"

"当红军去!"这是卢福贵几个月来一直期盼的梦想。自从参加赤卫队之后,他几次跟随红32师协同作战,曾到外地参加粉碎鄂、豫、皖三省边区军阀对革命根据地的一、二次反"会剿"战斗。红军从史河打到灌河,从南到北,日夜行军,时刻准备与敌人战斗。他仔细观察过红军的行动,官兵平等,不打人,不骂人,买卖公平,为人和气,还为群众治病疗伤。一旦与"会剿"的国民党地方部队相遇,则英勇杀敌,不怕流血牺牲,冲锋在前。红军战士的武器也比赤卫队队员强多了,他自己还算是好的,也不过背上一支鸟枪,有的却还是持梭镖、长矛、大刀。而红军小队长佩戴的盒子枪,红缨飘飘,使人立现飒爽英姿。红军战士每个都勇猛如虎,钢枪射得远,打得准,放一枪"咔嚓"一声脆响。机关枪一开,"哒哒哒"来个点射,眼看着敌人一个接一个倒的倒、滚的滚、跑的跑,乱成一团;冲锋号"嘀嘀嗒嗒"一吹起,大家齐喊:杀!杀!杀!多么威风、英勇!年轻的卢福贵实在太羡慕红军了,太爱红军了,他立志也要当一名红军战士。这次红32师扩军,正是绝好的机会,他就和表弟易来成商量,不干地方干红军,表弟也表示同意,于是两人很快就报名参军了。

1930年春,经过党支部研究,同意卢福贵兄弟二人到红32师参军入伍。当时,红32师招兵处设在苏区商城的汤家汇,距离皂靴河乡仅几十里山路。卢福贵与表弟易来成一口气跑到那里,终于成为了光荣的红军战士。他俩被分配到红1军32师101团1中队3小队,陈福初小队长一把拉住两个人的手,将他们带往队部。这时卢福贵内心的喜悦之情简直无法用言语来表达,激动得近乎疯狂,连话也说不出来了,只感到小队长的手是那么的强劲有力和亲切温暖。

卢福贵满心欢喜地跟着陈小队长来到小队部,盼望着领导能给他发一支钢枪，以实现自己多年来的梦想。但是，事不随心。陈小队长说："现在新参军的战士很多，我们革命根据地环境艰苦，交通闭塞，财政收入不富裕，后勤保障跟不上部队的发展，十分缺乏枪支弹药。新参军的战士开始只能当徒手兵，先发给你两个'铁馒头'（手榴弹）练练。你别小看这两个'铁馒头'，打起仗来真管用，遇到敌人扔出去，准能换来钢枪。那样你们就有了自己的钢枪了。"说完问道："好不好？"兄弟俩虽然情绪不高，但也只能服从命令听指挥，连声说："好！好！"边说着边把两个手榴弹接了过来。回到宿舍，卢福贵搓了一条麻绳，把两个"铁馒头"结结实实地穿起来，生怕弄丢了。行军时，他把绳子套在脖子上，手榴弹分别放在两个衣袋里；跑步时，用双手护紧，不让晃动，怕出危险。不久，易来成表弟被调到师部当警卫员，分配到一把盒子枪，整天挂在腰间，跟着师长周维炯到处跑。卢福贵见到了，又高兴又羡慕，暗想表弟的运气真好，能跟着首长，过足了扛好枪的瘾，真神气！

二、第一支钢枪

爱枪，爱好枪，爱好钢枪，几乎成了卢福贵当时的唯一梦想和奋斗目标，连夜里睡觉做梦也都叫着"好钢枪！"难怪有的同志说他已成了"枪癖"。真的，他已和"钢枪"结下了不解之缘。

平时，新战士是要站岗放哨的，哨位设置有规定，重要岗位是双岗，次要哨位是单岗。放哨时间，没有钟表计时器，就用传统的燃香计时，一炷香烧完就换一次班。卢福贵总借站岗放哨的机会，从老战士那里借来钢枪，过一过枪瘾。枪拿到手，摸了又摸，擦了又擦，爱不释手。行军路过家乡附近时，他这个"枪癖"、嗜枪如命的红军战士不愿意空手当红军，觉得害臊丢脸。

所以，就绞尽脑汁，常常特意帮助病号擦枪、扛枪，这样好来个"一石三鸟"：既表现了对同志们的阶级友爱之心，又可以受到上级的表扬，还可以满足自己爱枪的嗜好，或者说，能够装装自己的面子，耍点儿"英雄"和威风。

为了实现自己的愿望和梦想，卢福贵多次祈盼自己能够尽快投入一次战斗，好从敌人手里夺过一支好钢枪。正如小队长所说的，用两个"铁馒头"换敌人的一支钢枪。这个念头激发了他迫切的求战心态。但是，战斗机会迟迟不来，自然国民党军的运输大队也就来不了。

1930年5月，国民党蒋介石与西北军冯玉祥、晋军阎锡山之间的内部矛盾进一步恶化，而且愈演愈烈，以致公开化，兵戎相见，开始了一场中原大战。鄂豫皖苏区红军趁敌兵力空虚之际，一面调兵遣将向四周出击，打了几次小规模的战斗，尽管缴获很少，但扩大了根据地；一面整顿部队，将鄂东红31师、皖西红33师改编为红1军第1、第3师，卢福贵所在的豫南第2师改编为红1军第2师，师长漆德玮、政委王培吾。

蒋、冯、阎三支军阀部队，经过七个月的大战，以蒋介石的胜利而告终。国民党内部一度出现了暂时的稳定局面。蒋介石便利用收降的大量冯、阎系部队，对鄂豫皖苏区进行了统一组织的第一次大规模"围剿"。卢福贵朝思暮想的大规模战斗终于来临了。

1931年1月3日，卢福贵所在的红1军第2师在东、西香火岭（金寨县鲜花岭）伏击皖西之敌后，迅速回师商南。在金家寨通往商城县的大道上，几里路程之内全是红军战士，且步履飞快，显然是在急行军，每个人还都头戴小圆斗笠，多数红军肩扛钢枪，还有抬大炮、重机枪的，通讯员则骑马来回跑，忙碌异常。老战士已经闻到了火药味，他们说："快要打大仗了。"果不出所料，陈队长从上级开会回来，马上开动员会，传达上级命令，要部队赶快做好战斗准备，参加商城东二道河战斗。听到战斗的号令，战士们个个摩拳擦掌，兴奋异常，积极进行战斗准备，擦枪的擦枪，装子弹的装子弹，每个人还都打了两双草鞋。时年不足二十岁的新兵卢福贵，在期待已久的战斗即将到来之时，满心欢喜，浮想联翩，那么长时间的梦想终于可以实现了。他看着胸前的两颗手榴弹，不时地用手抚摸着，脸上微微地露出了笑容，心想这一回两个"铁馒头"可以派上用场了，把它送给白军"吃"掉，准能换回钢枪，最好换来把盒子炮，挂在腰上该有多美啊！

14日一早，天还没亮，只听得一阵枪声，接着枪声越来越密，还夹杂着炮弹爆炸的轰隆声。战斗打起来了？怎么自己所在的部队还没上去？卢福贵站到山头上，凭借微弱的曙光向下面一看，只见满山遍野红旗挥舞，枪林弹雨，硝烟弥漫，尘土飞扬，红军把白军团团围住，纵横穿插，与敌人激烈战斗着。这时他心里痒痒的，急得直跺脚，嘴里乱咕噜，恼火这一仗又打不上了。经过几小时的激战，枪声、炮声渐渐稀疏了，战场平静了下来，这场恶战终于结束了。原来，红1军的几个团在商城以东四顾墩二道河附近的叶家墩子与吉鸿昌的30师彭国桢旅的一个团遭遇。这个团奉命执行进攻金家寨的任务，尚未到达，即得知东线溃败，便向商城退却。在退却途中，遭到红军的伏击。这次红1军几个团经过苦战，最后靠两个小时的白刃格斗，终于将这个团消灭，缴获山炮两门、枪四百余支。这场战斗，史称"四顾墩进攻战"。

至此，进攻的敌军完全转入守势，敌人的第一次"围剿"宣告失败。红军第一次反"围剿"，共歼敌四个团又四个营，击溃敌军四个团又一个营，毙伤俘敌五千余人（包括一部分民团），缴枪约四千支（挺），迫击炮十多门。

这个捷报太振奋人心了！卢福贵为胜利而欢呼："打得好！打得好！"但他的内心还是有遗憾，两个"铁馒头"依然挂在胸前，没有机会扔向敌人，夺过敌人的钢枪。他思索着，有点儿懊恼，情绪也有些消沉。正在这个时候，上级突然传来一个好消息，打破了他的思绪，使他重新振作起来。陈队长说："这次反'围剿'的胜利成果，我们小队分到一支步枪、一把盒子枪。究竟分给谁呢？我们要研究一下。"没多长时间，分配方案定下来了。陈队长宣布："俄式步枪发给卢福贵，盒子枪发给肖副队长。"发枪的时候，大家都很严肃，"授枪仪式"太郑重了。陈队长说："枪是同志们用鲜血换来的，要好好爱惜，像爱护自己的眼珠一样呵护它。"然后又向卢福贵这个"枪癖"说了一句："这回你该满意了吧！"卢福贵高兴地打了一个立正，双手接过钢枪，敬了一个礼，"嗯"了一声，表示十分满意。他还严肃地表示："决不辜负组织上的信任。我要用这支枪英勇杀敌，为战斗中牺牲的同志报仇！"枪到手后，他仔细地检查了一遍，枪是半新的，背带是布的，不是皮的，但确是一支好钢枪，比起徒手时已是"今非昔比"。有了钢枪就有了军人的威严和责任，胆壮气扬。他正在端详着手中的这支钢枪，左看右看，心满意足的时候，肖副队长叫他去换岗。他又是一个立正，紧握手中枪，立即执行命令，去站岗卫国保家乡。

站岗的时候，卢福贵几次亲了手中的钢枪，暗下决心，一定要苦练杀敌本领。思绪万千，汇成几句短诗："为了穷人得解放，当红军远离家乡。肩扛钢枪腰挂弹，大地当床天做帐。风里雨里战场上，军阀豪绅一扫光。"

三、双桥大捷

第一次反"围剿"胜利后，鄂豫皖边区周围的敌人转入守势，凭借深沟高垒，据守各要点，企图对边区实行封锁、围困，待机"进剿"。

鄂豫皖边区现有两支红军部队，一支是红1军，另一支是活动在湖北蕲春、黄梅、广济的红15军。两军于1931年1月中旬在长竹园会师，随后开往麻城福田河，合编为中国工农红军第4军，下辖第10、11两个师，全军一万二千五百余人。卢福贵被编入红4军11师31团。

红4军成立之后，便转入进攻作战。红11师31团接军部命令，参加应山县双桥镇地区的战斗。1931年3月8日，国民党军第34师师长岳维峻（原西北军系，国民第2军之陕军田维勤部）率领炮营、特务连自孝感北上，在小河溪会同第3、第4、第6团"进剿"，8日到达我军游击区双桥镇。双桥是应山县（今大悟县）的一个小集镇，地处大别山西南低山丘陵地区，位于㵐水西岸。红4军正在双桥镇北部三里城、大新店集结待命。军部分析情况，认为北面"进剿"之敌在信阳以南徘徊，不敢冒进，南面之敌第31师（师长张印湘，系中原大战中投蒋的西北军第2师编成）则在广水以北，唯独岳维峻冒进到了双桥，已成孤立之师。军部决定：留第11师32团于三里城监视北面之敌，集中五个团兵力，对双桥之敌实施奔袭。红31团与30团一起，从东面、北面实施正面突击；29团从西面迂回包围；第28、32团作为预备队。3月9日拂晓，卢福贵随红31团很快突入敌外围阵地。敌军抵抗的火力异常猛烈，我军全体指战员发挥英勇顽强、机智灵活、不怕牺牲的革命精神，向敌军进行反复冲杀，外围要点几经易手，终于牢固地占领了外围阵地。

新兵卢福贵是第一次上战场，开始听到密集的枪声夹杂着炮声，头上不时有飞机扫射，心里着实有些害怕，只能跟着陈队长行动。过了一阵，他渐渐地适应了战场环境，开始捕捉战机，还试着依托地形、工事进行独立战斗，真是"初生牛犊不怕虎"。有一次他跳出工事坑，跃身坟堆旁进行射击，像山里的猎人一样，一枪撂倒一个敌人。总攻、冲锋号吹响后，红军预备队投入战斗，卢福贵趁敌人紧张之际，勇敢向前冲，忽而卧倒，忽而爬行，几个地滚，突然出现在敌人的面前，接连甩出两颗手榴弹,就开始与敌人拼刺刀。敌人摸不清卢福贵的底细,一时竟愣了神。而后战友们及时赶到,阵阵喊杀声吓得敌人转身向后逃窜。

这次双桥战斗,经过七个小时的拼杀,敌 34 师全师覆灭,俘敌师长岳维峻以下官兵五千多人,缴枪六千多支、迫击炮十门、山炮四门。双桥大捷是红 4 军成立之后的第一个大胜仗,也是鄂豫皖苏区反"围剿"以来的一次空前胜利。战后,我参战部队进行总结,新兵卢福贵在队务会上畅谈了参战的体会:"这次参加了一场真正的战斗,太过瘾了。敌人靠的是机枪多、大炮多,还有飞机助战,用猛烈的火力封锁了我前沿阵地。我们在战场上前进不得,又没地方躲避,只有大胆、勇敢地向前冲,机智灵活地与敌人搏斗。敌人的软肋和弱点原来就是怕近战、白刃战。我们不怕死,用步枪、机枪、手榴弹,在近距离战斗中,威力比敌人强,还有白刃战,拼刺刀、大刀,敌人都是我们的手下败兵败将。"陈福初一听这话,乐了起来,笑着说:"太对了,太对了!战场上两军相遇,兵家名言'狭路相逢,勇者胜'!"

1931 年 4 月初,蒋介石对鄂豫皖苏区开始了第二次"围剿",投入的兵力先后增加到十多个师,约十三万人。红 4 军经过一个多月的反"围剿"战斗,卢福贵所在的红 11 师与红 10 师主力由商南东进皖西,于 4 月 25 日独山一战歼敌两千余人,给东线敌堵击部队迎头痛击,致其仓皇撤退;5 月 9 日回师商南,在新集以北的浒湾再战,歼敌近千人,敌"追剿"部队缩回罗山;5 月 28 日,南下围攻黄安、宋埠间的敌军供应点桃花店,歼敌近四个营,使南线之敌不敢进犯。至此,敌第二次"围剿"被粉碎。在第二次反"围剿"作战中,红 4 军得到迅速扩大,全军扩编为第 10、11、12、13 共四个师,兵力近两万人。

10 月 25 日,在皖西麻埠成立工农红军第 25 军,卢福贵所在的红 11 师 31 团调到 25 军 73 师,改番号为 218 团,活动地区也由豫南改为皖西。

11月7日，在黄安七里坪成立中国工农红军第四方面军，统辖红4军和红25军，总兵力近三万人。

四、去新集报到

鄂豫皖苏区创建无线电台的工作，一直受到党中央的关注和支持。1931年10月，上海中共中央派出四名无线电信技术骨干，带着"密码"，分两路赴鄂豫皖根据地，帮助红四方面军创建无线电台。一路是王子纲、蔡威从上海出发，经南京、蚌埠、正阳关、霍邱、麻埠、金家寨，然后一路步行，于1931年11月中旬到达新集。王子纲被分配到军委会电信处当秘书长，立即开始工作。他首先抓技术骨干的培训，举办无线电训练班和有线电训练班。同时，利用一部残破的三灯收信机，着手建立无线电台。这部收信机是红1军于1930年12月在东西香火岭（今鲜花岭）战斗中，从敌第1路军总指挥陈调元部缴获的，经过王子纲细心认真修整，用胶木条拼凑起面板，装上可调电容器，便开始收译中央社的新闻，但没有发报机。这时的鄂豫皖苏区无线电台也与中央苏区一样，是从半部电台开始的。

另一路是宋侃夫、徐以新，从上海坐火车，经南京、徐州，转陇海路，到开封下车，重新买车票，经郑州转信阳，由宣化店进入苏区，于1931年11月20日傍晚到达新集。宋侃夫、蔡威被分配到军委会当参谋。此时，正值黄安战役胜利结束，缴获敌师长赵冠英的一部完整的15瓦电台，还有一些电信器材。在俘虏中又发现两名报务员、一名机务员。宋侃夫、蔡威急忙去前线接收。徐向前总指挥把电台和器材一起交给他们，还带他们参观了作战阵地，并规定俘虏经批准可以上调使用。临行前，又赠送给他们两匹经过训练的骑兵战马。

后来，这两匹战马立下了不朽的战功，一直陪着他们驰骋沙场,胜利地翻雪山,过草地,还在过草地时救了卢福贵的命,帮他走完了艰苦的长征路。

当电台从前线运回新集后,大家特别看重,如获至宝。四位技术骨干在上海学习无线电时,没有系统地组装和使用过军用电台。王子纲在上海时是宋侃夫的报务老师,但对霍姆莱特充电机怎么连接、启动、浮充也都不清楚。还是王子纲有主意,他找到刚解放过来的电台机务员,叫他连接操作。王子纲等人在一边看着,很快就学会了。

至此,鄂豫皖苏区的第一部无线电台组装成功,正式开始运转。宋侃夫、王子纲、蔡威三人亲自上电台,开始还是抄新闻、呼叫上海和友邻苏区。"密码"和呼号都是他们从上海用脑子"带"来的,很快即与中央苏区、湘鄂西苏区和湘鄂赣苏区联络上了。上海党中央地下电台的天线由于只能架在屋檐下,收不到鄂豫皖苏区的信号,只有通过中央苏区转报。

这一特种部队的设置,对部队建设具有重要的深远意义,也改变了卢福贵的人生,成为他一生中极为重要的一段历程。

那是1931年年底的一个傍晚,残阳如血,染红了西边的山巅。指战员们正准备吃晚餐,陈队长刚从上级那里开会回来,立即通知召开会议。会上,陈队长宣布上级命令,调全队去新集总部指挥部报到,接受警卫无线电台的新任务,武器自带,服装要整齐,收拾好自己的东西,明天一早出发。

当天晚上,卢福贵的心情异常激动,在床上翻来覆去,总是不能入睡。这是他头一次到领导机关工作,心中总感到忐忑不安。不知徐向前总指挥是什么样的人?陈政委又是啥样子?能见到部队最高领导人真是幸运!他又想,在领导机关可能很少有机会直接上战场,当红军不上战场多没劲呀……

卢福贵听说,新集原来是光山县南部敌人的一个重要据点。由于形势险要,石砌寨墙坚固高大,易守难攻。自从鄂豫边发动土地革命后,新集便成为附近各县逃反地主豪绅的避难所,还聚集着数以千计的反动地主武装，其经常到苏区抢杀掳掠，危害很大。因此，红4军第10师30团决心铲除这个祸害，拔掉这个反动中心。1931年2月10日，红30团在当地武装的配合下，一边正面强攻，一边挖掘了四五十米长的坑道，用火药和山炮弹炸开北面的一段石砌寨墙，在约一丈多宽的寨墙缺口处冲入城内。经过三个小时的肉搏巷战，将敌全部消灭。现在，新集已成为鄂豫皖苏区的政治中心。

想着想着，他不知不觉地睡着了。第二天一早，天刚放亮，卢福贵便被同志们叫醒，打好背包到门前集合。一声口令，整队即向目的地出发。从商南到新集，走山路几个小时就到了。站在山坡上看新集，那是大别山腹地的一座静静的山城，群山环抱，山峦起伏，峰高谷深，河溪蜿蜒。据记载，那里平均每平方公里有山沟十五至三十条，潢河由南向北穿镇流过，真可谓山清水秀，人杰地灵。

下得坡来，便进入新集谷地。新集真是名不虚传，仅有三千人口的集镇却拥有一座用条石筑成的寨墙，南北长约六百米，东西宽约三百米，高丈余；东南临河，其余三面都有城壕；共有东、西、南、北四座城门。据记载，这里从明代起才开始有人居住。明嘉靖年间，在今城北两公里处设置长潭驿馆。后来有几户人家从长潭迁来，开设食宿店，称新店。不久，又发展成小集市，遂改名为新集。清朝乾隆年间，归德营外委驻此，用条石砌成现在的城墙，并开挖护城河。清末，这里成为光山县南部的政治、经济中心。民国前期，曾在此设置光山县佐。

卢福贵一行进城后，直奔总部机关报到，接着便前往鄂豫皖军委总指挥部无线电台处。无线电台位于新集城南门外钟家畈村，坐落在潢河东岸，距城约两公里。这里是一幢民房，大小共十三间，土坯瓦顶，大门前竖立着两根十几米高的笔直的天线杆子，米黄色的天线被拉进屋里。一走进院门，便听到机器"哒哒哒"不停地响着。院门口两边站立着十余名欢迎的人员，他们身穿"列宁服",头戴红五星八角帽,脚穿草鞋。其中有两位女同志,都修短头发,腰部挂着盒子枪。见新同志到来,大家一拥而上,一边热情地握手,一边说着:"同志们辛苦了,盼望你们好几天了,这一下真的来到了,太高兴了!"队长回答说:"不辛苦。"寒暄一阵之后,老同志们便将他们引到宿舍,放下背包,这个递烟,那个倒茶,像招待客人一样,忙得不亦乐乎。新同志都倍感革命大家庭的温馨、亲切。

五、电台"守护神"

休息半小时之后,会议在一间大房子内召开。会议由宋侃夫台长主持。

宋侃夫(1909—1991),原名宋坎福,江西萍乡市人。1925年参加"五卅"运动,1926年由共青团员转为中共党员。大革命时期任杭州地委委员、区委书记、中共中央宣传部干事。土地革命战争时期,任中共上海法南区委秘书长、组织部部长。为支援鄂豫皖苏区,被派往中共鄂豫皖分局,任军委参谋部处长、红四方面军总指挥部电台台长。

卢福贵清楚地记得,宋台长是知识分子打扮,修"东洋头",白脸皮,戴眼镜,穿一双旧皮鞋,着翻领白衬衣。他讲话,开头便说:"你们警卫通信班主要是担负无线电台的警卫任务和电报的递送联络工作。无线电通信队是我们红军的一个崭新的特种兵分队。它在红军中的比重不大,但对红军的生存、发展具有十分重要的意义。我们鄂豫皖军委随着中共中央派来了几位无线电技术人员,特别是在黄安战役中缴获了一部大功率电台,徐向前总指挥指示我们组建这个无线电通信队伍。今后,我们还要不断从敌人那里缴获电台,逐渐完善、扩大我们的队伍。我们鄂豫皖苏区红四方面军总指挥部无线电担负着重大的政治、军事任务,并拥有完成与上海党中央、中央苏区、赣东北苏区和湘鄂西苏区红军通信联络的密码,以及对敌军无线电进行侦察工作的任务。徐向前总指挥、陈政委十分重视无线电台的建设,把它看作是领导机关和指挥员的耳目、脉搏,首长的喉舌。所以,你们警卫通信班要当好电台的'守护神',要像爱护自己手中的武器、爱护自己的眼珠一样,把电台爱护好、保障好。你们要日夜站岗巡逻,保障电波的安全发出和接收。什么时候有电报,保证立即递送给首长,一刻也不能耽误。"他继续强调说,"电台的安全,要靠你们一班人来保障。总指挥部首长指示,情况紧急时,枪炮可以丢,电台绝对不能丢。你们要与电台共存亡,人在电台在,要千方百计保护电台的运作。"这时,电台警卫班的小刘用肩膀撞了卢福贵一下,用得意的眼神表示,注意讲话的宋台长,真有学问,像个"洋学生"。

最后,宋台长说:"我们电台的运输员,除了少部分是俘虏兵和伤病战士外,大部分是犯有各种错误的红军干部,职务高的有营长、团长,职务低的至少也是班长。希望大家提高警惕,做好他们的工作,要防止从内部破坏电台,还要对他们进行教育,从积极方面保护电台。"

会后进行讨论,进一步深入理解台长讲话的实质精神和含义。

在讨论中,大家认为听宋台长的讲话是上了一堂高级的文化技术课,受到一次启蒙教育。卢福贵这个山里人,是文化低、不懂技术的新战士,却有比较深刻的领悟和认识。他觉得电台这个铁疙瘩能传送文件,听说过去红军与党中央联系,通一次信就要花两三个月时间,现在只需十几分钟、一两个小时就解决了问题,既省时间,又安全可靠,真是一件了不起的技术发明,是一次具有划时代意义的革命。怪不得宋台长强调说,无线电通信队是一个崭新的特种兵分队。最后,小卢的思想集中到"电波守护神"五个沉甸甸的大字上,感到任务光荣,责任重大,并发誓说:"共产党员一定要做到:保护电台如生命,人在电台在,誓与电台共存亡!"

自从卢福贵来到鄂豫皖苏区无线电台工作后,很快迎来了电台一次较大的发展。

1932年3月22日,在第三次反"围剿"作战中,红四方面军徐向前总指挥率主力东征,向进犯皖西之敌发起进攻,将敌逐步压缩围困于苏家埠、韩摆渡一线。经连续作战四十八天,于5月8日胜利结束战斗,歼敌三万多人,生俘敌皖西"剿共"总指挥兼第7师师长历式鼎以下官兵两万余人,一举缴获四部电台。其中历式鼎使用的一部电台,保存完好,比黄安战役中缴获的那部更新式,是国民党军政部制造的,电子管插在上面。接着,徐向前总指挥率领主力回返商城,于6月12日开始潢(川)光(山)战役,6月16日胜利结束战斗,又缴获敌20军总指挥兼76师师长张钫部的电台一部。

经过几次缴获所得,加上耿锡祥通过商人购买了不少电信器材,5月中旬还从汉口购买了一部50瓦电台的发电机、蓄电池和其他全套元器件,这样,无线电通信设备增添了许多。军委会决定再组建一个新台,称为2台,由蔡威负责带领游正刚、冯志禄、马文波,跟随前方部队行动。1台仍由宋侃夫、王子纲负责,跟随方面军总指挥部行动。

这样,红四方面军的无线电台便自成网络,又拥有与中央苏区、赣东北苏区和湘鄂西苏区红军联络的密码,全部设备一齐启动,可以满足军事通信的需要,还可以监听、截收敌军电台发射的各种无线电信号,从中获取各种军事情报和国民党中央社的新闻通讯,实现了总指挥部的耳目、脉搏和喉舌的功能。

由于无线电台的发展、壮大,电台机构扩编,警卫通信班的任务随之更加繁重。卢福贵以勤恳、负责的出色工作表现,被提升为班长。

这样一来,卢福贵的任务加重了。他不仅自己积极行动,还要带领全班战士履行好"守护神"的职责。除做好日常工作外，他还针对战时电台台址多变的行动特点，组织大家业务练兵，突出苦练"轻功"，轻拆、轻拿、轻运、轻放、轻装，以提高业务水平。他要求全班每个战士都要学会拆卸机器，哪些是笨重、皮实的，哪些是怕碰撞、怕颠簸的，哪些电器最怕雨水，都必须分清并一一编号，分门别类地妥善装箱、打包，保证不丢失一件器材，不损坏一个部件。拆卸速度要快捷、准确，安装复原要迅速、无误。行军途中，不管是翻山越岭、横渡江河，还是轻装突围、冲锋陷阵，即使枪林弹雨、硝烟弥漫，也要冒着生命危险来保护电台，保证电台完好无损。

"枪支可以丢失，电台不能受损；人在电台在，誓与电台共存亡！"已成为全班每一个"电台守护神"的人生信念、工作本能、党性体现。

六、告别家乡

蒋介石是前三次"围剿"的失败者。他决心"复仇"，遂调集二十六个师约三十万人马，于1932年8月向鄂豫皖苏区发动第四次"围剿"，企图一举消灭苏区红军。中共鄂豫皖中央分局领导过高估计红军拥有的四万五千多人的力量，盲目轻敌，不做反"围剿"的准备，而继续向敌军发动进攻，违背了弱军打强军的原则，以致在战略指导上招招出错，延误了反"围剿"的时机。最后，形成敌大军压境，新集危急的形势，不得不决定向皖西大山撤退。

9月初，鄂豫皖省委在新集驻地红场召集后方机关工作人员和当地群众一万余人，举行军民撤离动员大会。"红场"实际上是新集的一个大操场。平时，每天一早，起床号吹响之后，所有驻新集的部队、机关、学校人员等，都到"红场"参加操练，赤卫队、妇女、儿童也到这里吹号、唱歌、练舞。晚饭后，大家都来这里散步、活动，打球、做游戏、排节目等，十分活跃。节假日则更加热闹，有打篮球、打排球的，有踢足球的，还举办运动会、田径赛等，人人都来参加文化体育活动。今天则不同，大家都被恶化了的形势弄得心情沉重，情绪抑郁，失去了往日那样欢乐的笑容，产生了对"红场"难舍难离的留恋和沉痛心情。

会后，无线电台进行转移动员，决定：电台分头东进，卢福贵派出两个警卫通信小组，再从部队临时抽调两个班，充实电台的警卫力量。一个班、组监护宋侃夫、王子纲1台，随方面军徐向前总指挥行动；另一个班、组监护蔡威2台，随红73师行动。卢福贵则遵照上级要求，亲率一部分战士"大搬家"，把几个月来收缴的多部电台和其他电信器材，甚至连遍地皆有的毛竹土制天线杆、桌椅板凳也统统打包带走。一时间，电报房里昼夜不停地装箱、打包、打捆，弄得院子里大箱小箱、大包小包和零散物件堆积如山。东西太多、太笨重，运输全靠人力，收发报机要两人一组用扁担轮流挑，电瓶充电机要四人一组用竹竿轮换着抬，天线杆子要两人替换着扛。现有人手不够，司令部只能派部队帮忙，出发那天，还得派民工、民夫参加运输。好家伙，扛的扛，抬的抬，队伍浩浩荡荡，一点名已经三百多人了。这支队伍紧随方面军总指挥部，从新集撤离，向东转移，经过白雀园、余家集、挥旗山等地，撤退到老根据地汤家汇、南溪一带。

卢福贵率领的无线电台"大搬家"队伍在汤家汇休整了一天。汤家汇属商南地区，是苏区豫东南道（相当今天的地委）道治所在地。这里是大别山的腹地，与卢福贵家乡李桥保是近邻，中间只隔了一座山峰（大峰尖），地势十分险峻，群山环抱，层峦叠嶂，沟壑纵横，向来是宁静之地。但是，现在可以隐隐地听到不断从远方传来轰隆隆的大炮声。这些炮声牵动着千千万万父老乡亲们的心，让人恐慌，人们立即陷入了不知所措的慌乱状态。老乡们扶老携幼，赶着猪，牵着牛，挑着行李、铺盖，惊慌失措地向红军驻地涌来,声称要跟主力军"跑反"。其中有一位中年妇女,就是皂靴河乡苏维埃妇女委员、周石匠屋里人,拼命地要求跟红军一起走,还向卢福贵求情说:"你是我们乡的老主席,帮我向部队领导说说情,收留了我吧!"卢福贵无奈地直摇头,只得如实告诉她:这事关系重大,部队正在转移,哪有能力接收地方老百姓随军行动?部队领导不得不分出一部分人做群众工作。经过反复地劝解,终于说服老乡们仍回各自的村里,由政府和地方武装部队安排大家上高山,进深谷,坚壁清野,暂避敌人,等主力红军打回来!

老乡们最爱红军,对红军的力量很有信心。他们相信红军能够"打回来"!在主力红军全面撤退的时候,老乡们对红军的信念没有变:红军言必行,行必果。大家按照组织上的安排,陆续返回原地,决心坚持斗争,保卫根据地。

第二天一早,无线电"搬家"大队跟随部队继续向金家寨进发,乡亲们列队站在路旁为部队送行,有的还跟随大军走了一阵,一边赶路,一边嘱咐,盼望主力红军多打胜仗,早日消灭匪军,快快转回程。最后,不得不依依惜别了,指战员们频频挥手向乡亲们告别。

在行军路上,战士们还充满胜利的信心,相信不久就会打破蒋介石的第四次"围剿",一定能够打回来!但是,后来的形势发展对我们十分不利,大家谁也没有想到,竟会落到越来越糟的地步,边打边撤,一直撤出根据地,从内线作战转到外线作战,最后不得不离开大别山区。

卢福贵此次与乡亲们一别,再也没能打回来。回首往事,真令他伤心、悲痛,他深觉辜负了生育自己的大别山区乡亲父老们的期望。

9月10日傍晚,鄂豫皖中央分局和省委机关随红四方面军总指挥部抵达皖西重镇金家寨,无线电1台、2台也同时会合。卢福贵带领警卫通信班立即集合进报房,打开箱子,取出电台机器，摆好桌子，把自制的毛竹天线杆立上房顶，开动发电机。王子纲、蔡威亲自上台，打开收报机，仔细侦听敌台信号，很快收到并破译了多份敌军电报。宋侃夫阅后，方知西线尾追之敌于9月9日占领新集；东线之敌于9月5日占领独山，10日占领麻埠；南线之敌于8月25日占领罗田。此时，红军正处于敌军重兵合围之中，形势异常严峻。他马上将电报呈送总部首长。张国焘一看敌情电报，知道东下歼敌的计划已无法实现，立即召开会议，决定南下英山老根据地，寻机歼敌。

经中央批准后，9月14日深夜，东西两线红军同时撤出阵地，向大别山南麓急速行军，翻山越岭，进至霍山西部的燕子河镇。期间，无线电台又接连截获敌军电报，得知敌军正由北、东、西三面向燕子河合围。为此，总部决定向南先取英山，再向黄麻地区转移。

鉴于形势逼人、山路艰险，根据总指挥部指示，无线电台队伍在燕子河的山上小界岭进行了一次轻装整顿，把毛竹天线杆、桌椅板凳和无用的老旧器材一律丢弃。经过减负，电台"守护神"们身心轻松多了。他们决心一手拿枪御敌，一手精心呵护电台，再次告别家乡，轻松、快捷地向大别山南麓的湖北地区行进。

第三章　西移电台三千里

一、遭敌袭击

1932年10月12日夜，乌云笼罩着天空，细雨蒙蒙，四周寂静，连犬吠声都消失得一干二净。红四方面军主力按照黄安黄柴畈会议决定，在大悟县四姑墩集结，分左、右两路纵队向西进发，待机打回鄂豫皖。从此，开始了西征历程。拂晓前，卢福贵带领本班战士，监护无线电1台，随右路总指挥部来到平汉铁路东侧。在不远的西山顶上闪烁着绿色信号灯，好像天上的星星，闪闪发光。信号灯是先头部队发出的，告诉大部队可以通过封锁线。按照计划，在广水以南、卫家店以北的地段，也是敌军马鸿逵和卫立煌防区的接合部位，部队成功地穿越了敌人的防区。

卢福贵从没见过铁路，总想看看铁路是个什么样子。一踏上铁路，天还是异常的黑暗，好奇心驱使他蹲在铁路上，用双手抚摸着路轨。路轨很长很长，似乎没有尽头，再往路轨下摸去，就是枕木，还有好多好多的石块。他明白了，原来铁路是两条铁轨构成的，火车就在铁轨上前进……他正在沉思着，忽然肖副队长在背后轻声说道："快走，跟上队伍，不要失掉联络。"卢福贵这才猛然站了起来，连跑几步，很快便跟上了队伍。前队又传来了提醒：不要咳嗽，不要说话，不要吸烟。

在过平汉铁路时，蔡威带领无线电2台和训练班人员，由熊远绪临时警卫班监护，跟随左路红73师行动，在二郎畈地区休息。当运输人员放下机器设备和行李，准备开饭时，突然枪声四起，才知已陷入敌人的设伏圈，遭到敌军李默庵第10师一部的突击。蔡威一面命令后卫218团立即投入抵抗，一面向总指挥部报告情况。徐向前总指挥立即命令先头部队跑步返回，向敌展开反击，经过三小时的战斗，将敌击退，解救了被围的电台和运输人员。

中午时分，右路纵队最先到达距平汉铁路西五十公里的应山县（今广水）陈家巷。在一家祠堂里，卢福贵按照规定，轻轻打开包装箱，把收报机、发报机摆上桌子，发电机、蓄电池、汽油桶等则放在另一间房里，摆放得井井有条。但是，毛竹天线杆已经被丢弃在铁路东，原装天线架在房顶上高度还不够。宋台长向院子环视了一下，说："这棵白果树长得高大，可以架天线，可没有梯子上不去。"卢福贵小时候在家乡上山砍柴，学会了登山、爬树的本事，这会儿派上用场了。他回答说："不要紧，我可以上树架天线啊！"说完，一纵身双手抱住树干，两脚往上一跳，嗖嗖几下便爬到树杈处，把天线架在树枝上，然后往下一溜，动作十分熟练、快捷，一转眼便轻轻落地。宋台长一见，夸奖说："小卢，真行！"卢福贵随口说："没什么，这是山里穷孩子谋生的小本事。"宋台长点头表示赞许，不觉想起王国维的诗句，脱口而出："万事不如身手好，一生须惜少年时。"

王子纲、马文波一起上台，启动开关，调整频道，开始侦听敌台电波。宋侃夫向卢福贵交代："这几天是隐蔽行军，为保证部队安全，发报机可以不出箱。"

接着，蔡威也率2台赶到陈家巷，与1台会合。无线电2台的技术状况本来就不太好，经过昨晚敌人的袭击，电台在战斗中七摔八撞，受到了损伤，电池、充电机部分丢失，两桶汽油也落入敌手。按照规定，这算一次事故。红军时期，无线电台是最宝贵的，是用黄金都买不来的。其使用过程有严格的规定，如果丢失一部电台，指战员就要被撤职；如果电台工作人员烧坏一个真空管，就要被关禁闭。宋侃夫与王子纲、蔡威研究，认为这次是行军作战中造成的事故，不予处分。但要吸取教训，改进电台的管理，决定将1、2台合并在一起工作。其警卫通信任务统一由卢福贵负责。

下午休息时，党支部书记陈福初来找卢福贵，传达台长命令："下段行军，白天睡觉，晚上走路。"战士们一夜急行军之后，已是人困马乏，听到休息的命令，一个个随地倒头便睡。卢福贵向陈书记汇报班里的情况后，又向书记提出一个问题："打过平汉铁路，出了鄂豫皖苏区，部队往哪里去啊？"陈福初说："作战没动员，只命令过铁路，打到外线去。听说，要到大洪山区找贺龙红3军，两军联合起来力量大，再待机打回鄂豫皖。"卢福贵不确定地问："还能打回来吗？"陈书记说："小卒子过河，只能往前拱了！"

二、走进大洪山区

10月13日晚，正是农历九月中旬，天空放晴，明月如镜挂在高空，月明星稀，照亮着前进的山路。卢福贵率领无线电警卫通信班守护着电台和器材，随总部机关从陈家巷出发，向大洪山区急速西进。一路上，卢福贵知道已经把敌军甩在平汉铁路西，后无追兵，紧张的心情顿时缓和下来，感到眼下之夜变得十分可爱。清风徐徐、虫声唧唧，经过溪涧时，水声潺潺，新鲜的空气随风扑面，时而夹杂着野花和黄菜的清香，使人顿觉幽雅清静，忘却了行军的疲劳。不远处的山村时而传来稀疏的犬吠声，打破了黑夜的宁静。

10月14日清晨，无线电警卫通信班宿营随县洛阳店。

随县，北有桐柏山，南有大洪山，境内"七山一水两分田",重山叠岭、岗峰纡盘、河谷蜿蜒、道路崎岖。第二天的夜行军就没有那么顺利了。大洪山区的天气像小孩的脸,一天变三变,白昼还是晴朗的天,入夜后,月亮便悄悄地躲进乌云,周围漆黑一片,部队只能摸黑前进。高一脚,低一脚,脚下没个深浅,唯一的办法是两眼盯住前边同志手臂上的白布,用两耳仔细听前面同志的脚步声,一步一步紧跟着。有时也会遇到阻碍,弄得后边队伍走一步,停两步。距离拉开了,就得跑步跟上去,边跑边喊:"跟上,不要掉队。"夜行军,上半夜秩序好一些,大家精神饱满,脚头有劲;下半夜就不行了,两腿发软,上、下眼皮直打架,双脚习惯性地在移动,人却在打盹,甚至睡着。有一次,卢福贵一下就撞到报务员小陶的背上。小陶名叫陶婉荣,是电台第二期训练班的学员,学习成绩很好,提前参加了电台工作。她说:"小卢,怎么啦?"真是不好意思,一个大男人撞到女同志的背上,他羞涩地回答说:"打瞌睡呀!"

部队行军中间会休息一次,前面队伍一停脚,战士歪在路旁就睡着了。支部书记陈福初走到前面来,向大家打招呼,一个挨一个地问:"同志们疲劳吧?"同志们齐声说:"不疲劳,就是想睡觉。"他又问:"同志们想什么?"大家和他开玩笑,说:"想家,想娘亲。"陈支书笑着回答:"我们都一样,彼此彼此。"说真的,自从离开鄂豫皖苏区之后,越往西走,离家乡越远,且好像没有折回去的意思。卢福贵这样一群从未出过远门的年轻人,怎么能不思恋家乡呢?但是,一想到自己是共产党员,要严格遵守入党的誓言,坚决革命到底,处处争做模范,冲锋在前,撤退在后,死都不怕,还怕啥呢?!想到要实现自己的诺言,卢福贵情绪又高涨起来,随口哼出一首打油诗:"翻山涉水,日夜兼程,不怕那风吹雨打,不管那多少敌人阻拦,红军勇士向前,向前,向前!"一会儿,部队又要开拔了。先醒的人推醒正在熟睡的战友,大家又继续赶路。

两天后,到达随县鲍家店。接着,一连几天,部队在大洪山腹地穿行，18 日进入枣阳县城南八十公里的新集和璩家湾地区，苦苦寻找红 3 军。但是，红 3 军刚于前些天向湘西转移了。这一带地区只有兵燹后留下的残垣断壁，一片凄凉，看不到老百姓，没有红色政权和根据地，没有党组织和游击队。后有追兵，前无友军，又失去了前进的方向，红四方面军处境十分困难、险恶。在枣阳新集又再次遭遇国民党部队从东、南、西三面合围，经过三天的连续厮杀，双方伤亡惨重。方面军已无力击溃敌人中的一路，无望再回鄂豫皖，总指挥部决定向西北突围，下令各师撤出阵地。红 10 师为前卫，无线电台跟随总部机关、红 11 师、红 12 师居中，红 73 师断后，向枣阳县城西南十六公里的土桥铺夺路而行。

10 月 22 日夜，前卫部队红 10 师到达土桥铺，当即向敌军发起突袭，敌阻击线一触即溃，我军占领了土桥铺。卢福贵带领警卫班，监护着无线电台，趁势冲出了包围圈，从湖北枣阳西北的七房岗转入河南新野县南境，沿鄂豫边界向西挺进。

这一带地区，由于连年荒旱和军阀混战，这年又遭水灾，百姓多数迁居外逃，许多田园被遗弃，不少房屋被毁坏，只剩下残壁破瓦，几乎村村都有一些房屋不冒炊烟，有时甚至几十里内荒无人烟。红军筹粮异常困难，被迫忍饥挨饿。时值霜降节气，指战员还都穿着单衣，冒着严霜冷雨，昼夜兼程。加之，这里又是水网地区，河流纵横，大多呈西北—东南走向，每条河流就是一道天障，横阻无线电台西进之路。当卢福贵一行到达邓县，过构林镇后，一条较大的河流把电台阻截在河东。卢福贵自幼看惯了山间溪流的水涨水落，懂得河流的习性。他到河边目测水位，便知正值深秋水位下降，于是选择了一段浅水区，让全体警卫战士用所有的雨布、雨衣和雨伞等防水用具把电台包裹得严严实实。渡河准备工作做好后，他第一个跳进冰冷的河水，带队探路前进。大家抬的抬，扛的扛，背的背，很快有序地涉渡过河。

上岸后，卢福贵亲自检查了包装，确认没有沾着河水，才放心地命令全体人员整装出发,随主力部队沿老河口、丹江口北部边界继续前进。走过一村又一村,穿行一路又一路,在休息的时候,后队有一名战士急急忙忙地向卢福贵跑来。他一看,原来是宋台长的警卫员。他向卢福贵报告:"宋台长在行军途中,先是双脚打起了大血泡,后来血泡破了,感染发炎。这次过河,踩在冷水中的石头上,擦破了伤口,鲜血直流,一走一瘸,实在难受。"卢福贵一听,急忙说:"快请首长骑马呀!"警卫员说:"你忘了,他不会骑马。"卢福贵猛然想起,说:"哎呀,对了。可以叫人搀着走。"又想一想,补充说:"不,我马上安排人,调一副担架,抬着!"

这样,宋台长被担架抬着,一直跟随队伍到达位于河南西部边陲的淅川。10月29日,部队进驻淅川县城南十五里的宋湾。这是一座小山村,四周耸立着大山,山高谷深,人烟稀少,敌情缓和,部队终于找到了一块可以休整的地方。一到宋湾,卢福贵就忙着按照环境布置哨位,派双岗门卫,检查机房,随后立马开箱,架起电台。王子纲、马文波上机收听敌台电讯,突然接到中央台来电,紧急催问鄂豫皖中央分局和红四方面军的下落。宋台长将电报呈送分局首长,首长阅后草拟了复电,报告在枣阳新集突围的经过及红四方面军目前的位置,简要说明了第四次反"围剿"失败的原因。宋台长随即让卢福贵开箱架起发报机,王子纲亲自上机发报。这是红四方面军在平汉铁路西向中央发出的第一份电报。

此时,蒋介石已命令刘茂恩、胡宗南、范石生三部从东、北、南三面向淅川逼近。为摆脱敌军即将形成的新的合围态势,徐向前总指挥命令部队于次日昼夜兼程转向西南,徒涉丹江,过七十二道水,再次跨越鄂豫边界,南下湖北郧县。

三、暗渡漫川关

部队在南化塘休整了三天。

南化塘是湖北东北边境地区的一个相当大的镇子，位于鄂、豫、陕三省的接合部。地处秦岭、大巴山东延余脉之间，北依丹江，南临汉水，滔河自北向南穿镇而过，地形较好，粮米颇丰。中央原拟在此建立"襄江上游之巩固苏区"。但是，无线电台侦听到敌情，敌3路追兵已逼近该镇，我军形势严峻，不容乐观，仅西向入陕之路未被封锁。

11月5日，无线电台随主力部队离开南化塘，沿鄂陕边界，翻山越岭，向西突进。下午，到达漫川关东边的康家坪至任岭一条长达十余里的深山峡谷地区。原计划抢占漫川关，直插汉中，但杨虎城已派出三个团抢先一日堵住该关，阻我西进。部队在峡谷中停下，总指挥部仍决定以主力部队强攻漫川关。正在此时，无线电台收到中革军委发来的急电：敌军两个师已进至你们附近，对你们已形成包围态势，必须设法撤离。总指挥部首长看完电报后，马上改变部署，决定全军于当晚利用夜色掩护走山边小路"秘密突围"。徐向前总指挥决定从北山隘口突围，并调全军攻坚最强的红12师许世友34团和红73师韩良城219团作为前卫开路先锋。

根据总指挥部规定，卢福贵动员警卫通信班再次轻装，做好突围准备。每人首先把自带的不必需的东西丢弃；其次尽量将电台真空管等怕磕、怕撞、怕震动的部件装入小箱，由专人随身携带，绝对不能受损；然后清点运输班的物件，把可带可不带的零部件一律砸碎、毁坏，并指定李连富带人将一部充电机埋掉；最后叫首长警卫员将宋、蔡台长的两匹战马的马口用器具夹住，免其鸣叫，四蹄裹上软垫，使其行走无声。总的要求是"钳马衔枚",行军时听不到马的嘶鸣声和人的说话声。

淡淡的夜色笼罩着群山,四周万籁俱寂。大家屏住呼吸,静静地等待着开路先锋的捷报。突然,枪声、手榴弹的爆炸声划破夜空,争夺北山隘口的战斗打响了!接着,枪声逐渐向北移至隘口前的阵地,一时间杀声响彻山谷,火光冲天。大约三个小时后,枪声渐渐稀疏下来。此时,卢福贵接到命令:迅速向北山隘口出发,并朝野狐岭急进。

一向被称为"大山之子"的卢福贵,对崇山峻岭有着特殊的感情和适应能力,是翻山越岭的高手,不怕攀悬崖、走峭壁,凭着一双"铁脚板",即便摸黑前进,在崎岖不平的山道上行走,都能如履平地。这次突围,他走在前头,手持木棍,背着一箱电子真空管,带领"守护神"的健儿们,借着微弱的月光、星光沿着一条羊肠小道向山脊挺进。山脊似刀削斧劈,巍峨险峻,地形狭窄,最狭处仅容一人通过,两侧都是深不见底的渊谷,一不小心,掉下去就会粉身碎骨。好在跟着卢福贵这位有经验的班长,同志们心中踏实了许多。他不时地提醒大家,要巧拽树枝、植被,脚下踩实再抬腿,要胆大心细,容不得半点儿疏忽大意。黎明时分,无线电台快速地走过山脊小道,穿过隘口阵地,冲破敌军马家湾、张家庄防线,没有一人掉队,没有一人出事,成功地突出了敌人的包围圈。

11月6日夜,部队进至野狐岭。野狐岭是秦岭余脉,也是一条天险之路,山高谷深,山路均为崎岖不平、荒僻的小山路,险峻异常。一侧是陡壁悬崖,古松倒挂;一侧是万丈深渊,云遮雾罩。山路越走越窄,谷沟弯弯曲曲,像一条长龙盘卧在崇山峻岭之间。前方小道迢迢、路途遥遥;后面还有敌军肖之楚44师、42师从大路打着火把衔尾追来。但红军战士不畏艰难,次日中午,终于到达陕南重镇山阳县高坝店地区,把追兵甩在野狐岭之南。13日,电台进至竹林关。

11月19日,无线电台从丹凤县龙驹寨出发,进入商州境内。这里是商州柿子的主要产地。大家实在太饿了，肚子咕噜咕噜地乱叫，两腿软软的，移动也困难，心里着实发慌，所以领导允许买些柿子、柿饼充饥。同志们严格遵守纪律，买卖公平，不坑老百姓。老百姓齐口称赞，说红军真好，买东西付钱；要是国军来了，准是一抢而光，哪里还会给钱？如果老百姓敢要说一个"不"字，准挨打。在行军休息的时候，大家拿出柿子、柿饼，狼吞虎咽地胡乱吃了充饥。卢福贵在吃到最后两个柿饼时，不再着急，而慢慢地品尝起来，果真名不虚传：商州的柿子个大霜厚，甘甜绵软，无核或少核，饼肉观感真的不负"枣瓢色，牛肉丝"的美名。其实，空腹时，不宜吃柿子、柿饼，往往容易引起胃结石症，但在那种情况下，也顾不得这许多了。

午后，队伍前进至商州以南十多公里的地方，突然西转五十里，一举占领杨家斜。大家休息一天，筹措了一批粮食。接着，南进凤凰嘴，折回曹家坪。随后兵分两路，一走沟谷，一走库峪，翻越群山，直下关中平原。

四、夺回天线　再登秦岭

红军突破漫川关，北上翻越秦岭，一路斩关夺隘。11月24日，经长安县引镇，我军兵临西安城郊四十里的王曲镇。全陕震动，保境安民的17路军总指挥、陕西省政府主席杨虎城明白，蒋介石放红军入陕，中央军便可大举入陕，既可"剿灭"红军，又可威胁陕军，一箭双雕。为此，杨虎城采取反制之策，命令17师师长孙蔚如"礼送"红军出境。红军把中央军带进陕西，陕西努力让红军再把蒋军带出陕西。红军离开陕西，蒋介石的兵马自然再没有理由留在陕西。

孙蔚如命令屯驻王曲镇的张汉民旅出兵"拦截"红军北进。

旅长张汉民从阵地上调四个营，由一名团长率领，扎营要道，"阻拦"红军北上。红军在王曲镇西面宿营，陕军就跟到西面扎营，只堵不打。陕军的这一行动使总部首长疑惑不解，引起其警觉，首长立即命令红73师师长王树声敲掉这股敌人。当天深夜，王树声率领部队发起突然袭击，一举全歼陕军四个营，打扫战场之后，继续前进。孙蔚如闻讯，大怒，马上又派一个旅，向子午镇方向追击红军。

11月25日，无线电台跟随总部首长和后卫红11师进至子午镇宿营。按照常规，到宿营地，部队休息、睡觉，无线电台的警卫人员则在卢福贵的带领下忙碌起来。打开运输箱，把收报机、发报机安放好，架设好天线，启动发电机，报务员上机，调好频道，开始收、发电报，做到电波不断，保证与中央红军的通信及时畅通。这天深夜，电台正在紧张工作的时候，忽然听到西北方向枪声大作，喊杀声响彻夜空，且声音越来越近。宋台长命令卢福贵带警卫班迅速收起电台，装箱后撤。在忙乱中，他一时疏忽，忘记将天线拆下带上，待至与主力会合时，才发觉这一失误。宋台长立即向总部首长报告，首长说："这路陕军想复仇，太猖狂，不打一下，教训教训，我们走不利索！"随即命令红31团掉头去打。李先念便独自率领31团向陕军发起反击。卢福贵也自告奋勇，带领两名警卫战士，参加31团的反击。这次反击，突然发起，规模又大，千把人一起上阵，喊杀声震天，打得陕军惊慌失措，猝不及防，败退数里，再也不敢尾追。战斗中，卢福贵趁势一口气杀进敌群，直冲至电台原址，在战士的掩护下，快速拆下天线，胜利回营。

这次事故给卢福贵的教训极为深刻。从此，他真正明白，临阵忙乱，容易发生失误。为军之道，应临阵处变不惊，始终保持头脑清醒，才能有序地组织成功的撤离。他胸怀坦荡，为人坦率、真诚，从不掩饰自己的错误，主动在支部会上做了自我检讨。支部书记陈福初鼓励他："有过改之，善莫大焉！"以后，他常以此警惕自己，还教育全体警卫人员，避免发生类似事故。直至新中国成立后，他还常常提及此次失误，用以教育部下。

11月27日，无线电台西行至户县彷徨镇。下午，红军与胡宗南第1师、陕军一个旅发生遭遇战，经过四个小时的苦战，将敌击溃，部队转危为安。

11月28日，红军进抵周至县城南马召镇。方面军军分委决定，放弃向关中平原进军的计划，改为翻越秦岭，南下汉中平原。秦岭山脉是阻隔关中平原和汉中平原的一道天然屏障，古来通道仅三条，东路叫子午道，西路名褒斜道，中路为傥骆道。红军这次南下翻越秦岭，走的是早已成为"荒塞"的傥骆道，它北起周至县西部地区的骆谷，南至汉中洋县北三十里的傥河河谷的傥谷口，全长四百二十里。

11月29日，卢福贵率领总指挥部无线电台警卫、运输人员，由周至县骆谷新口子出发，行军一个多小时后进入秦岭山区。秦岭北坡是断层陷落地带，群山环抱，悬崖刀削，雄伟秀特，势逼霄汉。在断崖路旁回首俯视，只见一片片黄土川塬、凹凸不平的坡旱地、梁多沟深的草山草坡分列其下。再往前行，曲折的盘山小径更加险峻，只能蹚乱石、攀悬崖、屈膝而上。中午时分，队伍翻越老君岭。

傍晚到达佛坪县的后畛子（今属周至县）。这里群山环绕，沟壑纵横，山高林深，道险"十八盘"，红军部队进入了与外界完全隔绝的封闭地区。国民党的尾随部队是没有胆量深入这样的山区的，已被我们的队伍彻底甩掉，部队的行军安全得到了保障，行军速度放慢了，边休整边前进。

部队已经行动在秦岭主峰太白山的南麓。山区行军依然是十分艰苦的。"太白积雪六月天"，何况这时正直隆冬季节。卢福贵与战士们还身着夏服，单衣草鞋抵御不了严寒，沿途都是荒山野岭，很少有居民，粮食又无法补给，加上连续行军，大家十分疲劳，浑身乏力。严寒、饥饿、疲倦连续不断向红军战士进行挑战。卢福贵从小吃苦,练就了耐寒的本事。他带领电台警卫战士们,硬是凭着大无畏的革命意志,不怕苦、不怕累的艰苦奋斗精神,坚韧不拔的顽强战斗作风,与严酷的自然环境相抗衡。幸运的是老天爷帮忙,在秦岭山脉的群山山体上,大自然造就了好多岩洞,小的可以容纳一两人,大的可以容纳一个班、一个排……这些岩洞便成为无线电台指战员们过夜避寒御风的处所。大家一个个蜷缩在"天然之家"岩洞内,相互依偎着过夜,但仍如唐诗所说的"嫦娥衣薄不禁寒"啊。真是登上秦岭之巅,方知"高处不胜寒"。卢福贵不肯懈怠,前半夜要查哨,后半夜亲自站岗,顶着刺骨的寒风,迎接第二天的朝霞。

山巅的清晨来得特别早。一轮红日蹒跚地爬上东边的山头,血红的光芒染遍群山之巅。电台指战员们都还是睡眼惺忪,却习惯性地按时集合,随即整装出发。翻过秦岭的脊梁,便来到南坡的佛爷坪。佛爷坪,长期以来是秦岭山区中段腹地的政治、军事中心。从佛爷坪开始,部队的行军就与渭水为伴,沿着渭水河谷,直插汉中腹地。

部队由佛爷坪西行,经都督门、大扇子,进入佛坪县的黄柏源(今属太白县)。它地处秦岭腹地,道路异常艰险。正像唐代诗人李白在《蜀道难》中所描写的:"西当太白有鸟道,可以横绝峨嵋巅。"有些地段山高谷深,难以通行,还可以看到一些古栈道的遗迹,壁孔、石柱至今犹存。在这些地段,卢福贵首先自己走好险路,并向新、老战士传授走险路的经验:遇到悬崖、峭壁,必须手脚并用,手抓树枝或扶岩壁,脚底踩实缓慢向前移动,还要目视前方,不能左顾右盼,特别是不能向下看,否则稍有不慎,就会坠落万丈深渊,人畜、器械都要粉身碎骨。

山里的天气说变就变。遇上阴天,站在山头上回顾观望,只见黑乌乌的山头一个挨着一个,云雾像奔腾的大海,看不到边际。部队在行军期间,好似在云里走、雾里行,实在是险不可测。

12月7日，部队沿湑水河南行，便到了二郎坝。由此继续南行，进入洋县西北边境傥骆古道的岔道口，没有沿傥骆古道继续前进，而是突然从山间小道沿湑水直插小河口村。

这是无线电台第二次翻越秦岭。经过九天的艰难行军，翻过九座两三千米的高山险道，到达秦岭南麓、城固以北四十公里的小河口，才把蒋介石的"追剿"大军再次甩在秦岭以北。

五、渡汉水　跨越大巴山

无线电台在小河口休整了三天。前线传来捷报：红73师两个团一举歼灭陕军赵寿山51旅的两个团，攻占了城固地区秦岭出口处的许家庙、升仙村（也叫沈贤村）。12月10日，队伍整装出发，由隘口向南直下汉中盆地，前进至沙河营。

沙河营是一个小镇，位于汉水北岸，东距城固县城七公里，西离汉中道（今汉中市）只有二十五公里。红军面临着严峻的形势，前有汉水阻道，后有追兵逼近，两侧陕军可以随发随至。汉中地下党曾派人与部队联络，介绍了敌军的驻防情况。总指挥部决定，迅速南渡汉水，甩掉敌军，向巴山北麓的西乡、镇巴前进。

汉水是汉江的上游地段，那里江阔水深，水流湍急，幸好时值隆冬，河沙营渡口水位较低，只有不到一人深。由于形势紧迫，船只又少，一万四千多人的红军大部队大多数只能涉水渡江。首长十分关心和重视电台的安危，特别给电台派了一条小船护送过江。

这天夜晚，天空乌云密布，没有一点儿星光，江面一片漆黑，伸手不见五指。北风呼啸，寒气凛冽，江流滚滚，咆哮声不绝于耳。汉水水面出现流凌，像一把把利刃，漂浮在水面。运送电台的小船停靠在涉江通道的下游岸旁，卢福贵命令全体警卫、运输人员准备好一切防水用具，在黑暗中摸索前进，小心翼翼地将电台运输箱抬上船舱，并布置好人员位置，用雨布、雨衣盖好箱子。小船随即离岸，顺流在江中斜行着。船至中流，风推浪高，浪借风势，后浪紧推前浪，一浪高过一浪，急流江浪不断地撞击着船舷。顿时，浪花四溅，像连珠炮似的飞跃船舷，涌向船舱。警卫班的战士依然穿着单薄的夏装。卢福贵和几位同志站在船头，警戒江面。另有几位同志则坐在船舱的上方一侧，用"人墙"挡住飞溅的浪花，保护电台不受江水的侵袭。全体人员衣服都被浪花打湿了，统统挂上了冰凌，有的人两腿冻麻，移动不便，有的人连连打喷嚏，还有的人全身发抖，直打哆嗦。但大家都全神贯注地观察着江水和电台，奋不顾身地与狂风恶浪拼搏着，没有一个叫苦的。

好不容易，小船安全靠岸，大家一阵忙碌把电台全部搬上堤岸，真是苍天不负有心人，在战士们的精心呵护下，整个电台没有沾上一滴江水，保证了电台一上岸便可正常运转。这时，大家的心情才平静下来，脸上露出了欣慰的笑容。卢福贵如释重负，借着堤岸上火把的光辉，回首西望江面，犹如满天星斗落汉江，一个个人头在水面攒动着，江水已经淹没了胸膛，浪花从头顶飞跃而过。许多人抬着担架、重机枪，奋力地与急浪涌流拼搏着，缓缓前进。

电台上岸之后，按照总部指示，直奔上元观镇。上元观又名南乐堡，位于县城西南十二公里处，是城固县的一个历史悠久的集镇。在集镇的北面，还有一座上元观庙。卢福贵和电台工作人员进驻一座农家小院，立即开始工作。

部队在上元观镇休整了两天。第一要务是，烘干衣服，好好睡一觉。由于地下党组织的支援，群众积极送粮送草，部队伙食得到了一次较好的改善。撤离根据地的几个月来，大家第一次吃了一顿饱饭。早饭还尝到了当地的特产——上元观红豆腐。卢福贵也吃得津津有味，感到这红豆腐色泽鲜艳，味香可口，回味悠长。

当部队进驻上元观镇之时，陕军孙蔚如第17师的主力部队也尾追至城固地区，屯兵汉水北岸，静观、监视我军的行动。12

月 14 日，我军大部队向南开拔，汉水两岸立即响起了一阵隆隆的炮声。凭军人特有的直觉，大家知道这是一阵毫无目的的射击，有同志开玩笑说："敌人鸣炮欢送红军了！"

当天，电台进抵西乡县西南地区的钟家沟。钟家沟是一个小集镇，地处大巴山西部，米仓山北麓，位于牧马河上游溪流的北岸。

按原计划，方面军准备在汉中地区建立新的革命根据地。汉中平原，一称汉中盆地，位于秦岭之南、勉县以东、米仓山之北、牧马河以西地带。形势险要，"北瞰关中，南蔽巴蜀，东达襄邓，西控秦陇"，"关川陕之安危，立国于南北者所必争也"。加之地势平坦，农业发达，有"陕南粮仓"之称。但是，根据地下党的同志介绍，它的现状却不尽如人意。近几年来，连年灾荒，土匪横行，人口锐减，粮食缺乏。在这个东西长约一百公里，南北宽五至二十公里，面积约一千平方公里的方圆之内，很难养得起一支有一两万人的红军队伍。

在此期间，方面军无线电台与中央电台始终联络畅通。无线电台接到中央发来的敌情通报，得知四川军阀田颂尧、刘文辉、邓锡侯等部，为争夺成都兵工厂，正在成都、内江一带进行混战。川东北地区是田颂尧的防区，兵力十分空虚，出现了极好的历史性机遇。军委会、总指挥部首长经研究决定，翻越大巴山，南下川北，向地广人多、物产富饶的四川发展，创建以川北为中心的川陕边革命根据地。

从钟家沟翻越大巴山进入川北地区，共有三条行军路线可供选择。一条是米仓古道，要绕道南郑县，循汉水支流濂水谷道，翻越米仓山，顺嘉陵江支流南江谷道下山，到达南江县境。另一条是官道，要绕道"巴山重镇"的镇巴县，翻越大巴山，到达万源县境，或从镇巴县向西从简池镇进入通江县。这两条路线的地势都比较平缓，但路程遥远，而且中途多处都有陕军和民团驻守。第三条是民间往来的崎岖小路，也是入川的捷径，只有二百一十里的路程。但是，这条小路已经年久失修，荆棘丛生，山险路狭，人迹罕至。加之时值隆冬，高山海拔两千米，大部分地区大雪封山，着实难走。徐向前总指挥决定，出敌不意，以迅雷不及掩耳之势，迅速攻占川北的通江、南江、巴中地区，为建立新的川陕革命根据地创造条件。

12月19日早晨，钟家沟上空笼罩着茫茫大雾。电台警卫、运输人员遵照首长的命令，整队出发。卢福贵是班长，走在队伍前头带领着大家跨过牧马河的一条小溪流，便走上了上山的道路。此处实际上位于米仓山东段，大家习惯称它为大巴山。这里山势巍峨，林密谷深，异常险峻。当地人都熟悉这段山路，还编出一段顺口溜：上山七十里，山上七十里，下山七十里，三七二百一十里。

这头一个七十里的行军路程真是无比艰难，卢福贵带着电台队伍在陡窄溜滑的山间小道上行进着。说是山间小道，其实哪有什么道路，满山都是蒿草、荆棘、苦竹。真是无路众人踩，这条新的羊肠小道是先头部队一脚一脚地踩出来的，且多半得用砍刀清除杂草、灌丛，一些沟沟坎坎要填平铲平，宿营时还得伐木搭棚，后续部队只是循迹前进罢了。

开始，无线电台的队伍经过几天的休整，精神面貌很好，从山脚下向山上爬时，大家异常兴奋活跃，一路山色一路歌。不一会儿，大雪纷飞。队伍开始寂静下来了，抬着沉重的电台机器缓慢地行进。要知道，这个时期的无线电台很原始、很笨重，与现在的电台大不相同。各军、各师的小功率电台还好些，总重量不过几十公斤。方面军总部的大功率无线电台就不一样了，装备十分复杂，体积十分笨重，光是收报机、发报机就有四十斤；蓄电池就更重了，每个重达三十斤，共有六个；最重的还是充电机，加上机器零件箱、汽油箱和天线，重达九十多斤。这些都要靠运输人员的双肩挑着、抬着行走。卢福贵十分重视运输的组织工作和教育工作。每次出发前，在组织工作上，他都首先挑选六名体力最壮、政治素质最强、认真细心的运输员，其中两人轮流挑运收、发报机，四人替换抬充电机，其他人员也要固定分工。接着，对运输员，特别是临时借调来的人员，要进行爱护机器的教育。那时电台没有备用品，别说丢失，即便损坏了一个零件，也无法补上，马上就得停机，不能工作。所以，每次行军，警卫人员都要全力监护运输工作，还要承担一部分运输任务，发现有危险动作，立即纠正，以保证电台万无一失。因此，大家都知道自己任务的重要性，"一挑值千金，千金难买一肩挑"，把无线电台看得比自己的生命还重要。只要这些沉重的机器一上肩，便全神贯注、小心翼翼地行走，融雪滴水成冰，道路湿滑，脚下稍有不慎，就会连人带机器一起摔下山涧，后果不堪设想！大家走一步退半步，拔一脚滑半脚，行动十分迟缓，真是"蜀道之难，难于上青天"！为了更好地保护电台，加快行军速度，总部首长决定抽调一个排的兵力协助电台的搬运工作。于是，搬运的速度加快了，大家拧成一股绳，加一把油，上一步，停一步，换口气，鼓鼓劲，一步一步有节奏地向上行进。

　　冬季昼短夜长。到达山顶时，天色已经垂暮。好在山顶道路的坡度较为平缓，经过艰险路段之后，大家觉得好走多了，一口气又走了一二十里。最后，夜色笼罩着群峰，道路也不好认了，才被迫停了下来，在路边一间草棚就地休息。大雪已经停止了，但是大风乍起，寒气扑面，凛冽的北风不时呼啸着吹过，这是一个十分难熬的夜晚。卢福贵安排大家把电台放进草棚，把准备好的两条旧军毯展开，包裹电台。说起这两条旧军毯，那还是在鄂豫皖苏区时从国民党军队那里缴来的战利品，当时方面军领导为了保护电台，特地发给警卫班，用来在行军时遮小雨、挡风雪的。接着，大家围着草棚，拿出干粮，从树杈上抓几把雪就着干粮一起吃了。然后，依次钻进草棚，围着电台背靠背地坐卧着。每一个人便是一只三十七度的火炉，严寒之夜，取暖、保暖是人的生存之道，这样既保护了电台，又互相暖和了身体。

第二天天刚亮，起床的军号就已响起。其实，由于天气实在太冷，又是露天宿营，谁也没有睡好。卢福贵率先打起精神，凭着年轻力壮，体格强健，领队出发。

午间休息时，有人在议论"上山容易，下山难"的俗语。深山里长大的卢福贵也参加了议论，他说："其实，这也不是一个科学的铁律。樵夫上山砍柴，上山时空身一人，爬山比较轻松，下山时肩挑柴火，自然就难了。护着电台则不然，上山下山都要抬着电台行走，那就很不一样了。眼前米仓山北坡地势陡峭，有些地段像刀削，南坡地势平缓下降，山间小道也没荒芜。上山下山两者比较，下山要比上山容易些。"随后，他又提示说："这里下山也有一些特殊困难，运输员抬着沉重的电台及其零件，在下坡时，人体重心前倾，路又滑溜，有些路段也很陡峭，如不小心，一个劲儿地往下出溜，也要出大事，甚至会机毁人亡！"所以，他要求：电台主件不管是一人挑还是两人抬，轮空的人员都要前后保护着，每走一段路就要换人，其他零部件也得由人背着或双手捧着，小心翼翼，不能损坏。

无线电台下山后的第一个立足点是两河口。这里是四川盆地通江县北部边缘的一个小集镇。镇上原驻有军阀田颂尧一个营的兵力。川军大多数是"双枪兵"，一手拿火枪，一手提烟枪，只知欺压老百姓，抽大烟，从未打过什么仗。他们根本没有想到，红军会在这个风雪之夜，突然翻越大巴山，像天兵一样神速地降落在川北大地。三个小时前，红军先头部队到达两河口，枪声一响，把他们都惊呆了，撒腿就跑。所以，我军很快就拿下了这个镇子。

至此，红四方面军无线电台跟随总部机关，自10月11日离开鄂豫皖苏区，进行了艰苦的战略大转移，历时两个多月，行程三千里后，于12月20日进入川北地区，立足两河口，开始了川陕根据地新的发展建设时期。

第四章　川陕苏区架天线

一、毛裕镇的电波

1932年12月21日，方面军无线电台离开两河口，沿通江南行至苦草坝。随后无线电台暂留苦草坝，红军兵分三路，迅速实施战略展开。12月25日，解放通江县城诺江镇。县城仅千余人家，三面靠山，一面傍水，四周城墙坚固。无线电台随西北军委和总指挥部前移至通江县城，分驻在天主堂和孔庙，控制了以通江为中心的大片地区。经过一个多月的东讨西伐，1933年1月23日，我军进占巴中，2月1日，攻占南江城，2月7日，成立中共川陕省委，中旬成立川陕苏维埃政府，初步形成了以南、通、巴为中心的川陕根据地。

随着机构的增加和扩大，无线电台随军委机关向北转移至城郊毛裕镇，总指挥部则南下巴中县城。

毛裕镇是一个不大的古集镇，长一千八百米，宽仅六十米，位于通江县城北部十六公里处，地处大通江和园池河交汇的半岛上。该镇三面环水，一面靠山，形似龙舌，旧称龙舌镇。它是通江县水陆交通的冲要之地，历史上曾是繁华的水运码头之一。明末设总兵府，筑城墙，形成镇戍，清设守备府。总部首长看上了这块风水宝地，把无线电台安置在了鲜为人知又十分安静的龙舌镇上。

无线电台进驻毛裕镇，工作环境相对稳定优越，对电台的发展、兴旺起到了极大的推动作用。2月，电台决定扩建第3台，并成立电务处（对外仍称电台）。宋侃夫为处长兼3台台长，统管报务、机要、译电，以及行政和训练班工作。王子纲为1台台长，在后方机关工作，主要担任通信任务，兼搞技术侦察工作。蔡威为2台台长，主要搞技术侦察，有时也担负一些通信工作。

初期，电台在保持同中央苏区联络的同时，抄收南京国民党中央社播发的新闻，从中收集情报，并对根据地周围的敌台进行侦听，很快发现了四川军阀田颂尧、邓锡侯的电台信号。他们发报的报头、报尾都使用明码，中间夹杂密码，每到驻地总要互相询问："QRC（贵台何处）？""QRA（贵台何名）？"回答也是使用明码。队伍出发时，拍发"我台奉命立即出发，请即停止联络"或"×小时后再见"。我方从敌台互相晤谈和抄收的明码电报中，获得了极为重要的军事情报，很快摸清了敌军部队的番号、主官姓名、驻地位置、行动方向、指挥系统，等等。军委会和总指挥部首长看到上送的情报，对指挥作战、运筹决策都起到了很重要的作用。电台受到首长的重视和好评，并指示要把侦听工作列为重要的任务，予以加强和发展。同时，徐向前总指挥还十分重视电台的警卫工作，根据电台扩大和发展的需要，他提议并经总部批准，将电台警卫通信班升格为排级。所缺兵员可以就地扩招，加以充实。按电台规定，警卫战士每人配备一支马枪、一把大刀，武器弹药缺多少配多少。今后电台经常性的警卫值班、送递电报、电台搬家等事项，一律由警卫通信排自己安排，部队不再临时派兵帮忙。卢福贵原为3排班长，因排长下部队当了连长，随即擢升为3排排长。

1933年2月，四川军阀、29军军长、川陕边"剿匪"督办田颂尧，会同杨森第20军和刘存厚的川陕边防军，共三十八个团六万多人，于18日兵分三路，向川陕苏区实施大规模的围攻，史称"三路围攻"。

在反围攻中，徐向前总指挥很重视发挥无线电台的作用，狠抓军事情报工作，鼓励无线电台提供更多系统的敌情资料，以及时研究敌情，掌握敌军的实力和部署。几乎每打一仗，红军无线电台都能侦听到敌人的命令。徐向前总指挥依据敌人的电报打仗，赢得了主动，打一仗赢一仗，真正做到"知己知彼，百战不殆"。他还派出 2 台在警卫排排长卢福贵监护下，随主攻部队红73 师到前沿行动，担负与军委会、总指挥部的联络和侦察当面敌军行动的任务。

5 月中旬，田颂尧的主力左路纵队进至空山坝以南的余家湾、柳林坝地区，与坚守在通向空山坝的咽喉之地——大、小螺马和小坎子的红 73 师相对阵，一度还包围了小坎子阵地。

这个时期，红四方面军各部队的通信联络主要靠有线电话和骑兵通信。这次被敌包围在小坎子，有线电话已经不通。王树声副总指挥跑到电台询问蔡威，有线电话不通，冲不出去怎么办？蔡威说，可用无线电台。王树声就让蔡威试一试，起草了一份电稿："小坎子被围，怎么办？"上级立即回话："死守待援。"5 月20 日夜，红 33 团在程世才团长的率领下，从空山坝西北开辟了一条通道。拂晓前，总攻开始，红 11 军向敌左侧后发起攻击，红 73 师乘机向敌发起正面攻击，第 10 师、第 12 师从右翼猛攻，将敌十三个团分割包围在空山坝以南的余家湾、柳林坝地区。经过三昼夜的激战，全歼敌左纵队七个团，击溃六个团，取得了反"三路围攻"作战具有决定意义的胜利。

这时，电台领导十分注意技术骨干力量的培训工作。1933年 9 月，在电台大院举办第三期无线电训练班，从部队选调优秀青年参加训练班学习。这期学员共十七人，由徐明德、徐定选负责，王子纲、马文波等都到训练班给学员讲授业务课。后来，在反"六路围攻"胜利之后，又开办了第四期无线电训练班，学员三十人，由彭宗珠、戴国栋负责。这两批学员学习积极性都很高，训练速度快，成绩优良，后来都成为红军通信、侦听技术的骨干。

二、大练兵

反"三路围攻"的胜利，使川陕苏区红军声威大震，群众尊崇红军，以参加红军为最光荣的事情，掀起了参军热。红四方面军适时扩军，把四个师扩编为四个军，总兵力达四万人。遵照军委指示，利用川陕苏区出现的暂时相对稳定的局面，为全面提高红军的军政素质，全军在7月至9月，分期分批进行了三个月的军政训练，上自军长下至炊事员，上自总部机关下至各连队，人人参加，无一例外。

卢福贵是鄂豫皖苏区早期培养出来的红军干部，在徐向前总指挥的直接熏陶和教育下，已经养成一套严练、苦练、勤练的优良传统。几年来，不论平时还是战时，即使是在高温酷暑、烈日炎炎或者寒冬腊月、风雪交加的恶劣气候下，只要有空，他总是坚持练习射击、投弹和刺杀三个项目，并取得了优异成绩。步枪射击，几乎百发百中，可当狙击手；手枪则弹无虚发，可打空中飞鸟；投弹也是名列前茅。他不仅自己苦练杀敌本领，而且还带动班、排战士进行苦练。他常说："艺不压身"、"刀在石上磨，人在世上练"、"平时多流汗，战时少流血"、"苦练出精兵"，对战士要求很严、很高，以使其能够经常、刻苦的训练。这次大练兵运动开始前，他已被选为无线电台警卫通信连党支部书记。原支部书记、1排排长陈福初即将参加无线电台业务训练班学习，他鼓励卢福贵下决心，勇挑重担，负责统一组织全连警卫战士的军政训练。卢福贵刚上任，对搞好仝连的整训心中无底，顾虑自己文化水平低，军事理论水平低，怕胜任不了这个重要任务。他说："我打枪还可以，但要教育别人，怕不大行。"最后，宋处长决定，由卢福贵统一组织全连大练兵运动。卢福贵只好服从命令，硬着头皮上了。

7月初，警卫连召开练兵动员会，宋处长出席会议并讲话。他强调，当前部队发展很快，警卫通信连增加了大量新成分，不仅新兵迫切需要加强全面的军事、政治教育，而且干部、老战士也亟须增强指挥、管理能力，以提高部队的战斗力。大练兵运动是提高部队战斗力的关键一招，兵不练不精。希望大家通过训练，真正掌握一套杀敌制胜的过硬本领，练出不怕苦、不怕累、艰苦奋斗的革命精神和勇往直前、不怕牺牲的英雄气概，并祝大家顺利完成大练兵任务，取得军事、政治双丰收！

卢福贵代表党支部宣布军政训练计划。他说，这次警卫通信连分两批进行大练兵，一批坚持经常性的警卫通信任务，一批集中精力、集中时间投入大练兵。每批训练期为一个半月。在时间分配上，以军事训练为主，约占百分之八十，政治训练约占百分之二十。日程安排为：早晨坚持早操；上午按计划进行军事实练；下午听军事技术、战术辅导课，或上政治课，并进行学习讨论；晚间进行文化学习，开展俱乐部活动。

在这次大练兵运动中，卢福贵重点抓了以下几项工作：

首先，坚持高标准、严要求。根据红军武器装备差、训练器材缺乏的现实，从电台警卫工作的实际需要出发，突出重点，进行射击、劈刺、投弹和负重急行军四大技术训练。比如射击，不仅要练习各种姿势的射击，而且要进行步枪基本知识的教育，包括操枪、测距离、定标尺、瞄准、击发、装退子弹、上下刺刀、枪支的拆装和保养。新兵要求掌握各项技术的基本要领，达到合格水平。还要进行严格的队列训练，做到服从命令听指挥，步伐一致，动作一致，队形威武整齐。训练新兵是一件十分艰苦的工作，要训练到其能攀高履险，拼刺杀，走夜路，辨听枪炮声，懂地形地物，能隐蔽自己、保护自己。总之一句话，"不怕死，有胆量"。老兵则要求各项技术娴熟、准确、快速，精益求精。比如步枪射击，着重对隐显目标和活动目标的瞄准练习，这样既能正确瞄定目标，又能缩短瞄准时间，有利于提高射击命中率和避免因瞄准过久而造成伤亡。投弹，着重在持枪、背枪和冲锋条件下的投掷练习，以使投弹技术全面发展，更适应实战要求。连、排干部和班长、老骨干还要练战术，特别是野战攻坚战术，并能组织实施指挥作战。在练兵中，要发扬互帮互教，以老带新，以求作战中能协调一致，互相配合。

红军缺乏重武器，攻坚能力差，但手榴弹的威力足以震慑敌人。因此，投弹是新老指战员必练的项目。投弹要求是投得远，投得准。卢福贵根据自己的实战经验，引导大家一定要进行臂力的基本功练习。没有训练器材，他就从老百姓那里借来石担、石锁，组织大家举石担，玩儿石锁，还发动大家比赛掰手腕、摔跤、攀树枝练习引体向上等，以增强臂力。同时开展练习大刀法，拼刺杀。这样，讲武、习武之风吹进无线电台大院，很快掀起了全员练兵的热潮。

其次，加强领导，突出重点。支部书记卢福贵率领各支委，分别深入班、排，进行各课训练项目的辅导教练。卢福贵到各排蹲点，传授自己操纵和使用步枪射击的实战经验，辅导大家瞄准射击。怎样瞄准？他说：首先要练好三角瞄准法，把枪口调整到一定方向和角度，才能使弹头命中目标，就是说要把视力、准星、目标三点连成一线；托枪臂力要稳定，扣扳机用力要轻。为加强托枪臂力训练，常用土办法，用绳系一块砖头挂在枪杆上，手托枪杆练习瞄准的稳定性。指战员们练兵热情逐渐高涨。卢福贵采纳群众意见，组织人员在警卫连驻地大门、食堂、俱乐部门口统统安置了枪架、木质手榴弹，饭前、饭后都要增练几次步枪瞄准和投弹动作，以满足大家高涨的练兵热情和积极性。

在练兵中，卢福贵针对无线电台的特点，亲自抓爱护机器的敬业教育。他反复强调说，由于战时不稳定的工作环境，无线电台要随队经常转移，特别是处于险境时的转移，也是最易发生丢失、损坏机器的危险时期。每个警卫战士除掌握一定的军事技术、完成好电台的警卫任务外，还必须苦练警卫监护电台的基本功。一是要学会安放和拆卸电台机器、架设和拆卸天线、装箱打捆，还要进一步掌握"轻功"，即不能碰损机器，特别是电子管更要轻拿轻放，且行军时要做特殊保护，不准丢失，不准损坏。二是学会负重急行军，特别是山地和夜间急行军，要前后照应，跑步要稳，行军要静，爬山过河、攀登悬崖、跳跃障碍时都要谨慎小心，容不得半点儿大意。还要学会使用夜间联络方法和工具，比如使用竹筒装火香，筒口朝后，除后边跟进的部队外，前方和两侧均不能发觉；学会用竹子做"联络哨"，因其声高音尖，在枪声炮声中也可辨听出来。三是练胆量。卢福贵对电台负有强烈的责任感，他用庄重而严肃的口气说："无线电台来之不易，是无数革命先烈流血牺牲换来的。不能小看运输人员肩上的一挑，这一挑值千金啊！不，千金也难买一肩挑啊！"以此增加大家的自豪感和责任感，再加上掌握一套过硬的警卫监护业务本领，达到"艺高人胆大"的境界，不管遇到什么样的险情，总能化险为夷。

再次，开展政治练兵。红四方面军扩军后，无线电台吸收了一批新兵，多数是翻身农民。他们晓得红军好，"打土豪，分田地"，是穷人的军队，但是，也存在不少思想问题，有的怕打仗，有的不愿离开家乡，有的违反群众纪律。为此，必须进行党的纲领、土地政策、群众纪律、俘虏政策等正面政治教育，重点抓好阶级教育和红军宗旨教育，解决为什么要当红军和怎样才能当好红军的问题。通过两个阶级、两种军队、两个前途的对比，引导大家划清阶级界限，提高思想觉悟，使大家认识到：红军打仗是为了解放工农大众，建立苏维埃新中国，实现共产主义的理想。新兵有了这样崇高的目标和伟大的理想，也就掌握了无形的精神武器，就可以丢掉各种私心杂念，不怕苦、不怕累、不怕牺牲、顽强奋战，去战胜困难，争取胜利，从而迸发出强大的战斗力和压倒敌人的英勇士气。正如斯大林所说："知道自己为什么而斗争的军队是不可战胜的。"

干部和老兵也出现了一些现实的思想问题,主要是有急躁情绪,管教方式简单生硬,埋怨新兵落后、难带。为了提高大家的思想觉悟,纠正偏向,增强管理能力,卢福贵对他们普遍进行了连队政治教育。组织大家学习中共"六大"的重要会议精神及《红军战士读本》、《红色战士必读》等材料,以提高干部和老兵的政治思想水平。经过学习、讨论,他们提高了做政治思想工作的信心,并体会到:连队党支部是团结战斗的坚强堡垒,干部和老党员是党支部的骨干力量,要学会走群众路线,相信群众的力量,从新兵的实际出发,帮助他们提高觉悟,相信广大群众中有英雄。这些新兵是懂道理的,只要把道理讲清楚,工作做到位,使他们感受到阶级友爱和革命大家庭的温暖,他们便会提高革命的自觉性,遵守纪律,改正错误,并自觉地团结在党支部的周围,平时服从命令听指挥,战时勇往直前,所向无敌。

最后,关心群众的物质生活,开展文化活动。

在这次大练兵中,指战员们顶烈日、经风雨,普遍出大力、流大汗,极大地消耗了体力。党支部关心群众生活,卢福贵动员管理排做好后勤管理和供应,动员炊事员尽量筹集经费,改善伙食,尽可能增加饭菜的品种,还添加绿豆汤、大麦茶等消暑饮料。卫生员则动员大家整理环境卫生,清扫厕所,勤洗勤换服装,整理内务,还进行防暑降温的常识教育。此外,利用休息时间,开展文化学习,上识字课,扫除文盲,让不识字的干部、战士混合编组,互相督促检查,规定每天学几个字,逐步达到能看懂报上简单的消息、写一般家信的水平。但是,最大的困难是缺乏文化教员,全连没有一个知识分子。好在无线电台知识分子众多,卢福贵便向宋处长请求支援。宋处长批准后,即派人轮流任教。同时,丰富列宁室的活动,组织下棋、排球比赛,培养集体主义精神,发扬革命英雄主义精神,树立荣誉感。

经过三个月的军政大练兵运动,警卫通信连的面貌焕然一新。在军事技术和战术上,新老指战员都学到和掌握了几手克敌制胜的本领，特别是无线电台的警卫监护工作，警卫战士和运输员的素养都有了一定的提高，进一步走向成熟。大家表示，平时警卫，严格换岗制度，保证无一疏漏；战时电台转移，保证不发生大小事故；到达驻地后，保证快速摆开电台，架起天线，开动机器，及时与中央和友邻部队联络。在政治上，党支部已成为了连队的坚强核心，新老战士团结互助，互帮互学，严格遵守纪律，服从命令听指挥，继承和发扬了鄂豫皖红军不怕苦、不怕累、连续作战的艰苦奋斗精神，以及不怕牺牲、勇往直前和压倒敌人的英雄气概。

全体指战员精神饱满，斗志高昂，充满了必胜的信心和决心，准备迎接新的战斗任务。

三、偶遇老舅

警卫通信连第一批大练兵刚结束，电务处宋侃夫处长便通知卢福贵率领一个排，跟随徐向前总指挥开赴巴中前线执行任务。原来，四川军阀又一次爆发刘湘、刘文辉的"二刘"之战，川北三大军阀田颂尧、杨森和刘存厚实力较弱，被迫退缩自保，自西向东包围着川陕根据地，并与红军对峙。西北革命军事委员会经研究分析，为进一步削弱川军实力，扩大根据地，决定在8月中旬至11月初，由徐向前、陈昌浩指挥红军主力，向外线连续发起仪南、营渠、宣达三大进攻战役。

1933年8月中旬，卢福贵奉命率一个警卫通信排监护电台，跟随蔡威台长，从毛裕镇出发，赶往得胜山向徐向前总指挥报到。次日清晨，徐向前总指挥率领参谋、警卫人员和无线电台向通江县城西南方向的巴中县城进发。川北大巴山区，峰峦绵延、峡谷幽深、溪涧纵横，交通极为不便，多山间小路，陡峻难行。好在秋降人间，一路上阳光灿烂，稻谷飘香，硕果满枝，鸟语蝉鸣,微风拂面,颇不寂寞。经过一天多的行军,队伍于次日下午抵达巴中县城。

临近县城东门,人群熙来攘往,在出城的队伍中,卢福贵突然发现了一张很熟悉的面孔。此人身着灰军装,肩扛竹竿布担架,仔细再看,哎呀!这不是老舅(母亲的亲小弟叶善连)吗?于是,他赶忙跑过去,喊了一声:"老舅!"这时,老舅也看见了卢福贵,他先是愣了一下,目不转睛地盯着卢福贵看了又看,似乎认出来了,忙说:"你是外甥吗?""是啊。"卢福贵立即伸手把老舅拉到路旁。老舅把担架一头立地,一头紧靠肩膀,满肚子话一时不知从何说起。还是卢福贵年轻聪明,思维敏捷,先开口道:"你怎么来这儿的?"老舅笑眯眯地回答:"自从你们走后,我也参加了红军73师,一直在73师卫生所担架队工作。当担架队员也是革命工作,分工不同,一样重要。"他很关心外甥的情况,便问:"你现在属哪个部队,做什么工作?"卢福贵在长辈面前有点儿拘谨,但又自豪地说:"在方面军总指挥部无线电台,任警卫通信排排长。"看到老舅的眼神直盯着自己腰间的盒子枪,连忙补充说:"按规定,部队连以上干部才配发盒子枪,我们无线电台工作性质有些特殊,连报务员、机务员也都挎盒子枪。"他关心老舅的去向,便问:"你们到哪里去?"老舅回答:"王树声师长,不,王军长说,南边几个军要打大仗、硬仗,需要担架队,让我们来巴中支援30军。军部又分配我们到得胜山驻防的几个团工作。"卢福贵接着说:"我们刚从那边过来。"老舅担心自己的队伍走得太远,怕掉队,马上又问:"给家里去信没有?"卢福贵立即想起了爹娘,颇有歉疚,不好意思地说:"没有。我很想给他们去信,可是家乡的白色恐怖厉害,怕给家里惹事!"老舅"哼"了一声,说:"部队走远了,以后有机会再说吧!"临别时,他又谆谆告诫,叮嘱说:"你注意身体,好好工作,虚心学习。当官了,不能骄傲!"说完,两人都已热泪盈眶。老舅告别了外甥,转身飞快跑出城,前去追赶部队。卢福贵望着老舅的背影渐渐地走远了，消失在人群之中。

卢福贵独自向城里走去。他想，如果情况允许，能够给爹妈写一封信，告诉他们儿子还活着，此时此地又遇上老舅，那该多好呀，二老会多高兴呀！他一边走着，一边回味着老舅的叮嘱，长辈的忠告语重心长，的确"当官了，不能骄傲"。他十分痛恨自己的骄傲思想，骂它是一个顽症。当初，他由班长升排长时，骄傲思想曾有一次露头。配挎盒子枪，他便"神气"起来，心潮起伏，激动异常，还想"如果走到家门口，非露一下不可"。幸好，当时头脑里有一股正气占了上风，提醒他共产党员不能骄傲，他还有很多不足的地方：文化水平太低，不识字。他要向报务员们学习。他们有文化，能读书，会写字。他为有这么多老师，有这么好的学习机会而高兴。

这次支部改选，卢福贵被选为书记，接着，宋处长又让他统一领导警卫通信连的大练兵，不知不觉他的骄傲思想又冒了出来。原支部书记陈福初也曾严肃认真地批评过他，说他有些个人英雄主义，有点儿地位观念，好面子。这些都是非无产阶级思想意识在作怪。想到这里，他便虚心起来，决心更加敬业，把电台警卫工作做得更好。他还随口哼出了一首顺口溜："无线电台是个宝，说话不用嘴，通信不用腿，空中飞电波。是快就是快，没有电台不知它重要，来到电台就爱上它，听到充电机隆隆响，觉得浑身有力量。心随机器同声唱，多收敌情打胜仗。"

卢福贵越想越兴奋，思维涌动，浮想联翩，在新的高度上，再次鞭笞了坏思想、坏毛病。党赋予支部书记一项十分庄严、神圣的任务："党在红军中政治路线及纪律的执行者"，"不论在执行自己的职务和个人行动上，均需做全体军人的模范"。当前，川敌刘湘正调用一百四十余个团的兵力，分六路围攻川陕红军。自己作为一名红军连队支部书记，一定要好好工作，戒骄戒躁，谦恭待人，深入班排，和战士打成一片，以身作则，做表率，把警卫通信连建设成为一个革命大家庭，锻炼成长为一支不可战胜的力量，实现我们革命军人的誓言，用"我们的血和肉"打破"围攻"，推翻国民党，打倒帝国主义，争取解放全中国，为社会主义前途斗争！

四、智取绥定府

卢福贵脑海中的思想斗争十分激烈，但脚下却健步如飞，行走在巴州镇上，很快赶上队伍。一到驻地，他按照常规先把警卫工作铺开，立即检查机房、开箱、架天线，开动发电机。蔡台长、马文波随即上机侦听敌台广播。他们细心地侦听，通过集中、翻译，去伪存真，汇集了敌军新的驻地及行军命令、时间和方向。这些电报资料已成为指挥部领导每日必读的敌情电报，从而对敌军情况了如指掌，打仗很主动。从 8 月 12 日至 10 月 6 日，我军连续沉重地打击了田颂尧部，重创了杨森部，消灭了大量敌军有生力量，取得了仪南、营渠两战役的胜利，向西向南扩展了根据地，成功地占领了嘉陵江东岸南部县九十多口盐井，基本解决了根据地的盐荒，打破了敌人的经济封锁。

接着，徐向前乘胜展开宣达战役，攻打四川老牌军阀刘存厚。刘存厚是一位四川武备系旧军阀，辛亥革命后任川军第 4 师师长，拥护蔡锷护国军，北洋政府任命他为军长、四川督军，吴佩孚时期任川康督办、川陕边防军督办，被授予"崇威将军"头衔，并在绥定府（达县）设立川陕边防军督办公署，辖区为川东北的万源、城口、宣汉、达县（绥定）一带。其所辖部队不断扩编，但又陆续分裂出去，因此这位老牌军阀就成为四川仅有两个师的小军阀。1933 年 5 月 8 日，蒋介石任命他为 23 军军长，其部扩编为两个师又两个旅。但他不打"青天白日"旗，只打北洋政府的五色旗。他把十五个团近两万人的部队摆在长达三百里的防线上，呈一线弧形式配置，与前线红军相持对垒。他于老巢绥定城留两个团的兵力驻守，自己则放心地待在国民党川陕边防军督办公署，过着安乐、奢侈的督办生活。但他怎么也没想到，红军李先念仅率一个营，不打一枪，不发一弹，突然出现在达县县城。

这里有一段故事。三次外线进攻战役后，卢福贵被提升为红四方面军无线电台警卫通信连指导员。当他回到连队后，立即把李先念"智取绥定府"的战例编作教材，向电台警卫指战员进行军政教育。新中国成立后，在20世纪50年代初期，他调公安部政治部（人事局）工作期间，北京东城区的一些中、小学，每逢"七一"、"八一"，都要邀请他到学校作报告，进行革命传统教育，向师生们宣讲红军精神，他也常常讲"李先念智取绥定府"的故事。

宣达战役发起前，总指挥部由巴中移师得胜山，在北山寺召开军事会议，研究攻打刘存厚的作战方针和部署，确定集中兵力，实施中央突破，隐蔽地直捣敌人后方，并派部队在两翼实行辅助进攻。右路，红4军以一部分兵力向嘉陵江东岸佯动，造成红军向西进击的态势，以隐蔽战略意图。左路，红4军主力战役目的是攻占万源、城口。中路，红9军副军长许世友率25师为第二梯队，目的是攻占宣汉；红30军军长余天云、政委李先念率88师和90师的268团为第一梯队，秘密向东集结，对刘存厚的老巢绥定府进行出其不意的袭击。

17日拂晓，红30军268团作为尖刀团，依计打下土地堡要隘烟打寨，趁势向敌纵深猛插猛进，立即摧毁敌第1师防御阵地，歼灭一个团，溃敌一个团，余敌向宣汉、达县方向逃窜。

红30军政委李先念率两个先锋团从中路跟进，直插达县。19日，占领达县城东北三十里的罗江口，留下一个团驻守，接应后续部队，他继续率领263团向南猛进，直逼达县城北地区。用望远镜观察地形后，他不觉倒抽了一口气，说："好险的地形！"达县是一座古城，地势十分险要，北有凤凰山、龙爪山。

凤凰山高耸舒展,形如飞凤,掩映城郭;龙爪山险峻峭绝,如龙擎珠。南有翠屏山,西亘铁山,州河东来,形成一个弧形,绕城南下,与巴河相汇,注入渠江。这样险要的形势,还有坚固的工事和一个团的防守力量,实为易守难攻之地。

李先念立即命令263团挥军硬攻。263团能攻善守,号称"铁锤团"。团长陈锡联是"打仗数第一"的好团长。这次,陈团长命令1、2营攻山,3营作预备队。李政委微微一笑,说:"你带两个营攻山,留一个营跟我行动。"陈团长领命,第3营便跟随李政委继续往西向县城挺进。路上,李先念用望远镜观察沿途路况,只见溃散之敌和老百姓一起,正向达县西城逃难。他顿时灵机一动,马上命令3营指战员卷起红旗,摘下帽徽,包好机枪,下山混进敌军溃退的行列,一同进城。那个年代,川军服装很乱,与红军差不多,走在一起,敌人难以发觉。这样,李先念带着3营,不发一枪一弹,就混进了达县县城。

傍晚,李先念进得城来,却不明敌人的虚实和部署,而后续部队还有一段时间才能到达。他眉头一皱,计上心来,打起全城最高建筑物天主教堂的主意。他命令7连连长、指导员带上号兵、红旗、机关枪和一个班,进教堂,登钟楼,展红旗,吹军号,将机枪对着刘存厚的公署一阵横扫,全城顿时乱成一团。刘存厚正在公署后院饮酒、抽大烟,忽听外面枪声大作,人声嘈杂,忙向卫队长询问情况。恰好一名卫士前来禀报:"红军杀进城来了!"刘存厚哪里还顾得上细听军情,马上让管家备轿、备车,带上家眷和金银细软,在卫队的保护下,一溜烟地向城南猛逃而去。绕城东来的州河成为刘存厚的一道防线,从浮桥过河后,他便命人烧毁了浮桥。进入翠屏山后,他让守城部队在北山坡截堵追兵,自己即南赴广安、南充。

李政委命令3营维持城内治安,待后续部队赶到后,迅速收拾城内残敌并追击逃敌。之后,他率领通信队和3营一部折回凤凰山歼敌。

在徐、陈首长的率领指挥下，19日，许世友率25师第二梯队攻占宣汉，与王维舟川东游击队胜利会师；左路红4军于21日进占万源，直抵城口县郊；右路红4军一部渡巴水进至达县以西地区。

宣达战役，战果辉煌。经过十一天的作战，解放宣汉、达县、万源三座县城。特别是达县县城，李先念"一下端掉刘存厚的老巢绥定王国"，敌人来不及破坏，府城完整无损，连仓库也没有开封，各类物资堆积如山，兵工厂、被服厂、造币厂、印刷厂等一概保留完好。

第二天，为将大批军用物资安全地转到通江后方，方面军总经理部（后勤部）主任郑义斋率民兵前来搬运。李先念则动员部队协助，先将枪支、弹药箱，还有一批军用地图、机密文件，运到部队看管、保存。然后将金条、银元、大烟土登记造册，移交郑主任。接着，拆工厂、卸机器、运粮、运盐、运布匹，等等。从达县到通江，在崎岖不平的山路上，没有运输工具，全靠人力。运输队伍像长龙一样川流不息，有肩抬的，有背扛的，有抬滑竿运机器的。李先念又派部队沿途警戒。这些物资运到后方后，大大改善和充实了红军的补给资源。

总指挥部决定，将这次缴获的军用物资中的两部无线电台和一批电讯通信器材统统移交给无线电台。无线电台的全体指战员见到这些贵重的电台和器材，一个个高兴得跳了起来，你一言我一语，纷纷称赞这次战役让电台发了一笔"洋财"。

五、首长的赞扬

1933年10月，四川"剿匪"总司令刘湘在蒋介石的支持下，纠集各路军阀，先后投入兵力达一百四十多个团，约二十五万人，向川陕根据地发起"六路围攻"。红军由外线进攻转入内线防御，与敌鏖战十个月，伤亡两万余人，最后一举反攻，刘湘宣告失败。他叫苦不迭，哀叹这次失败"耗资一千九百万元，官损五千，兵折八万"。

红四方面军的反"六路围攻"，是入川以来规模最大、持续时间最长、打得最艰苦、战果最辉煌的一次战役。在这次战役中，无线电台已发展到完善、成熟的鼎盛时期，无线电通信保障作战功能也发挥到运用自如的巅峰时期。不仅能提供一般的敌军军情，而且多次成功地运用于对敌作战，频频获得首长的赏识和赞扬。

战前，根据总指挥部的决定，宋侃夫运用缴获的电台和电讯器材进一步完善、扩展方面军的无线电台系统，增加了4台、5台两部电台。游正刚为4台台长，徐明德为5台台长。这样，方面军共有五部电台，统一组成了一个完整的电信系统。4台、5台配属前线各主力军部，担负往来电报的收发和密码翻译；蔡威率2台和助手冯志禄、徐定选，配属前线总指挥部，担负敌台的侦听、机密电报的翻译和通信联络，还兼管驻在军部的通信联络任务。

宋侃夫率3台、王子纲率1台和助手马文波跟随军委会行动。他们三个人架起五部收报机，担负着军委会繁重的电信业务，要严密控制敌军数十个师、旅以上电台的侦听，每天抄收敌台电报二百余份，并摘其重要的作战计划、行动命令等密报，译出上报，使总部机关对敌军的行动了如指掌，有利于选择战机，使用兵力，给敌人以歼灭性的打击。

例如，1934年2月上旬，春节将临，敌军开始休整，忙着搜罗鸡鸭鱼肉，准备欢度春节。东线敌军土力第5路总指挥王陵基也悄悄溜回万县县城，同家人团聚。宋侃夫从电台侦悉这一情况后，立即报告前线总指挥徐向前。徐向前总指挥马上召开军以上干部会议，决定利用这一有利时机，组织红4军10师、9军25师、30军88师三支精锐部队，于2月10日（农历腊月二十六日）发起进攻。当天即攻下敌精锐3师师部，歼敌第7旅大部。敌军第一期进攻仓皇收场。正值新春佳节，敌军精锐遭此打击，军心混乱，怨声四起。王陵基当即被刘湘撤职软禁在成都，改任1师师长唐式遵为第5路总指挥。红军指战员缴获敌军大批准备过节的鸡鸭鱼肉、罐头、食品，高高兴兴地过了一个好年。

万源决战防御，自7月下旬始，激战近二十天。至8月上旬，红军已进入越打越恶、越打越难、越打越险的苦战阶段，东线敌人也伤亡惨重，精疲力竭，军心动摇。徐向前总指挥预感反攻时刻已到，正考虑从哪里开始突破，电务处处长宋侃夫及时向首长提供了从电台侦听来的情报，建议以青龙观为突破口。青龙观地处第5路精锐之师刘湘21军的中间地带，右翼是第1、2、3师，左翼是第4师，现由红军手下败将刘存厚23军的一个旅驻守。青龙观地势险要，悬崖峭壁，是易守难攻之地，但也是敌军守备最薄弱、战斗力最差的地方。徐、陈首长经研究，一致赞成这个建议，决定委派红31军93师274团担任奇袭青龙观的任务。8月9日夜，红274团进行了夜摸、夜战、奇袭，以百折不挠的惊人毅力和神速动作，攀藤附葛，沿绝壁爬上数丈高的崖巅，一举抢占了青龙观的要隘"天鹅抱蛋"，举火为号。两侧部队依计沿山路突击而上，上下配合拿下了青龙观大庙，歼敌旅部。敌东线第5路防御阵线立即崩溃，被劈成两半，为红军总反攻成功地撕开了一个缺口。因此，红军主力可以直插敌后，断敌归路，右旋可围歼刘湘第1、2、3师，左旋也能打击其第4师。

反"六路围攻"胜利后，亲临前线指挥战役的徐向前总指挥说："这次战役情况明，决心大，打了一场大胜仗。这次胜利，也有电台的一份功劳！"副总指挥王树声、第30军政委李先念大会讲，小会说，还亲临无线电台看望大家，称赞无线电台的敌情工作搞得很出色，为夺取反围攻的胜利立下了可圈可点的战功。直至新中国成立后，他们还念念不忘当年的情景，说："在十倍于我的敌人围攻下，如果没有你们的工作，那我们的仗是很难打的。你们是有功的。"得到总部首长的赞扬,电台各单位的同志备受鼓舞,心情愉快,精神振奋。卢福贵和警卫连全体指战员兴奋不已,感到光荣、自豪,更感到责任重大,决心更加努力工作,出色完成任务。

1934年10月,"六路围攻"失败后,蒋介石又与川军刘湘达成"安川大计",准备发起更大规模的"川陕会剿",川军、陕军、蒋军聚集在我川陕根据地周围,其兵力已猛增至二百多个团。四川"防匪剿赤"事宜归蒋介石统一指挥,并派出以贺国光为首的"委员长行营驻川参谋团"入川,监督指导作战。为此,宋侃夫和蔡威立即以贺国光行营电台为中心,加紧破译敌军密码,逐步摸索规律,终于全部破译了敌军密码。这样,红四方面军电台掌握了大量敌军情报,其中也有中央红军周围的敌人情报。宋侃夫立即将有关中央红军周围的敌军情报汇总、整理,上报总指挥部首长审阅后,按预定的时间呼叫通报,及时发送给中央红军。这些情报很有价值,帮助中央红军首长判断了敌情,正确决定行动方向,适时地抢渡乌江,回到敌军兵力薄弱的贵州遵义地区,把何健指挥的湘军和其他部队共十几个师抛在湘西无用之地。红一方面军乘机得到喘息,进行了休整,待机继续前进。

在红一、红四方面军会师之后,朱总司令来到左路军,见到3局局长宋侃夫,还对这份电报记忆犹新,旧事重提,可见其影响之深远。朱总司令说:"我记得,当中央红军在湘江受挫,进入云贵川地区的时候,你们及时报告了敌军情报,对我们的行动有极为重要的帮助。这表现了红军之间的情谊非常深厚,天下红军是一家嘛,都是党的队伍!过去,我们不分彼此,今后更要不分彼此。红一、红四方面军的心是一致的,目标是共同的,都是一个思想、一个模式锻造出来的。"

第五章　雪山草地上的盘桓

一、嘉陵江上古渡口——塔子山湾

  1935年年初，红四方面军面临着严峻的形势。一方面，经过十个月的反"六路围攻"，虽然取得全胜，但是，川陕根据地的元气已经遭受严重的损伤，到达民穷财尽的地步，要粮没粮，要衣没衣，也无兵员补充。蒋介石又发起更大规模的"川陕会剿"。为寻求破敌之策，徐向前总指挥于1934年11月中旬，在巴中清江渡召开军事会议，研究提出"川陕甘计划"。其战略思想是：依托老区，收缩战线，发展新区，主要打击胡宗南部，重点夺取甘南的碧口和文县、武都、成县、康县地区，并伺机向岷州、天水一带发展，建立新的根据地。另一方面，中央红军长征经遵义后，于1月22日给红四方面军发来电报称：中央红军将转入川西，约2月中旬即可从泸州上游渡江北上，要求红四方面军乘蒋敌尚未完全入川实施"围剿"以前，密切协同作战，先击破川敌，"宜迅速集结部队完成进攻准备，于最近时期实行向嘉陵江以西进攻"。接电后，红四方面军于旺苍坝召开紧急会议，一致认为，迎接中央红军是当务之急，是头等要紧的事。为实现川陕甘计划，配合中央红军作战，决定西渡嘉陵江。

  3月上旬，徐向前总指挥率领参谋人员、警卫和无线电1台沿嘉陵江中段东岸实地勘察。无线电1台由王子纲率领，卢福贵指导员亲自带一个警卫班全程监护。一路上翻山越岭，行程三四百里，侦察敌情，察看地形，选择战机，寻求渡江最佳的主渡口。徐向前总指挥还派红30军副军长程世才率部，带上游正刚无线电4台，从仪陇出发，前往嘉陵江中段南端的楠木寺渡口，侦察江面敌情。为防止敌台的侦破，游正刚与王子纲约定了秘密联络信号，有船发"包袱没有丢"，无船发"包袱丢了"。他们一到渡口，得知江上船只已被敌军统统掠往西岸。于是游正刚报告主台，复电"回"。

经过这样一番侦察，发现田颂尧以三十二个团防守的剑阁县江口以南至南部县新政坝四百里江防地段，守兵虽多，但防线太长，薄弱环节很多。最薄弱的地段是苍溪县城以北小浙河至县城以南的镇水百利坝，近百里的江岸只有三个团防守，实际分布江防前沿阵地的仅四个多营的兵力。其中，塔子山湾西距县城陵江镇四公里，对岸河西有五六里开阔的河岸防线，敌仅有一个营据守。塔子山雄踞江东，山高林密，前山陡峭，居高临下，可将敌阵尽收眼底；后山低缓，于树荫下，可以鸟瞰对岸；谷中空旷，足可隐蔽千军万马。这里水流较缓，水深只有三至五米，岸边比较平坦。据此，总指挥部首长一致同意，确定苍溪塔子山下为红军强渡嘉陵江的主要渡口，并在苍溪县城北边的鸳溪口石锣锅和东边与阆中交界的涧溪口同时实施强渡，形成多路突击，重点突破。

徐向前总指挥命令红30军担任塔子山渡口的主渡任务，实施重点突破，消灭江防守敌。方面军将炮兵营四个连二十门迫击炮和几十挺机枪配置在五当山、塔子山上，掩护红30军强渡嘉陵江。

方面军无线电台的位置一般不固定，都是按需要临时派遣，警卫通信连各排、班同时随机调动。这次渡江，大体上作了一些分工，宋侃夫3台、蔡威2台驻南江县旺苍坝，随军委会行动；王子纲率无线电1台随徐向前总指挥行动，卢福贵率领一个警卫排随机全程监护；游正刚率 4 台随红 30 军行动；徐明德率 5 台随前线指挥部参谋长李特行动。

1935 年 3 月 28 日，徐向前总指挥到达塔子山谭家大院。晚上 9 时许，渡江指挥部发出"急袭渡江"的命令，指战员将几十只木船从塔子山后秘密抬到嘉陵江边，轻轻推入江中。红 30 军 88 师 263 团两个营和总部教导营全体指战员立即登上木船，以瓢代桨，轻声划船前进。夜风骤起，江面涛声哗哗，小船划向对面，奇袭登岸。红军突击队连续摸掉三道岗哨，并向东岸发出渡江奇袭成功的信号，敌营守兵才发觉，仓促抵抗一阵，便四散溃逃，多数当场被俘。

次日中午，过江先头部队夺取了被敌扣留的大批船只，在嘉陵江苍溪段的江面上架起了几座浮桥，以保证红军后续部队能安全、迅速地渡过嘉陵江。卢福贵监护电台，跟随总指挥部一起过江，3 月 31 日到达剑阁，与红 89 师一起留守县城普安镇。

红四方面军西渡嘉陵江后，四个军立即展开攻势，截至 4 月 21 日，历时二十四天，攻克八座县城，控制了东起嘉陵江，西至北川，南起梓潼，北抵川甘边界纵横三百里的广大地区，令成都震动，全川恐慌。从而配合了中央红军在川、黔、滇的活动，有利于佯攻贵阳，直插云南，巧渡金沙江。

4 月上旬，电台警卫通信连指导员卢福贵接到命令，要他从苍溪前线返回旺苍坝，指挥无线电台搬家，西渡嘉陵江。卢福贵立即告别台长王子纲，骑马返回军委会，向宋侃夫报到，随即赶往电台。看到大家都在忙着收拾电台各项器材，他马上跑到电台仓库，参加搬家行动，并亲自动手装箱。该打包的整理装箱，该丢弃的处理后销毁，怕碰撞的尖端器材则用专门箱子安放，整整忙了两天，才算准备就绪。接着，电台便随方面军后勤机关、省委机关，在红 33 军和地方武装的掩护下，陆续由苍溪塔子山渡口向西进发。从此，我军便开始了艰苦卓绝的万里长征。

卢福贵曾经两次西渡嘉陵江，三次通过塔子山湾古渡口，这段经历在他脑海中留下了异常深刻的印象。红军成功地强渡嘉陵江，一举突破四川军阀六百里的江防防线，创造了方面军战史上一次成功的大兵团强渡江河的模范战例。

二、电台进驻凤仪镇

红四方面军后方机关、省委机关等陆续撤到嘉陵江以西地区。敌刘湘 21 军第 1 师师长唐式遵部尾追紧跟，遂于 4 月 14 日占领川陕苏区首府旺苍坝，21 日占领苍溪，并封锁嘉陵江，嘉陵江以东地区全部为敌军占领。

红四方面军总指挥部西渡嘉陵江后，进驻有"小成都"美称的江油中坝场。这里地处四川第二大平原江彰平原，枕山面水，物产丰富，十分有利于红军休养生息、筹粮扩红。但是，蒋介石正在调遣兵马，令邓锡侯、胡宗南对红四方面军实施以江油、中坝地区为中心的东西堵截、南北夹击的攻势。敌军紧逼，方面军十分被动。4 月下旬，总部召开高级干部会议。会议决定向岷江地区发展，占领北川、茂县、理县、松潘，背靠西康作立脚点，积极策应红一方面军过金沙江北上与红四方面军会合。

但是，川、茂、理、松一带地区群山起伏，险峰重叠，沟深谷狭，自古兵家都视其为要塞重地，称"逼近羌戎，环山带险，成都肩背之地"。眼下此为邓锡侯的地盘。为防止红军西进，他与敌 29 军代军长孙震已组织联防，在进入川西北的咽喉要地北川河谷至茂县土门关长约百里的走廊地区布下三道防线，设置兵力三万余人，凭险固守，封锁土门。

4 月底，徐向前总指挥率部从北川漩坪出发，一举攻下孙震 29 军伏泉山阵地，占领碛上，克大垭口。5 月 9 日，兵临千佛山，拿下要点"天门洞"，占领佛祖庙和周围制高点，从而控制了北川河谷通道。12 日由北川西进，15 日攻取了号称成都坝子

"西北大门"的土门关要塞，先头部队乘胜西进，占领了茂县县城凤仪镇。徐向前总指挥命令无线电台1台台长王子纲向军委发电，报告前线战况，并准备接应后方机关转移，向西推进。

川陕苏区军委会接到徐向前总指挥攻克土门堡，进占茂县县城凤仪镇的战报后，又组织了"大搬家"。电务处处长宋侃夫在无线电台系统做了动员，并指定由警卫通信连指导员卢福贵统一指挥搬家事宜。这次"大搬家"，全连指战员比较熟练了，无线电台和通信器材装箱速度很快，该带走的一个不落，不该带的又做了一次大清理。宋处长一声出发令，卢福贵率领电台全体人员立即集合上路，人背马驮，带着电台和器材，跟随军委会机关离开中坝，踏上新的征程，向茂县前进。

队伍前进至北川河谷地区时，便进入人烟稀少的高山峡谷区。这里耸立着伏泉山、千佛山、观音梁子等系列高山，山峰陡峭，东西蜿蜒无际，地形十分险要。其南控川西平原，北控北川河谷，确是一道天然屏障，堪称成都坝子的"北边城墙"。继续前行，群山连绵，河谷狭窄，山谷交错，随处可见悬崖绝壁、深山老林，地势不断向西抬升。电台指战员们负重沿着一条绵亘逶迤的长隘山路前行，道路越走越窄，越走越险，越走越高，有的地方连骡马都难以通行，只能把东西卸下，由人背着爬山，幸好还有我军的驻守部队帮忙，送了一段路程。行进在狭谷中，路南高山那边枪声不断、炮声隆隆，天空还有敌机轰炸、扫射，行军速度被迫放慢。临近土门堡地区，地势渐低，谷坡渐缓，但是满布老林竹丛、古树荆藤。在密密麻麻的箭竹林中，根本没有什么道路，还得依靠先头部队砍竹开路，卢福贵等电台一行才得以慢慢前进。

到土门堡后，前行三十公里便到达茂县县城凤仪镇。卢福贵率队进得城来，只见沿街分布着参差错落的石砌碉式民居，其间夹杂着一些碉楼，像一把把利剑，矗立在碉房之上。如果站在高处，向西城外极目远眺，会看见在那连绵不断的山丘、山顶之上，像擎天柱一样的座座碉楼稠密如林，怪不得人称阿坝藏区、羌区为"千碉之国"。此处还有众多的寺庙建筑，一座普普通通的县城，居民几百户，竟有二三十座大大小小的寺庙。

总指挥部无线电台警卫通信连进驻县城的一座古衙门，随即摆开电台，架起天线，台长和报务员、机务员立即开始上台工作，"滴滴答答"的声音又开始响个不停。

开饭的军号响过后，大家集合点名，炊事员已将饭食送进院内。这顿饭很特殊，宋侃夫处长也亲临警卫连，同大家一起吃饭。他与大家打过招呼之后，便开始讲话："同志们，我们已经来到羌区，就要入乡随俗，尊重羌族的宗教和风俗习惯。羌民吃饭，主食是'糌粑'。所谓'糌粑'，即在青稞中加入黄豆、芝麻，以及其他一些粮食，炒熟磨成粉末，成为包含多种粮食成分的食品，特别清香可口。"老宋一边说，一边挽起袖子，抓了一把糌粑，加上酥油，拌揉成团，边吃边说："香喷喷的。今后我们都要拿它当饭吃。总指挥部首长也都吃这种饭。昨天晚上，陈政委还以糌粑为主，亲自和我们同吃一顿饭。"见宋处长开吃，卢福贵首先紧跟，一把抓了一个大饭团，边吃边赞扬："不错！不错！"接着，大家都照样开始抓着吃。老宋见大家都吃得很香，便问："好吃不好吃？"大家齐声回答："好吃！"老宋觉得我们的指战员着实可爱，又补充说："开始吃不习惯，时间长了，慢慢地就爱吃了。"他停顿了一下，继续说："羌区蔬菜少，维生素 C 要用茶来补充。大家还要习惯喝酥油茶，帮助肠胃消化。其制法也很特殊，先将茶煮沸，倒入特制的圆形酥油筒内，再加入一定数量的酥油和盐，有时也可以加糖，用桶内所附的木杵上下舂击，使茶水、酥油、盐或糖交融，打匀后倒入壶中放在火上煮熟，即可饮用。"

饭后，宋处长又向警卫连干部传达了总指挥部下一步的行动安排，即集中力量迎接党中央和中央红军，实现两军在懋功的胜利会师。

三、夹金山下的"天线"情结

在中央红军长征期间，红四方面军无线电台始终与党中央、中央军委保持畅通的联络。但从1935年4月中央红军四渡赤水后，联络突然中断。宋侃夫处长十分焦急，每天都按预定的联络时间由王子纲亲自上机，耐心地反复呼叫、守听，直至4月下旬的一个下午，也是中央红军将要北渡金沙江的关键时刻，呼叫终于成功，而且是军委3局局长王诤亲自接听、抄收王子纲播发的一份重要报告。后来才知道，这份电报是向中央红军报告红四方面军当面的敌情和行动概况。电台联络上了，宋处长如释重负，兴奋地对王子纲说："高手上阵，马到成功！"

从此，红四方面军首长又能切实掌握中央红军的行军路线和时间，来安排迎接事宜了。在中央红军前进至冕宁县、安顺场，飞夺泸定桥，强渡大渡河，占领泸定县城的时候，红四方面军也于5月下旬在茂县召开各军领导干部会议，具体研究迎接中央红军的问题。会议决定委派红30军政委李先念率领红88师和红9军25师、27师，由岷江地区兼程西进懋功县，策应中央红军的行动，迎接党中央、中革军委首长。宋侃夫派出无线电第5台，由台长徐明德率领，跟随李先念政委行动。为完成这一光荣任务，卢福贵选调训练有素、战斗力最强的一个警卫通信班随5台全程监护。出发前，卢福贵从供给部领取并发放给每人一条毛巾、一双草鞋。他再三叮嘱，这次执行的任务，既庄严、光荣，又异常艰巨，尤其是要通过终年积雪的红桥山。而且大家是第一次过雪山，要特别谨慎、细心，不能有任何闪失，并嘱咐可以访问当地群众该注意些什么，要绝对保证人员、器材的安全。

次日清晨，徐明德率领电台一行人员，跟随徐向前总指挥过岷江到达理番（今理县）县城薛城镇下东门总指挥部，等待红

25师韩东山师长动员部队,并办理交接城防任务。

5月底,在李先念政委指挥下,部队分两路西进,一路是红27师从汶川向西南的卧龙方向前进,以阻击由巴郎山方向西进的敌人;一路是红25师从理番出发、红88师从汶川出发,经理番,直取懋功。

6月初,徐明德带领无线电5台和警卫员从理番下东门出发,沿杂谷脑河谷随红25师向西北行动。从理番县至懋功(今小金县)路程三百里。一路上千山削立、沟壑纵横、高树翳天。经过一天半的急行军,队伍到达芦杆桥宿营。再往西去,便是红桥沟的懋(功)芦(杆桥)古道。这段道路崎岖难行,有的地方"人不能并肩,马过也要卸鞍"。最艰险的是翻越红桥山。红桥山主峰海拔五千二百米,山峰浑圆,顶部平坦开阔,山头连绵,异峰突起,终年白雪皑皑,冰川不化。

翌日清晨,无线电台警卫班人员背着电台和通信器材,每人手中拿着一根木棍,整队朝西进发。来到红桥山下,背晒太阳火辣辣,浑身大汗淋漓;上到半山腰,则大雾迷空,时浓时淡,几乎不见道路,人行其间犹如腾云驾雾,同志们硬是负重前行。到了垭口,空气稀薄,气温骤降,脚下的路被冻得硬邦邦,大家套上铁脚码子,小心翼翼,谨慎地走一脚停一停,生怕跌倒。不一会儿,柳絮般的大雪纷纷扬扬地下起来,雪片打在脸上,弄得人睁不开眼睛。下山时,必须经过一条三百米长的大雪槽。槽里结着厚厚的冰层,异常光溜,槽两旁全是悬崖绝壁,稍有不慎,便有滑落悬崖之险。警卫班人员大多是山里生山里长,又经卢福贵的训练,早已练就一双铁脚板,翻山越岭是家常便饭,但在雪山上走雪槽却是头一遭。所以,下槽时,大家格外小心,如履薄冰。在险要的槽段上,只得抱着电台和器材,躺在冰槽上往下滑,弄得臀部和背部都被磨出了血。好不容易才走完这段路程,大家轻松地舒了一口气,觉得没事了。忽然,有的人开始头疼难忍,有的人则两眼发黑,不辨东西。原来大家第一次过雪山,不知道雪山的厉害，出发时太仓促，没有做好准备，才着了雪山的道，有了高山反应和雪盲症。部队被迫休整了半天。后来才知道，雪山不能白天过，半夜是最佳的时间。

警卫班出色地完成了行军任务，电台和器材完好无损，成功地翻过垭口，进入懋功县境。

随后，部队沿红桥沟下坡，直插两河口（今两河乡）。此地是抚边河和红桥沟交汇处，也是一处军事要点。清乾隆出兵金川时，曾在大板昭（今大板）驻兵，并设粮台，置大板昭屯。这次红30军李先念政委经过这里，留下一支小部队驻守后方，并帮助地方建立两河口苏维埃政府。

部队继续向南急行军，强渡小金川，消灭了驻懋功县的邓锡侯部两个营，于6月8日攻占县城美兴镇。

部队在美兴镇稍事休息后，韩东山师长命令两个营进驻美兴镇，以维持后方交通和警戒从丹巴方向东来之敌，将电台安置在一个小天主教堂内，并派部队守卫。韩师长则率领其余部队乘胜向东进驻达维村，派出74团控制要隘，在夹金沟口和各制高点上担任警戒，并在村寨周围布置岗哨。然后，他亲临前沿，勘察夹金山的地形地势，为迎接中央领导和中央红军做好安全准备。

17日，中央领导率领中央机关进抵达维镇。18日，进驻懋功县城，受到红四方面军的代表、红30军政委李先念和红88师部队的热烈欢迎。中央领导同志下榻在一座法式建筑的天主教堂，李先念政委等住在城西小金川南岸的新街。当天晚上，毛泽东、周恩来、朱德等中央领导同志在天主教堂东厢房亲切会见李先念，听取了川西北的军情、民情，并征询下一步行动的意见。第二天，在天主教堂内，两军团以上干部举行了会餐。第三天，朱总司令从城里步行至城外，专程看望了红四方面军的指战员。

中央红军到达懋功后，规定"一律休息三天"。休整后，于6月21日沿扶边河陆续北上，向两河口进发。

在欢迎中央红军的这段时间里，红四方面军无线电5台的同志在徐明德台长的指挥下，一直坚守岗位，丝毫不敢松懈。中央红军到达懋功后，5台和中革军委3局、各无线电台的同志们亲切聚会，并在业务上开展互帮互助，愉快地度过了这次终生难忘的共同战斗时刻。徐明德是红四方面军在新集时期参加无线电训练班的学员，比卢福贵小五岁，二人情同兄弟。在20世纪70年代末期，时任黑龙江省机关党委书记的卢福贵从哈尔滨来北京治病，住在中央组织部翠屏庄招待所，徐明德（时任海军副参谋长）来看望他。二人曾回忆畅谈红一、红四方面军会合的情景，作者在场旁听，很受教育和鼓舞。六年后，徐明德写了一篇回忆文章《架起天线是一家》，现摘录如下：

军委3局局长王诤和政委伍云甫首先来到5台。徐明德和副台长张天华率领全台同志出门迎接，大家紧紧握手，在言谈中都聚焦两军会师的意义和来之不易，"过去，我们只能通过电波互相传递信息，协同战斗；现在，终于能够面对面谈话，并肩工作。"徐台长请王局长、伍政委参观机器、电源，王局长赞扬5台的机器不错，挺新的，很实用。还说了很多表扬的话，指示大家再接再厉。在当时的年代里，最奢侈的招待就是吃一顿饱饭、好饭。为表达对首长和战友的深情厚谊，5台尽地主之谊，留首长吃午饭。这一顿饭，做了七八个菜，有猪肉、鸡肉，还有白糖包子。这些东西都是打土豪搞来的，徐台长特意让管理员留着款待红一方面军的同志，今天除酒以外，能搞到的都拿了出来。王局长边吃边说："长征以来，在你们这里吃的是最丰盛的一顿啦。"

无线电通信队伍里有一句行话："看见天线就找到了家。"天线是无线电台的标志，红军所有电台工作者都是一家人，大家虽然从未见过面，但一见面就像老相识，就会成为好朋友、好同志。

红9军团部电台台长朱虚之、政委彭德大、报务主任邱均品和黄萍等来到5台。徐明德热情接待，让他们参观缴获国民党的5瓦电台。他们看到较新的电台后，既高兴又羡慕。中午，照例尽己所有，请吃一顿饭，给大家留下了极为深刻的印象。黄萍在1985年与徐明德重逢时，还提起五十年前的这顿饭，说："我记得你招待我们吃得可好啦！"红9军团到懋功较晚，筹款筹粮有困难，没盐吃，没零花钱，想买双鞋都办不到。徐台长立即让管理员拿出打土豪搞来的一包盐（约三斤重）和一口袋铜板送给他们，让战友们渡过难关。红四方面军无线电5台技术骨干少，报务员仅徐明德一人，既要值班，又要译电，常常忙得连轴转。红30军政委李先念同红9军团军团长罗炳辉、红1军团2师师长陈光商量，要求支持技术骨干，很快得到响应。红9军团马上慷慨地调来一名报务员（蔡文南）、两名机要员（陈连升等）。这样，5台得到加强，便实行机电分开，提高了工作效率。

红1军团电台台长海凤阁和汪名震、荆振昌等，一到懋功，便按照天线的方位，来5台做客。从此，两家电台工作人员便熟悉了，常来常往。一次，红1军团电台发生故障，有一份电报要发军委，便立即想到5台。经陈光师长和红30军政委李先念批准，深夜12点将电报稿拿来，徐台长二话没说，立即开机呼叫军委电台。由副台长译报，徐台长发报，共约一千多字，很快顺利完成任务。

红5军团电台也驻懋功，队长周维，政委李白，报务主任钟贞一，报务员黄荣、郭龙飞、黄子坤和机务员陈明等，与徐明德5台成了"老邻居"，两家相处时间最长，往来密切。周维、李白等常到5台来，有时晚间散步也到 5 台玩。他们使用的是 15 瓦大功率电台，汽油、器材消耗大，困难亦大。一次，周维急急忙忙地跑来，对徐明德说："霍姆莱特充电机没汽油啦，电台没法工作，可怎么办啊！"徐明德立即想到自己珍藏的大半桶煤油，这桶煤油是电台成立时方面军总部司令部宋侃夫给 5 台的，供应夜间工作的点灯用油。长征路上搞点油很不容易，徐明德一直用得很节省。但为了保证红 5 军团电台正常工作，他毫不犹豫地全部送给他们。可这大半桶煤油也仅能维持 15 瓦电台一段时间的工作，周维、李白、钟贞一一起又来找徐明德想办法。徐台长根据自己的实践经验，提出大机改小机的办法，即把 210 型大发信管换为 201 型收信机管，把收信机管当发信机管用，这样可以节电省油。同时，又送他们全部备份 B 电四块。这四块 45 伏的 B 电串联起来，180 伏的高压就够了。低压，请周台长想想办法。这个土办法，经过一改装，居然得手了，周维的电台恢复工作了。事后，周维登门道谢，徐台长说："保证通信顺畅高于一切。我的电台，你的电台，都是红军的电台；你的任务，我的任务，都是革命的需要。"当时，徐明德连自己的电台断电断油都顾不上考虑。

帮助都是互相的。徐明德电台没有天线电流表，只安装一只小灯泡，一有信号输出，灯泡就显示，大约使用时间太久，失灵了。红 5 军团参谋长陈伯钧知道后，立即将自己手电筒上唯一的一个小灯泡卸下，派人给其装上。后来，党中央、中革军委领导聚集两河口时，红 5 军团也开往抚边驻防。徐明德电台收信机的变压器坏了，杂音大，音量小，抄收报很困难。徐台长用英语告诉周维。周台长马上派机务员陈明骑马急行军三十六公里，很快到达懋功县城。因为没有备份变压器可以更换,他就动手修理机器,直到能正常工作为止,帮助5台渡过了难关。

四、第一次北上　两过草地

红一、红四方面军会师后,摆在面前的紧迫问题是:在什么地方建立新的根据地?6月26日,在懋功县北部地区两河口的一座关帝庙里召开了中央政治局会议。经过三天的激烈讨论,针对全国抗日运动新高潮即将到来的形势,决定集中主力北出四川,占领甘肃南部,以创建川陕甘根据地。为实现北上的战略方针,在战役上首先集中主力消灭胡宗南部,夺取松潘,控制松潘以北和东北的古道。这条古道,叫松潘甘南线牦牛运道(官府古道),也称羌氏、回纥道。部队自松潘北上,经黄胜关、两河口,西北至若尔盖,经上、下包座,北至甘肃南部的迭部、岷县,可达洮河地区,向西可达夏河地区;也可从松潘北上,经南坪县,向东北进入陇南的文县,到武都,直通天水。

为了为北上打开通道,夺取松潘,我发起了松潘战役。

这次战役,我军十分注意发挥无线电通信联络工作的作用。各军、各支队首长及后方警备区,彼此间、与军委间的通信联络,以无线电为主,徒步通信、传骑为辅。少数梯队和先遣部队也使用无线电通信联络。为加强红四方面军无线电通信的技术力量,经徐向前总指挥提议,从中央军委3局抽调七部无线电台和三十多名技术干部配备给红四方面军各军、师和后方机关。战役方案立即由无线电台发往各部队。

两河口会议后,为执行松潘战役,中央领导于7月10日到达黑水县芦花镇。红四方面军无线电台随总部首长同期从茂县北移至该镇。芦花镇位于黑水河与德石窝交汇处,1932年上海电报报馆的地图册还称之为"芦花城",只有八户居民,形成藏寨小村落，周围荒芜，是党康仓头人的牧马场地。

中共中央在黑水县中芦花（距今县城两公里）查尼寨小头人泽旺的住宅召开两次重要会议。

会后，卢福贵带领红四方面军无线电台警卫连，跟随总部机关翻过打古山、昌德山、长板山（又称雅克夏山或马塘梁子）三座大雪山，7月下旬到达毛儿盖。毛儿盖海拔二千二百米，位于草地南部边缘，东距松潘县城约一百公里，是一个很小的藏区，仅几百户人家和一座有六百多年历史的喇嘛寺院。但这里是攻打松潘和北出甘南的必经之地，军事地位十分重要。

8月3日，中革军委在毛儿盖召开会议，重新研究敌情，确定新的行动部署。会议一致认为，红军已在岷江和黑水河两岸地区停滞达二十余天。松潘地区的敌人，兵力已集中，筑垒已完成，北上甘南唯一的一条松潘—甘南古道已经被堵死。红军战机已失，不得不放弃攻打松潘的部署，决定出敌不意，改经自然条件十分恶劣的草地继续北上，并以主力红军出阿坝，北进夏河地区，突击敌包围线之右背侧，争取在洮河流域灭敌主力，创建甘南根据地。据此，制订和执行夏洮战役计划。

其军事部署是：左路军，由红军总司令率5军、9军、31军、32军、33军组成，从卓克基北进，取阿坝，控墨洼，继而北出夏河；右路军，由红军前敌总指挥部率1军、4军、30军组成，从毛儿盖北出班佑、巴西地区，万一无路可走，则改经阿坝前进。彭德怀率3军和4军一部作总预备队，掩护中央机关随右路军前进。

在实施夏洮战役计划时，军委十分重视无线电台的通信工作，严格规定了通信时间和通信联络加密方式，控制通用密本、专用秘本的使用范围。红四方面军还对无线电台作出了明确的分工：王子纲1台、蔡威2台跟随前敌总指挥部，宋侃夫3台、徐明德5台跟随总司令部，游正刚（后曾庆良）4台随4军，汪名震机动台随30军，3分队随9军，闻述尧6台随31军行动。

根据上述分工，宋侃夫处长对警卫通信连也作了相应的分工，指导员卢福贵被分配在左路军，随总司令部电台行动。卢福贵是在大别山区长大的，参军后从未见过中央首长，不知道中央大领导长的啥样子。他总想找机会见见中央领导，哪怕是看一眼也行。在红一、红四方面军会师时，徐明德带着5台前往懋功欢迎，见到了毛主席、周副主席、朱总司令……卢福贵打从心眼儿里羡慕徐台长。这次他从茂县北上打松潘，一直随宋处长行动，转战黑水、芦花，到达毛儿盖地区。由于中央领导同志都在这一带集合，他以为这次能实现愿望，有机会见到中央领导，见到毛主席，因此心里非常高兴。但是，一经宋处长分工，他要随左路军行动，愿望又要落空，他感到万分遗憾。

新的作战部署已经安排妥当，各部队按计划忙着做北上的政治动员和物质准备，先头部队也奉命出发探路。

中共中央在毛儿盖地区的沙窝（今俄灯寨，距毛儿盖十公里）召开中央政治局会议，进行讨论，作出了《中央关于一、四方面军会合后的政治形势与任务的决议》。《决议》对当前形势和任务做了系统的分析与阐述。重申了两河口会议确定的集中主力北进，创建川陕甘革命根据地的战略方针；强调在红军中"更进一步地加强党的绝对领导，提高党中央在红军中威信"，进而确立党对军队的绝对领导地位。

沙窝会议开了三天，决定让红军总司令部迅速向左路军集结地卓克基进发。卢福贵率无线电台警卫通信连也随总司令部从毛儿盖出发，沿梭磨河向卓克基前进。8月中旬，又随左路军总部从卓克基出发，进马尔康大郎足沟，经大藏寺，翻越卡尔古山，向查理寺前进。

这次左路军经草地北上的路线，选择在阿坝东部的高原丘陵区和今红原县白河（嘎曲）以西的高平原区，两县之间有阿依拉山（海拔三千四百米至四千米）自南向北延伸。这一带位于若尔盖草原西南边缘，地势较高，丘陵起伏，丘谷相间，丘顶平坦，谷地宽广，溪流纵横，河道蜿蜒，低洼处也有很多沼泽，但比草原其他地区好多了。

卢福贵率领电台警卫连指战员监护着几部电台，跟随宋侃夫处长、伍云甫政委一同前进。当天，经木耳马（麦尔玛）行军八十里，至箭步塘，在牧民的牛棚宿营。这里是阿坝著名的优良牧区，位于川西北大草地的西部边缘地带，辽阔的草地一望无际。但是草地的路况异常艰难，遍布草甸，沼泽暗伏，稍有不慎便直陷沼泽，"人陷不见头，马陷不见颈"。

8月31日至9月1日，队伍离开箭步塘，翻越海拔三千九百一十米的一座山垭，进入今红原县境，沿桑钦沟翻越另一座海拔三千六百六十米的山垭，到达阿木种畜场。期间遇到麦洼土兵阻击，红军予以反击，土官南木洛负伤败退。接着，队伍顺利到达了日柯放牧点。

9月2日，部队顺日柯放牧点下行至任木夺（仁多）放牧点。任木夺位于嘎曲（白河）西岸。渡河后，部队由东岸小路直达墨洼（麦洼）。事有凑巧，恰在这时下了一场暴雨，嘎曲河水猛涨，将大军阻于河西。部队首长立即派战士泅渡过河，立马桩，架渡绳，准备过河。

红军总司令部无线电台在附近找了一块高坡扎营，立即将电台展开，进行工作。电台警卫哨兵站在高坡上监视着四周情况。忽然哨兵眼睛一亮，见到总部首长聚集在嘎曲河边交谈，情绪好像很激动。卢福贵听哨兵报告后，注意向河边看去，果真是在争吵。事后得知，朱德凭着他在沙场多年征战的经验，认为一条小河是阻挡不了大军前进道路的。他亲自赶赴嘎曲河边，弄清嘎曲涨水的情况，还派自己的警卫员潘开文下水去探测河水的深浅。小潘纵身上马，催马跃向河水，从河西到河东，又从河东返回河西，探知最深的地方不过水齐马肚子。朱总司令认为部队可以通过，况且此离墨洼仅一两天路程，离班佑只有三五天之遥，便坚持要部队按计划向东推进，同已抵达班佑、巴西地区的右路军会合，共同北上。但张国焘拒不听取朱德的意见，决心与党中央北上方针相对抗，拒绝率部过河向右路军靠近。

张国焘掌有决定大权，不顾朱德的反对，一意孤行，立即率总部南返阿坝。卢福贵回忆说："我们电台警卫通信连接到命令后，我不知道是怎么回事，就觉得这不是晴天白日打炸雷吗！"大家都愣住了，不知所措。阿坝是十分偏僻的边缘地区，基本上属游牧区，天气奇寒，地广人稀，缺粮少房，语言不通。大家连穿破衣、吃野菜这些困难都克服了，为什么又要南返呢？满肚子北上的高兴情绪一扫而光，谁也不愿走艰难的草原回头路。但是，军令难违啊！警卫通信连是一支很有素养的队伍，二话没说，坚决服从命令，再次带着沉重的电台和通信器材，默默地离开嘎曲河岸，重走草原的回头路。9月5日，队伍返回箭步塘，7日经查理寺抵达中阿坝，进驻阿坝镇。

五、第九次翻雪山

10月上旬，红军总部无线电台由阿坝南下，到达卓木碉（今脚木足，马尔康县白莎寨）。总部对无线电通信工作进行了一次大调整，成立总司令部二局、三局。蔡威任二局（侦察情报局）局长，下辖2台、4台，负责侦破敌台密电，主掌敌情侦听破译工作。为加强二局的侦破技术，先后从红一方面军抽调二十多名技术人员，计有李连仕、肖森、刘泮林、朱忠春、陈明、廖昌林、闻述尧、罗舜初等。三局（通信联络局）由宋侃夫任局长、伍云甫任政委，负责保障无线电通信联络、内部机密电报的翻译，还兼管一些收听敌台的工作，以及电台管理、器材配发等工作。下辖12个台：1至5台，由红四方面军电台组成；6至12台，由从红一方面军过来的电台组成。其中第10台是1931年11月创建的，专门负责播发新闻，作为红色中华通讯社（简称红中社）对外广播的电台，其英语呼号为"CSR"，有时在呼号后面加上阿拉伯数字"4"，即"CSR—4"，"4"是代表红四方面军。1936年4月7日，在部队向甘孜转移的路上，新闻台从10台分了出去，单独成立新闻台，由台长岳夏（罗若遐）主持，跟随保卫局行动，专门担任抄收新闻的任务。电台不仅抄收陕北党中央的红色中华和国民党中央通讯社每天播发的新闻通讯，而且还抄收苏联、日本、越南电台播发的英、日、法、德新闻，由廖承志、罗世文、朱光等译成中文。

当时，各台台长和技术人员安排如下：1台，台长王子纲，报务主任尤静轩，人员有邱均品、黄奕棋、周生萍、邓国军等，机务员王永华（王清生）；2台，台长蔡威（兼），人员有冯志禄、徐定选、陈福初等；3台，台长宋侃夫（兼），人员有马文波、沈毅力、刘光甫等；4台，台长游正刚，（后）曾庆良；5台，台长徐明德，张天华（副）；6台，台长闻述尧，秦华礼（副），政委徐定选，报务主任黄萍；7台，台长周维（邹维新）；8台，台长刘寅，（后）耿锡祥，报务员林青、荆振昌等；9台，台长无记录；10台，台长岳夏（罗若遐），（后）汪名震，报务员陈宵云、王玉珩，机务员黄凤梧；11台，台长李白（电影《永不消逝的电波》中的李侠），（后）龙振彪，报务员周九生（周涌）、李福云；12台，台长林青（原2分队队长），报务员李世俊、罗文彬等。

1935年10月8日，张国焘违背中央北上甘南的战略方针，指挥红四方面军南下川西南。经过两个多月的战斗，占领了绥靖、丹巴、崇化、懋功、宝兴、天全、芦山等地。11月16日，南出平原，攻占百丈镇。百丈，位于名山县临溪河畔，是川藏公路上的一个要点，东达邛崃，可入成都平原，西通名山县城，可达雅安。红军占领了百丈，全川震动，川军调集八十个团以上的兵力进行反击。两军激战七天七夜，敌毙伤一万五千余人，红军伤亡近万人。百丈战役是一场空前剧烈的恶战，随后薛岳部又从南面压来。红军东进、南出均不可能,遂后撤至青衣江以北,固守宝兴、天全、芦山一线,与敌对峙,准备过冬。无线电台随红军总司令部、总指挥部进驻芦山城北的任家坝。

这年冬天,无线电台警卫通信连全体指战员在内忧外患中度过了一段难熬的时期。这里,地瘠民贫,人口稀少,生产落后,严重缺粮,几万红军云集,不能与民争粮,只好以野菜、山果、土豆充饥。前线指战员每天只能吃一干两稀,后方每人只有几两粮,主要是吃野菜、树叶、萝卜、咸菜,甚至吃草根、豆秸,真是难以下咽。天又不佑南下红军,下了几十年未见的大雪,漫山皆白,天气奇寒,指战员衣服单薄,难以御寒。而且,由于缺吃少穿,病员激增,特别是作战部队大量减员,已由南下时的八万多人减至四万余人,部队有耗无补,有生力量日渐削弱。连国民党尾追的第2路军总指挥薛岳也洞悉南下红军的困境,说:"天寒无衣,岂能久踞?""作战无粮,何以为计?""数万之众扼守三百里以上的防线,已到强弩之末。"于是决定于1936年2月初亲率国民党军六个师和川军主力,从东、南两面向天全、芦山、宝兴地区发动大举进攻。

徐向前总指挥向朱德总司令建议:"红军不能再继续与敌人长期对峙拼消耗了,而应迅速撤离川西,到夹金山以西休整,然后北上与一方面军会师。"朱德总司令完全赞同,决定实施《康道炉战役计划》和补充计划。规定南下红军编为三个纵队,无线电台系统分别随军行动:第一纵队,由总部直接指挥,1台、8台随行,下辖30军(5台)、4军(11台)、5军(2台);第二纵队,由王树声、詹才芳指挥,下辖31军(3台)、32军(6台);第三纵队,由陈海松指挥,4台随行。1936年2月下旬,红军分三路向道孚、炉霍、甘孜进军。由刘伯承、李先念率30军89师和无线电5台为全军开路。

卢福贵奉命率警卫通信连指战员监护总部无线电台,跟随3局宋侃夫局长和总部机关一起,从宝兴出发,第二次翻越夹金雪山，经达维、懋功，向西渡过大渡河，进驻丹巴县城章谷镇。在这里休整几天，红军战士可以吃饱饭，补充给养，准备翻越大雪山脉的党岭山。

1936年2月28日，先遣军翻越大雪山脉的党岭山，击退了灵雀寺"敢死队"的顽抗，住持堪布麻倾翁弃寺逃窜。红军进驻县城，打开了西进康北的大门。接着，先遣军沿川藏古道北线前进，占领炉霍、甘孜。红4军攻占瞻化，红31、9军占领泰宁。

3月中旬，卢福贵警卫通信连已做好了过大雪山的准备工作。卢福贵已是第九次翻雪山了，经验很丰富。他先后经历过六座雪山，一座比一座高峻，夹金山海拔四千四百一十四米、梦笔山海拔四千四百七十米、雅克夏山海拔四千七百米，还有昌德山、打古山，这次要翻越的是海拔五千三百八十七米的党岭山。地理学上有个规律，在山地海拔每上升一百米，气温大约下降零点六至一摄氏度。党岭山是卢福贵连队遇到的气候最寒冷的一座雪山。所以根据徐向前总指挥的指示："翻越党岭山，必须赶在中午12点以前。每天下午要起风暴，人到那里，就别想活命。"卢福贵动员连队充分做好征服大雪山的准备，规定每人带足三天以上干粮，准备两双草鞋和一副铁脚码子，尽量筹齐御寒保暖的衣服、毛皮、辣椒、生姜、青稞酒、干柴，统一配备刨冰攀崖用的铁锹、绳索等。

3月13日，警卫通信连监护着总部几部笨重的电台，小箱子由人背着，大箱子则由牦牛驮运，于清晨整队出发，离开大渡河边的章谷镇，沿道丹古道，经东谷、党岭村，向党岭山上行。山路总长一百里，一路艰险陡峭，风雪迷漫，山路上结着冰，一不小心就会跌落悬崖。卢福贵感到爬山特别费劲，加之空气稀薄，越往上爬，越觉头昏脑胀，四肢无力，喘不过气来，只能一步一步地挪动。山上的气候也像孩子的脸，说变就变。当天夜宿半山腰，寒风呼号，雪花飘零，气温骤降至零下二十多度。大家的衣服都结成了冰筒，眉毛、胡子结满霜花，在高山上又不敢大声说话，只得静静地熬到了天明，继续上行。中午时分，队伍顺利地翻过了山头。卢福贵站在山顶上眺望西边道孚县，只见茫茫高原，峰峦重叠，沟壑纵横，冷峻苍凉至极，令人望而生畏。

队伍下山时，大家感到比上山还难，道路滑溜，停不住脚，极易摔倒。此时牦牛却大显神通，驮着沉重的箱子，把四肢一收，趴在雪坡上往下滑行，一溜烟地滑到山脚下。卢福贵和指战员们看到这一情景，兴奋极了，用奇异的目光看着牦牛，一边称赞它是"革命牛"、"救命牛"，一边学着牦牛的样子，把电台及部件紧紧地抱在怀里，人躺在雪坡上一路滑下去。真神奇，原来望而生畏的难关一下子变得如此简单，既省力，又省时，还安全。

六、第二次北上　三过草地

红四方面军自进入道孚、炉霍、甘孜地区后，从4月初开始，方面军按照《四、五两月战斗准备工作计划》，无线电台警卫通信连队在军委纵队的率领下，进行了穿越草地的各项准备工作。主要是：每人携带三十斤干粮和牛羊肉干，备好棉衣、毛衣、皮衣、皮帽，还有裤子、手套、袜子、草鞋、布鞋。后勤部门为每五人补充一条毛毯，每三人一个雨具，每三十人一顶帐篷。对卢福贵所在的无线电台，总部还做了特殊的规定，一方面提倡节约资材，另一方面则集中全军的电池、纸张、铅笔等统归电台掌握使用。同时，要求全体指战员学会架设和拆卸帐篷；设专人管理卫生，禁喝生水、河水、脏水，不准随地大小便，宿营时挖置便所，出发时掩埋好粪便，防止传染病。为尽量减轻人员的负担，可多使用牲口、牦牛驮运笨重的无线电台和零部件器材、干粮、帐篷、雨具等，并设专人管理驮运物资的骡马、牦牛。特别是牦牛，其性喜草原，一旦跑掉就找不回来，从而所驮的东西也会丢失。

6月底，红四方面军发布《二次北上政治命令》和总政治部发布《北上抗日政治工作保障计划》后，又进行了准备工作的最后检查落实。电台警卫通信连召开支部大会进行学习讨论，卢福贵反复宣讲，穿越草地的行军是一次军事史上罕见的艰难、困苦、危险的行军，是人同自然界的一场殊死斗争。在这场斗争中，具有坚定的共产主义理想的红军指战员一定能以艰苦奋斗的精神和一往无前、不怕牺牲的英雄气概，战胜和克服无情的恶劣环境。上次过草地，由于准备不足，我军遭受了不小的损失。这次过草地，经过两个多月的认真准备，加之6、7月的草地天气已经开始暖和，晴日多，雨水少，有利于红军的行动。当然，这次过草地路程较上次长得多，好在从甘孜到阿坝的路程均为旱草地，而且有古道可通，是商人和群众来往的交通要路。因此，红军有必胜的信念，能有效地减少损失和人员伤亡。

几天来，卢福贵率领警卫通信连的有关人员与各台台长一起研究，对电台和通信器材进行逐件的认真细致的检查核实，把可要可不要的东西尽量减负，其他必需的器材，一律按规定严格、安全地装箱，扎扎实实地打包，一个都不落掉。每个箱子、每件包裹，一律编号、分工到人，指定专用牦牛驮运。凡怕震动的电信器材、零部件，一律由专人保护，以保证万无一失。

6月22日、30日，红6、2军团分别到达甘孜南部的普玉隆和西部的绒坝岔，与红四方面军胜利会师。7月1日，红2、6军团齐集甘孜，后与红32军一起组成红二方面军。红二、四方面军首长共同研究决定，立即分左、中、右三路纵队东进，通过草地北上，并在包座会合。李先念率领30军直属队、88师和骑兵师为北上先遣队，已提前于6月25日出发，沿左纵队路线行进，一边为二方面军筹粮，一边探路前进。

7月4日清晨，无线电台警卫通信连监护着几部电台，跟随左纵队从甘孜出发。这支无线电台队伍像长龙一样，浩浩荡荡，第三次踏上穿越草地的征程。当天，行进五十多公里，在草地边缘的东谷寺宿营。这里是广阔的大草滩，奶龙山（牟尼芒起山支脉）由西北向东南贯通东谷全区，西为达曲河谷，东是泥曲河谷。草场面积达八万多公顷，是先遣军骑兵师的一处筹粮点。傍晚时分，夕阳西照，在这一望无际的绿油油的大草原上，北上红军的左纵队扎下了营盘。一座座白色帐篷，星罗棋布，绵延数里，残阳的余晖映红绿洲，营地上升起袅袅炊烟，凸显了红军兵势的威武雄壮。

次日，曙光初露，营地上响起了嘹亮的军号声，电台全体指战员立即拆卸帐篷，掩埋好便所，随队起程北行，翻越奶龙山（海拔四千六百一十米）。此行程约四十公里，在西倾寺宿营。随后预定从西倾寺出发，经色达、壤塘，于 7 月中旬北进至下阿坝地区。这一阶段的行军是沿着古道，在苍茫的平原旱草地上前进，且有牦牛助阵，应该是一次平安顺利的行军。可俗话说："天有不测风云，人有旦夕祸福。"时下的卢福贵也许命中该有一劫，不幸事件和灾难频频向他袭来。

在第三天的行军途中，无线电台队伍中有一头牦牛，由于小战士放牧时看管不严，跑了。卢福贵一听，急了，急忙从前队赶到后队，往草地里追去。卢福贵小时候是放牛娃，熟悉牛性，驯牛很有本事，很快追上了这条牦牛，他先抓住牛绳，随即翻身跨上牛背。但是，就在他翻身的一瞬间，左脚脖子被野草绊了一下，划破了，十分疼痛。他哪里顾得上自己的脚疼，骑上牦牛便往大队赶去。待赶上队伍，翻身下牛，才发现左脚上的那个大包破了，鲜血直流。幸好卫生员及时赶到，为他包扎了一下，血止住了。说起他左脚脖子上的包，还是一年前第一次北上，从嘎曲河边返回阿坝的途中给小虫子咬了一下起的，先是起小包，后来在甘孜时就长得有鸡蛋那样大小了，且有些肿疼，但他觉得自己年轻能忍受，不碍事。自从这次被野草划破，以后几天的行军中他总觉得左脚不方便，但也不影响行走。待到达阿坝时，竟开始化脓了。经卫生员和医生检查后，为他简单地清洗了一下，把牛角、羊角烧成粉末,撒在伤口上,当时倒也有效,伤口没有扩大。

7月23日,开始了第二阶段的草地行军。卢福贵带领警卫连监护着电台离开下阿坝,跟随军委机关,一连三天经木耳马、箭步塘,向嘎曲河畔的日柯进发。这条草地牧道就是去年朱总司令率领部队到达嘎曲河的老路。卢福贵记忆力很好,非常熟悉路况,哪里是水草地,哪里有沼泽,什么时候爬坡地,什么时候绕行水草塘记得很清楚。为了有序地指挥部队行进,保证电台迅速安全穿过草地,他跑前跑后,无畏无惧,大胆涉水而过,双脚长时间浸泡在水草地里。有一次,下大雨,遍地漫水,他的伤口一直浸在毒水、污泥里,到达嘎曲河西岸的日柯放牧点时,双脚已经被泡得浮肿并变成白色,溃疡化脓了,加上天气暖和,还长了好些白白的蠕动的小蛆虫。经医生清洗后,才算好些。那时缺医少药,条件差,胡椒、辣椒、盐巴和鸦片已成为最贵重的"药品"。感冒了,喝辣椒汤;患痢疾,研点儿鸦片内服;像卢福贵脚脖子溃疡,也只能用一点儿盐水洗洗,就算消毒了。

7月25日,无线电台在嘎曲河西岸的高地上安营。次日,工兵营在嘎曲河上架起了便桥,大军先后移驻河东坪,并进行了一天的休整。

27日,队伍沿嘎曲河东岸下行,沿途可见不少树林。在草地上,能在空气新鲜、地面干燥的树林里休息和宿营,风寒都被挡住,可算是一种奢侈的享受。卢福贵拄着一根竹竿,一步一步艰难地随队前进,脚脖子上的脓疱溃疡正在恶化,他发着高烧,浑身乏力,疲惫至极。他把竹竿放在一边,倚靠着一棵树干坐下,双目紧闭,想休息一会儿。也许因为连日高烧,他的神智有些迷离恍惚。他心想,过草地,全凭一双铁脚板,现在脚坏了,还要走五六天路程,这下可糟了,恐怕熬不过草地了,怕是要"光荣"在草地上了……想着想着不觉昏睡了过去。突然,一只冰冷的手伸过来,在他脑门儿上轻轻地抚摸着,随即把他推醒,操着浓重的福建口音,关切地说:"怎么发烧啦!脸色蜡黄,不好啊?"他慢慢地睁开眼睛,慌忙挣扎着想站起来,他要为全连指战员做榜样,随即回答说:"蔡局长,我没事,就是不太舒服,过一阵就会好的。"蔡威立即以命令的口吻说:"快骑上我的马,路程还远着呢!"他推辞再三也不肯上马,坚持说:"蔡局长更需要马骑。"喘了一口气,接着又说,"况且,红四方面军电台可以没有我小卢,绝对不可以没有你蔡局长啊!"最后还是通信员把卢福贵扶起,与蔡局长一起把他硬推上马。这匹马,是徐向前总指挥于1932年1月在商潢战役后特意送给蔡威的。他一直骑到长征路上,这次又给了卢福贵骑乘。其实,当时的蔡威身体非常虚弱,肺部还在发炎,可是他硬挺着,把马让给了卢福贵。卢福贵退烧之后,说什么也不肯继续骑马。但蔡局长还是坚持把驮行李的一头骡子让给他骑。此后几天,卢福贵一直跟着警卫连骑骡前进。应该说,卢福贵能够活着走出草地,全靠蔡威让的马和骡子,是蔡威发扬阶级友爱精神救了他。

当天下午,到达牙磨河(阿木柯河)露营。28日,行军约六十里,沿牙磨河东行,进沟口,翻过廿四马鞍腰(今色地东南二十多公里处的一座山梁),转弯过墨曲河(黑河),又前进几里,即进入上色既塘(今色地)大坝子。29日,行军约六十里,经中色既塘,到达下色既塘。30日,行军约八十里,出下色既塘,翻越严朵坝(年朵坝)垭口,返还到马旗子(马蹄子)山沟露营。31日,行军约七十里,从马蹄子转入松潘古道,沿包座河右岸,经俄若塘,到达上包座。

卢福贵自到达包座后,有房住,有饭吃,讲卫生,加之医生的精心治疗,身体一天天好起来,脚脖子上的伤口也慢慢地痊愈了。

第六章　砸烂最后一部电台

一、北上大会师

1936年8月初，红二、四方面军相继走出草地，在若尔盖包座一带集结。中共西北局在包座河西岸的求吉寺召开会议，决定立即在甘南进行岷洮西战役计划。8月5日下达部队，命令六万之众的部队分三个纵队，向甘南挺进，先机夺取岷州（今岷县）、洮州（今临潭县）、西固（今宕昌县）地区。

8月9日，30军88师抢占迭部县腊子口。卢福贵率警卫通信连，监护红军总司令部、军委会、西北局的无线电第1、7、8、9、10台和2局3台、14台等多部电台，随方面军总部机关从求吉寺出发，经旺藏寺、莫牙寺之间二十五里路程的险隘和腊子口山隘天险，行程五百里，到达岩昌县哈达铺。这里古属岷州西固县，系岷州的东南重镇，有五六百户人家，交通便利，有甘川公路相通，物产丰富，是岷州当归、甘参等药材的主要产地和集散中心。警卫通信连指战员刚刚走出茫茫草地、皑皑雪山，眼前猛然出现庄稼、村舍，听到鸡鸣狗叫，还有一些商铺、饭店，欣喜不已，笑逐颜开。回想沿途多次经历的艰辛曲折和极大危险，九死一生，大家不禁热泪盈眶。

8月下旬，红四方面军占领了洮州、漳县、渭源、通渭四座县城，控制了岷州、陇西、临洮、武山等县的广大地区。警卫通信连随红军总司令部前移至岷州西川三十里铺。

为贯彻中共中央9月13日来电精神，9月16日至18日，西北局在岷州三十里铺召开会议，发布静（宁）会（宁）战役计划，决定夺取宁夏，打通国际路线。红四方面军主力迅速北上，控制以界石铺为中心的西兰公路两侧地区，以阻击敌军胡宗南部。警卫通信连全体指战员听到要北上打仗，情绪高涨，积极为作战行军做准备，随红军总司令部北移岷州县城东北的梅川。但是，会后张国焘赶到漳县三岔口红四方面军前敌总指挥部，以总政委的身份，命令部队停止北上，掉头西进永靖、循化，准备渡黄河，去青海、新疆。警卫通信连接到命令后，卢福贵和大家都感到莫名其妙，刚传达了中央的命令要北上，怎么这么快又变为西进了？有的悄悄发牢骚："日本鬼子在东边、北边，往西去打谁呀？"有的怀疑："又有可能要第四次过草地?!"在兄弟部队中，人心浮动很大，不断有开小差的。卢福贵生怕影响自己的部队，赶紧深入群众，反复做思想工作，用大力气稳定部队情绪。

当总司令部机关、部队西进至洮州城，时已月底，第三次接到命令，令坚决掉头北上，进军静宁、会宁地区。原来，9月27日中央来电，再次肯定岷州会议关于"红四方面军立即北上，与一方面军会师"的决议，电报还强调"合则力厚，分则力薄，合则宁夏、甘西皆可占领，完成国际任务，分则两地均难占领"。红四方面军又一次在洮州召开会议，一致决定北上。

此时，警卫通信连全体指战员受到鼓舞，斗志昂扬，普遍反映说："一、二、四方面军会合，就像是三只铁拳头在一条战线上合起来作战，一定有把握打大胜仗。"大家不怕艰难困苦，日夜兼程前进。10月9日，电台随总部机关、部队经漳县、陇西、通渭，跨越西兰公路，开进抗日前线的会宁城。次日，会宁城中红旗飘扬，敲锣打鼓，一片欢腾，举行庆祝两军胜利会师大会。10月22日，红二方面军总指挥部到达静宁将台堡，同红一方面军第2师会师。三大主力红军的会师，胜利结束了具有伟大历史意义的长征。

二、七部电台进河西

三军静宁、会宁大会师后,红军形成横跨黄河西岸,攻取宁夏,打通苏联,雄峙西北的战略态势。红四方面军的部署是:30军沿祖厉河北进至靖远大芦子一带,秘密造船,侦察渡河点,准备西渡黄河;9军位于会宁至靖远之间,作预备队;4军、5军、31军沿西兰公路两侧的静宁、会宁、通渭和宁远镇等地进行休整,准备抗击敌军胡宗南的进攻。10月21日,敌军发动总攻。蒋介石坐镇西安,指挥中央军、东北军、西北军和地方军,仰仗兵力优势,向西兰公路两侧猛扑,又是飞机,又是大炮,攻势十分凌厉。当天便突破西兰公路,于23日占领会宁。

敌军总攻前,中共中央令朱德率红军总司令部及红军大学一部分人员离开会宁去打拉池(今靖远县共和),与红一方面军彭德怀司令员共同指挥宁夏战役。为此,总部无线电台一分为二,2局随总部东去打拉池,向延安前进;3局在宋侃夫、王子纲率领下,随红四方面军前敌总指挥部北向靖远黄河东岸前进。22日,总指挥部离开会宁,北进至甘沟驿,指挥渡河事宜。

10月25日夜,30军前卫263团在靖远县城西十五里的虎豹口一举渡河成功,主力部队继续跟渡。27日,卢福贵率领警卫通信连监护总指挥部电台,随徐、陈首长从甘沟驿出发,经郭城驿、大芦到达渡河点虎豹口。虎豹口,古称和保口官渡,位于县城西十五里的中滩(今营防)。周围多是茂密的梨树林,树干高大粗壮,枝叶蔽日,便于部队隐蔽行动。这里河面较宽,水流较稳,便于部队渡河。西岸是中堡,一片平川,村后山峦起伏重叠,敌人筑有明碉暗堡。

当天夜里,虎豹口躲藏在夜幕下,四周万籁无声,只有繁星在闪烁,偶尔也有敌军零星的枪声在天空回荡。总指挥部很照顾电台系统，将其分配在一条大民船上，大约可容纳四五十人。卢福贵首先上船检查有没有安全隐患，然后让警卫排、运输排把电台一部一部搬运上船，安置在船舱中心，并细心地用防水布遮盖妥当，随即命令船工渡河！木船刚离岸几十米，卢福贵回头一看，这虎豹口真似虎豹之口，山岩如刀切削，陡立东岸，更险的是桀骜不驯的黄河，水流湍急，奔腾咆哮，声震河谷。不一会儿，西北风骤起，翻涌的河水卷起层层巨浪，拍打着岸边，冲击着木船。全体警卫人员任凭风大浪高，一直坚守岗位，默默地紧握手中枪，目视对岸漆黑的堤岸和山影；有的人转身面向电台，不时地抚摸油布，用背部挡住飞溅入舱的浪花；有的人还脱下上衣或者打开背包，用被子捂住电台。大家只有一个心愿：平平安安地渡过黄河，不让一滴水侵入电台，胜利地完成电台"守护神"的历史使命！

船到中流，河水滔滔，颠簸剧烈。卢福贵走到船尾，挨着掌舵的船工一起坐定，递上一支烟，让舵手提神，并与其聊起家常。从简短的谈话中，卢福贵了解到他是一位自幼生长在船上的老船工，熟悉黄河的"脾气"，看惯了黄河的风风雨雨，听惯了黄河的奔腾咆哮声。他一边拉家常，一边稳操舵把，经过约半个小时的艰苦搏击，木船终于冲破了重重险阻，渐渐靠近西岸。在渡口执勤的战士热情地迎了上来，帮警卫连把电台搬运上岸，还引导大家走向山峦深处的中堡村。

这次渡河西进，总指挥部运筹帷幄，深知河西人户稀少，地形开阔，堡寨散落，徒步和骑兵通信都很困难，主要依靠无线电通信工作。据卢福贵回忆，当时共携带七部电台渡河西进，总指挥部配备两部，过河的三个军也都配备有电台，形成了无线电指挥系统，此外还有两部备用电台。

此时，红四方面军的部队已经一分为二。过河部队有30军、9军、5军和总指挥部，称河西部队；来不及过河的有4军、31军和红军总司令部，称河东部队。河西部队经过十多天的英勇战斗,开局顺利,占领了吴家川、泉尾、赵家水、大芦塘、一条山、五佛寺、大拉牌等军事要点,准备向宁夏进军,打通从外蒙古至苏联的国际路线。

30日,河西部队无线电台随总指挥部进驻赵家水。赵家水位于景泰县大拉牌至一条山之间,背靠光秃秃的山丘,面对干涸的鹅卵石荒滩,四周是茫茫的沙漠,缺水少雨,仅有一股泉水,周围住着几十户人家。在这一带,水是最贵重的东西,人离不开水,哪里有水,哪里才会有人家,才有村寨。总供给部驻地脑泉有一股泉水;30军军部驻地双龙寺,寺后山坡有一个石洞,洞中有岩石滴水;9军军部驻地福禄水也有一股不大的泉水。人多水少,可见河西部队生活之艰难困苦。

11月7日,河西部队在赵家水召开纪念十月革命节大会。陈昌浩、徐向前在会上讲话,表示坚决服从中央最新的决定,放弃宁夏战役,单独西进,执行平(番)大(靖)古(浪)凉(州)战役,先打凉州、永昌,后占甘州、肃州,争取年底从新疆方向接通连接苏联的国际通道。同时,宣布河西部队改称西路军,编制三个军,约两万一千余人,领导机关是西路军军政委员会,陈昌浩为主席。

会后,徐、陈首长找宋侃夫、王子纲谈话,要求3局兼搞2局的敌情侦破工作。宋、王坚决服从命令,决心破译马家军的密码。随后宋局长立即让卢福贵把所有的备用收报机架起,截接敌台电报。电台工作人员即刻行动起来,警卫战士加岗加哨,报务员上机收听敌台电波,日夜值班搞敌情。还把川陕时期的档案找出来,利用西北军孙蔚如在陕南赠送的一本密码,进行突击研究、摸索,把马家军的机密基本上弄清楚。这时,根据敌台信号内容,能够破译约百分之八十的敌台电报。蒋介石对红军的破译能力很有体会,曾给马步芳急发密电,告诫说:"红军破译能力很厉害,你们要特别注意。"此后,马家军的密码经常变化,我台也随之变化。经过半个月的努力,我电台已经全部掌握了甘北敌军的部署、行动计划、时间和方向，以及敌军发出的行动命令等，为西路军实现西进计划做出了十分重要的贡献。

11月13日，左路9军占领古浪。15日，王树声进驻县城。16日至18日，敌军马元海指挥步骑五个旅、四个团蜂拥而至，在飞机、大炮的掩护下，向9军阵地发起猛攻。经过三天激战，双方伤亡惨重，9军难以支撑，撤出战斗，被敌包围。此时，右路30军、5军已绕过大靖，进占土门子，兵围凉州城，继占四十里铺（今永丰）。总指挥部正驻凉州城南的一个寨子，通过电台联络，知悉9军兵败，陷入困境，立即派出援兵，救出被围部队，安全进至四十里铺。

右路30军18日进占永昌，前卫部队进至山丹。21日，总指挥部无线电台前移至永昌县城。总指挥部发表告指战员书，号召"战胜一切困难，建立永凉根据地"。此时，无线电台恰好破译了马步芳给马步青的一份电报，大意是："若共军不久留此地，向西走，可不打，如停就打。"宋局长及时上报总部首长，为决策行止提供了重要参考资料。12月12日，发生"西安事变"。这个信息也是首先从敌人的电报里知道的。"西安事变"使西路军震惊，无线电台全体人员为之振奋，总指挥部一片欢腾。永昌城里锣鼓喧天，"停止内战，一致抗日"的标语铺天盖地，抗日口号声响彻全城，游行队伍首尾相接，全城沸腾了。

1937年元旦拂晓，红5军由黄超政委守临泽，军长董振堂亲率主力三千人西进占领高台城，形成孤军突出。高台全境山环水绕，地处绿洲，土地肥沃，光照充足，林茂粮丰，向称巴丹吉林沙漠南缘的一颗明珠。敌马元海不甘心失败，以部分兵力钳制倪家营子红军主力，集中四个旅又三个团，在飞机、大炮的配合下，于1月12日开始围攻高台。红5军孤军连续苦战八昼夜，于20日全部壮烈牺牲。军长董振堂在被围困期间，后悔没带电台，把电台留在临泽，无法与总部联络，以取得指示、支援。后来，总指挥部电台从敌台得悉：高台吃紧。徐、陈首长立即派骑兵前往接应，但为时已晚，其被敌阻截，大部受损。最后，高台城陷落时，是王子纲亲自收听的敌台，敌人已经不用密码了，用的完全是明码。王子纲抄一句，向首长报送一句：巷战了，上房了，董振堂牺牲了⋯⋯

三、两进倪家营子

"西安事变"和平解决后，中央军委来电："西路军仍执行西进任务，占领甘肃二州，一部占领安西。"12月28日夜，西路军离开坚守四十多天的永昌县城，又一次踏上西进之路。行军部署是：5军开路，9军居中掩护总部，30军殿后，前攻后卫，且战且行。

卢福贵率领警卫通信连监护3局的全部无线电台和电讯器材，随总部机关行进在沙漠滩地间。时值隆冬，西北高原之夜月明星疏，大漠如雪，戈壁坚硬似铁，寒风凛冽。警卫连全体指战员一个个衣衫褴褛、饥肠辘辘，风吹得皮肤生疼，犹如刀割针刺。但是，这些英雄健儿们明白自己肩负的历史使命，信念坚定，充满了胜利的信心。在艰难困苦时刻，想的是艰苦奋斗、顽强不屈，战胜险阻。饿了，紧紧裤腰带；冷了，加快行军步伐；困了，边走边打盹。这样，坚持行军五天，经永昌县南境的毛家庄，沿大黄山（胭脂山）南麓，过山丹的八个墩滩，进入甘州（今张掖）西南的甘浚堡，于1937年1月3日随30军一起到达临泽县倪家营子。

倪家营子，今称倪家营，在临泽县城南五十八公里处，位于祁连山北麓、梨园河的西岸。地势南高北低，南半部叫上营子，北半部叫下营子，全长八公里，东西宽一公里多，由四十多个大小黄土围子组成。这里的围子就是内地的村庄，也叫堡。有钱人家的围子厚三五尺，围子建筑像城墙，上边筑有垛口望楼，叫做屯庄；一般人家稍薄些，没有垛口和望楼，叫庄子。各庄互不相连，隔着田野，主要是防备土匪。村子的四周是荒凉的戈壁滩，村南五六公里处紧连祁连山脉。3局无线电台随总部住在下营子缪家屯庄。这里地广人稀，异常贫困，涝池蓄水，人畜共饮。此时，西路军战斗部队已不足一万人。

这时，敌河西前线总指挥马元海奉命，在西路军周围集聚马步七个旅、炮团和民团达两万余人，以一部分兵力钳制我倪家营子主力，首先集中力量，占高台、下临泽，最后围攻倪家营子。西路军以30军为主，依托四十多个大小不一的黄土围子，固守阵地，与敌对峙。转眼已坚持二十多天，双方进行大规模的战斗八九次，小的战斗不计其数。红军处境越来越困难，敌人四面围困，没有救兵，没有任何补充，兵员伤亡数千人，伤亡一个少一个，子弹打掉一发少一发，且伤员无法治疗，当地的存粮都吃光了，"涝池水"也已喝光。

西路军军政委员会研究当前战局，认为要么西进，要么东进，蹲在这里被动挨打，绝无出路，遂决定立即东进。1月21日，西路军全体集结向东进发。经过两夜的行军，进至西洞堡。李先念、程世才指挥30军反击尾追之敌，一举歼灭马家军宪兵团、手枪团。这一仗，歼敌八百余人，缴获八百多支马枪、四百多支短枪，还有许多战马。这是西路军西进以来获取的最大胜利，指战员们高兴极了，准备起程东返。

西洞堡之战后，敌人放弃尾追突袭的战法，改为东面据堡防守，集兵堵截。徐、陈首长鉴于西路军东进，将会遇到敌堡难克和骑兵速度快、野战等不利局面，决定改变部署，先调动东面之敌，再执行东进计划。于是，部队于1月28日折而西返，再次进驻倪家营子。

当警卫通信连到达上营子时，走在队伍前头的卢福贵最先看到的情景使他惊愕，令他极为愤怒。倪家营子惨遭敌人破坏，满目疮痍，尸横遍地，血流成河；火焰还在燃烧，浓烟翻滚，许多房舍已化为灰烬，民家被劫掠一空。徐、陈首长决定，将部队收缩在下营子地区的二十多个屯庄里，无线电台警卫连跟随首长进驻刘家屯庄。红9军扼守东北，红30军立隘西南，两个前沿阵地相连，构成椭圆形防御圈，凭垒固守。

西路军前脚进村，马家军后脚跟到，聚集重兵从东西两面压了上来。西路军于当天下午便在这块古老的戈壁滩上与尾追的马家军展开了新一轮的拼杀。

自从二进倪家营子后，宋侃夫局长已经感到形势越来越严峻，敌人对红军的包围更加紧缩，梯队重叠，步步推进。3局干部多系技术人员，任务繁重，要保持与中央经常畅通的通信联络，且与各军的联络更加频繁，即便在三百米之内也要使用无线电通信联络，还要侦破敌台的动静，向总部首长提供敌情动态。因此，自身的安全只能依靠自己唯一的一支武装队伍——警卫通信连。从此，他便让卢福贵经常参加局务会议，及时了解实际的战况，随时做好与敌血战到底的准备，履行"守护神"的职责，保障电台的绝对安全。

西路军在倪家营子与敌军坚持血战了四十个日日夜夜。2月27日，战斗较前更加激烈、艰苦。我军寡不敌众，大幅减员，多次战斗失利，致使我防御圈越来越紧缩，加之子弹快打光了，粮食也吃完了，又异常缺水，几乎杯水皆无，已经到了无法支撑的困境。军政委员会经讨论决定，再次从倪家营子突围，向三道柳沟转移。

寂静的大漠之夜，无限悲愁凄凉，精力耗尽、疲劳至极的警卫通信连指战员们一听要打仗，立即精神抖擞，斗志昂扬。卢福贵安排一个班在前面开路，一个班殿后，其他人员按照总指挥部的指令，迅速前进。28日凌晨，部队进抵威狄堡南的三道柳沟。三道柳沟位于祁连山北麓，发源于山区的两条小河把村子划成几段，东面的叫东柳沟，西面的叫西柳沟，中间偏南的叫南柳沟。红军奉命"在此坚守"，可是马家军像乌云一样的骑兵随即向三道柳沟汇集，将红军层层包围。从3月5日开始，经过五昼夜的血战，西路军已是疲惫之师，弹尽粮绝，危在旦夕，被迫于3月11日夜间突围。

卢福贵率领警卫通信连指战员们监护着几部电台，趁着星光月色，向梨园口开进。梨园口是通往祁连山腹地的一道山口，全长半公里多，两旁山头重叠，越往里走山头越大。在快进口子时，突然后面梨园河北岸像风暴一样扬起一阵黄沙，卢福贵伏地一听，断定马家军骑兵正尾追而来。他命令通信员和一班班长留下，其他人员火速前进。不一会儿，远处出现了骑兵身影。卢福贵已经很长时间没有过枪瘾了，眼下出现活靶子，机会来了，自然很高兴。他不慌不忙，边走边撤，顺手拿起通信员的马枪，目测距离，一声枪响，为首的骑兵应声滚落下马。敌骑兵不知虚实，急忙停止前进，准备下马作战。卢福贵不容敌人喘息，一连两次扣动扳机，两敌骑兵立时倒地，命归黄泉。接着，他快速向山口转移。但是，骑兵马上又追了上来。卢福贵已到达山口，他又一次据险，准备伏击敌人。事有凑巧，王树声副总指挥率部增援梨园口子，一见卢福贵恋战击敌，立即命令："小卢，赶快归队，保护电台要紧！"卢福贵答应："是！"马上跑进口子。回头一看，敌增援的骑兵又杀到眼前，红军防守部队马上予以反击，给敌人以有力的杀伤，尾追敌人退却了，警卫通信连得以快速安全转入祁连山深处。回想起来，真是后怕，这次行动好险啊！如果电台落入敌手，那将是无法挽回的严重错误和损失！因此，大家一直铭记王树声副总指挥，感谢这位救命的"大恩人"。

四、走进祁连山

祁连山里夜色沉静，梨园口上却是战马嘶鸣，枪声稀疏，白刃厮杀，血肉横飞。西路军无线电台的无名英雄们迅速向深山腹地进发,同志们都很明白,身后就是凶残的马家军骑兵,要想保存自己,保护电台,就必须彻底摆脱敌人的尾追。大家肩挑、背扛着电台的部件,行进在山谷之中,凛冽的寒风卷起团团的积雪,吹打着衣衫褴褛的警卫战士。不少人的草鞋被石头磨穿了,石头又把脚板磨破,一步一个血印。连日的行军和激战,大家已精疲力竭,连战马也都没有力气长嘶和奔跑了,驮着电台的部件跟着队伍慢慢行进着。

天渐渐破晓,大地朦朦胧胧。警卫通信连到达一个山坡大坪坝。这里名叫马场滩,是裕固族人的夏季牧场。继续上行,便是海拔三千多米的牛毛山。无线电台按照首长命令刚架起无线,准备向中央军委发电告急,马家军的骑兵就尾追了上来,依然是团团围困。马场滩是一个平坝子,长满了低矮的枯草,覆盖着积雪,没有任何隐蔽物。程军长下令战斗团迅速奔上牛毛山,抢占制高点,阻击敌人,掩护总部和无线电台继续前进。红军的步兵打马家军的骑兵,实在太艰苦了。在平坝和漫坡上,敌人骑兵驰骋自如,红军只能边战边退,直到抢占了牛毛山,才站住了脚。原来牛毛山中遍布松树、柏树和杉树,树荫遮天蔽日,战士们可以在树林中抗击敌人。紧接着,马家军又弃马冲了上来。程军长命令红268团发起突然袭击,把马家军打了一个措手不及,阵脚立时大乱,纷纷逃下山去。

夜幕降临,全体红军战士转移到距离牛毛山八里路的康隆寺。该寺是一座喇嘛庙,有僧众几百人,红军不敢在此停留,连夜翻过几座山头,行程四十里,到了一个山窝。这里荒无人烟,位于悬崖峭壁之下,上有长满灌木、野草的青石山,四周尽是怪石嶙峋,裕固族人叫它"石窝"。此时,红军和马家军在荒凉的大山中对峙着,战场上出现了暂时的相对平静。石窝山上,近两千名西路军指战员东倒西歪地坐卧在雪地上,破衣烂衫上凝结着血污,凌厉的寒风刀削般地刮着,大家抱着枪,背靠着背,有的沉默,有的暗泣,有的失声痛哭。3局警卫连的同志们,在卢福贵的带领下，紧握手中枪，十分警惕地守护着电台，期望着电波永不消失，祈盼着中央指示。深夜，山下几万马家军燃起簇簇篝火，准备天亮后对红军进行最后的围攻。

面对敌人的重兵围困，西路军军政委员会在石窝山头召开了紧急会议。根据会议决定，为保存实力，部队分散行动。徐、陈首长回陕北，向中央汇报；红30军剩下的一千多人编为左支队，由李先念、程世才率领，到左翼大山打游击；红9军剩下的四百多人编为右支队，由王树声、朱良才率领，到右翼大山打游击；其他人员编为另一支队，由原红5军参谋长毕占云率领，随右支队行动。会后，三路人马各自迈出了沉重的脚步，朝着不同方向，进行分散行动。这些九死一生的红军指战员们，彼此含泪告别，左支队向西游击，右支队向东游击。

在这生死存亡的关键时刻，宋侃夫局长向电台指战员们传达了军政委员会会议决定："现在情况不好，带着电台行动不便，除留下一部电台和中央保持通报外，其余全部砸掉。"砸电台的任务交给警卫通信连办。卢福贵与各电台台长商量，挑选了最好的一部电台，留下充足的备件，其他几部一概砸烂。这几部电台已经跟随部队领导多年了，徐向前总指挥曾多次关照同志们，一定要尽心地呵护它们，做到万无一失。它们为革命事业立下了许多不朽的功勋，一直传达着中央的命令，又向党中央传递了部队活动情况，首长靠它们指挥作战，保证革命事业的不断前进。但是，今天却不得已要销毁它们。这些电台能够安全地存在至今，凝结着警卫战士多少艰辛、汗水、鲜血，战士们已经把它们视为自己生命的一部分。此时此刻，面对这些多年来同生共死、无声的"老战友"即将在自己的手中被砸烂，负责砸电台的李连富班的同志们一致建议，在砸电台之前，要跟这些"功臣"、"战友"告别。

卢福贵是红四方面军电台建立、发展和完善成长全过程的历史见证人之一，六年来与电台朝夕相处，积蓄的感情更加深厚，自然同意部下的意见。他马上吩咐李连富把即将要砸烂的几部电台摆放在一起，集合全体同志向这几部电台敬军礼。卢指导员又讲了话，称这些电台是"人民的功臣"，在红四方面军各个历史时期立下了丰功伟绩，为革命做出了重要贡献，是中国革命一个时代的骄傲。在过去的革命战争年代里，电台蕴藏过党和军队的许多机密，为了不使其落入敌手，今天不得不把电台砸烂。战友啊，请你们在这里静候红军的胜利，抗日的胜利，全中国的解放！

但是，在下手砸烂电台的时候，这些电台"守护神"们仍是一百个不甘心、不情愿，一边砸，一边烧，一边泪流不止，甚至失声痛哭。大家都在叹息：红军电台的建立，是多么的艰难不容易啊！

在石窝分兵之后，卢福贵与警卫通信连带着最后一部无线电台随着李先念率领的左支队在祁连山中向西行动。祁连山，俗称走廊南山。"祁连"，蒙古语为"天"，意即"天山"。冈峦绵延一千多公里，平均海拔四千五百米以上，山顶积雪终年不化。何况，眼下正当3月，是一年中最冷的季节，警卫通信连指战员们和全军战士们一样，还穿着过草地时的破旧单衣，忍饥挨饿，饥寒交迫，连空气都吃不饱。白天靠着指南针和裕固族牧民向导指引爬山越岭，晚上只能找避风的山洼宿营。战士们有的用破毯子裹着身子，有的背靠着背，互相取暖。越往西进，山岭越来越高，气温越来越低。没有人烟，连飞鸟也很少看到，到处是冰雪、高山、奇峰、深谷，没有粮食，没有盐吃，大家浑身都是软绵绵的，迈不动脚步。当部队走到祁连山的分水岭附近时，其主峰海拔五千五百六十四米，气温零下四十度，每天都有人冻死。难怪大家把这段深山老林、冰天雪地、风餐露宿的行军称为"第四次过草地"。

时下唯一的一部无线电台进入祁连山后，立即采取"只收不发"的管制办法。不发，可以防止敌人窃听，转移视线，以隐蔽左支队的行动；只收，可以侦听敌军电台，判断敌人行动的方位，以应对敌人的防堵部署，达到"出敌不意"地走出祁连山。为此，警卫通信连进行了相应的兵力调整，各班轮流担任执勤，监护着这部电台的收信机，跟随李先念政委在祁连山中艰苦行军。每到一地宿营，马上架起电台收信机，报务员席地上机，接听中央的通报，并监听敌台行动的方向，向李先念政委提供决策依据。4月5日，左支队已抵达肃州西南山中，再经南山越祁岭正峰，约半月便可达敦煌。鉴于全体指战员极度饥疲，武器弹药太少，冻病死亡者日益增多，战斗力急剧下降，实无再与较强敌人作战的可能，西路军工委决定将电台开机，架起发报机，向援西军和军委发报，建议"迅速经新疆到远方（苏联）学习，培养大批干部"。4月7日，军委主席团复电："你们可以向新疆去，已电彼方设法援接。"宋侃夫局长及时报告李先念、李卓然。从此，电台每周与中央联络一次以接收指示，并避免敌人侦察到部队的行踪。这个消息，使大家犹如夜海中迷途的船只看见了灯塔，极大地鼓舞了广大指战员，大家异常振奋，情绪高涨，虽然身体十分虚弱，疲惫不堪，仍然继续向西行进。祁连山虽然寒冷，覆盖冰雪，但有些山腰间植被茂盛，适宜畜牧生长，到处可以见到野生动物，如野牦牛、野驴、野羚羊等出没，这就为部队的生存提供了天然的食物。指战员们白天一边行军，一边猎取野牛、野羊，再捡些牛粪、羊粪，以便晚上在冰洞宿营地点火烧烤猎物，并借此取暖。大家就这样在冰天雪地里度过了三十多天，爬行了五百多公里的冰雪山路，翻过了托来山和托来南山，进入了疏勒河流域的考克塞峡谷。这里是蒙古族牧民驻牧之地，部队经过反复做群众工作，从牧民那里买到了几百只羊，还请蒙古族牧民当了向导。

之后，西路军左支队又从考克塞出发，沿着疏勒河支流查干布尔嘎斯，跨越野马河谷，从野马河翻过大龚岔达阪，走出龚岔口（又称公岔口），16日便到了石包城。石包城其实是一个只有十多户人家的小村落,位于距肃北县城东一百五十公里的北部边缘,又名雍归镇。传说,这座古城为七世纪唐朝大将军薛仁贵所筑,其军事目的是扼制吐蕃从青海出祁连山脉,谋夺河西走廊,控制中原王朝通西域之道。

西路军在石包城休息三天,购买了粮食、盐巴。从死亡之地走过来的警卫通信连战士在长达三十三天的行军中,第一次饱餐了一顿纯青稞面食,尝到了真正盐巴的咸味,内心别提多么兴奋、激动了,充满血丝的双眼闪耀出幸福的光彩,青黄色的脸上流露出喜悦的红晕。

五、最后一仗

西路军左支队在肃北石包城停留期间,发生了两件重要的事情。一是 4 月 20 日接到毛泽东、朱德的来电:"远方对于西路军进入新疆转赴远方求学问题,已决定了。"你们应"最迅速取得粮食和骆驼,向星星峡进"。二是石包城虽小,但地位重要,是祁连山与安西之间的物质贸易交流场所,常有安西商贩聚集。左支队从一位安西来的行商处得知,丝绸之路重镇安西城防守备空虚,敌仅有一个排的兵力。西路军工委研究决定,打安西,取得暂时的休息与补给,再西进直趋新疆。

4 月 21 日,左支队离开石包城,走出祁连山口,沿着榆林河北进,22 日到达蘑菇台。蘑菇台位于安西县城南约一百四十多里处,是祁连山北麓一块三角绿洲,南侧是闻名遐迩的榆林窟(俗名万佛峡),与敦煌莫高窟(俗称千佛洞)同为敦煌佛教艺术的组成部分。23 日向踏实城前进。踏实城距离安西县城约八十里,南面一片戈壁滩,远眺祁连山,白雪皑皑;北、西两面碧草如茵,与蓝天相接;东面层层叠叠的沙丘像起伏的波涛,宛如凝固的灰黄色海洋伸向天际。

左支队刚刚踏进这块戈壁滩,不一会儿就遇到了一场"黑风"。安西县自古以来就是一个大"风库"。它地处河西走廊的西端,纵横数百里。中间是一个大平滩,南屏祁连山山地,北障北山山地,两山之间南北地势高,逐渐向盆地中央疏勒河谷倾斜,形成喇叭口状的走廊地形。其喇叭口西向新疆塔克拉玛干大沙漠,并向东逐渐收缩,距肃州(酒泉)约二十公里处,南北两山对峙,中间形成一个隘谷,宽不到十五公里,势如"瓶口",通疆大道就从"瓶口"穿过。这样的地形致形成了安西的"风库"。

卢福贵这些生长在大江南北的红军战士哪里知道这里"黑风"的厉害。好好的一个戈壁滩,花草繁茂,阳光璀璨,沼泽湖泊,星星点点,相映成趣。突然间,眼见海水滔滔,好似鱼鳞密织;忽而波浪滚滚,汹涌澎湃;忽而静如秋水,涟漪泛起;忽而水天一色,在海水之上涌起一片迷幻雾气,显现出高楼大厦、亭台楼阁。行军队伍中间响起了一阵欢呼声:"海市蜃楼!"卢福贵惊呆了!他亲历这沙漠奇观,为自己一生中能遇上这样的梦幻奇景而兴奋无比!

部队继续前进,不一会儿,首长下达命令,全速前进,赶到前边的村里去!此时天空湛蓝,几丝白云悠然地在空中飘荡,四周是那么的宁静、安详,只远处山头上有几团黑云。然而,刚走出不远,黑云就越来越浓,迅速向周围扩散,遮天蔽日,把整个山脉给吞没了,很快又变成巨大无比的屏障,顶天立地,好似"天幕"。随着"天幕"越来越近,大约距离二百米远时,卢福贵感到"天幕"里裹挟着团团沙砾,好像惊涛骇浪汹涌地卷来,还伴随着山崩地裂般的巨响。刹那间,眼前一片漆黑,眼睛不开了,气也喘不上来。大家都本能地趴在地上,躲在低矮的骆驼刺、沙拐枣边上。趴晚了的人,便被黑风卷出去好远。过了好长一会儿,黑风才渐渐减弱,榆林河滩上又重新出现了西路军左支队人马的身影。

左支队这次遇上的黑风，亦即大风，或者称为沙尘暴，时间虽不长，但留给大家的印象异常恐怖。卢福贵对其记忆极其深刻，直到晚年，一经提起，仍余悸在心。

沙尘暴之后，左支队便到达了踏实城，24日进驻十工村。无线电台人员随左支队首长住进了刘家庄、马家庄两个庄子。十工村距离安西城仅二十多里。

在十工村驻扎时，侦悉安西城守军确实只有一个骑兵通信排，县长已弃城逃匿。但当左支队向安西城进发途中，遇到一个刚从城中出来的老百姓，才知道昨晚城里已增加了两个旅的兵力，还有大炮。尽管如此，西路军参谋长李特还是坚持攻城。傍晚，左支队集结在安西城西南三里远的地带。晚上，左支队发起攻击，一接火，便遇到猛烈的炮火、机枪的还击，几次冲锋都未成功。而且马家军还分数路杀出城外，左支队在李政委、程军长的指挥下，边打边退，转移到城西南五营村一带。

第二天天刚亮，马家军的骑兵队伍飞驰而来。由于敌军势众，红军阻击无效，都退进了围子里，凭借工事抗击。双方激战了一天，天黑之后，左支队开始突围，由当地农民引领涉过了疏勒河，插到了甘新公路上。公路全是软绵绵的沙子路，尽管一天一夜水米未进，卢福贵仍带领指战员们凭着坚韧的毅力，随部队艰难地行走了一夜，一口气走了八十多里路程，前进至安西城西北一个叫白墩子的地方。白墩子是一个很小的村落，沿街有几间泥巴房，村口有座小庙和一个高高的土堆。当左支队停下休息时，马家军的骑兵又接踵而来。为保存实力，左支队只好边打边走。天黑时，左支队已转移到红柳园。

红柳园距离白墩子六十里，是西进新疆的必经之地。全村仅有几间矮小的泥巴房和几家客栈，为过往的商旅、行人落脚打尖之用。周围是青沙石的戈壁滩，还有风化的岩石沙丘。在甘新公路路边干涸的河床上生长着一丛丛红柳，红柳园因此得名。

时下，3局警卫通信连还保持着较为完整的体制，战士每人一把大刀、一支马枪，还有一定数量的子弹，实力相对于野战部队要强一些。程军长见自己的部队已经疲惫不堪，子弹也快打光了，可是马家军的骑兵仍像马蜂一样围拢上来。情急之下，他与宋侃夫局长商量，让警卫通信连上去顶一阵子。宋局长立即命令卢福贵带领警卫通信连全体进入阵地，利用沙丘掩体，趁敌人立脚未稳的间隙，对敌发起一次阻击。

卢福贵忙集合警卫通信连，但包括运输排在内，只有百把人，其中具有战斗力的不过三四十人。卢福贵一面指挥战士们把所有的红旗都打开，插在沙丘顶上；一面组织火力，实行射击。他亲自手持马枪，一连几发子弹，撂倒了几个冲上来的敌军骑兵。敌人一时摸不清红军到底有多少人，所以不敢冒失地冲上来，只是在沙丘的远处打枪放炮。说也奇怪，马家军接连向红军阵地发射迫击炮。第一声炮响后，"咣……咚"，炮弹只炸开了几大块，像切西瓜一样，没有全炸开。第二声、第三声炮响后，炮弹从战士们头顶飞过，只听到"刺啦、刺啦"的声音，炮弹入沙了，一个都没有爆炸，继续打来的炮弹也都瞎火了。这真是天佑我们红军战士！实际上，这是蒋介石帮了我们的忙，他们内部起了矛盾，对西北"河西二马"的地方割据势力不信任，因此，向他们提供了质量低劣的炮弹。

在进行了一阵激烈抵抗之后，宋侃夫局长召集3局全体人员，包括报务、机要、警卫、勤杂人员进行动员，传达西路军工委的指示。大意是：（1）现在敌情严重，形势危急，为了防备万一，要求我们将最后一部电台砸烂，决不让它落入敌人之手。（2）将全体人员组织起来，包括运输员，大家拿起枪，抡起大刀，作坚决的积极抵抗，保持革命荣誉，宁死不当俘虏。（3）为保存有生力量，人是党最宝贵的财富，只要留得青山在，不怕没柴烧，决定天黑后，乘夜幕的掩护，迅速突围，朝新疆方向运动。（4）我（宋侃夫）随工委首长一同冲出重围。你们归卢福贵指导员统一指挥，白天坚守阵地，天黑后突围，一律往西，到新疆去。卢福贵当即表示："坚决服从命令，我们是共产党员，狂风暴雨我们顶，惊涛骇浪我们挡！"大家求战心切，情绪异常激动。有的在暗暗流泪，有的运输员要求马上冲出去，用一条扁担缴获敌人的枪支。宋局长当即予以阻止，并说："一个人冲锋不好，大伙团结起来一起冲才有力量，但只能在天黑后进行。"徐明德说："我已擦好了手枪，到时与敌人拼个你死我活！"李连富警卫班个个都卷起袖口，把子弹顶上了膛。新参军的警卫战士孙元恩举着枪，握着拳头，誓死与敌人血战到底。指导员卢福贵手提盒子枪，上好子弹，将食指扣在扳机上，准备迎接殊死的搏斗。

　　动员之后，立即行动。警卫连首先得把这唯一的、已为革命立下无数功勋的英雄电台砸烂。大家与电台感情十分深厚，要将它砸烂，思想上很难接受。上次在祁连山石窝砸掉了几部电台，已经十分痛心，这次又要把最后一部电台砸烂，这就意味着与党中央要断绝联络了。但是，上级的命令不可违，军令重如山，全体人员的眼圈儿都红了。卢福贵虽泪流满面，但他还是命令李连富同志执行任务。机务员老贾把电台机器拆散，李连富将电台收发报机举了几次，掂了又掂，总是下不了手。这也不怪他，大家一起从鄂豫皖边区将这部电台从敌人手里夺来，又一直肩挑背扛，随部队转战川北根据地，爬雪山过草地战甘南，一直到河西走廊。通过它与党中央、中央军委保持了密切的联系。它为革命指引了方向，是红四方面军行动的指南针，是黑夜里的北斗星！但是，现在战局紧张，形势逼人，不得不把它砸烂。李连富同志执行命令，用双手举起机器，往地下猛摔。第一次用力还是轻了一些，第二次又举起用劲砸下去，才算砸烂。接着，又向手摇发电机上砸，机器木筒子碎了。大家捡起零件，向周围乱扔出去。

　　夜幕渐渐降临，红柳园上空笼罩着阴沉恐怖的气氛，双方还在对峙着、僵持着。马家军用小股骑兵试图向我方阵地冲来，在卢福贵带领下，红军战士们敲响空洋油桶，马被吓住了，不敢接近我方的阵地。虽然我们只剩下几个人，但仍然展开红旗，把红旗扛在肩上，且战且退，还组织小股力量搞反冲锋，搞佯攻，大声喊着"冲啊！杀啊！"竟也吓得马家军不敢妄动。过不多久，估计大部队已经转移。卢福贵下令："突围！"大家立即像脱缰之马，飞速向西奔跑。夜深天黑，互相联系不上，只是按照白天指出的方向前进。刚突围时，卢福贵单独一个人走在最后，跑了一会儿，看见前面有一个黑影在移动，他轻轻喊了一声："前面是谁？"前人回答说："是我！"听口音，他知道是自己人，连忙追上去，迎面一看，原来是总政治部干事刘和孔。这一下遇着伴了，心里松了一口气，两人边走边商量，按照首长的指示去往新疆方向。

天快亮的时候，卢福贵和小刘两人站在沙丘顶上，借着微弱的晨曦，隐隐约约地看见坡上有几个人在一起睡觉，上面盖着一层白布单子，头露在外面。二人猜想他们是逃亡地主，想靠近时打死他们，也好搞些干粮和水，以便跨越沙漠，走到新疆。说着，二人便各自从戈壁滩上捡起一块大石头，分两路包抄过去。他们小心翼翼地轻步前进，走到离睡觉人群不远的地方时，被对方发觉了，对方突然翻身而起，举枪大声问："你们是谁？"这时，卢福贵立即认出，原来是徐明德台长和几名报务员。他们一个个土头土脸，胡子拉碴，头发凌乱如草。战友意外相逢，大家喜出望外，紧接着商量了一下，估计敌人不会再追来了，便放心地沿着甘新公路向新疆边境的星星峡走去。

红柳园血战是西路军西征中的最后一仗，左支队有百余名指战员长眠于戈壁沙丘之下。为纪念牺牲的红军指战员，1989年国家和安西县群众筹资三十四万元，在县公园修建了"西路军最后一战纪念塔"，以为后人纪念和凭吊英雄。

第七章　红色军事技术学校"新兵营"

一、聚集星星峡

西路军总部3局的同志们突围之后，无线电台的队伍被打乱，仅仅聚集了十几个人，以王子纲为首，还有徐明德、陈福初、卢福贵、唐士吉和胡正先等几名报务员，后来又碰上刘寅、荆振昌、王玉衡等。王子纲按照西路军工委的部署精神，规定大家白天隐蔽起来，晚上找大路走，并组成一个班，由卢福贵当班长，徐明德当副班长，分两路前进。这支队伍沿着甘新公路，一股劲儿地直奔星星峡。

所谓甘新公路，其实哪里有一条像样的公路，只是一条自东南向西北延伸的宽阔的戈壁通道。这是一条重要的丝绸古道，由甘肃安西进入新疆哈密，全程八百里，沿途是一片戈壁沙漠，缺水缺草。经过历代军事家的开发，在此建立了八个台站，挖井引水，俗称苦八站。在清末新疆变乱时，商道不通了，连台站都废弃了。红军这次行军之时，有了电线杆，可以作为行军路线的标志，还有清末名将左宗棠西进收复新疆时遗留下来的破旧驿站，可供军旅露宿，补充饮水，因而形成了一条很有规律的行军宿营点。由安西西行大约每相隔六十里便有一个驿站。第一站是白墩子，第二站是红柳园，第三站是大泉驿，第四站是马莲井（也叫马莲井子），再过去便是新疆南部边境城镇——星星峡了。当年左宗棠曾命令军队在塞外的戈壁沙漠地带沿路种植不怕干旱的响叶杨（又称白杨）和榆树（又称白榆），形成了玉门关外几百里的路旁绿化带。左家军三军粮务督办杨昌浚曾赋诗赞："新栽杨柳三千里，引得春风渡玉关"。这种壮观的情景，后来在民国年间遭到军阀混战的破坏，狂砍滥伐，修桥铺路用的也是左公柳。待到西路红军勇闯戈壁瀚海的时候，左公柳已经荡然无存。实在可惜，太可惜了！

卢福贵率领的这些来自大江南北的无线电台红军战士从未见过戈壁滩，现在不仅面对了，而且行进在戈壁滩上。戈壁滩，蒙古语意为"难生长草木的土地"。大家行进的这片土地，只见稀疏的灌木骆驼刺、红柳，还有一片粗沙砾石覆盖在硬土层上的沙漠荒地。一眼望去，浩瀚无际，云山渺远，大漠茫茫，真是"千山鸟飞绝，万径人踪灭"，怪不得人们视其为"绝塞"。

无线电台的勇士们从红柳园突围向北，路过大泉驿。大泉驿是一处十分荒芜的驿站，部队无法停留，只得继续前进。这时，这一行人已经一天一夜水米未沾，敌人虽然已经甩掉了，可是干渴、饥饿却在折磨着每一个人。太阳出来之后，天气顿时炎热起来，卢福贵只觉得嘴干得要冒火，一看周围的同志，不少人的嘴唇干裂得直流血。正在这时，遥望远处，好似出现了一池清澈的湖水，清清亮亮，像是荡漾的碧波，湖堤上还有小树和房屋。战士们一边想着，一边往前走去，总想赶到湖边，尽情地喝个饱、吃个够。但是，走啊，赶啊，始终没有到达，湖水总是那么遥远，没有尽头。大家一口气走到黄昏，湖水逐渐消失，看不见了。后来才明白，一路看到的都是沙漠幻景。这也是卢福贵生平中最不能忘怀的一段经历。

入夜后的大戈壁滩静极了，青黑色的天空高挂着银盘似的明月，皎洁的月光洒满广袤的戈壁瀚海，稀稀疏疏的星星点缀着美丽的夜空。但是，大戈壁滩的昼夜温差太大，白天热得像蒸笼，穿单衣还喘不过气来；夜晚却寒气袭人，没有皮袄能把人冻死。

不能坐下歇息，战士们只得硬拖着困倦的身子，继续前进。

拂晓时分，同志们隐隐约约地看到前面有个小黑点儿，再往前走便看清楚是一座小屋，大家一致认为此处就是马莲井子。这一段路实在难走。马莲井子附近遍生马莲草，塞北的春天来得迟，草根是枯黄的，戈壁滩是硬邦邦的，脚踩上去很不舒服，有时还有刺痛感。好在同志们已经习惯了，满不在乎，最大的威胁还是没水喝。红军战士已忍耐到了极限，甚至已超越了极限，挺着身子走进了马莲井子。驿站很简陋，只有一口井，可以打水，但水质就甭提了，含有碱质，味苦，初尝不易下咽。但是，对这些饥渴难耐的人来说，有这样的水已经满足了。大家用自备的容器舀水喝，大口大口地喝，有的还吃了点儿面疙瘩。喝足之后，还灌满了水壶，随后又继续踏上西进的路程。

在太阳偏西时，无线电台失散人员在卢福贵、徐明德的带领下走进了一处峡谷。两边的山乌黑乌黑的，没有一棵树，只有一条道，盘旋曲折，山高径深，危崖对峙，耸入云端，地形险要极了。大家心里都在嘀咕这个陌生的地方阴森可怕，但也没有别的办法，只能硬着头皮前进。大约走了个把小时，在一个山口附近，远远望见有一群人站在那里。越走越近，人看清楚了，原来是西路军左支队担任后卫的30军269团政治处主任喻新华等同志。这才知道，此地就是星星峡。同志们高兴极了，谢天谢地，总算到达了预定的目的地，回到了自己的部队。喻主任热情地与大家一一握手，表示欢迎。他知道卢福贵是3局无线电台失散人员的带头人，便问："你们后头还有我们的人吗?"卢指导员回答："可能还有部分跑散的人员。"接着，喻主任拍着卢福贵的肩膀，兴奋地说："告诉你们一个好消息，党中央和毛主席已经特派陈云、滕代远二位中央领导同志，由苏联经新疆迪化，前来星星峡慰问我们，还要接我们去迪化。"听到这个好消息，卢福贵和同志们互相拥抱在一起，一个个兴高采烈，立时热血沸腾，笑啊、跳啊、唱啊、欢呼啊！不少同志热泪满面，这泪水是喜悦的，也包含着悲伤和痛心，两者融化在一起，只有从死亡边缘闯过来的人、劫后余生的人，才能体会到这一时刻的激动心情。喻主任让部队在星星峡休整，集结待命，并等待左支队的领导同志到来。

走进星星峡办事处的营房，喻主任介绍了前来迎接的268团杨秀坤团长和星星峡办事处王主任，卢福贵与他们热烈握手。随后，王主任热情地带领大家到宿舍休息。宿舍很简陋，但还算清洁，其实大家都已经几个月没住过房子了，有现在的条件，自然很满足。他又给大家送来洗脸水。一盆洗脸水，一个人洗过后，盆里的水就成了泥浆。友军还准备了较好的伙食，第一顿饭不知是早餐，还是午餐，有罐头肉、罐头鱼……已经两天没吃上饭了，战士们一个个狼吞虎咽，也顾不得什么礼节形象，狠狠地饱餐了一顿，而后立即回宿舍，躺倒就睡。

星星峡位于甘肃、新疆两地的交界处，是一个偏僻的小山村，四周碉堡林立，人口稀少，只有几十间土坯房子，二十多户人家，仅有一口水井，异常缺水。这里除了矿藏之外，什么东西也不出产，所谓"不毛之地"是也。据说，食物都是从二百公里外的哈密用汽车运来的，不少东西，如罐头食品、纸烟等，都是苏联货。

自古以来，星星峡是"丝绸之路"东进西出的一条重要的咽喉孔道和战略要地。民国期间，新疆军阀杨增新实行专制独裁统治，采取闭关自守和愚民政策，在星星峡设置边卡，驻防军队。当我们西路军左支队来到星星峡时，驻守星星峡的已是新疆后继军阀盛世才的部队，并设置了新疆边务处星星峡办事处。

盛世才（1895—1970年），辽宁开原人，日本早稻田大学和陆军大学毕业，曾在东北奉军第8旅旅长郭松龄部下任职，后任国民革命军参谋本部第一厅第三科科长。1930年秋，盛世才来到新疆迪化，不到三年时间，由一个参谋主任变成"东路剿匪总指挥"、新疆边防督办、政府主席。从1933年起，他在新疆实行亲苏政策，提出反帝、亲苏、民平、和平、清廉、建设六大政策，争取共产党人的协助，依靠苏联的政治、经济，特别是军事上的援助，以便清除异己势力，建立盛世才专制独裁的一统局面。因此，我西路军到达新疆时，在苏联的帮助和中共中央代表陈云、滕代远的援救下，盛世才终于同意，并指示新疆边务处星星峡办事处随时接应。

西路军左支队和盛世才的部队互相都称对方为友军，处处以礼相待。1937年5月1日下午2时左右，卢福贵和陈福初、李连富等总部3局的一些同志正躺在星星峡的山坡上晒太阳。这里是全国日照时数最高的地区之一，有"日光峡"之称。所以，同志们经常趴在山坡上晒太阳，洗日光浴，以弥补缺水不能洗澡的缺憾。正在这个时候，有人喊："迪化方面来车了！"大家立即翻身向北望去。最初，看到的是几辆车，不一会儿，车子越来越近，像一条长龙一样，缓缓地驶入星星峡区，一数，共四十多辆大卡车。车上满载着食品、服装、枪支和药品等。指战员们便跟随程世才军长、李先念政委一起，蜂拥而去，齐聚街头，欢呼高歌，迎接中央代表。汽车停下后，陈云、滕代远同志下了车，大家一拥而上，把两位中央代表团团围了起来，又握手，又敬礼。卢福贵兴奋无比，他觉得自己好似孩子从远方回到了母亲的怀抱，感到无限温暖、幸福……同志们簇拥着陈云等中央领导同志走到大会场，参加"五一"国际劳动节大会和欢迎西路军大会。

会上，陈云同志代表党中央讲话，他说："党中央非常关心你们，特派我们前来迎接"，"你们经历了千难万险、九死一生，同敌人作了最坚决、最勇敢的斗争，经受了血与火的考验，你们都是好样的"，"革命斗争中有胜利也有失败，只要我们保存下革命的有生力量，我们就会发展壮大起来"，"西路军只剩下四百多人，但是，将来你们会壮大的，可以扩大为四千人、四万人、四百万人。星星之火可以燎原，中国革命的胜利将属于我们"！听着这番话，卢福贵的泪水夺眶而出，对党的关怀感激不尽。全体指战员多次热烈鼓掌，人人心潮澎湃、热泪滚滚、欢呼雀跃，口号声响彻整个峡谷，回音在上空萦绕，久久不散。

　　大会之后，陈云、滕代远同志又到各个宿舍看望战士们。陈云同志勉励大家："留得青山在，不怕没柴烧。有什么话，有什么事，以后慢慢再讲。你们先给我执行两项任务，第一要吃好饭，第二要睡好觉。"为促使大家的体力能够迅速恢复，他又向有关方面张罗并随车带来米面、蔬菜和新鲜的牛羊肉，极大地改善了伙食。

　　次日早晨，西路军四百多人全部换上了陈云同志从迪化带来的国民党新军装，每人一套灰色新棉衣、一顶皮帽、一双棉鞋、两件衬衣，还补充了弹药，甚至连碗筷都带来了，大家都精神饱满，雄赳赳，气昂昂。不过，大家对国民党的军装，特别是青天白日帽徽存在极大的反感，经过陈、滕二位首长的讲解，情绪才稳定下来。大家最舍不得丢弃的就是红五星帽徽，于是有的人把它缝在军帽里边，或者放在军装上衣口袋里。卢福贵把摘下来的红五星帽徽擦了又擦，弄得干干净净，用布包好放在贴身的内衣口袋里。的确，红五星帽徽，是奋斗的目标、拼搏的动力、胜利的象征，也是战斗的号角，伴随着大家在大别山成长，穿过桐柏山、大洪山，二越秦岭，进驻大巴山，三过雪山草地，抢渡黄河，北上河西走廊，转战祁连山，激战戈壁滩……这一路都是在红五星光辉的照耀下才取得胜利。现在，大家要跟随陈云同志踏上新的征途，绝不能抛弃它，要把它深深地放在心上。每位红军战士的心里都是酸溜溜的，又是十分苦涩的，说不出是股什么劲儿在驱动着大家的心。

二、踏上新征程

1937年5月4日清晨，一声集合令，四百多名勇士在峡谷里整队，上车，向迪化（今乌鲁木齐）出发。

四十多辆大卡车，浩浩荡荡，威风凛凛，离开了星星峡，驶上入疆的东路大道。道路极其简陋，戈壁浩瀚，荒无人烟。朝阳从东方冉冉升起，戈壁滩上的卵石闪闪发光，还有那电线杆上的电线随风摇曳。戈壁滩由细小的沙石铺成，一直铺到天尽头。正前方，天山绵亘在天边，山巅被白雪覆盖，山下是一望无际的开阔地带。人坐车上，景随车移，顿时觉得心旷神怡。卢福贵第一次乘车行军，心情别样，觉得整个世界就是戈壁，不再有其他事物存在。往事又在脑海里翻腾起来，他不觉随口哼出一首自由体诗歌：

> 红军战士来回三次爬雪山、过草地，
> 在烽火之夜，强渡奔腾咆哮的母亲河。
> 英雄们无畏地踏上错误之途、悲壮之路，
> 多少人流血，长眠在硝烟弥漫的河西战场。
> 跋涉在荒无人烟的冰雪祁连山，
> 踩踏着一望无际的荒漠戈壁滩，
> 沿着电线杆指引的方向，前进，前进。
> 九死一生的红军战士，重返母亲温暖的怀抱。

老卢正在琢磨着他的诗歌，忽然车子停了下来。此时大家已经坐车跨越了百里之遥，到达了新疆东路俗称"苦八站"的新疆境内第二站——苦水站。

到达苦水站，大家下车，在戈壁滩休息。陈云同志又一次召集队伍，向大家介绍了新疆的政情、军情和社情，提出"要严守机密，遵守纪律，尊重当地民族的风俗习惯"，"我们到新疆去，

对外一律称'新兵营'是修路的新兵"的要求。讲话后，还给大家发了一些零用金，供必要时购物之用。这次行军规定，沿途不准备住进城市，尽量在野外宿营，以保证全军人员的安全。

车队继续前进，经过烟墩，眼前还是一片戈壁。继续行进至骆驼泉（也叫骆驼圈子），开始看见水草和杨树。前进到黄芦冈，只见阡陌纵横，庐舍相连；北面天山如带，南面绿草如毯；蓝天白云，晴空万里，一望无际的草原上稀稀落落的羊群，犹如朵朵白云飘落在绿色的草滩上。

不一会儿，车队驶入哈密近郊的一所新式的军营。下车后，战士们进入了一排排新式的营房。指战员们要在这里宿营一夜。

第二天早饭后，部队继续行军。

车队如长龙般由哈密出发，经二堡、三堡、三道岭，沿途还有零星村舍。过了瞭墩，便进入戈壁，从此至七角井之间的这段山路，先是在峡谷中行驶，谷中渺无人烟，出了峡谷山势呈现一片大斜坡，新疆人名之曰"阪"。汽车在这种山阪上行驶，俯冲力很大，没有动力可以自行下滑，其速度也是惊人的。如果前车出了故障，后车撞上去，足可毁掉一个车队。所以，司机们精神高度集中，谨慎驾驶，随时准备刹车。卢福贵感到，人在车上，好像坐在滑板上一样，从高坡上溜下去，太惊心动魄了。加之，此时正值风季，风力很大，灰沙扬尘裹胁在一起，漫卷天空，天空顿时黑暗下来，连太阳也失去了光芒。大家只能用衣服裹头，趴在前面人的背上。车队到达七角井时，这"怪风"才慢慢地小了下来。

车队日行约二百公里后，在七角井宿营。

七角井地区是天山东段的一处陷落地堑，周围山峦起伏，中间地势低平，有一片小绿洲，为天山南北交通要道之一，曾建立过城堡，有一些居民和商铺。但是，经过连年的军阀战争，特别是盛世才与军阀马仲英、叛乱分子尧乐博斯的几度战争，这里已经变得荒无人烟，成为一片废墟。部队只能露营山沟，好在伙食已在哈密备妥，不必发愁。

第三天从七角井出发，便可远望东、西盐池。只见地面上裸露出一片盐层，像是刚下过一场大雪。据说，这里盐的储藏量达九亿吨之多。但当时也没人开采，故此处成为荒芜的沙地，渺无人烟，完全是一块未开垦的处女地。

从七克台开始，便出现了农田农舍。继续前进，便进入鄯善绿洲。午间，车队在鄯善城郊休息。鄯善地处吐鲁番盆地东境，是绿洲区。土地肥沃，河流清澈，夏季绿树成荫，田园遍布，素有"天然聚宝盆"之称。

休息期间，县政府送来了一批慰问品，有哈密瓜和葡萄，支队将其分配到各班、排。大家感到十分稀奇，怎么春天还能有如此新鲜的水果？那时没有电气化的冷藏设备，对内地人来说这是不可想象的。大家用军刀把瓜剖开，再一刀一刀地切成几牙儿。卢福贵也拿起来一牙儿，慢慢地咀嚼起来，真是个大肉肥，松脆清香，含糖量很高。

吐鲁番是"盛"满了甜蜜的地方，这使卢福贵难以忘怀。直至新中国成立后，他在公安部工作期间，曾多次品尝哈密瓜，也曾希望能够找到当年在鄯善吃甜瓜的感觉，但始终未能如愿，总是吃出微酸的味道。也许只有在回忆中，才能真正体会到甜瓜的原汁原味。

午饭后，车队出发西行，约二十公里，到达连木沁。这是鄯善县管辖的一个大镇，位于绿洲区，是维吾尔族人的聚居区。镇内外白杨亭亭玉立，田间阡陌纵横。公路两旁，村落连绵，房舍棋布。据司机介绍说，这是新疆一处十分富裕的灌溉农业区域。每当盛夏，溪涧水涨，流水清澈，淙淙有声，两岸万柳庇荫，炎天酷暑，立时清凉。连木沁风景极佳，绿茵迷人，别有天地，极富人间情趣。

车队缓缓前进，车后传来一阵惊诧声，有人指着道旁田间说："吐鲁番的坟堆怎么这么多？一行行排列得真有秩序。"司机用手指着驾驶舱外，跟老卢笑着说："那是著名的坎儿井。"老卢顺着司机指引的方向看去，第一眼也认为是坟堆，怀疑这里是一片广袤的坟场。据司机介绍，在冬季，坎儿井竖井出口处（即一排排土堆）中间还有袅袅上升的水汽，在大地上空呈现出条条白色烟柱，与地面的座座土堆相映成趣，遍布绿洲，气势磅礴。老卢这才明白原来这些土堆是坎儿井的竖井井口。这些密集有序的竖井井口星罗棋布、恢弘博大。这是老卢一生中第一次，也是唯一的一次有幸目睹这蔚为壮观的靓丽的坎儿井风景线。

自连木沁西行，渐渐进入山峡，山峡的尽头便是胜金口。

出发前，听说马上要过火焰山，大家都兴高采烈、眉飞色舞，坐在车上便你一句我一句地议论纷纷。话很多，无非是渴望早一点儿见到火焰山的真面目，殊不知自己的车队正在沿着火焰山的山体西行。火焰山，旧称金岭，像一条火龙自东向西横卧在吐鲁番绿洲的北部边缘丘陵地带。

久闻火焰山的大名，"火山今始见"，机会十分难得。卢福贵怀着十分关注的心情，坐在车上聚精会神地远望火焰山奇特的地形地貌。他一边欣赏这奇山美景，一边感受着迎面扑来的一阵阵奇热，这热袭人心肺，使人呼吸局促，他只得解开衣扣，继而脱下外衣，才稍解暑气。车往前行，景往后移，胜金口的火焰山逐渐在视野中消逝。此刻还是五月一天之中的上午时分，已是热浪滚滚，一浪热过一浪。据司机说，车队提早出发，就是为了躲开中午时间。如果是午间时辰，骄阳似火，红光闪烁，山路如焰，云烟缭绕，其热之感，堪称全国一绝。

卢福贵在童年最爱听说书人演说明朝吴承恩的《西游记》。其中有一段关于唐僧师徒去西天取经，路经"八百里火焰山"，孙悟空三借芭蕉扇的故事。这则民间故事，经吴承恩的艺术夸张和民间传说的宣扬，更使火焰山蒙上了一层十分神秘的色彩。卢福贵是多么向往能细细品味这座大名鼎鼎的丘陵小山包啊！可惜，部队正在行进，哪有时间下车徒步参观呢？过后回忆往事，老卢甚为遗憾。

车队沿甘新公路继续行驶,道路两旁不时地出现一些古烽燧的掠影。车速较快,不容你仔细品味这些古代军事建筑,其便在视野中消失。当车队进入胜金口峡谷时,由于路况太差,坡度又大,车行十分缓慢。胜金口南口、北口都有残破的烽燧遗迹,吸引了卢福贵这些军人的注意。从此,在卢福贵脑海里便刻下了一道极为深刻的印记,为什么在古丝绸之路上有如此众多的军事堡垒?是哪个朝代的遗存?其实际功能又怎样?这些问题后来在乌鲁木齐时得到了一些解答。而真正理解这些烽燧还是在新中国成立之后,他慢慢地读了一些史书,还有出土的汉简和专家的实地调查报告,给了他很多知识和启迪,使他初步读懂了这些烽燧的内涵,认识到它们是汉唐盛世的遗物,是新疆统一的历史见证。

驶过峡谷,车队迅速前进,当晚在吐鲁番城郊宿营。次日清晨,车队一早出发,过小草湖地界,折北向山坡上爬行,车速逐渐缓慢下来。车队在雄伟天山的崇山峻岭间,顺着山势,时而迅速上升,时而陡然下降,时而又曲折盘旋。道旁,一边是壁立千仞的悬崖,一边是深邃的山谷沟壑,车队犹如舰船航行在惊涛骇浪之中,踏浪拼搏,颠簸不已,惊险地前进。据司机介绍说,这里叫白杨河峡谷,俗称后沟,夏天水流颇大,源出达坂城北山诸沟,合流后向吐鲁番地区汇集。

车队沿沟向上努力攀登高程,耳旁的风声在呼啸着,迫使卢福贵连忙用帽子把头兜紧。这次五月行军,正是大风多发期,碰上大风的袭击并不奇怪,幸运的是没有碰上沙尘暴。

车队在达坂城停下休息,司机们下驾驶舱检车,卢福贵也有机会下车站在高处眺望达坂城的山景。达坂城,地处天山中段豁口,是一处总口子,四面环山,有险可守,为迪化出南疆的第一道门户,也是通往内地险峻的咽喉要地之一。今天卢福贵所见的达坂城,雉堞皆平、残墙断垣,都是历次战争的创伤未得到修葺的遗迹。

一声集合令,各车司机纷纷招呼大家上车,准备出发。但是,卢福贵的思绪仍沉浸在战争对人类造成的危害的思考中。后来,回忆这段往事时,卢福贵总是慨叹世事实难预料。这座沉睡在天山中部的小小的石头城,曾两次见证我们西路军左支队的行程,1937年5月见证这支部队入疆,1940年1月见证其从迪化撤回延安。大家亲眼目睹达坂城依然如故,还是静悄悄地、孤独地守卫着古丝绸之路的关隘,默默无闻。

5月7日下午,车队在柴窝堡北边的盐湖(即红雁池)旁停车休息,天黑之后重新启程,沿乌拉泊古城进入迪化市区,慢慢驶入正在修建中的西河坝阜民纱厂。

三、从学习文化知识开始

在夜幕笼罩下,西路军左支队在阜民纱厂下车安营。卢福贵是警卫战士出身,养成了很强的警觉性,每到一个新地方,习惯环视周围。虽已入夜,也可以看出这座营房宽大、整齐,有的地方还在施工建筑,宿舍内亮着微弱的电灯光。宿舍是按照新兵的编制安排的,一律架起木板通铺,再加上一层草垫,每人发放一床棉被、棉垫,还有床单、枕头。当天的晚饭又是那样的丰盛,大米、白面、羊肉,大家吃得很痛快。晚饭后,又安排大家洗澡。这是老卢第一次见到这样的"世面",澡盆很干净、讲究,就是不知道怎么使用,他犯了难。幸好管理员来得及时,教会放水、排水、调水温等方法之后,大家才顺利地洗了一个澡。卢福贵感到很解乏,晚上睡得很香,一觉睡到大天亮。起床一看,院子真大!据说,这是盛世才新建的阜民纱厂职工宿舍,位于西公园旁边、西大桥附近,因为纱厂尚未开工,就让我们西路军左支队暂住,进行休整。

首长最关心大家的身体健康,经与各有关方面商妥,请了苏联医生和盛世才部队的军医对全体指战员进行身体检查，有病的治病，像卢福贵这样没病的则要增强体质，加强身体锻炼，力求尽快恢复体力。伙食标准定得很高，每天除规定的伙食标准外，陈、滕首长又从自己的津贴中给每人增加了菜金；盛世才还供应足够的肥羊肉食。所以，大家天天都有大米、白面外加羊肉吃。没几天，大家的体质明显得到了提高，卢福贵和同志们一个个吃得长了"膘"，面色红润，精神焕发，体重增加。生活上，也对大家照顾备至，每人每月都发零用金，可以购买牙膏、牙刷、毛巾、肥皂等日用品。

此外，纪律规定很严格。西路军左支队改为总支队，并进入秘密状态，对外称"新兵营"。先是规定不准外出，可以在营区内开展各种文体活动。后来，在进行城市生活、卫生等教育后，规定休息日可以外出，但要有组织地整队分散上街。所谓"街"，迪化的街道很简陋，只有几家店面，与今天的乌鲁木齐不可同日而语。上街要讲军容风纪，列队整齐，由干部带领。虽然战士们穿着的是国民革命军的军装，但举止言行都按照红军的规矩办。为了保密起见，不准称自己是红军战士，也不准提要去苏联学习，而只称是盛世才"新兵营"的新兵。老百姓要问是干什么的兵，回答说：还未分配工作，干什么行当也不知道。老百姓是何等的聪明智慧，不久，从大家的言行举止中，如买卖公平、态度和蔼、从不讨价还价、不抢夺商人的物品、不欠账赊账，逐渐意识到，这是中国共产党领导的红军战士，是与盛世才部队的军人完全不同的新式军人。老百姓看重红军战士，爱戴红军战士，愿与红军战士交朋友，交谈国事、家事。而同志们遵守纪律，只能打个"岔"，避过去。可以说，红军在新疆迪化，已成为一个公开的秘密。

在"新兵营"休整期间的生活，使卢福贵深深体会到眼下的形势已经发生了变化：河西血战已被载入史册，新的历史时期已经开始。

按照共产国际既定的方案和中共中央的意见，西路军总支队的这批红军指战员是要去苏联学习军事技术的。陈、滕首长也曾多次传达这个方案，还准备了干粮和车辆，随时准备出发前往苏联。但由于国际、国内形势不断变化，一直得不到共产国际的通知，迟迟不能落实。为了利用这段间隙时间，陈、滕首长决定组织部队先学习文化知识。直至"七七"事变后，党中央撤销去苏联学习的决定，则改为就地学习。陈云同志宣读了党中央的来电，并组织全体指战员开始正规化的文化、军事和政治学习。

为了做较长期学习的准备，还把总支队的营房从阜民纱厂搬迁至东门外盛世才的兵营。新营房由四五个相邻的院子组成，还有一个大操场，面对天山，背靠城墙，北面是盛世才的装甲车队，东面是教导团、特务团和军官学校。营区在一个山坡上，人烟稀少，地势开阔，有大片闲置的荒地，房屋也长期闲空着，又矮又小，有的已破旧不堪。为了整治营区，活跃部队生活，陈云同志建议，总支队发动全体学员利用业余时间参加义务劳动。这支队伍中人才济济，有泥瓦匠、木匠、铁匠和筑路工人等，每个行当都有能工巧匠。于是，学员们自己动手翻修房屋、组装门窗，将天花板和墙壁都粉刷得干干净净、美观大方，又平整拓宽道路、建筑岗亭。最使大家高兴的是修筑了操场，建了篮球场、排球场，还建了乒乓球室。

学习文化知识对总支队全体指战员来说也是一场"战争"，是一场没有硝烟的"战争"。多数同志抱着极大的热情迎接学习，战胜自己，勇闯学习难关。但也有一部分同志持消极态度，有畏难情绪，存在思想障碍，思想没有从战场转到学场上来。当时，怪话很多，什么"拿笔杆子比拿枪杆子重"、"学文化没有打仗痛快"、"不学文化照样打胜仗"，等等。

针对这些情况，陈云同志反复进行动员，阐述学习文化的重要性，强调"文化知识是开启军事技术知识和马列主义理论的一把钥匙，是学习其他知识的基础。没有文化，就像瞎子走路，会迷失方向"。陈云同志还在动员中把学习知识与革命目标联系起来，循循善诱地说："我们在战场上冲锋陷阵，是为了革命事业的胜利。现在学习文化知识，是为了更好地学习军事技术，也是为了革命事业的胜利。内容不同，目标一致，希望大家用战场上冲锋陷阵的战斗精神，安下心来，认真学习，向文化进军。"通过动员，增强了全体指战员学习文化的信心和决心。

卢福贵自从进驻迪化营区休整以来，便感觉到自己的生活突然发生了巨变。往事不是烟，不会一吹就散。他长期听惯了"嗖嗖"的子弹声和"滴答"的电台声，养成了战斗的心态和习惯。现在没有了战场的气氛，周围环境安定，没有战斗任务，听不到拼搏厮杀的声音、无线电台的"滴滴答答"声，看不到机房忙碌紧张的工作情景，环境寂静得叫人心慌意乱、不知所措。当听到陈云同志动员组织大家学习文化知识时，这话一下子说到他的心里去了。自从参加革命以来，老卢一直感到自己文化水平低，工作起来多有不足之处，这次能有机会学习文化，实在是太好了，他越想越兴奋，高兴极了。

卢福贵回忆起六年前在鄂豫皖苏区时，他在野战部队 32 师 101 团 1 中队 3 小队当兵。那天陈福初队长传达上级命令，让 3 小队到河南新集红 1 军指挥部电台报到。到达新集后，台长宋侃夫布置了任务，就带领他们进入机房熟悉情况。一位女报务员小陶引起老卢的关注，她个儿不高，也不算矮，留着短短的辫子，年龄大概十七八岁，但可以看出她是一位有文化的人。她对报务异常熟悉，几本密码本都被她翻烂了，每天夜深人静时，便可以听到她的发报声，"滴滴、答答……"那么有节奏，那么流畅熟练。到电台不久，大家彼此便熟悉了，谈话也很投机。后来组织上决定，由她辅导卢福贵的语文学习，做他学习语文的第一任老师，也是启蒙老师。她开启了老卢对学习文化重要性的认识，使他对学习文化充满热情、渴望与执着的追求。小陶每天都教老卢认两个生字，行军时也不例外，在前面同志背上挂上一张硬纸牌，上面写着生字或句子，多半是口号，"中国共产党万岁"、"中国工农红军"等。就这样，从河南新集开始向川陕根据地长途行军途中，从未间断过。每到一地，只要电台安排妥当，小陶就来检查老卢的学习，布置新的学习任务。久而久之，老卢也认识了不少字句，可以阅读简单一点儿的文章书信。到了川陕根据地，卢福贵接受了写标语的任务，他又开始练习写字，多是照葫芦画瓢。在川陕苏区通江毛峪镇时期，因为电台业务扩大发展了，也因为反围剿的需要，电台一分为二。卢福贵任排长，带着一半人马和电台，跟随徐向前总指挥到处转战，从此，便和启蒙老师小陶分开了。离开了一位好老师的检查监督，卢福贵的学习就放松多了。但是，他的语文基础已初步打牢，学习习惯也已初步养成，这真使老卢得益不浅啊！

小陶传授给老卢的文化知识，想不到在迪化又派上了用场。陈、滕首长组织部队学习文化，是按照每个人的语文基础来分别编班的。甲班相当于小学五六年级，乙班相当于三年级，丙班相当于一二年级，以识字和扫盲为主。老卢参加了乙班学习。其实，这样的分班只是大体上划分一下，教学都是从最基础的学习开始，语文教识字、写字、作文，数学教加减乘除，还要教历史、地理、自然常识等。通过学习，老卢第一次晓得中华民族有悠久的历史和灿烂的文化，有反抗外来侵略的光荣传统；知道新疆的面积占全中国陆地面积的六分之一，居住着十四个民族和四百万人口，有丰富的矿藏和特产……

这次学习，可算是一次正规化的文化学习，按陈云同志的说法叫"学校的方式"。有课本有教材，老师的档次也很高，滕代远同志上语文课，陈云同志上政治课，冯铉、黄火青、孔原以及无线电台的王子纲、刘寅等也都是文化程度很高的老师。老卢的学习劲头更大了，全身心地扑在学习上。他写字的能力比较薄弱，因此着力在书写上下工夫。因为纸张、笔墨供应困难，他更多的时间只能用树枝在沙尘地上练习。写好了擦掉,擦了再写。好在迪化的沙尘不缺,街上到处都有厚厚的一层沙尘。如果刮起西北风,那沙尘就更多了,连宿舍也有不薄的一层沙尘。有时,卢福贵晚上睡觉前还要用脑子学习,就像今天我们所说的"过电影"一般,回忆一遍白天学的生字词语,有疑问时还要在被窝里打开手电筒查阅课文。

经过半年的勤学苦练,卢福贵学会了两三千字、能阅读一些浅显易懂的书报、开会时能作一点儿简单的笔记、算术已能加减乘除混合运算……在期末考试中,各科都在九十分以上,受到了老师的表扬。

这时,老卢已摆脱半文盲的困惑,眼界豁然开朗,思想着实加宽了,他感到由衷的喜悦、兴奋和幸福。他心里很感谢多位恩师,尤其是启蒙老师小陶,她的形象再一次浮现在老卢的脑海里。有一次,部队在四川通江两河口附近行军,很多人脚都打起了泡。小陶尤其严重,两只脚都肿了起来,只能拄着拐棍一瘸一颠地慢慢行走。警卫排的同志瞧着她偷偷地笑了起来,结果被她发觉了,立马回了一句:"有什么好笑的!人不都是磨炼出来的吗!"老卢见状又是佩服,又是怜惜。佩服的是她的意志坚强,且有不屈不挠的奋斗精神;怜惜的是她体弱,又没经受过这样残酷的苦难,跟着男同志一样走那么多路,风餐露宿,忍饥挨饿,实在是不容易啊!此时想起来,老卢仍然记忆犹新,对她给予自己的帮助倍加感激。

四、学习机械化军事技术

1938年1月,文化学习圆满结束,从3月1日开始正式转入机械化军事技术的教学训练。

开学前,根据中央代表邓发的指示,首先把原总支队的行政编制改为教学编队进行一次组织调整：新任总支队队长饶子健、政委姚运良、参谋长苏进、政治处主任兼总支书记喻新华（后改任政委）、副主任曾三（1939年7月到职），撤销了干部大队。一、二大队合并称一大队，队长王世仁、政委卢福贵，下辖四个排，负责汽车、装甲车的教学训练；三大队改称二大队，队长郑治章、政委王挺，继续负责文化知识教学；四大队改称三大队，又叫特科大队，后叫炮兵大队，队长宋承志、政委邹开盛。还有无线电训练班、俄文班、军医兽医班，以及中央代表直接领导的航空队。此外，又从总支队两次选派几十人到苏联学习情报工作。

培养现代化军事技术人才是中共中央交给总支队的一项重要任务。陈、邓首长根据中共中央关于把"新兵营"办成多兵种、多学科的军事技术学校的指示精神，决定利用盛世才军官学校具有的教官、设备等有利条件，为我军培养一批掌握现代化、机械化军事技术的骨干。陈云同志曾在一次学习动员会上说："我们要战胜日本侵略者，光靠步枪、刺刀、手榴弹不行，还要用飞机、大炮、汽车、装甲车来对付侵略者。我们从现在起，就要着手培养飞机、汽车、装甲车的军事技术人才。你们四百多人，每人学会摆弄一两件机械化武器，将来回到延安，一个人再带十个八个人，这对我军技术兵种的建设，对夺取革命战争的胜利，将是多大的贡献啊！"会后，卢福贵在一次讨论时表示，一定要用战斗的姿态进行学习，学好掌握好机械化军事技术，为创造我军新的技术兵种而艰苦学习，决不辜负党中央的期望。

在陈云返回延安之后，邓发继续贯彻执行这个既定方案，并开始了"新兵营"各个大队的军事技术的专业教学。

一大队学习汽车、装甲车专业，共有一百五十多人。

开始，战士们普遍进修汽车驾驶和修理专业。这个专业最初是在新疆汽车局进行教学的。汽车局位于城内西大桥（后来搬迁到东门外），大家每天从东门外整队步行到汽车局上课。教员有盛世才部的教官，也有苏联教官。学习分三个阶段进行，第一阶段是汽车原理，第二阶段是汽车驾驶，第三阶段是汽车修理。

汽车原理课程有电工学、发动机原理、驾驶规程等。教员讲解发动机的拆装、维修，都有实物可见，卢福贵感到很容易学，而且学得快，学得扎实。发动机有四个程序：吸气、压气、爆发、排气循环。老师把活塞拿到讲台上，能看清楚活塞在上下跳动，带动车轮前进，有关的机械原理，一经解释就能领会。但是，在讲到电工学时，因为比较抽象，卢福贵就感到不好懂，难理解。课堂上有一个同志提问，电是什么东西？请拿出来给我们看看。这给教员出了一道难题，他只能回答："电，是看不见、摸不着的东西，"并文绉绉地说，"电为何物，吾人不可知也。"立即引起哄堂大笑。教员马上用牛角梳子在头上梳了几下，发出"啪、啪"的响声。他继续说："摩擦生电。电，可以发光，用来照明；电，可以发热，点燃汽油，推动活塞；电，还可以直接产生动力。"这使卢福贵明白了科学技术的奥妙之处，真是不学不知道，一学倍感奇妙。

接着，汽车驾驶训练开始。这一阶段的教官有盛世才部的教官也有国民党的教官，主要是苏联教官。苏联人的姓名真不好记，卢福贵只记得"新兵营"的军事顾问是苏联人，名叫"安德烈"，还有几名技术人员也是苏联人。这些苏联同志多数会些汉语，来而不往非礼也，所以，卢福贵也学会说几句俄语，以便与苏联同志交往、交流。训练用的汽车是借用新疆汽车局的苏式"吉斯5"。苏联教官对这种车的性能是驾轻就熟的，坐在驾驶室用汉语指挥。卢福贵很快就入门了，熟练地掌握了挂挡、启动、加油、挂一挡加速前进，以及刹车、急刹车等操作技术。最差劲的是国民党教官，他们根本不想教技术，经常借故不出车，什么天气不好啦、没领到汽油啦、他们部队要用车啦，等等，反正不让红军战士上车摆弄机器。即使出了车，也只指挥学员们加油、加水、检查、上车挂挡、发动……折腾了一会儿，就借故走开了，根本不管学员懂不懂。课上卢福贵努力仔细记笔记，课后和战友们互相对笔记，补充遗漏之处。

在学习中最使卢福贵高兴的是长途驾驶的训练，先是在平地公路上驾驶，后又在山路上长途驾驶，北到乌苏，南到吐鲁番。国民党教官坐在驾驶室，由学员们开车。一路上翻山越岭，爬坡下坡，走险道，淌河沟，来回行驶，一个人能开几个小时，真痛快！7月的吐鲁番炎热异常，气温高达四十多度，公路上更是火辣辣的，坐在驾驶室里闷热难受，教官们便一个个把车子撂下，自己钻进葡萄园吃葡萄，有的索性钻进坎儿井里乘凉睡大觉去了。这是学员们最高兴的时候，能够痛痛快快地开上半天车。说来也怪，单独开车一点儿也不会感到炎热，反而全身上下凉快极了，手脚也灵活了，脑子也清醒了。当然，有的人学得快，有的人则学得慢一些，出事故也是不可避免的。经常有人精神过度紧张，特别是初次驾车上路，挂错挡的、踩错油门儿的、打错方向盘的都有。比如王元喜第一次开车，由于紧张把车子开到河沟里去了，还有把车撞到山坡上的……结业时，除个别学员改学其他行当外，绝大多数同志都完成了课目，经过考核认定，可以放单车，担负运输任务。苏联顾问称赞同志们一个个都是"马拉杰茨"（好小伙子），可算已经跨进机械化的第一道大门。

学完开汽车后，学员一分为二，一部分人学修汽车，一部分人学开坦克。

学汽车修理的大约有二十人，被派去盛世才的汽车局修配厂。修配厂的工人多数是东北人，开始不了解这些新学员，怕他们学会了技术，砸了自己的饭碗。同志们找卢福贵商量后，送给工人一点儿小礼物，联络感情。时间长了，了解了这些红军战士与盛世才的兵不一样，他们便也教了一些技术。再到后来，有的工人悄悄地对王元喜同志说："将来你们回延安，我跟你们一块儿走。"在汽车修配厂还有几个苏联技术人员，对红军战士十分热情、友好和关怀，全心全意地、手把手地教技术，大家很快便进入"角色",能初步掌握汽车经常出现的毛病和维修技术。但要真正掌握这门技术还真不是一件容易的事情。所以,进修时间较长,约有一年左右。

学开坦克的有五十多人,随卢政委去盛世才的装甲车队。开坦克要比开汽车难度大、要求高,学习内容进入高一级的层次。学员们要付出更大的努力,学习机械学、战略战术学和机枪、大炮射击技术。当时,装甲车主要是坦克,其型号比较简单,分轻型和重型两种。轻型的叫苏式布瓦26,车上配备机枪一挺,乘员有驾驶员、机枪手、观察员三人;重型的叫苏式布瓦27,乘员六至八人,车上配备机枪一挺,多一门75厘米火炮。教员是装甲车队的教官,官架子很大,满口尽是些学术名称,洋气难懂,使人消化不了,学习进度受阻。卢福贵向中央首长报告了此种情况,领导把从莫斯科学成回延安、途经迪化的吉合同志留下,担任战略战术、机枪学和射击技术等课程的教员。这样,大家进度便加快了。为了使大家切实掌握机械化军事技术,队里进行了几次装甲车的实弹射击,使学员增长了军事技术的才能,体会到现代化军事技术的威力,并下定决心一定要学好这门技术。

军事技术训练告一段落之后,为巩固学习成果,在邓发、陈潭秋同志的领导下,总支队开始了军事野营训练。

1939年7月6日,总支队全体指战员从迪化东门营房整队出发,经过"一炮成功"、水磨沟、七道湾、古牧地、安宁渠、小地窝堡、平顶山等地,一路上完成了两次战斗演习,在鲤鱼山进行了遭遇战演习。这次野营拉练,历时两个多月,最后于9月下旬在八家户进行总结,奖励优秀学员。

同时,盛世才也举行了一次联合兵种演习。总支队学装甲车的同志参加了演练,苏联顾问边观看,边向学员们提出问题,讲解如何根据新出现的情况进行军事应对变化之策。三天后,演习结束,参演的同志很受教育,大开眼界,真正认识到现代化机械化的威力和作用。大家表示今后要更进一步学好、掌握好现代化的军事技术,将来好到抗日战场的第一线去,多杀"鬼子",多打胜仗。

"新兵营"的军事技术教学历时达一年半之久。这一时期的教学成绩巨大。大家在汽车、坦克、装甲车的驾驶技术、维修技术和射击技术方面都取得了优异的成绩。盛世才部队看到红军指战员惊人的学习进步,感到害怕、恐惧;苏联顾问则拍手叫好,赞扬备至,说大家成绩优秀,个个都是好小伙子。事实证明,在解放战争时期,这批红军军事技术骨干在我军的各个战场上建立了很大的功勋。我军缴获蒋介石军队的大批汽车、坦克,以及飞机、大炮、无线电等,经过短期的整修,便能开得动、打得响,为我军夺取全国的胜利做出了重要贡献。培训现代化的军事技术骨干,也证明了党中央的英明伟大。早在十年前,我党就已把现代化军事技术摆在建军的重要战略地位,提前培养出了一批现代化机械化的军事技术骨干力量。"新兵营"便是其中一个重要的训练基地和策源地。

五、常抓不懈的政治课

回忆总支队在新疆两年多的学习生涯,卢福贵政委认为值得自豪的是形成了一个新的和谐的大家庭,一个充满着"团结、友爱、愉快、紧张"的旺盛的革命集体。这与陈、邓首长重视总支队的政治课是分不开的。

政治课是一门主课,从学文化到学军事技术,它贯彻始终,常抓不懈,经常进行小、中考试,期末进行大考。学习的主要内容是:政治常识、社会发展史、中国近代史、中国现代革命史,以及党的建设历程、毛主席当时发表的文章,大队以上干部还增学联共(布)党史。授课专职教员有:黄火青、孔原、冯铉、彭嘉伦等,卢福贵等几位大队政治委员也是本大队低级班的政治教员。

　　政治课的核心是政治思想教育，通过政治形势和党建理论的学习，进一步树立坚定的共产主义理想和革命必胜的信念。历任党中央代表都是政治课的优秀教官，陈云首长上课时，那些高深的马列主义理论，经过他的讲解，很快便让指战员们能听懂、能理解。卢福贵最爱听他的形势课。他讲解的抗日民族统一战线课，搜集了大量有关日本侵华的史料，结合"九一八"事变以来的国内外形势，讲得明明白白、深入浅出，令人信服，使大家真正听懂、弄懂，变为自己的东西，也使卢福贵深刻地理解了时下党中央与盛世才的统战关系。六届六中全会上，邓发首长被选为中央政治局委员。回迪化之后，他亲自向部队传达全会精神，还组织指战员们学习毛主席《上海太原失陷以后抗日战争的形势和任务》、《论持久战》等重要著作。卢福贵是首次学习这些文件，很受教育，进而让自己在思想上、行动上始终和毛主席、党中央保持高度一致。

　　西路军曾经是张国焘领导过的部队，受他错误路线的影响和冲击较大。为了肃清张国焘错误路线的影响，在陈、邓首长的领导下，总支队前后开展过两次思想教育，对张国焘路线进行揭发批判。第一次是1937年年底，总支队根据中共中央政治局《关于张国焘同志错误的决定》，开展了一次揭发批判。当时，卢福贵认识水平较低，只承认张国焘军事路线上的错误，没有认识到其政治路线上的错误。因此，他揭发批判得不够深入。

　　第二次是1938年年底。1938年是一个重要的时刻，这段时间发生了两件大事。一是当年4月，张国焘假借祭扫黄帝陵的机会，向国民党特务集团投降，沦为可耻的叛徒。二是中共中央政治局委员邓发向"新兵营"的同志传达了中共中央《关于开除张国焘党籍的决定》，组织全体指战员进行学习讨论，掀起了一个对张国焘反党、叛党和分裂主义罪行的揭发批判高潮。在这次学习讨论中，卢福贵分清了红四方面军广大干部同张国焘之间的界限，进一步认清了红四方面军的干部是党中央的干部，不是张国焘个人的干部的事实。在揭发批判张国焘反党、成立第二中央、分裂红军和叛变投敌等一系列罪行后，卢福贵如梦惊醒，思想豁然开朗，从原先糊里糊涂的思想状态中跳了出来。他切齿痛恨，后悔自己受了欺骗和蒙蔽，进一步提高了思想认识和政治觉悟，表示坚决拥护党中央开除张国焘党籍的决定，感谢党中央的英明伟大，引导自己走向正确路线，决心永远跟着毛主席和党中央前进。

陈、邓首长十分重视和关心总支队的文化生活，并将其列为政治工作的一项重要内容。

新兵营区内的文化生活异常活跃，天天有活动，周周有比赛。陈云同志常常亲临篮球场观看比赛，邓发同志则是打篮球、打排球的积极分子和高手，还和同志们一起上场打球，真正鼓舞了士气！卢福贵身为大队政委，自然更加积极带头，学会了打排球、乒乓球，而他最喜爱的是打篮球。有一次他还加入了一大队的篮球代表队，与大家并肩参赛，打赢了其他大队的代表队。每到星期天，最令卢福贵感到愉快的是和同志们一起跟邓发同志步行去水磨沟风景区休息，一路上观看天山的自然风光，末了，洗个温泉澡，还可以顺便洗洗衣服，痛快极了！在回来的路上，还可以到城里走一走。但要集体整队行动，大家边行进边唱歌，步伐一致，精神抖擞，很有精气神，显示了"新兵营"是一支威武之师、文明之师。后来，总支队还组织了文艺演出队，有话剧队、歌唱队、舞蹈队和电影放映队，每逢节假日都有演出活动。电影在当时是新鲜的东西，那时国产片很少，苏联片居多，部队每周都要放映一两部片子，很受大家欢迎。

丰富多彩的兵营文化活动营造了"新兵营"浓重的文化氛围，发挥了文化工作"春风化雨，润物无声"的潜移默化作用，陶冶和提高了指战员们的文化素质和心理素质。两年多的学习生活，是在"团结、友爱、愉快、紧张"的环境中度过的。直至晚年，卢福贵还常常提起这段经历，且每次总是很兴奋，感慨不已。

六、再见，新疆！

"新兵营"野营训练结束之后，正值蒋介石策划和发动抗日战争时期的第一次反共高潮，新疆形势也随之急剧地变化着。

陈潭秋同志召开总支队大队长以上干部会议，研究贯彻中共中央关于西路军总支队全部撤回延安的指示精神。陈代表说，党中央已与国民党蒋介石商妥，同意八路军徐向前所部、退入新疆的官兵三百六十人归队，参加抗日战争。会上决定，除饶子健、姚运良、宋承志和病号、随员三十一人乘飞机到兰州，转乘汽车回延安外，总支队将三百二十九名指战员编成一个营，曾玉良为新任营长、喻新华为政委、邹开盛为副政委（原西路军红30军268团政委），对外名义是新疆边防督办盛世才遣送第18集团军徐向前部留新官兵回归延安。还由朱光（东北抗联成员，后在苏联学习归来的共产党员）率队，办理沿途与国民党军队的联络事宜。

为防止沿途国民党军队搞摩擦，制造麻烦，或搞突然袭击，党中央和莫斯科方面筹谋，由迪化盛世才与重庆国民党方面进行协商，使这次行军合法化。盛世才又与西北公路运输管理局联系，派出三十辆苏制卡车运送，还派边防督办公署丁宝珍参议带领卫士三名一路护送。此外，以盛世才赠送18集团军总司令朱德、副总司令彭德怀的名义，配备全副武装和粮弹，还安排西路军总支队的车队以护送苏联援华抗日物资的名义与运输抗日援华物资的苏联车队同行；又办理了华侨通行证，作为避免国民党军警的检查，顺利通行的"护身符"。鉴于西北公路运输管理局调拨的车辆上均安插了国民党的特务人员，总支队也相应地配备了自己的司机和警卫员，以保证车辆的正常行驶。

　　大约在12月下旬，总支队召开了回归延安的动员大会。陈潭秋鼓励大家回到延安后，把学到的现代化军事技术运用到抗日战争中去，奔赴抗日战争的最前线，狠狠地打击敌人。最后，他重申了这次行军的保密纪律，规定学习笔记一律不准个人携带，统一交由八路军办事处负责转送延安；个人行李不能超过六十斤，多余的交到办事处保存；一路上发生了问题，由丁参议和朱光出面交涉，大家不要露面；在河西走廊沿途兵站的勤杂人员中保留有一部分西路军伤员，绝对不能相认，以免泄漏机密，等等。

　　在新疆近三年的时间内，卢福贵接触了很多同志，并逐渐建立起深厚的战斗友情，喻新华就是其中之一。喻新华，又名喻同金，湖北麻城人，比卢福贵长六岁。过去，二人虽然同在鄂豫皖苏区和川陕苏区工作，但是，因工作性质极其保密，很少与外界往来，两人并不相识。直至1937年4月，二人在星星峡相聚，喻新华像大哥一样，很照顾卢福贵，二人经常一起聊天。喻新华在西路军总支队期间一直负责政治工作，曾先后任政治处主任、总支书记、政委。卢福贵任大队政委期间，喻政委对他在工作上的帮助很大，指导有方有力。这次回延安时，为了沿途的安全警卫工作，喻政委和营长曾玉良（又名曾海山）找卢福贵和王世仁谈话。他说："你们一大队四排的学员都是一些年轻力壮的老警卫员、通讯员，你（老卢）也是搞警卫工作出身的，都懂得警卫工作的重要性，业务也熟悉。因此，营部决定把沿途的安全警卫任务交给一大队负责。"卢、王听后一致表示坚决完成任务。

　　出发前的一切准备工作主要由卢政委率领四排的学员、警卫人员负责筹措。为了严格保密行动，他们给三十辆卡车都安装了毛毡顶篷，密封程度很好，不透风不见光，还安上了电池照明灯。为了加强力量，车上配备了四挺"迭克铁里瓦"机枪，子弹四万发；日造三八式步枪三十支，马枪三支，子弹一万五千发；手枪两支，子弹二百发；还有望远镜、药箱、食品、干粮、纸烟、皮大衣等。

1940年1月11日清晨，全体指战员整装待发。上午十时左右，一声集合令下，队列整齐，寂静无声。党代表陈潭秋同志来到兵营，在队列前作了简短的讲话。他说，盛督办派他弟弟作为代表前来送行，并给每人发放路费五十元；车上的武器也是盛督办送给朱总司令的，要好好爱护，负责转送到毛主席的警卫队。盛督办还派丁宝珍参议一路护送，这次路上不论发生什么情况，要听丁参议的。最后他宣布："全体出发！"

总支队车队与苏联援华物资运输车队合并前进。原来，苏联车队预先开到这里，与总支队车队结伴同行。苏联车队共三十辆卡车，也是毛毡顶篷，车内装载的是苏式坦克拆卸散装的零部件，车上配备了机枪进行护卫，以防路上出现不测。这样一支由六十多辆卡车组成的队伍，一路上马达轰鸣，尘烟滚滚，像长龙一样，缓缓行进。

车队行进的第一站是吐鲁番，到达后由吐鲁番接待站负责食宿。周围的群众闻风前来看热闹，他们对苏联车队很熟悉，人人都投以友好的目光、善意的微笑。有的还用俄语表达自己的问候。

第二天清晨，车队继续前进，经过鄯善，在七角井宿营。

第三天，车队到达哈密，进行三天的休整，以补充食品和检修车辆，备足汽油和饮用水。

17日凌晨，车队从哈密出发，下午开进山区。山区道路崎岖，车行颠簸，转过几个弯道即到达星星峡。

星星峡是一块吉祥之地，对此卢福贵感受良多。三年前，西路军左支队兵败祁连山，经过一番浴血苦战之后，在党中央的指示下，开进星星峡，逢凶化吉，正是"山重水复疑无路，柳暗花明又一村"。从此，西路军左支队的命运发生了转机，最值得庆幸的是进行了两年多的军事、政治、文化学习。老卢很珍惜这段和陈云、滕代远、邓发、陈潭秋等中央领导同志一起度过的岁月。大家朝夕相处，同吃同住，促膝谈心，像一个大家庭似的同呼吸、共命运。这些对指战员们养成良好的军政素质起到了言传身教的熏陶作用，真是"随风潜入夜，润物细无声"。今天，这支部队正以全新的军政姿态，再次莅临星星峡。回首往事，感慨万千，斯时斯地，永志不忘！

第八章　回归延安

一、艰险的旅程

1940年1月18日一早,车队从星星峡出发,沿着峡谷前进几公里,便进入甘肃地界。接着,车队跨"瀚海",经马莲井子、大泉、红柳园、白墩子,到达安西县城。

车队在安西招待所宿营。一到驻地,卢福贵照例先查看周围的环境。招待所建在距离县城五六公里的疏勒河畔的一座大庙中。这类招待所也叫接待站,是抗日战争爆发后专门为西北中苏国际交通线服务的。其服务对象主要是苏联友人及援华抗日军事物资的汽车运输队。

我军车队和苏联车队一起到达,食宿自然按外宾规格供应。

一到甘肃境内,大家首先感到政治气氛和新疆不一样了,不安全的因素也随之增多。在车队到安西县城时,当地驻军立即向车队派出哨兵,负责营区警戒,晚上还加了岗。为了安全起见,总支队领导下达指令,全体人员不得离开车队,在车上食宿,饭菜饮水均由苏联人员送上车。喻政委和卢福贵带领警卫排干部立即勘察地形,晚上派出哨兵与苏联同志一起轮流双岗,坚持到黎明,以防不测。

第二天清晨,车队向肃州进发,经玉门县城(今为玉门镇),驶进一段连绵不绝的山峡路段。出峡便为赤金堡,始见人烟。赤金堡距离玉门油矿仅二十多里地，是进出矿区的一座大门。

车队离开赤金堡，很快进入漠漠平沙、寂寂黄草的辽阔地域，在距离肃州（酒泉）约二十公里处，又进入了一个隘谷。这个隘谷，南面有祁连山地向北挤压，北面有北山山地向南蔓延，两山之间宽不到十五公里，势如"瓶口"，甘新公路就从这里穿过。司机对卢福贵说，快到嘉峪关了。嘉峪关，过去只知其名，不识其实。现在，听说要和它见面了，卢福贵的心情便不平静起来，洋溢着激动和企盼。果然，进入隘口之后，面前就出现了一片大平滩，远远望去，一座古老关城依稀可见。渐行渐近，关城越发显得清晰。这就是号称"河西第一雄关"的嘉峪关，好气派啊！酷似一只雄鹰蹲在广阔的大平滩上，展开两翼，振翅欲飞，面朝着西边的险隘和西去的古丝绸之路，日夜监视着塞外的敌情，常年不懈地护卫着祖国的西陲。

车队继续前进，终于在古关城旁边的甘新公路上停了下来。总支队领导让大家下车休息，卢福贵便抓紧机会一睹这古关城的雄伟壮观，抒发思古之情、怀旧之念。

眼前这座伟大的建筑已经满目疮痍、伤痕累累、残破不堪，南北边墙均被公路、农田截开，难以贯通。此时此景不禁使人感到一阵心酸。

卢福贵怀着十分沉重的心情回到车上，继续前进。行不多远，老卢禁不住回首再看一眼，脑海中立即浮现出古关城的雄伟风采。追思往昔，令人感慨万千。嘉峪关名不虚传，难怪古人称之为"极边巨防"。

车队约行半小时到达酒泉。酒泉古称肃州，是丝绸之路上的大镇、历史文化名城，也是河西走廊西端的第一战略要地。红军车队经过安西时，据安西接待站苏方站长的情报，马步康部队有可能对车队进行突击检查，其目的是搜捕和扣留我西路军指战员。为安全起见，车队并未入城，也没有进驻酒泉接待站，而是直插由苏军掌握的酒泉机场。这一夜，大雪纷飞，卢福贵要求战士们提高警惕，加岗加哨，荷枪实弹，严密地守卫车队。其他人员也是在车上枕戈待旦，彻夜不眠，晚饭、早饭均由苏联车队的司机分别送到车上。

事后才知道，这条情报并非子虚乌有、空穴来风。在车队正向河西走廊行进时，国民党借故总支队携带枪支过多，军政部于1940年1月19日致电盛世才，要求只准按原报核准数放行，即长枪二十支、手枪十支，每枪配子弹二十粒，并威胁说"其余不可携带，以免沿途驻军发生误会"。后党中央向国民党交涉，并由盛世才出面陈诉理由，争取批准，使多余枪支合法化。事情还算顺利，军令部部长何应钦立即批准，并于1月21日电令西安战区司令长官蒋鼎文、兰州战区司令长官朱绍良，"徐（向前）部过境时，万勿扣留，并叮嘱招待保护放行。"

第三天，车队继续前进，经过高台、临泽县城。卢福贵很自然地想起了三年前我西路军曾在这里与青马回军发生过的那一场十分惨烈的高台之战，军长董振堂以下三千多人大部分壮烈牺牲。今天，部队又一次路过旧地，大家触景生情，怒火满腔，义愤填膺。有的战士激动地端起苏制轮盘机枪，说："当年我们要有这样的新式武器，加上后勤补给充足，西路军绝不会牺牲那么多战友，也绝不会败于马家军！"

前行一个多小时，便抵达张掖。其古称甘州，又名甘城。车队在城郊机场宿营。

现在的张掖是青马回军集团第100师师长韩起功的驻地。韩起功是马步芳集团的骨干分子，西路军的死敌。三年前，西路军在倪家营危难之际，韩起功陈兵黎园口，堵截我军突围进入祁连山，使我军遭受重大损失。这次，他知道红军部队路过他的防区，当夜派出一支骑兵，来势汹汹，企图闯入机场，借检查车队之名，阻止我总支队前进。卢政委率领愤怒的警卫排指战员全副武装，子弹上膛，准备随时投入战斗。后经丁参议、朱光和苏联同志出面交涉，苏联同志予以申斥，并严词拒绝，坚决不准他们进入机场，才把马家军骑兵队顶了回去。

21日，车队进入山丹县境，过东乐，到达县城。韩起功的驻地部队查看我方的通行证，以为这一行人是归国抗日华侨，还高呼："欢迎华侨归国抗战！"事过之后，才得知车队是西路军的人，便把军队撤出城外，关闭城门，企图收拾我部。这次，也是苏联同志出面，阐明车队是向国民党政府运送援华抗战的军用物资，这些人（指车上的红军战士）是卫队，护送车队的武装，并警告："谁敢动一动，立即解除你们的武装！"韩起功的驻军并不多，一看阻拦不住，便自动开门放行。

车队开出县城，行不远，便出了长城，沿长城外缘前进，又入长城，来到峡口。山丹县境内的这一段路程，地势非常险要，南北两山对峙，焉支山虎踞东南，形成三面环山之中的一条狭长的地带，被称为"走廊蜂腰"、"甘凉咽喉"，古长城和丝绸之路穿行其间。

车队由峡口上坡，沿着古长城缓慢前行，经水泉子，过永昌城、丰乐堡，到达武威，直奔城郊机场。

武威历史悠久，古称凉州，位于河西走廊的东部、祁连山北麓，是马步青的地盘，由骑兵第5师和一个步兵旅驻防，最近接受国民党中央军的点编，归第8战区司令长官朱绍良统辖。近几个月来，这里的抗日战争气氛渐渐浓重起来。据说，兰州屡遭日本飞机的轰炸，弄得人心惶惶，有些市民去附近郊区逃难，一路上难民络绎不绝。车队在这里休整一天，检查汽车零部件，加油加水。

23日，车队一早从凉州机场出发，车行六七十公里，到达古浪县城古浪镇。该镇东、西、南三面环山，北为平原绿洲，中为峡谷，地势极其险峻，是河西走廊的门户，丝绸之路必经的地段，有"金关银锁"之称，是"驿路通三辅，峡门控五凉"的要隘。前行十一公里，抵达十八里铺，便进入古浪峡谷腹地。车过黑松驿,峰峦陡立,峥嵘险峻,跋涉艰难。继则越乌鞘岭,地气寒极,卢福贵他们一个个把皮大衣紧紧地裹在身上,还是感到寒冷。而后车行二百多公里至永登。

永登,古称平番县,是河西走廊的东大门。车队到达时,天色尚早,曾营长、喻政委命令停车宿营。卢福贵下车查看环境,只见车队停在接待站后门外的广场上,场地较大,足可容纳近百辆汽车。此处现为兰州国民党中央宪兵驻扎的最西处,也是负责检查过往车辆的一个关卡。总支队车队随着苏联车队,自然免予检查,宪兵对我方人员还是比较客气的。

1月24日,车队经红城子、河口,行程一百多公里而至兰州。按事先的约定,苏联车队把红军车队移交给兰州八路军办事处后,便和总支队分了手。从此开始,总支队赴延安的这段路上的安全警卫工作便由卢政委和警卫排独立承担,任务变得更加繁重了。

当晚,车队在黄河北岸的十里店宿营。第二天,八路军驻兰州代表谢觉哉和办事处处长伍修权来车队看望同志们。谢老和蔼可亲地向大家介绍抗日战争的形势和兰州的形势,指出兰州近期屡遭日寇飞机的空袭,很不安全。他还说:"国民党第8战区司令长官朱绍良已接到蒋介石的手谕,我们也已照会过他,对我们过境不会为难,但也不会热情接待。"

按照八路军兰州办事处的安排,车队于1月26日从十里店出发,沿黄河北岸向东行驶,至白塔山下,转而开上称为"黄河第一桥"的黄河铁桥。车队过黄河铁桥,经猪咀岭、三角城、清水驿、车道岭、秤钩驿,晚上至华家岭宿营。

华家岭是黄土高原的一个制高点,据说比六盘山还高。隆冬季节,峰顶皑皑白雪,犹如几朵白云飘散在天地之间。这里是西兰公路与天双(陕西凤县双石铺)公路的交会点。按常理,交通要道口一般都是比较繁华的,但这里却是一处异常荒凉的穷乡僻壤,只有几户居民。为了适应抗日交通发展的需要,西北公路局在此设立汽车站，管理来往车辆；中国旅行社设立招待所，解决行旅的食宿，特别是国际友人往来的外宾接待工作。还有一些驻军，以防盗防匪，主掌治安。总支队车队的食宿，按照八路军西安办事处的安排，由中国旅行社供给。

中旅的职工是一批热血爱国人士，为抗战付出了很多很多。当红军车队到达时，他们敬仰奔赴抗日前线英勇的红军指战员，自然尽心竭力、全心全意地为战士们提供热情、周到和优质的服务。打水的打水、端茶的端茶，饭菜很丰盛。卢福贵深感在这寒冬腊月，特别是在这荒山野岭之中，能够吃上几口热气腾腾的米饭、馒头，喝上一碗稀饭，实在是够"奢侈"、顶"豪华"的了。这也恰恰反映出中旅全体职工敬业乐群的崇高思想、吃苦耐劳的奉献精神，及一丝不苟、高效率的工作作风。他们在践行自己的承诺，直接为旅客服务，间接为抗战效力。

次日，车队离开华家岭，穿行在黄土高原的塬、梁、茆、沟交错的丘陵地带。路况很差，司机们谨慎驾驶，随着山势的高低起伏，车队蜿蜒升降，忽而驶上山顶，忽而行至沟谷，时而快速前进，时而缓慢通行……

卢福贵在大别山区土生土长，看惯了大山大沟，对西北黄土高原的山梁和沟谷感到特别新鲜。一路上很少看到村落，人烟稀少。一日行程一百多公里后，车队夜宿静宁县城。

28日，从静宁出发，车队爬坡东行十多公里，进入宁夏隆德县境内，又行三十八公里，经联财铺、神林铺、沙塘铺而达县城。这些所谓的"铺"，就是古代的交通驿站。再往东行十公里，便进入六盘山的高峰区。

听说到了六盘山，卢福贵情不自禁地轻声吟咏："……六盘山上高峰，红旗漫卷西风……"六盘山，南段又称陇山。山势奇突，山路曲折险峻，峰回路转，蜿蜒升降，为陇西第一峻岭，自古称为"天险"，当代仍是一个战略要地。1935年9月中旬，毛泽东率领中央红军（后改为陕甘支队）由四川进入甘肃南部，

10月上旬突破国民党的重重封锁线，分三路北上陕甘苏区，从而结束了万里长征。在这一伟大的历史转折点上，毛主席从固原县的张易堡驻地出发，沿小水河，越牛头山口，登上六盘山。回眸山间，奇树怪石，万物成熟，山景雄而带幽；极目远望，天高云淡，大雁南飞，气象一新，顿觉心旷神怡。他一时诗兴涌动，即挥毫泼墨，书写出气壮山河的著名诗篇《清平乐·六盘山》。

车队继续东行，过瓦亭驿，再行十公里至三关口地带。这里是中原农耕民族抵御北边、西边游牧民族入侵的一道天然屏障。车队在这漫长的、宽约五六米的峡道中前进，走过三关口，山势渐行渐低，经过二十多公里的路程，便到平凉城。平凉历来是陇东的经济、文化、交通重镇，"丝绸之路"横贯其间。

29日早晨，车队从平凉出发，经泾川、长武、邠县、永寿、礼泉，于30日抵达咸阳。

到达咸阳，也就意味着即将到达延安。延安是吸引指战员们的磁场，尽管大家的心早已飞向延安，但是，汽车因连续五天行军，汽油已耗得差不多了。经丁参议、朱光出面，与国民党驻军交涉，要求供给汽油，但遭到拒绝。后派人去西安八路军办事处汇报，也是没有结果。大家心急如焚，一筹莫展。

卢福贵找汽车司机们商量，想出一招，即停开十五辆卡车，将汽油、人员和行李都集中到其余十五辆车上，加上小轿车，部队终于2月1日北上咸榆公路，继续前进。车队经泾阳，抵达三原县境。从此进入胡宗南指挥的暂编骑兵第2师的驻防地，其是西北青马回军派出参加抗战的骑兵部队。总支队车辆沿县城前行，过耀县、宜君，穿中部（黄陵），进入洛川县境。这里是国民党军与八路军的接合部，前面有一条河流阻住去路，在河南岸有一条山沟，此时沟两边的山头上埋伏着众多的国民党部队，他们架起了机枪，不让车队通过。喻政委请丁参议前往交涉，同时命令卢福贵马上集合警卫排，端起四挺轻机枪和三十多条步枪，抢占了几个山头，做好战斗准备。几个小时过去了，不见丁参议回来。后又派朱光前往,一直到半夜,二人才回来,对喻政委说:"政委,危险哪!他们准备把我们打掉。"喻政委说:"我知道,马禄是河西的老对头。仇敌相见,不会有好的。我们已做好准备,他们打我们一下,我们就打他一下,不会让他们占便宜的。"丁参议继续说:"国民党部队和八路军在富县有摩擦,结果被八路军缴了枪。马禄派了两个专员在那里工作,都被八路军扣留。马禄想借此为由,在我们身上报复。我们和他们一直交涉到半夜,我答应负责和八路军协商,把马禄的两个专员放出来,他们才让我们离开这个地区。"

协商成功后,车队连夜赶路,到达富县,在一家工厂大院宿营。富县,原名鄜县,是陕甘宁边区的南大门。

时近黄昏,《新中华报》记者黄钢随一辆货运车进入工厂大院。卢福贵是负责警卫工作的,第一个见到延安派来的先遣人员。他立即带黄钢去见曾营长、喻政委。寒暄几句后,黄钢征得营长的同意,卢福贵便引领他深入对指战员进行采访。

黄钢第一眼便看到这些从天山归来的四方面军指战员们身着棉军装,脚蹬毡质筒靴,头戴毛皮帽子,与普通的八路军完全不是一个样子。他几乎怀疑这些人是不是红军,是不是八路军?深入接触后,才发现他们在言谈话语、行为举止上,与八路军具有同样的政治素质、内心世界和共产主义思想,而且具有较高的文化素养。他哪里知道,三年前这些指战员大多还是目不识丁的红军战士,现在却学会了几何、三角、代数的精密算法和公式,学会了多种军事技术和技能,能阅读普通的政治书籍和杂志,有的还能谈论、探讨高尔基等苏联作家的文学作品。黄钢信服了。大家也感到骄傲和幸运,新疆的三年苦读,真是没有白费时光。

第二天凌晨,黄钢和指战员们同车离开洛川,向陕甘宁边区首府延安缓缓前进。大家急着要知道什么时候才能进入延安,新朋友黄钢不断向同志们介绍边区的情况。不一会儿,黄钢高兴地对卢福贵说,现在已经进入延安。老卢高兴得喊出声来,并不时向车外探望。有些性急的同志嫌车篷挡住视线，干脆用小刀捅出一个窟窿，向外偷看。老百姓不断向车队招手，特别是民众剧团，夹道列队欢迎，又歌又舞，喊着口号，欢迎从新疆归来的红军指战员。卢福贵兴奋不已，一股暖流涌遍全身，再一看喻政委、曾营长、邹开顺副政委，大家的眼圈儿都红了，泪水润湿了眼眶，有的甚至泣不成声。是啊，久别慈母，一旦回到故乡，回到党的怀抱，怎能不思绪万千，怎能不激动万分？无论如何都抑制不住感情的冲动。

当天，部队在离延安很近的一家食品合作社的厅堂里休息。

一进厅堂，便看到大厅中间高悬着毛主席肖像。卢福贵觉得毛主席是那样的慈祥、可亲！

1940年2月5日傍晚，总支队车队到达延安南门外，受到边区政府主席林伯渠等两千多人欢迎。指战员下车列队，与前来迎接的边区和八路军首长们一一握手、寒暄。随后在边区交际处处长金城同志的陪同下，整队穿过延安城，来到八路军总政治部接待处休息。

这一夜，是难忘的一夜。卢福贵躺在床上，心潮起伏，辗转无眠。回想这次长途行军，历时二十六天，行程六千多里，庆幸的是有惊无险，一路平安地回到日夜思念的延安，现在是真正到家了。他越想越舒畅，不知不觉地进入了梦乡，一觉睡到第二天午饭前才醒来。

2月8日是农历大年初一。下午6时，总政治部在大礼堂召开欢迎晚会，总支队大队长以上干部坐在会场的最前排。毛主席来了！这是卢福贵第一次见到毛主席，且距离这么近，多年来最大的愿望实现了，他高兴得说不出话来。毛主席身材伟岸，着一套普通的灰色棉军装，淳朴文雅，潇洒大度，和蔼可亲，一派长者风范。毛主席和大家一一握手、问好。卢福贵全神凝视毛主席，对领袖的景仰之情无法用言语表达，只有激动，激动……这一幕使他终生难忘。

会议快结束时，总支队喻新华政委代表大家讲话。他在发言中讲道："我们错干了十年。"毛主席插话鼓励说："你们没有干错，干得对。过去的错误，由张国焘负责，你们没有责任，你们是千两黄金买不到的。"毛主席话音未落，台下便响起了雷鸣般的掌声，久久不停。

会后，大家观看了烽火剧团演出的精彩节目。

10日晚，边区政府又在政府大礼堂举行欢迎晚会。随后放假几天，让大家有机会观光延安古城。

延安，古称肤施县。1935年4月，陕北红军在城北设立延安县，肤施城仍为张学良的东北军占领。1936年12月"西安事变"和平解决之后，延安、甘泉等城市被我军接管。1937年1月中旬，中共中央、中央军委机关由保安迁至肤施城，2月撤销肤施县，以城区和近郊设立延安市。

节后的一天，喻政委通知召开形势报告会。卢福贵等大队以上干部都整齐地坐在大礼堂的前排，安静地等待中央首长的到来。这时，毛主席健步走上了讲台。前排起立，响起了热烈的掌声，随之全场掌声雷动，经久不息。台下齐声高呼"毛主席好！"台上，毛主席用浓重的湖南口音高声说："西路军同志们好，你们一路辛苦了！"接着，毛主席讲了抗日战争的形势、各个抗日战场的局势，并充分阐述了抗日战争的特点，尤其强调了要开展游击战、运动战，依靠群众、发动群众，创建抗日根据地，等等。毛主席还讲道："总支队的同志经过革命战争的考验，在新疆又经过学习培养，你们由原先的放牛的、打工的、要饭的……锻炼成长为我们八路军有文化教养、懂军事技术的军事政治干部，将来是我军的建军骨干啊！现在，你们将要奔赴各自的工作岗位，除极少数同志要留在延安外，绝大多数同志要准备到敌后抗日根据地去。你们将在抗日战场上与日寇拼搏，要为抗日战争的胜利英勇杀敌，为中国革命的胜利做出贡献！"

卢福贵听着听着，不觉两眼湿润了，毛主席讲的就是自己呀，从昔日的放牛娃到今天成为党的一名军政干部，即将奔赴抗日前线。他下定决心，一定不辜负党的期望。

第二天，总政治部在军委礼堂召开了全体人员大会，由总政治部主任王稼祥作"关于建立敌后抗日根据地和扩大部队"的报告。会后，总政治部又逐个地进行个别谈话，广泛征求个人对分配工作的意见。卢福贵向组织报名，决心到抗日战争的最前线去，到敌人的后方去。

没过几天，总政治部向卢福贵下达了工作分配通知书，他要留在延安工作，去八路军荣誉军人学校任政委。卢福贵未能如愿到敌后前线，总觉得是一件憾事。可是，红军指战员具有坚定的组织观念，一切服从组织分配，他二话没讲，不再提个人要求。

二、八路军荣誉军人学校政委

1940年2月下旬，卢福贵到荣誉军人学校报到。校长王群和其他工作人员在窑洞门前列队欢迎。进入窑洞，放下背包，喝了几口茶后，王群同志便向卢福贵介绍了学校的情况。现摘录如下：

八路军荣誉军人学校是在毛泽东主席的关怀爱护下建立起来的，是一所具有光荣历史的学校。

1935年10月，中央红军长征到达陕北，红一、二、四方面军相继在陕北会合，人多势大，队伍作战频繁，伤病员也随之增加。中央卫生部为了解决好伤残指战员的医疗问题，在陕北的蟠龙、青化砭、安河、云岩和甘肃的曲子镇建立了五所"红军荣誉军人残废医院"，共有伤残人员三千多人。

1938年2月，驻延长的安河、宜川的云岩两所医院的伤残人员，由于医院设备差，药物缺乏，医务人员对伤残人员关心照顾不够，加上伤员病愈后成了残废，不能重返前线，他们不愿再住医院，也不愿在当地安家落户，纷纷要求回南方老家，表示要上延安"请愿"，并派代表找到当地的两延（延长、延川）河防司令部。何长工司令员首先接待了他们，听取了代表们的意见。何司令员极力劝阻他们不要上延安去，以免影响党中央、毛主席的工作，并妥善地安排好代表们的食宿，等待八路军"前指"供给部部长杨立三派人来处理。同时，何司令员又向毛泽东主席报告了情况。毛泽东立即让何长工去延安汇报，商讨处理办法。毛泽东说："不能再叫残废医院了。这个名称对伤员人格不尊重，任何人到那里去，都会对这个名词反感。我和富春同志议了一下，准备把残废医院改为荣誉军人教导院。你（指何长工）就做总院院长，再给你派个政委和卫生科长。"毛泽东强调说："他们是为人民事业立下了不朽战功的英雄，应当尽量满足他们的愿望……""这个事情很重要，搞不好会影响前方部队士气。"办教导院的方针，"一定要力改过去错误方针，积极地当作训练干部去办好。""我们还要召集伤病员代表和卫生部门一起开个教导院工作会议，伤员们有什么意见、有什么办法都拿出来。"最后，毛泽东肯定地说："会要在延安开，多派一些伤病员代表来，不要怕给中央添麻烦。"

何长工回到两延河防司令部，根据毛泽东的建议，起草了一个建院方案。经毛泽东批准后，于2月底在延安隆重召开荣军教导院成立大会。到会代表六十多人，伤病员代表和医务人员各占一半。毛泽东、李富春、滕代远和八路军总部、供给部、卫生部有关领导参加了大会。会上，宣布何长工任总院院长兼政治科科长，王群任政委兼供给科科长，卫生部部长孙仪之负责业务。办公地点确定在延安城西南的军委留守处旁边的一排窑洞。最后，毛泽东讲了话："欢迎大家多提批评意见"，还说，"有的同志要求回南方老家。这个问题请周恩来副主席同国民党交涉，保证送你们回家去。"

后来，经国民党同意，由何长工把两千多名荣誉军人送到西安八路军办事处，再由西安办事处派人把他们送回各自家乡。

毛泽东十分关心荣誉军人教导院的工作。在召开第一次荣誉军人代表大会时，他又一次出席了会议，并作了重要讲话。中央组织部副部长李富春、军委参谋长滕代远等中央领导同志也出席了会议。

1938年12月，召开了中央领导同志会议，会议听取了政委王群的汇报。王群报告了残废军人目前存在的问题和困难，并提出成立荣誉军人学校的建议。会上，毛泽东说："荣誉军人学校比教导院好，这样没有消极的方面，要按学校办，从积极方面办，变无用为有用。"这次会议，决定王群当校长兼政委。

经过四个月的紧张筹备工作，荣誉军人学校终于在1939年5月5日正式诞生。

1940年年初，为了加强学校的领导，进一步贯彻落实毛泽东关于"要按学校办"和"积极地当作训练干部去办好"的建校方针，中央组织部部长陈云、军委参谋长滕代远指示，政委要懂教学，会办学校，应当从由新疆归来的西路军总支队（"新兵营"）的领导层中选定一位同志任政委。这就是卢福贵出任八路军荣誉军人学校政委的历史背景。

当卢福贵赴任之际，新的荣校已经摆脱了传统的旧模式，对全体伤残学员的组织管理，不单纯是医治伤残，恢复健康，而且要进行文化教育，提高文化水平，还要发展劳动生产，改善生活待遇。荣校完全是一所特殊的新型学校，既是疗养院，又是军人学校，还创建了手工业工厂和农艺庄园。举办这样的一所学校，是中华民族自卫战争的新创造、抗日战争的纪念标志，也是全国各友军学习的模范和榜样，堪称"全国第一"。作为荣誉军人学校的政治委员，卢福贵深深地感到政治委员责任之重大，肩负着落实毛泽东主席的建校思想和方针。他表示要全力协助王群校长，把疗养院"按学校办，从积极方面办，变无用为有用"，"当作训练干部去办好"；一定要办成休养、学习、生产三者兼有的生活综合体机构。

八路军荣誉军人学校，根据卢福贵政委的建议，采取了一系列的改革措施。

第一，调整学校的组织编制。按照办学校的原则，设校长、政委和校部；按照伤残人员的驻地，划分一、二、三、四大队；按照生产的性质和规模，大队下辖若干个中队、分队。行政管理干部力求精简，大队以下干部均从轻伤员中选拔充任。

第二，努力增强荣誉军人的安全感。卢福贵政委到任之时，正值国民党发动抗战期间的第一次反共摩擦和军事挑衅的时期。原先，荣校的驻地在云阳一带。云阳是泾阳县的一个集镇，位于泾河之北、嵯峨山之南，可以说是枕山带水、形势险要，距县城十二公里。由于国共合作，云阳驻有八路军115师留守处和陕西省委。荣校是军委后勤部的一个单位，归115师留守处领导，并由115师派出一个连队作为警卫连（一百六十多人），保卫荣校的安全。但随着全国形势的发展，党中央十分担忧荣校的安全，决定于1938年冬季将荣校转移到陕甘边区的栒邑（今旬邑）县湫坡头。从云阳出发，到达栒邑县的土桥时，本拟宿营，但国民党栒邑县政府派出自卫队几经阻拦，借口"没有接到上级通知"，不准学校住宿土桥。经多次交涉，才让校方从清源到达湫坡头。校部进驻坪坊村，与驻看花宫的陕北公学为邻。这时，全校荣誉军人一千多人，分散住在几个村庄里。后陕北公学奉命迁移延安，荣校校部便由坪坊迁移看花宫。

不久，发生了"栒邑事件"。1939年5月，荣校工业队工作人员陈应同去外地采购材料，在栒邑县甘峪坡被人杀害。陕北公学的两个同学发现后报告组织，荣校派人协同八路军办事处同国民党县政府交涉，并派警卫连一百二十人随同代表进驻栒邑县城。后因谈判没有结果，双方发生战斗，打了一昼夜。国民党从邠县（今彬县）调集关中地区八个县保安队，准备袭击荣校。为此，我方主动撤出县城。在这次战斗中，我方参战的伤残荣誉军人牺牲五人，被俘十一人。后经多方交涉，国民党县政府才送回被俘人员。

为了保证伤残人员的安全，卢政委组织有关人员参加荣校保卫工作。1940年2月，荣校奉命北撤延安附近的甘泉县下寺湾。甘泉县素以土地广阔、林草丰茂著称，是陕北革命老区之一。下寺湾位于县城西北四十公里的洛河岸边，自古以来便是北方民族土产品的交易市场，曾经几度繁荣昌盛。1935年4月下旬，陕甘边党政军领导机关从甘肃南梁堡移驻下寺湾，这里成为陕甘边区革命根据地的领导中心。同年10月24日，毛泽东和中央红军从吴起县（今吴旗县）出发，途经保安县（今志丹县）来到下寺湾，曾在这里停留休整，并召开了党政军民大会。

第三，按照荣校的特点，组织安排管理、教育工作。

荣校学员都是来自各个战场的重伤重残人员，有红军时期在与国民党军队作战中负伤的孤胆英雄、人民的功臣，多数是抗日战争时期与日寇拼杀的民族英雄、时代的精英。他们为党、为民族流了血，是党和国家的好儿女，为人民所尊敬、爱戴，应当得到政府的优待。为此，学校要为全体学员提供最好的医疗条件、修养环境，及足够的休息时间、健康的娱乐活动，以便其有效地疗养创伤、恢复健康、增强体力，以利重上前线，或是进入政府部门工作，继续为革命奋斗到底。

学员们的文化水平参差不齐，少数人能够看书、读报，有的仅能写简单的日记和字条，多数人文化程度很低，甚至是文盲。

因此学员的重要任务之一，是亟须提高文化水平，适应新的革命工作需要。为此，学校适当地安排了学员进行文化学习，大体上是：每周上文化课四五个小时；编好教材，注重读书识字和写字；每周上一两个小时的算术课，为提高军事技术和经济工作的能力打好、打实文化底子。在教学方法上，则采用教员授课和自习、复习相结合的方式，还建立学习辅导组织，推行类似陶行知的"小先生制"，做到能者师，互教互学。此外，学校还创办了校刊《荣校生活》，大队主办了墙报、黑板报，吸引学员投稿，以锻炼学员的写作能力和阅读能力。

学员们的政治素质很高，有一定的政治水平和政治觉悟，以及丰富的革命斗争经验，特别是战争经验，这些都是办好荣誉军人学校的有利基础。学校进行的普遍政治教育是：组织每周一小时的政治课、一两个小时的时事报告和政治专题报告会；党日，过党的组织生活，上党课；举办军人晚会、青年晚会、军人联欢大会、军民联欢大会，等等。政治思想教育的主要目标是：反对因伤残而失去上战场和工作能力的悲观失望情绪；反对以功臣自居、故步自封的居功自傲情绪；花大力气用革命的理论来武装头脑，使大家安下心来休养，勤奋扎实地虚心学习；引导大家走上活泼、愉快、进步的朝气蓬勃的生活道路。

学员们的生活给养主要仰赖上级供应。但是，由于当时整个八路军的物资供应比较困难，生活改善的程度都还不够，于是学校师生响应党中央、毛主席"自己动手"、"生产自给"、"克服困难，渡过难关"的号召，在学校的领导下，进行适当的生产劳动，创造物资财富，以改进和丰富日常生活。最初的农业生产劳动以分队为单位。每个分队都组织自己的生产班，从事种菜、喂猪、养鸡养鸭、养羊放牧等生产活动，还自发豆芽、磨豆腐。后来以大队为单位，在荣校干部的带领下，到七十里以外的山坡去开荒，种植玉米、高粱、小米等农作物；入秋后，还要到离校四十多里的山上砍柴，并背回学校，以备日常烧柴。从 1940 年 4

月开始，学校陆续建立了几所伤残军人手工业工厂，主要进行烧炭、制鞋、织袜、纺纱织布、硝皮、采药、制挂面、制纸烟等生产活动。在商业经营上，设有百货店、小食堂、骡马店、中药铺、酒坊等。开酒坊的事得到毛主席的赞同。他说："可以搞个酒坊，烧点白酒。酒可以供应市场，糟可以喂猪。逢年过节的时候，还可以让大家吃顿酒。不过，可不能叫大家吃醉哟！"生产经营成果，除荣校自给外，还向上级领导机关交纳四分之一的劳动成果。纸烟，曾是荣校当年向党中央、中央军委机关春节献礼的一项"贡品"，还得到毛主席的赞扬，说它是"地地道道的边区国产香烟，洋人想吃都吃不到呢！"

第四，利用各种机会，进行多样性的革命传统教育。

（1）1940年5月5日是荣誉军人学校正式建校的一周年纪念日，学校召开全校师生大会，进行热烈的庆祝，以激发大家的革命热情和饱满的学习精神。政委卢福贵和校长王群反复地阐明校庆的意义。5月5日是马克思主义的创始人、全世界无产阶级革命的导师和领袖马克思的诞辰纪念日。当时，大家对马克思知之甚少，只见过马克思的挂像，知道他是外国人，大胡子。而后通过简要地了解了马克思的生平及其成就，认识到伟大的马克思主义对无产阶级革命运动的指导作用。

马克思十分关注中国革命，他分析了中国社会的特点，揭露和谴责了法、英、美等国对中国的侵略和掠夺，热情地颂扬了中国人民的反侵略斗争，预示了中国革命的光明前途。

5月5日，这个伟大的日子，中华民族的精英、为全人类解放而战的八路军伤残同志们将永远不会忘记，大家兴奋地高呼"我们要学习马列主义理论和方法"、"要为中国革命和世界革命奋斗终生"……这样的教育对全体学员提高思想修养、稳定学习情绪发挥了积极作用。

（2）每到农忙季节，发动学员们开展助民爱民活动。1940年11月，荣校发起帮助民众秋收的号召。在卢政委的带领下，全校师生积极响应，甚至连一些重伤重残人员也参加了秋收活动。比如，没有双脚的罗福春，双膝跪在地里劳动；一条腿的封前启、李玉发等三位同志，拿着镰刀在地里跳来跳去地干活，异常活跃。这样，一连下地十一天，荣校周围十多里内十五个村子的民众普遍地受到了帮助。全体师生在下地收获的时候，不吃民众一顿饭、不要民众一文钱、不浪费民众一粒粮、不损坏民众一件工具，受到群众的热情赞扬，他们甚至强迫战士们留下吃饭，或者把饭送到班上去。下寺湾一带的农民，在农忙之后，还争着帮助荣誉军人缝补棉衣，只求线够用，不要工钱报酬。军民关系日益融洽，亲如一家。真是军民团结如一人，试看天下谁能敌！

（3）为活跃荣校的文化氛围，建立了文艺工作队，后来发展成文工团。文工团曾经排演过"兄妹开荒"、"夫妻识字"等现代戏，还组织排演过一些大型古装剧目，经常为学员们演出，逢年过节还到中央大礼堂为中央机关演出，受到毛主席、朱总司令、周恩来等中央领导同志的接见。朱总司令还为文工团题名为"雪花剧团"。

在政委卢福贵、校长王群的领导下，经过全校师生的努力，荣校大批学员恢复了健康，提高了文化水平和工作能力，组织上给他们分配了工作，奔赴抗日前线或到政府经济建设的工作岗位。比如1940年5月，一次即有几百人来到延安，接受新的工作任务。八路军陕甘宁留守兵团后勤部召开了欢迎晚会，后勤部政治部主任胡耀邦、副主任邓飞等莅临讲话。此外，还有多起零星的分配工作。比如，次年3月，荣校营级以下干部彭纪球、刘元全等十八人要求重返前线。经卫生部门检查，其身体合格，被批准由延安转赴前线，重上战场，继续杀敌，再建功勋。

三、在中央党校参加整风学习

战争年代，工作调动十分频繁。1941年7月，中央军委后勤部成立会计学校，亟须加强学校建设，后勤部首长决定调卢福贵担任会计学校政治委员。经过一段时间的工作，会计学校初建完成，卢福贵自感文化程度低，业务能力和理论水平有限，难以胜任培养青年知识分子的重任，总想找机会进高等学府学习，以全面提高自身素质，摘掉"土包子"的帽子。因此，他向上级领导提出要求去中央党校学习。1942年元旦之后，卢福贵接到了后勤部发的学习通知书。终于实现了自己的愿望，他高兴极了，立即办理交接工作。一周后，他打起背包，从王家坪出发，跨过延河，步行到中央党校报到，被编入一部第四支部学习。同期的学员都是团以上和地委以上的军政、地方干部。从此，卢福贵开始了他一生中最重要的三年整风学习生活。

1942年2月1日上午9时，举行开学典礼。清晨，全体师生提前整队入场，灿烂的阳光穿过窗子射进大礼堂，照亮了每个角落。全体师生热情洋溢，生气勃勃，拉歌声不断，大家盼望着中央领导同志的来临。卢福贵的双眼紧盯着墙上的挂钟，嫌分针走得太慢，每走一分钟似乎都像度过一个小时一样。时针指向了九点钟，激动的时刻终于来到。会场的歌声已经停息，寂静得就像临战前的那一刻。先是听到会场外有人在说话，接着响起脚步声，随后彭真副校长进入会场，用浓重的山西口音高声地说："毛主席来了！"话音刚落，我们敬爱的毛主席已健步进入大厅，全体师生一齐起立，掌声雷动。这是卢福贵第三次近距离地见到毛主席。他和大家齐声高呼"毛主席万岁"，欢呼声久久不停。距离卢福贵上次见到毛主席已过了两年，毛主席依然身着灰色军服，却较前更加春风满面、体魄矫健、精神焕发。他环顾左右，向大家挥手示意。此情此景，使卢福贵深深地感到：我们的革命航船有这样一位舵手、领袖，是中国革命胜利的保证，是全国人民的幸福！

卢福贵还在沉思中，毛主席已在主席台上就座。邓发主持会议，宣布："中央党校本期开学典礼现在开始！"他接着说："今天特地请我们的伟大领袖毛主席给我们作报告。"会场上再次响起了雷鸣般的掌声，毛主席开始讲话。

首先，毛主席预祝大家学习成功，接着便转入演讲的正题。他说："今天我想讲一点关于我们党的作风问题"。他开宗明义地说，我们的学风、党风、文风都有些不正的地方。"所谓学风有些不正，就是说有主观主义的毛病。所谓党风有些不正，就是说有宗派主义的毛病。所谓文风有些不正，就是说有党八股的毛病"。毛主席风趣地把这次整风形容为"塞洞工作"。他说，这些不正之风，"不过是一股逆风、一股歪风，是从防空洞里跑出来的"。全场发出一片笑声。"我们要把产生这种歪风的洞塞死。我们全党都要来做这个塞洞工作，我们党校也要做这个工作"。

毛主席进而强调这次整风运动的必要性，说："这三股歪风，有它们的历史根源，现在虽然不是占全党统治地位的东西，但是它们还在经常作怪，还在袭击我们"，"我们要完成打倒敌人的任务，必须完成这个整顿党内作风的任务"，"只要我们的党风完全正派了，全国人民就会跟我们学……只要我们共产党的队伍是整齐的，步调是一致的，兵是精兵，武器是好武器，那么，任何强大的敌人都是能被我们打倒的"。

在讲话中，毛主席把这次整风运动的任务概括为三句话："反对主观主义以整顿学风，反对宗派主义以整顿党风，反对党八股以整顿文风"，并说"学风和文风也都是党的作风，都是党风"。

毛主席还阐述了整风的宗旨，即"惩前毖后"、"治病救人"。后来，我们党依据这一思想原则，科学地概括出党内斗争的一个传统公式：团结——批评——团结。就是说，从团结的愿望出发，经过批评和斗争，使矛盾得到解决，从而在新的基础上达到新的团结。

一星期后，毛主席又在延安干部会议上发表了《反对党八股》的演讲。

卢福贵回忆说："在毛主席讲话的全过程中，大礼堂一片寂静，没有任何杂音。我一个劲儿地低着头，思想高度集中地做笔记。毛主席的每句话、每个字，都深深地传达到我的脑海里。这次报告的笔记成为我永不遗忘的宝贵财富。它是我们锐利的思想武器、用不尽的精神力量、正确行动的方向和指针！这个笔记本，还有杨献珍、艾思奇等人关于《实践论》、《矛盾论》的辅导报告笔记，我保存了二十多年，可惜在'文化大革命'期间一起被红卫兵查抄丢失。"

毛主席关于我们党的作风问题的报告，经过整理，成为一篇著名的整风文献《整顿党的作风》，后来载入《毛泽东选集》。这次报告，拉开了中央党校整风学习的序幕。

会后，大家以党小组为单位讨论毛主席的报告，领会其精神实质。在讨论中，卢福贵认识到毛主席的报告是马列主义普遍真理与中国革命具体实践的结合，是我党革命斗争经验和党内实际情况的总结，对以后争取伟大的革命胜利具有重大的历史意义。

卢福贵在党校学习期间，中央党校已成为全国整风运动的重点单位。为了使党校真正成为"前进的基础"，中央政治局花大力气着重抓好党校自身的整风运动，进行了一系列的整顿和改革。

首先，逐步改组中央党校的领导班子。原先中央党校有的负责同志沿用教条主义的教学方法，让学员死读书，咬文嚼字，背记章节和词句，单调呆板、枯燥无味。为改变这种状况，1942年2月下旬，中央政治局决定，中央党校直属中央书记处，由毛泽东负责政治指导，任弼时负责组织指导，由邓发、彭真等组成管理委员会，负责日常工作。4月初，中央书记处决定，中央党校系统的整风运动学习，由毛泽东负责，由彭真主持。1943年3月，中央政治局会议决定，由毛泽东兼任中央党校校长。领导的变更引导了学习风气的转变，全体学员端正学习态度，着重在领会马列主义的精神实质上下工夫，为解决中国革命的实践到文献中去找立场、观点和方法，将理论联系了实际，学用结合起来，用马列主义的方法去观察问题、提出问题、分析问题和解决问题。卢福贵逐渐认识到，这样的学习能解决自己长期以来想解决的问题，能够有的放矢，学得活，用得顺，有滋有味，激发了自己的学习积极性，学习效果显著。

其次，制订和下达了整风运动学习计划。整个学习分三个阶段：第一阶段，学习整风文献。整风学习运动是一次全党性深刻的马克思主义教育运动。党中央规定全体学员要学好用好二十二个整风文献。卢福贵参加革命以来，从未系统地学习过这么多的重要文献，其中印象最深的，有毛主席的《实践论》、《矛盾论》、《论持久战》、《新民主主义论》、《改造我们的学习》、《整顿党的作风》、《反对党八股》，刘少奇的《论共产党员的修养》、《论党内斗争》，陈云的《怎样做一个共产党员》，以及马克思、恩格斯的几篇原著。在学习领会整风文献精神实质的基础上，运用马克思列宁主义的普遍真理同中国革命的具体实践相结合的毛泽东思想武装自己的头脑。第二阶段，联系实际，进行检查。全面检查自己的政治立场、思想方法和工作作风，划清马列主义与主观主义、宗派主义、党八股的是非界限，分析这些问题的根源，提出改正办法。第三阶段，写出个人学习总结。在集体帮助下，反复进行修改，进一步提高马列主义、毛泽东思想水平；对犯错误的同志，坚持批判从严、处理从宽、掌握分寸、留有余地的原则；达到分清是非、总结经验、吸取教训、提高认识、改进作风、增强团结的目的。

第三，在教学上进行一次革命，改变学习方法和学习制度。这时，党校的整风学习直接贯彻党中央和毛泽东同志的指示，提倡实事求是、理论联系实际、紧密联系群众、开展批评和自我批评的优良传统作风，并切实地贯彻到教学工作中去，使整风学习正确健康地开展起来。在读书方法上，按学风、党风、文风分步骤进行粗读、精读和专题阅读。最后，进行综合阅读，引导学员深思熟虑，反复思考。卢福贵是小组长，除自己认真自学外，还要组织好小组讨论，与同志们个别交流学习心得、体会。在学习方法上灵活多样，提倡个人用心做笔记，写学习心得体会；个人学习和集体讨论相结合，开漫谈会、讨论会，进行专题讨论。漫谈会有三五个人的，也有十多个人的；讨论会有小组会、支部会，还有几个支部联合会。遇到带有普遍性的问题，则召开大会，请中央领导同志作报告，或者请专家、学者进行辅导，学习好的同志也上台发言。为配合学习，卢福贵还组织小组成员练习写文章，给墙报、黑板报投稿，等等。

由于教学上的变革，在延安中央党校的校园里出现了一个刻苦学习、热情高涨、朝气蓬勃的新的读书氛围。卢福贵坚持在知识领域里辛勤耕耘，白天听课、讨论和劳动，到了晚上，就和同学们在窑洞里三三两两地围着小煤油灯，谈论当天的学习收获、心得体会，不时还会发生争论，嗓门儿一个比一个大，甚至引经据典，为自己的观点辩护，最终又是满屋笑声，真是开心极了。有时他钻研马列主义原著，写心得、做笔记，更多的时间则在精读毛主席的著作，用实事求是的精神研究中国革命的实际，回顾中国革命的过去，分析现在，展望未来。夜间，偶尔卢福贵也会到户外散步，有时走远了些，回眸延河南岸，可以隐隐约约地见到山坡上的党校校部、一部、二部的窑洞小窗里闪耀出微弱的灯光，星星点点、层层叠叠、井井有条，十分壮观。这时卢福贵脑海里便会出现一种幻觉，好似看到了繁华的大上海，看到了高楼大厦！这些窑洞，不，是万丈高楼，都是学员们自己动手建造的。

中央党校是一座革命的大熔炉。在这座熔炉里，卢福贵这个在苦水里泡大,又闯过战火的红军战士,得到了启蒙和锤炼,端正了思想路线,学会了正确的领导方法,提高了领导工作的能力,收获之巨大,真是让他终生受益,没齿难忘。三年中,卢福贵的学习成果大体上有以下几点:

1. 建立对"领袖毛泽东"和"毛泽东思想"的信念。

在回归延安以前,卢福贵对党中央内部的原则分歧和路线斗争认识不清。自然,对毛主席的认识也就不足。自到延安工作之后,多次见到毛主席,听过毛主席的报告,特别是进入中央党校后又多次聆听毛主席的教诲,感到毛主席的讲话内涵充满了辩证唯物主义思想。往往很深奥的马列主义原理,一经毛主席的阐述,便点破了其中的奥妙,深入浅出,使卢福贵这些工农干部一听就明白其中的真谛。毛主席知识渊博,高瞻远瞩,情操高尚,对同志和部下和蔼可亲、胸怀宽广,气度过人,能容纳百川,像大海一样浩瀚无涯……这一切的一切,都令卢福贵十分敬仰、爱戴。

有两则往事,在卢福贵记忆中特别清晰、特别深刻。

一则是1942年元旦,中共中央在延安杨家岭举行新年团拜会,会上,陈云同志语重心长地讲了一段话:"中国共产党成立已二十多年……最大的成绩,就是我们党培养出了一个领袖,我们选择了这个领袖,就是毛泽东同志。""领袖毛泽东",在我们党的历史上,这是第一次提出"领袖就是毛泽东"!陈云同志称颂毛泽东,并对他作出高度评价,在我们党经历和克服了"左"、右倾机会主义路线的错误之后,是中央内部和高级干部的共识,是全党一致作出的历史结论,还得到了共产国际的赞同,同时也是卢福贵这批红军指战员的人心所向。

另一则是1943年7月5日,王稼祥同志为纪念建党二十二周年而发表了文章《中国共产党与中国民族解放的道路》。卢福贵特别注意到王稼祥同志在文章中第一次提出"毛泽东思想"的概念,对毛泽东思想作了科学的概括和详尽的阐述。文章说,毛泽东思想是"中国的马克思列宁主义，中国的布尔什维克主义，中国的共产主义"。它是在"与国外国内敌人的斗争中，同时又与共产党内部错误思想的斗争中生长、发展和成熟起来的"，"是马克思列宁主义与中国革命运动实际经验相结合的结果"。文章强调，毛泽东思想"也正在继续发展中，这是引导中国民族解放和中国共产主义到达胜利前途的保证"。后来，在1945年经党的六届七中全会讨论，并在七大上通过的新党章中明确规定：中国共产党以马克思列宁主义的理论与中国革命的实践之统一的思想——毛泽东思想，作为自己一切工作的指针。这样，正式确认毛泽东思想为我们党的指导思想。刘少奇说："以毛泽东思想贯穿党章，这是一个前所未有的历史特点。"

从此，"领袖毛泽东"变成卢福贵的信仰，"毛泽东思想"成为他的理念，两者形成了他精神世界中新的支柱。对领袖的忠诚与热爱，就是对党的忠诚与热爱。他决心今后要认真学习、贯彻毛泽东思想，并将其作为自己工作的指针。

2. 批判教条主义和党八股，端正学风和文风。

卢福贵记得在入学以前，自己满脑子的教条主义思想，对某些从苏联回国的领导人十分尊重、十分钦佩，以至达到了崇拜的地步，认为他们读书多，受过列宁、斯大林的熏陶，马列主义理论水平高。他们为工农干部辅导政治经济学和哲学课时，洋气十足，总是讲得头头是道，什么形式逻辑啦，什么否定之否定啦，什么对立的统一啦，更新鲜的是黑格尔哲学，让大家越听越糊涂。最让卢福贵头晕目眩的是他们的讲话，真像毛主席指出的那样，是"开中药铺"，什么壹、贰、叁、肆，什么甲、乙、丙、丁，还有英文字母、阿拉伯数字，纷繁复杂，莫衷一是，不分轻重主次，眉毛胡子一把抓。

当时，卢福贵弄不清楚为什么自己听不懂、学不到手。听的时候，觉得热闹非常，赞叹不已；听完后，只觉得太玄乎了，玄虚得不可捉摸。结果，他们这些工农干部只好点头称是，还痛恨自己文化水平低，难以学好高深的马克思列宁主义，当政治委员也当不好，用现在的话来讲，叫"不称职"。而毛主席一针见血地揭露了问题的实质，"教条主义容易装出马克思主义的面孔，吓唬工农干部，把他们俘虏起来，充作自己的佣人，而工农干部不易识破他们"。毛主席指出，解决这个问题的办法是，克服教条主义，"就可以使有经验的同志得着良好的先生，使他们的经验上升成为理论，而避免经验主义的错误"。

卢福贵从毛泽东思想的真谛中深刻领会到，不应当把马克思主义的理论当成教条，学习的目的全在于把握马列主义的立场、观点和方法，来探讨中国的革命历史、研究中国的实际、讨论中国的革命战争，迎接抗日战争的胜利。这些主题都是大家十分熟悉的东西，看得见，摸得着，运用理论加以联系，才容易弄懂，容易深入，学习效果显著，最终高标准地、圆满地完成学习任务。

3. 批判宗派主义，肃清张国焘路线的流毒和影响。

红四方面军的原领导人张国焘犯下了一系列"左"、右倾机会主义错误和分裂党、分裂红军的罪行，最终又堕落为国民党特务集团的成员，成为共产党的叛徒。这对红四方面军的同志来说，真是一个耻辱。

卢福贵在新疆"新兵营"学习时，只听了一些传达报告，对张国焘的认识还不够深刻，仅凭自己对党的忠诚和对共产主义的信仰，相信党中央、相信毛主席，积极拥护开展反张国焘路线的斗争。但是，红四方面军出了一个张国焘，总感到脸上无光，怕红一、二方面军的同志瞧不起红四方面军的同志，这样的阴影似乎总缠绕着他，有时还会出现无形的压抑感，对某些问题感到困惑。

自从进入中央党校，听了毛主席《整顿党的作风》、《反对党八股》的讲演后，进行了多次小组讨论，其中有一次讨论会在卢福贵的脑海中久久不能消失，以至牢记了一辈子。他们党小组的成员来自四面八方、五湖四海。有原一方面军的翁祥初、原四方面军的陈仁洪、陕北根据地的县妇联主任白芸、敌后根据地的李云连、白区的余洪等。卢福贵是组长，带头联系实际。他把自己的思想问题摆出来，请大家帮助分析，总结教训。他是原红四方面军的干部，很自然地首先围绕反张国焘路线进行对照、检查和讨论。

同志们的意见对卢福贵启发很大。他过去是基层干部，只知道要革命，坚决打倒敌人，成立新中国，对党内的路线斗争不是很了解，也不够关心，不大懂得革命队伍内部的大是大非，更分不清楚真假马列主义。自从进入中央党校，聆听了那么多中央领导同志的讲话和辅导员对许多具体材料耐心详细的讲解，还阅读了很多文件，又深入学习了党中央《关于张国焘同志错误的决定》和《关于开除张国焘党籍的党内报告大纲》等文件，给卢福贵上了一堂堂生动活泼的政治教育课，使他在思想上有了很大提高，认识水平也达到了一个新的高度。

卢福贵从过去三过草地、南下失败、九次翻越雪山等痛苦经历教训中深刻认识到张国焘右倾分裂主义的严重性。党对张国焘的揭发批判，直至开除党籍，犹如从健康的机体中清除了一个毒瘤。

经过这一段对张国焘错误的揭发批判，卢福贵明确了两个区别：把张国焘和红四方面军区别开来，把张国焘的错误和红四方面军中有的干部犯的错误区别开来。同时，通过耐心细致的思想教育、总结经验教训，他放下了思想包袱，认识上有了新的提高。延安整风学习是一次思想启蒙运动，是一次马列主义的思想教育运动，使卢福贵从主观主义、教条主义和宗派主义的桎梏中彻底解放出来，思想豁然开朗，随后意气风发、斗志昂扬、信心百倍地走上抗日敌后战场的最前线。

四、出征豫西

  时光过得太快了。一晃已经进入 1944 年初冬，卢福贵在中央党校的整风学习已近三年。那是 11 月中旬的一天，清晨起床，他正准备出操，一开窑洞门，只见天空阴云密布，地上覆盖着薄薄的一层雪。雪，还在继续下着。这是延安今年的第一场雪，"瑞雪兆丰年"，延安将会迎来又一个丰收年！

  早餐后，一部派人通知卢福贵，"古主任找。"

  老卢立即到了主任办公室。古大存主任满面笑容，让他坐下，给他倒了一杯开水，随后，古主任对他说："党中央、毛主席根据国际国内形势的需要，确定发展河南。军事部署之一是向豫西派遣部队，并任命王树声同志为河南人民抗日军、河南军区司令员。毛主席、党中央还批准从中央党校、延安抗日军政大学等单位抽调一些有作战经验的团、营级以上干部，以充实河南军区。王司令员指名让你随队出征豫西，到抗日第一线去建功立业，你有什么意见？"卢福贵立即表示："服从组织决定！"

  回到宿舍，卢福贵立刻开始整理背包，与学友们一一告别。陈仁洪同志与老卢热情握手，并祝他旗开得胜，马到成功！

  时下的河南军区设在延安王家坪的一座窑洞里，卢福贵向王家坪一路走去，不禁想起了在西路军的一段往事。

  王树声在红四方面军时任副总指挥，一直是卢福贵的老首长，且在西路军倪家营突围时，曾救过卢福贵的命，并使军部电台安全脱险，进入梨园口。卢福贵心中一直铭记并感激着这位救命的"大恩人"。

  后来，在祁连山区分左右两路突围时，部队各奔东西。没想到，1942 年王副总指挥也调到中央党校参加整风学习，并任军事队队长。他现在已是军区司令员，仍平易得像一个普通的士兵，为人谦和朴实、正直爽快。中央党校的学习生活充实而快乐，体育运动是活动的重点项目，每周都有篮球比赛。王司令员是运动场上的活跃分子，喜爱篮球、排球，经常和卢福贵所在的一部球队进行对抗赛。在比赛中，他积极主动，总是满场飞奔，敢于拼搏，胜不骄，败不馁。王司令员个人的独特风格给卢福贵留下很深的印象，他尊王司令为自己的良师、学习的榜样和崇拜的偶像。这次，又要跟随他一起上战场，有了这样一位好领导，卢福贵充满了自信、骄傲和必胜的信心。

卢福贵到河南军区报到时，王司令员知道他是河南商城县人，对他说："小卢，愿不愿意打回河南老家去？"卢福贵当即回答："太愿意了！不过，司令员，我想下部队打仗。好长时间不摸枪了，手痒痒的。"王司令员接着说："那好办。先在我办公室帮着组建河南人民抗日军。"

第二天，王司令员召开了一次新调来的团、营干部座谈会，传达了毛主席和中央军委的口头指示。

他说，1944年的国际形势大好，苏军在欧洲战场上给德军以连续的毁灭性打击；美军在太平洋战争中节节胜利，战争逼近日本本土。日军已经是日薄西山，穷途末路，全面陷入被动局面。为挽救危局，侵华日军调集四五万人的兵力，以实施打通平汉铁路线河南段。国民党驻防河南的部队已达四十多万人，兵力占绝对优势。但是，在日军发起进攻后，却节节败退，一触即溃，一直败退到伏牛山区。短短四五个月，日军占领了郑州、洛阳等沿线城市，计有三十八个县、四十五座重镇，都已成为敌后。中共中央指示，要求北方局、华中局等迅速派出干部深入河南敌后，组织领导开展全民抗日游击战争。

深入豫西，开辟豫西抗日根据地是发展河南的重要军事部署之一。所谓豫西，从自然地理来说，叫做豫西山地，位于河南西部、京广铁路以西和黄河、南阳盆地、渭河平原之间，即伏牛山、嵩山、熊耳山、崤山、邙山地区。从行政区划来说，豫西即是洛阳管辖的二十四县。

八路军派往豫西南下的部队已有三批。9月初，太行军区派出以皮定均为司令、徐子荣为政委的豫西抗日独立支队（第1支队），建立了嵩山、箕山两块抗日根据地；11月，太岳军区派出以刘聚奎为司令兼政委的豫西抗日游击支队（第2支队），建立了新安、渑池、陕县南北地区的抗日根据地。这次集结的部队是第三批，也是规模最大的一次，组建了河南人民抗日军和河南军区，司令王树声，政委戴季英；还从八路军第385旅调集770团和警备第1旅第2团，组成第3、第4支队，支队司令兼政委分别为陈先瑞、张才千，共两千二百多人。

王司令员继续传达说，我们河南人民抗日军和河南军区肩负的任务和军事行动具有伟大的战略意义。毛主席说：这次出征豫西，"你们一下子插进豫西，把伏牛山区、嵩山地区全抢到手，日本鬼子也不敢进中原，还可以把蒋介石堵在四川峨眉山"，"同志们，可要想得远点啊！蒋介石本性改不了的，他现在是坐山观虎斗，想日后我们共产党人把日本鬼子赶走了，他来收'渔利'呀！"周恩来副主席指示，让我们紧紧抓住"四点"、"两线"。"四点"就是郑州、洛阳、许昌、开封，"两线"就是平汉铁路线、陇海铁路线。"这两条铁路线，不仅是日本鬼子密切关注的两大生命线，也是国民党蒋介石一直觊觎的两条交通血脉。抓住了"四点"、"两线"，北可同我们晋冀鲁豫抗日根据地连成一片，南可同鄂豫边地区李先念同志的新四军和抗日人民结成一家。这样，我们党今后大举出兵中原，收复失地，重振革命根据地，就有一个畅通无阻的桥梁了！"

听完王司令员的讲话，卢福贵明白了出征豫西军事行动的重大意义。作战目标又具体、又明确，一听到打日本鬼子，这些"好战"的红军战士一个个眉开眼笑、精神振奋、跃跃欲试、勇气倍增，立志响应毛主席的号召，"放下包袱，开动机器"，"到豫西去，扩大战果，创造新形势，开创新局面"！下面响起一阵热烈的掌声，表达了大家的信心和决心。

11月16日，卢福贵参加了中共中央召开的南下部队团以上干部的整编会议。中午，中共中央设宴招待，毛主席接见了大家，为大家祝酒壮行。

11月20日，中共中央在马列学院大礼堂举行了盛大的欢送会。毛泽东、朱德、刘少奇、任弼时等党中央和军委领导人到会。刘少奇主持大会，首先讲话。他鼓励大家把河南建成巩固的抗日根据地，争取把华北、华东和华中连成一片。接着，八路军参谋长叶剑英讲话。他说，河南号称中原，地处黄河中下游，自古是兵家必争之地，谁控制了中原，谁就能在中国取得胜利。你们在河南，就要在那里生根、开花、结果，完成缩毂中原的战略任务，为争取全国抗日战争的胜利做出贡献。随后新四军军长陈毅也给大家讲了鼓劲的话。

最后，毛泽东主席作重要指示。他再次强调，南下部队要善于依靠和团结群众，要团结、争取一切可以团结的力量，做好统一战线工作；要加强政权建设，逐步建立各级抗日民主政权，迅速打开豫西抗日斗争的新局面。

会后，河南军区部队进行了一周的政治整训。同时，进行装备更换，以连为单位，统一装备新式步枪，有的连装备捷克式步枪，有的连装备三八式步枪；全体战士一律佩带刺刀、手榴弹；着装均为灰色新军装，佩带白蓝色新臂章。

1944年11月28日，河南抗日人民军在延安东关机场集结，召开出征豫西誓师大会。全体指战员整装列队，待命出发。这是一支新组建的部队，精兵强将，朝气蓬勃、威武雄壮。王司令员陪同毛主席、周副主席、王稼祥、任弼时等中央领导同志检阅了即将出征的队伍，徐向前总指挥也带病出席了大会，为他的老部下送行。

毛主席作了简短的讲话，"我们支持你们河南军区部队！""祝你们一路顺风，马到成功！"

王司令员代表全体指战员向毛主席、党中央宣誓："感谢毛主席、党中央的支持！坚决完成任务，决不辜负首长们的期望！"

掌声、欢呼声、口号声响彻云霄，传遍黄土高原的山山水水。全体指战员成两路纵队出发，迈着威武整齐的步伐，雄赳赳气昂昂，一面行进，一面回首，向延安告别。

第九章 在皮旅

一、初见1支队皮、徐首长

卢福贵随八路军河南军区部队（即河南人民抗日军）两千二百多人直奔豫西抗日战场而去。一路上，按照行军路线，北向绥德，东渡黄河，翻越吕梁山，在平遥附近穿过日军封锁线——同蒲铁路。12月中旬，进入太行根据地。部队在榆社、武乡之间休整几天，继续南下，从襄垣夏店过白晋铁路，到达太岳军区，部队再次进行了休整，在这里度过了1945年的元旦。2月初，过沁水，进入阳城县西境，沿西阳河谷前进。

1945年2月8日，部队到达中条山北麓。卢福贵第一次来到中条山，只见山体异常雄浑，深山密林，沟壑丛生，主峰舜王坪势若擎天巨柱，屹立于群峰之上。部队经过一天行军已经十分疲惫，现时近黄昏，前阻大山，后有日寇尾追部队，情况非常紧急，王司令员果断地下达命令，休息片刻，连夜翻越中条山。

在夜幕的笼罩下，河南军区部队进入中条山东段的历山山区。行军中，卢福贵脚下是一条弯弯曲曲的山间小道，路面满是乱石，还覆盖着一层厚厚的落叶和枯黄荆棘，异常难走。当地民谣说："中条山，中条山，上山三十二，下山二十三，莫看五十五，脚脚考好汉。"道路两旁生长着大片黑压压的松林，风吹松动，松如大海浪涛，在山沟深谷中涌动；风声、松声合二为一，在空谷上方回荡；松脂的阵阵清香，弥漫着狭窄的小道，沁人心脾，使人陶醉，大家本已十分疲惫的身躯立即轻松了不少。卢福贵在这"大氧吧"式的山路上行军，不再感到疲惫、艰苦、危险，变得兴奋而欢乐，充分享受着大自然赐予的清新空气。然而，好景不长，天公不作美，突然雪从天降。不一会儿，鹅毛大雪就把本来就狭窄的小道淹没得无影无踪。小路又湿又滑，大家凭着多年练就的一身"轻功"，小心翼翼地沿着开路先锋队的足迹继续前进。

当部队登上山脊时，风雪已经停息，云层间隙中透出一缕缕月光，昭示着时已午夜，同时，也为这支部队的行军照亮了道路。司令部命令原地休息。顷刻间，鼾声大作，偶尔有的同志在睡梦中大笑起来，还大声地喊着："胜利了！胜利了！"

然而很快，司令部传达命令，继续前进，赶紧下山。原来中央军委来电，命令："黄河冰封，速渡勿误！"同志们立即从睡梦中醒来，睡眼惺忪、迷迷瞪瞪地整队集结，继续向历山脚下挺进。

近黎明时，部队已赶到历山南坡的山脚下，沿着西阳河向黄河岸边行军。一路上，没有村庄，没有人迹。下山后，部队穿行在西阳河谷，力求尽快赶到黄河渡口。

大约几个小时过去，卢福贵耳边忽然响起轰隆隆雷鸣般的声音。仔细听来，原来是浪声、涛声及河水奔腾咆哮声汇集成一支特殊的音律，在北岸盆地上空回荡，声震远近，使人发闷。"黄河之水天上来，奔流到海不复回"，这里正是"母亲河"激流穿行到豫西峡谷的最后一段——八里胡同峡。峡谷两岸河面狭窄，岸壁耸立，犹如刀削，泱泱大河坦露出阳刚之势，在其间奔腾直下，一路咆哮，急流排空，白浪翻滚。出峡之后，河面渐宽，水势趋缓，折向南流，直泻中原。马蹄窝渡口就在这个拐弯附近。

中午时分，部队已到达渡河地点。午饭后，司令员召集各支队和干部队领导一起到黄河渡口视察地形。马蹄窝渡口是黄河在山西境内最东边的一个渡口,是西阳河与黄河的交汇点,距离山西垣曲县城(今古城镇,当时是县治)以东十五公里。它地势险要,山环水抱,后依历山,东有王屋山,前临黄河的弯曲水道,势如游龙,形似马蹄。这里远离村落,荒无人烟,与外界隔绝,又紧靠我军豫北济源根据地,日伪军队不敢轻易到达。

王司令员视察地形后,连连称赞:"这是一处绝好的渡口。"他对卢福贵等随行人员说,党中央、毛主席、中央军委太英明了,真是"运筹帷幄,决胜千里"啊!他继续说,为了落实进军中原,向河南发展的战略决策,毛主席和中央军委指示太岳军区于1944年春季收复了沁水县城,6月又派遣原386旅第18团进入豫北济源,与垣曲、王屋两县大队共同扫除黄河北岸的日伪据点。截至9月底,开辟了东起济源坡头镇,西至垣曲县城附近的黄河北岸地区。这一地区长达七十五公里,纵深约三十五公里,黄河芮村、蓼坞等渡口均在我军势力控制范围之内。这样,为豫西部队南渡黄河创造了条件。

据侦察员报告,渡口已经封冻,河上冻结了厚约两尺、宽两里的冰层,当地人称它为"冰桥"。此时的冰桥可以保证人马渡河。但河心处经受力和热的作用,容易发生融化、开裂,还要小心谨慎。因此,王司令员命令部队准备草垫和沙土,在凹凸不平的冰面上铺路,以减少与冰面的直接摩擦,还规定在深夜最寒冷的时刻过河。同时指示人员先行,骡马行李等辎重随后跟进,以免冰桥断裂,影响行军安全。

午夜,遵照命令,部队举着火把,跨越黄河。王司令员率领卢福贵等参谋人员先行过河,站在黄河南岸向北岸凝视眺望,部队像一条火龙似的在冰桥上游动,行进速度异常快捷,但秩序始终井然。渡河即将成功,这时,王司令员才松了一口气,平心静气地说:"好险啊!眼下一年一度的农历年('春节'2月13日)将至,如果行动迟缓,错过军机,一旦黄河解冻,便很难顺利过河,后果不堪设想。那将要误党误国,是对人民的犯罪。"

河南军区部队渡过黄河冰桥之后，立即隐蔽在崤山东北麓的低山丘陵地区。部队急速前进，天亮之前已经到达陇海铁路线。在黎明前的一刻，部队飞快穿越新安与渑池之间的铁路，到达渑池西南县境，与刘子久、韩钧、刘聚奎领导的第2支队会合，并在这里共度春节。

春节后，河南军区部队继续南下，向宜阳县进军。部队渡过洛河，来到宜阳县城西南的东赵堡。

部队在东赵堡短暂休整后，便向登封县东进。早已到达嵩山、箕山的第1支队皮定均司令员、徐子荣政委，获悉军区领导从延安到达豫西的消息，立即派出部队前来接应。2月底，河南军区部队经过偃师县佛光峪，到达箕山抗日根据地的中心东白栗坪，与1支队会师。东白栗坪一派节日气氛，满村张贴着标语口号，"热烈欢迎王、戴大军"、"坚决拥护八路军河南军区的成立"、"河南人民抗日军万岁"，等等。第1支队还召开了欢迎大会，当天晚上，支队文工团为远道前来的战友们举行了一场文艺演出，表示亲切的慰问。

在欢迎大会上，卢福贵初次见到皮定均司令员、徐子荣政委。皮司令听说卢福贵是红四方面军的干部，又从他口音中听出他是金寨人，便问卢福贵家在哪里，卢福贵回答说是双河区河湾村人。皮司令员高兴地说："我是古碑区戴家岭人。河湾和戴家岭靠得很近啊！不过五六十里路吧。老乡，真正的老乡！"皮司令立即把卢福贵介绍给徐政委。

徐子荣政委是我军一位有学问、有远见卓识的高级指挥员，年长卢福贵四岁，是河南确山县人。他于1926年参加革命，次年入党，担任党的区委书记和确山县委书记。1928年到北平工作，后担任中共太原市市委委员、山西省工委秘书长。抗战期间，先后担任太行区党委宣传部部长、组织部部长、五地委书记兼五分区政治委员（韦杰任司令员）。

卢福贵之前就听说徐子荣政委为人谦和慈祥、思维缜密，办事谨慎稳妥。他顾大局识大体、胸怀开阔、行为坦荡、作风民主、宽厚待人、严于律己，身为政委，从不与司令员争名夺权。他是1支队党委书记，在刚到嵩山地区时，鉴于当地的传统观念和做法，便召开党委会议，研究确定对外公布政令，只用皮定均司令员的名义，不挂政治委员之名。这种谦让的高风亮节赢得了1支队全体指战员的赞誉，全队上下齐声称颂徐政委是"好政委"，是"政工人员的楷模"，与好司令员皮定均搭班了，可以说是军政绝配。正因为有了这样的好搭档、好班子，1支队迅速形成了团结战斗、坚强有力的领导核心，还具有了皮司令员的创造性和徐政委的稳定性。这样的军政绝配，锻造了1支队，后来又将其培养成了一支勇猛强悍、充满睿智、富有战斗力的荣誉部队——中外闻名的"铁军皮旅"。1支队（也称皮徐支队）成功地创建了一块新的以嵩山、箕山为中心的豫西抗日根据地，并成为全国十九个抗日根据地之一。

从徐政委与卢福贵握手问好的那一刻起，徐政委高尚的人格及其聪明智慧便像磁石一样吸引着老卢，给他一种既崇敬又亲切的感觉。他庆幸自己能认识这位好首长。徐政委问他："分配工作没有？"他回答："没有正式任命。"徐政委接着说："我跟王、戴首长报告，你就留在1支队工作吧！"卢福贵立即回答："服从组织分配！"

二、荥阳县县委书记兼独立团政委

次日，卢福贵到1支队报到。郭林祥副政委接见了他，还陪同他一起到了徐政委的宿舍兼办公室。徐政委又一次跟老卢握手，说："欢迎你到1支队工作。"卢福贵接过警卫员端来的一杯水，在办公桌边坐下，寒暄了几句后，立即转入正题。徐政委说："先到基层去看看，了解一下豫西的实际情况。"郭副政委接着说:"荥阳缺县委书记。冯国彦任专职县长,老卢任县委书记兼独立团政委。"徐政委说:"可以,今天在支队看看文件,熟悉一下机关的情况,后天赴任。到荥阳后,尽快与钟发生团长、陈行庚政委取得联系。在工作中,要切实贯彻执行约法五章:扫除敌伪,收复国土;取缔一切敌伪汉奸组织;组织人民武装,开展游击战争;实行民主政府制;废除一切苛捐杂税,救济灾荒,发展生产。"他继续说,"要贯彻邓小平政委的指示,豫西情况复杂,正确执行党的各项政策,灵活对待和处理各方面的问题,这是成功的关键。日伪顽的势力很强,我们要用党的政策去组织群众、武装群众,用秋毫无犯的纪律去影响群众和争取群众,才能站稳脚跟、战胜敌人。你是河南人,知道河南群众苦难深重,民性强悍,也很讲义气。我们要着重政治宣传,争取各阶层的同情,建立广泛的抗日统一战线,以自己的军政力量扫除障碍。然后,组织群众进行抗日斗争和减租减息。对于顽固派和反动土匪武装,如果争取无效,应坚决打击。"

郭副政委还领卢福贵去见了皮定均司令员、方升普副司令。皮司令员给卢福贵介绍了荥阳重要的地理位置。荥阳,自古即为兵要之地。所谓"东京之襟带,三秦之咽喉"。它是中国西部的东方大门,是一道天然的、重要的军事屏障。东临中原的千里沃野,无险可守。西扼虎牢雄关,便于防守和伏击,可有效控制陇海铁路和黄河河道。北有黄河天险,广武山绵亘三十二公里,可有效控制黄河铁桥,并威胁郑州。西南山峦重叠、沟壑纵横,浅山区又有零星洞穴,可作藏军、储粮之用,进可以攻,退可以守。他勉励卢福贵说:"我们把荥阳经营好,对巩固豫西抗日根据地是一大重要贡献。"卢福贵当即回答:"决不辜负党和首长的期望,坚决完成任务!"

嵩山和箕山是一对孪生山,都系秦岭山脉外方山的分支。两山以登封县城为界,一北一南,虎踞龙盘。

嵩山从地形看,"崇峻而端直,磅礴而方广",显得十分深沉内敛、端庄朴实，而且连绵不断的丘陵山区，一条深谷连着一条深谷，对我军的游击战争是极为有利的。所以，中共中央军委和八路军总部决定在豫西建立以嵩山为中心的抗日根据地。但皮、徐首长来到嵩山，经过实地考察，发现地图与实际并不完全一样。嵩山山体太薄，东西绵延仅六十多公里，南北宽近三十公里，西端偃师、洛阳间更加狭窄，只有几公里，缺乏回旋余地。而且，岩石裸露，为童山秃岭，缺乏可供隐蔽的广阔森林。抗战前，嵩山之北仅有一条陇海铁路。抗战开始后，国民党在嵩山南部山区另辟了一条联络郑州、洛阳的辅助公路，可以由郑州西南趋密县、登封，经偃师南部而达洛阳。嵩山山区被两路贯通，日伪又先我军占领了嵩山山区的城镇，可利用两路增强作战的机动性，为我们进行游击战争平白地增添了十分不利的因素。因此，我军又开辟了箕山根据地，并把支队部设在箕山山口内的白栗坪。

　　卢福贵在白栗坪停留了两天，转遍了箕山北麓的这块小盆地，还登高瞭望了周边的山山水水，觉得皮、徐首长选择这块根据地实在是太高明了，具有远大的军事战略眼光和胆识。箕山地处登封、禹县和临汝三县交界处，古称崿岭，在现代地图上是找不到的，要到清代的地图上才能看到。但是，当地人很熟悉箕山之名。白栗坪也叫白坪，南距崿岭仅五六里的路程。颍河自西向东横穿盆地，把白栗坪划分为两个村寨。东边的叫东白栗坪，西边的叫西白栗坪，两村相距约一公里。东白栗坪是个不大的村子，有集市小街一条，都是平房，村口朝向北面的登封县城，屏障着西白栗坪。西白栗坪还有一个土围子作防御工事。白栗坪地势险要，南通几条沟沟岔岔，周围散布着七八个村落，在漫漫的群山里呈扇形铺开；背后的箕山，层峦叠嶂，逶迤连绵，像簸箕一样，将其三面环抱，使其十分隐蔽。这里倒真像故事里描述的"虎阱"，管叫敌人进得来，出不去。皮司令员赞它为"连环套"，"前有套，后有套，一套扣一套"，"可以驻屯，可以进击，紧急时可以隐入群山，与敌周旋"。加之，这里交通闭塞，又是穷山沟，日伪军尚未占领，符合建立根据地的规律，"都是穷山沟，越是中心根据地，越是穷得连兔子都不拉屎"，"山岳是形势险要所在"，"凭山即险，四面阻绝"，这就充分运用了山岳的自然地理和人文因素。

早春的天气，春寒料峭，两天后的清晨，天刚破晓，卢福贵带领警卫员、通信员迅即离开白栗坪，向北跨越嵩山，登上赴荥阳之路。

这段路程全在嵩山抗日根据地之内，大片乡镇连在一起，都是1支队控制和占领区。卢福贵一行得以自由顺利地行进。

大约在太阳西斜时分，卢福贵等到达巩县、密县和荥阳三县交界的浮戏山区，在嵩山军分区后方第一卫生所略事休息。第一卫生所实际上是一座野战医院，地处荥阳县城西南二十公里的庙子乡三坟村，属浮戏山深山腹地。该所有五六十名医务人员，设备齐全，有手术室和药房，病房有茅屋二十五间、窑洞五孔，可容纳伤病员数十人。此外还在三坟村东北的卧龙台南崖下开凿窑洞四孔，其中东边的一孔，深十五点二米，宽四米，崖上生长檀树，枝叶繁茂，专门辟为重伤员病室，被称为"英雄窑"。这里是一块风水宝地，平均海拔三百米以上，群峰叠翠、树木葱郁，环境清幽、景色宜人，还有漫山遍野的池、泉、溪、涧、瀑布、石花、钟乳石……1支队首长深谋远虑，为提高部队的战斗力，精心设计，将重伤病员妥善安置在这"仙境"或"大氧吧"式的自然环境中治病疗伤。这在当时的战争年代，是要尽极大的努力才能办到的，而1支队办到了，这成为大家传颂的一项十分难得和成功的英明举措。皮司令、徐政委都曾亲莅医院进行视察，慰问伤病员，鼓励他们好好养伤，以重返战场，为抗日战争的胜利再立新功。

卢福贵一行吃了一些自带的干粮，便继续向浮戏山深山腹地前进。一路上，攀登崎岖的山路，穿越庙子区的"羊肠小道"，在暮色苍茫中，到达了荥阳南部山区的崔庙车厂村。县长冯国彦率领县政府秘书郭颖生等工作人员早在村头等候迎接了。

老卢和冯国彦是初次见面，互相进行了自我介绍。晚饭后，冯县长又介绍了荥阳县的社情、对敌斗争情况和当前的主要工作，谈话一直持续到深夜。

次日，召开县委会议。冯国彦主持会议，向大家介绍了新任县委书记卢福贵，大家鼓掌表示热烈欢迎。会议随即转入正题，卢书记向大家传达了支队皮、徐首长的指示后，大家开始汇报、研究当前的几项工作，并确定以巩固和扩大抗日根据地为工作的中心、重点。

卢书记在荥阳期间，重点抓了以下两件事：

一是结束"倒地运动"。

1944年9月22日，八路军豫西抗日先遣支队（也称皮徐支队）进入豫西之后，摆在支队面前的主要任务之一，便是发动群众，废除不合理的派粮派款，减轻农民负担，实行减租减息，以调动群众的抗日积极性。同时开展轰轰烈烈的退地斗争，群众称之为"倒地运动"。

所谓"倒地运动"，是指从1941年起，豫西连续三年大旱，形成大荒年份，群众纷纷外逃，贫困农民被迫向劣绅富户低价卖出自耕土地。1944年，群众陆续返乡，苦于无地耕种，叫苦不迭。为此，地方实行了"允许卖主依法原价赎回"的措施。但是，各地劣绅富户百般阻挠，无法落实。9月，八路军豫西1支队进驻嵩山地区，十分重视这件事情。为了实现这项措施，支队政治委员兼嵩山地委书记徐子荣亲自跑到巩县作调查研究，并写出《土地转移办法》。后经支队党委研究，经各县抗日民主政府的讨论，进行修改，以专署名义公布了法令。《办法》规定，"贫可倒富，富不倒贫"，"按原价倒回，不计利息"，"青苗随土地转移，破坏青苗者，受法律制裁"，"买卖双方协商，群众评议，政府批准"，"如违抗不倒，以地价一半罚款"。

《办法》公布后，县政府派干部下到村院，农民群众一窝蜂地拥了上来，然后依次挨户办理"倒地"手续。买卖双方当面协商，当场评议，当时裁决，一手交钱，一手交土地文书。

卢福贵书记到任之际，"倒地运动"已接近尾声。他遵照支队首长的指示，深入群众，深入基层，一户一户、一村一村地了解情况，分头落实。还根据专署规定，帮助各村成立农民协会，由农会负责办理"倒地"的遗留问题。农会解决不了的问题，报县政府裁定。

土地是农民的命根子，土地还家了，青苗也跟了过来，农民有吃的了，豫西大地立即恢复了生机。农民群众称赞说："八路军是亲人，抗战'倒地'为人民；豫西从此见天日，打败鬼子享太平！"

二是攻打崔庙镇。

崔庙镇，又名崔王镇，镇子较大，位于今崔庙乡的北部地区，距县城十二公里。地理位置优越，四周高，最高的马头山海拔七百零五米；中部为低丘陵地。境内沟壑纵横，坡地毗连，平原散割；交通还算便利，荥密古道贯通其间，北经韩村、柏营、洄沟，通达荥阳老县城，可与陇海铁路连接，南经龙门口、王宗店，入密县县境。

崔庙镇的地下蕴藏着丰富的煤炭资源，民国初年即已开采原煤，供应本县和运销郑州、平汉铁路各车站。

1944年4月，日军入侵荥阳后，便看上崔庙镇这块经济要区，立即派日伪军进驻该镇。国民党县政府退守皇姑寨，八路军豫西抗日先遣部队（即1支队）进驻车厂村，在荥阳南部边区大约八十多平方公里的范围内，形成了三足鼎立的政治局面。这样的封建割据、诸侯林立、各自为政、战争连绵的形势，不是我们红军希望的。我们的战略目标是，统一荥阳，经营荥阳，扩大抗日根据地，掌握陇海铁路，以便进一步威胁郑州的日伪军大本营。早在半年前，即1944年10月，正当豫西抗日先遣支队进行武装大宣传的时候，3团参谋长沈甸之率领一个连（即3团4连）的兵力到达荥阳后，为了扩大抗日的影响，鼓舞人民的抗日热情和信心，曾对崔庙镇的日伪军进行过两次攻击，但都未占据。自从1945年2月我军平定皇姑寨以后，眼下的攻击目标自然是日伪军盘踞的重要军事据点崔庙镇。

1945年5月下旬，正值夏收小麦的季节，日伪军照例要从老巢出动，向山区根据地扫荡，抢粮收麦，镇内敌军兵力空虚。县委书记卢福贵与1支队3团钟发生团长、陈行庚政委共同商定，以3团为主，荥阳独立团配合行动，军地双方合力攻取崔庙镇。钟团长很快拿出作战部署，以一部分兵力协同独立团一个大队，埋伏在崔庙镇以北的荥密古道两旁，警戒和伏击从荥阳县城前来支援的日伪部队，并阻止从崔庙镇逃跑的日伪军；使用主力部队一千多人，协同独立团的两个大队包围崔庙镇。这一天黎明前，部队按预定部署进入阵地。中午，3团钟团长下令围镇部队发起攻击，日伪军坚守据点，不敢出击，我部几次冲锋，均被打了回来。钟团长突然下令，全线撤退。敌人见我部撤退，跟踪追了出来。追了近二里路程，到达徐庄村附近，日伪军进入了我部伏击圈。埋伏的全体指战员一齐杀了出来。一阵手榴弹，接着是机枪扫射，漫山遍野的喊杀声震动山坳，子弹声嗖嗖作响，手榴弹连续轰鸣，直杀得日伪军尸横遍野，活着的个个抱头鼠窜，向荥阳县城逃跑。上了荥密古道，又被我伏兵杀了一阵，死伤多人。下乡抢粮、扫荡的日伪军一听镇上被打，扔下粮食，也往县城逃跑。途中，又遭我军袭击，损失惨重。

卢福贵率荥阳独立团3、4大队立即冲进崔庙镇。从此，荥阳县抗日民主政府也迁址镇内，并相继建立区、村政权，实施各项惠民新政。

截至1945年5月底，荥阳县委和县抗日民主政府经过攻打崔庙镇，基本上统一了荥阳县的南部地区，建立了车厂、东塔山、万山北三个区政府和各村政权，收复了万山、三山、马头山、大周山等十四个山头，特别是南部经济要区崔庙镇，已实现荥（阳）、汜（水）两县连成一片，可以互通信息，互相支持。东部边境距离郑州仅二十公里，根据地的势力范围已达县境北部地区，对日军郑州大本营和交通命脉陇海铁路、平汉铁路形成威胁，实现了皮、徐首长交代的第一阶段的战略意图。同时，建立了一支有九百多人的独立团和区干队，为保境安民、施政布令创造了条件，还动员很多青年参军、参干，壮大了我们的抗日队伍。

6月，根据形势发展需要，为了精兵简政，加强战斗部队，提高部队战斗力，皮、徐首长和中共嵩山地委决定，荥阳、汜水两县实行合并，成立中共荥汜县委员会、荥汜县抗日民主政府和荥汜县独立团，县治设在刘河肖寨村。

卢福贵奉命调回1支队机关工作。徐政委知道他曾任红四方面军警卫营政委，所以命他挑选一些新兵带回支队部，充实机关警卫连，以提高机关的自卫能力。

调回机关后，卢福贵被任命为政治部组织科科长。

三、庆祝抗日战争胜利

1945年8月15日，日本宣布投降。卢福贵兴奋不已，沉浸在欢乐、喜悦、激动之中，并永远铭记这一历史时刻。抗日战争的胜利，是中国人民近百年来反帝斗争取得的第一次完全胜利，"8·15"在中国抗战史上是具有伟大历史意义的一天。当支队电台获悉日本无条件投降的消息之后，从支队机关传到各团部、各连队，军营内外立即沸腾起来，全体指战员欢呼雀跃，奔走相告。这个冲击波很快传遍整个嵩山、箕山抗日根据地，村村寨寨和集镇闹市万众欢腾。受尽战争苦难折磨的豫西人民，又一次与第1支队的官兵们共度欢乐的时刻。大家忙着张贴喜讯标语：

"日本投降了！""抗战胜利了！"锣鼓喧天，鞭炮齐鸣，声音响彻整个豫西大地。群众对抗战胜利后的时局寄托美好的愿望，期盼迎来和平、宁静的新生活、新环境，成立一个和平、民主、团结的新中国。

抗战胜利的骤然到来，反倒使卢福贵产生了新的困惑，陷入喜忧交感之中。喜的是，日本无条件投降，八年抗战最终胜利，洗刷了百年国耻，振奋人心，扬眉吐气。忧的是，蒋介石亡我之心不死，要发动内战，豫西以至整个中原都是蒋介石首先势在必得之地。当此内战一触即发之际，"国家兴亡，匹夫有责"啊！时下，要转变思维，做好内战准备，要树立正规战、运动战的思想，又要拥有先进的武器、丰富的物资。这些都是关系部队生死存亡之亟须解决的关键问题。

在欢庆"8·15"的同时，1支队遵照中共中央命令和河南军区指示，应令被八路军包围的日军"在一定时间内实行投降缴械"，"否则应以各种方法逼其投降缴械"。据此，立即开展接受日伪军投降缴械的工作，1支队主力第3团和第35团组成野战支队，攻打第1军分区内日伪占领的县城和重要镇寨；还将巩县、偃师、荥阳、汜水各独立团组成陇海支队，由方升普任司令员、郭林祥任政委，向陇海铁路洛阳至郑州段的日伪军据点发动猛攻。

卢福贵随徐政委出征，首先攻打登封县城。登封县城的日军已根据蒋介石"不准向八路军投降"的密令，经临汝向许昌逃跑。这时，国民党河南省主席刘茂恩向伪军发出指令，让分散在芦店、唐庄的伪军向登封县城集中，以便据城死守。8月19日，当我们部队到达并包围登封县城时，城中已驻扎了汉奸李老虎、王克昌等伪军两千多人的反动武装。其摇身一变，将日本国旗换成民国国旗，便自称为国军了，还成立了县政府和伪军指挥部。可见蒋、日、伪已经合流，尖锐的民族矛盾已被中国国内严重的阶级矛盾所代替。皮、徐首长指挥大部队首先包围县城，并以朱德总司令的名义下达命令，限伪军在二十四小时内缴械投降。登封县城的伪军已投靠国民党，凭借城防坚固、粮弹充足的优势，妄图固守孤城，拒不向我投降。为此，我军决定以武力解决，发起攻击。

23日拂晓，3团在钟发生团长率领下，抢占县城西关，从西门两侧架梯登城；35团在王诚汉团长率领下，抢占城东北的有利地形，破城后直插伪县政府和伪军指挥部。两团从不同方向进行夹击，经过一个多小时的激战，全歼守城伪军和伪政府人员两千多人，缴获全部枪械、弹药和军需物资仓库。

攻占登封县城后，我军立即分兵向四周出击，先后打下密县、宜阳、宝丰和大金店等城镇。

与此同时，陇海支队也取得了很大战果。8月底，解放汜水县城，再次占领豫西商业重镇回郭镇等军事据点，收缴了大批日伪据点的军需物资和器材。

经过这一阶段受降工作的艰苦斗争，1支队又一次扩大了嵩山、箕山根据地，拓地西起洛阳，东达密县，北至汜水，南接禹县，建立了十个县的抗日民主政府。

正当1支队向负隅顽抗的日伪军发起猛攻的时候，也正面临着被国民党重兵包围的危机。原来，蒋介石一面和中共中央毛泽东主席在重庆举行峰会，进行和平谈判，一面又为发动内战作准备，以"受降"名义，向我解放区"收复失地"，夺取抗战胜利的果实。他命令：第1战区胡宗南率部八个军，东出潼关，在日伪军的协同下，沿陇海铁路东进，占领洛阳、郑州；第5战区刘峙率部四个军沿平汉铁路南进，占领许昌、郾城（今漯河市）、商丘。两路十万大军像潮水一样涌向豫西根据地，还把豫西划分为七个"清剿区"，准备重点"围剿"嵩山、箕山地区的八路军河南军区部队。

9月19日，中共中央下达目前的任务和战略部署的指示后，为摆脱困境，加强中原力量，以形成"拳头"，合力对付内战危机，稳住和展开中原局势，大量牵制蒋顽部队，援助我军在华北、华东和进占东北部队的斗争，第 1 支队遵照河南军区的命令，立即通知部队迅速到箕山山麓的白栗坪集合，准备南下。

郭林祥副政委带领 1 支队政治部、司令部有关干部，用四五天的时间，负责处理善后工作。首先，组织部队和地方武装撤离，区以下地方干部留原地继续坚持工作，并约定好以后联系的方法。其次，卢福贵科长代表支队政治部和各团政治处派出干部，分别做好群众工作，检查群众纪律，并督促检查各连队，要求指战员挨家挨户地安慰乡亲，为房东打扫庭院，挑满水缸。再次，根据"精简机构，便利指挥，加强基层，提高战斗力"的原则，重新编组部队。各县独立团均编入主力部队；地方干部和干校学员组成教导团，并配备战斗连队、警卫连，加上部分家属随军南下。最后，召开河南军区第 1 支队全体指战员大会。在庄严、肃穆、沉重的气氛中，全体指战员队伍整齐地排列在白栗坪的河滩上，战士们枪靠着肩，默默地坐在自己的背包上。大家服色很不统一，有穿军服、制服的，也有穿"土老帽儿"服，甚至绅士长袍的。枪支也是五花八门，有"三八"式、"歪把子"、德国造、俄国造、英国造、"中正式"，甚至还有"火铳"。但是，队伍已由一年前一千五百多人的豫西抗日先遣队扩充到七千多人的第 1 支队。指战员们的精神面貌不减当初，威武雄壮，士气高昂，绝大多数人经过战火的锻炼，脸色暗红，一看便知是一群能征善战、敢打敢拼、见敌眼红、如狼似虎的勇士。

大会开始，皮司令员给大家讲话。他用浓重的金寨口音向大家宣布："遵照党中央、毛主席、朱总司令的指示、命令，我们要撤出豫西根据地了！"他激动地说："嵩山根据地、箕山根据地是我们从日本鬼子手里夺回来的，根据地的父老乡亲兄弟姐妹与我们亲同手足，鱼水情深，我们能放弃吗？不能！但是蒋介石一面叫嚷着要与我们毛主席、周副主席和平谈判,一面又以'受降'的名义,把国民党军开到解放区里来'摘桃子',抢夺抗日胜利的果实。现在,胡宗南的部队已经进到偃师、登封县境了,蒋介石要发动内战了。我们不仅要保卫豫西根据地,而且要保卫全国所有的胜利果实。我们要跳出敌人的包围圈,打到敌人的后方去。痛痛快快地打,打倒蒋介石,打倒国民党反动派!嵩山根据地、箕山根据地、全国的胜利果实,永远是我们的!"

徐政委补充说:"我们撤出根据地,正是为了保卫根据地。大家要有信心,胜利是属于我们的!"台下立即响起了一片高亢响亮的口号声:"拥护党中央的决定!胜利一定属于我们!"

当天深夜,天空阴云密布,接着下起雨来。1支队全体指战员整队向桐柏山出发,送行的老乡们夹道站立,沿途不绝。大家关心子弟兵的前程,叮嘱他们一路平安,祝愿他们马到成功,还有送布鞋的、送鸡蛋的……尽己所能,倾囊而出。卢福贵回忆说,老百姓对子弟兵依依不舍之情,不是用语言可以表达的,只有身临其境,才能体会出那种可贵的亲情、乡情!我们的队伍默默地前进着,不时地向送行的老乡们挥手再见,走远了还要回头看,看那静静地屹立着的嵩山、箕山,暗暗地发誓:我们一定会打回来的!

第1支队离开白栗坪之后,便隐没在箕山腹地,穿过临汝县境,出现在郏县西北的箕山低山丘陵区,后经宝丰、叶县、方城,来到南(阳)许(昌)公路线。

越过公路线,便告别了伏牛山区,进入了桐柏山区。敌人已在这周边地区布有重兵把守,所以,当1支队到达桐柏山脉西麓时,只能以武力向前推进,一路过关夺隘,所向披靡,接连攻克方城县的杨楼、泌阳县的象河关、沙河店等敌人据点。19日,经确山蚁蜂店、竹沟镇,到达桐柏县之固县镇,靠拢5师部队。10月24日,河南军区部队和冀鲁豫军区王定烈带领的老八团,与新四军第5师和八路军359旅胜利会师于唐河、枣阳、桐柏和随县四县交界的桐柏山腹地。

三支部队会师后，于11月上旬进行整编，组成了新的中原军区，下辖江汉、鄂东、河南三个军区和第1、第2两个纵队，连同地方部队共六万多人。

第1纵队由河南军区部队和冀鲁豫军区第8团（团长王定烈、政委杨劲）组成，王树声兼任司令员，戴季英任政治委员，熊伯涛任参谋长，吕振球任政治部主任。下辖第1、第2、第3三个旅。

皮徐支队整编为第1纵队第1旅。旅长皮定均，政治委员徐子荣，副旅长方升普，副政治委员兼政治部主任郭林祥，参谋长熊心乐。下辖三个团：

原35团改番号为第1团。团长王诚汉，政治委员黎映霖，副团长王永元，参谋长王秦伍，政治处主任杨大猷，副主任范克让。下辖三个营，共两千四百多人。

军区将第59团调归1旅建制，番号改为第2团。团长陈应寿，政治委员张春森，副团长杨世兴，参谋长王波，政治处主任吴立新。下辖两个营，共六百多人。

原第3团仍保留原番号。团长钟发生，政委陈行庚，参谋长沈甸之，政治处主任梁景杰。下辖三个营，共两千三百多人。

旅司令部、政治部也得到了完善、调整和加强。政治部设有组织科（科长卢福贵）、保卫科（科长莱真）、宣传科（科长赵瑾山）、民运科（科长刘石安）。司令部设机要科、作战科（科长许德厚）、侦察科（杨斌廉）、电台队，还有供给部（部长范惠）、卫生部和旅直机关特务营。

经过这次整编，全旅编制达六千人。这就是名冠华夏、能征善战、所向披靡、名垂青史的英雄部队"皮旅"，其经典之战便是即将展开的中原东路千里大突围。

四、中原东路千里大突围

豫东政治整训

中原军区部队在 1945 年 10 月 20 日至 12 月中旬发起了自卫反击的桐柏战役，吸引和牵制住敌十一个军二十四个师的重兵，打乱了国民党发动内战的部署，有效地配合了华北、华东和东北战场。

12 月 20 日，中共中央同意中原部队主力向东转移至苏皖地区，与新四军主力会合。主力部队分北、南两路向东开进至豫东地区。

1946 年 1 月 10 日，由国民党、共产党、美国三方代表组成的"三人军事小组"达成停战谈判，并由周恩来和张群在重庆签署《国共双方关于停止冲突、恢复交通的命令和声明》，简称停战协定。由国、共、美三方代表组成军事调处执行部和多个军事执行小组，负责监督执行停战协定。停战协定的签订和实施，对国民党军队的调动和向解放区进攻起着限制和约束作用，对人民有利。1 月 10 日，毛泽东主席发布命令："自 1 月 13 日 24 时起停止国内一切军事冲突和军事调动"，还要求各级党组织、各部队、各级政府严格执行停战命令，停止一切军事行动，谨守防地。中原部队接到停战命令，立即沿着罗山、光山以南一线停止下来。第 1 纵队在光山县南部的白雀园、砖桥、泼陂河一带集结待命。1 纵司令部进驻泼陂河镇，1 旅（皮旅）进驻砖桥镇（2 月中旬移驻白雀园），2 旅驻光山县城。第 2 纵队在罗山县周党畈、涩港店、定远店地区集结待命，2 纵司令部进驻定远店。中原局和中原军区进驻礼山县（今大悟县）宣化店。

在停战期间，美、蒋合谋玩弄"假和平、真内战"的欺骗伎俩，以便争取时间，调兵遣将，大举向解放区进攻，夺取抗战胜利成果。从而出现了边谈边打、谈谈打打的曲折局面，形成了从抗日战争胜利至解放战争全面爆发的过渡阶段。

1946年1月，为使全体指战员保持清醒的头脑，树立"争取和，准备打"的思想，皮旅根据上级指示，利用短暂的停战间隙，进行了一次政治整训。这次整训，由旅党委统一领导，徐政委、郭副政委主持，政治部组织科科长卢福贵负责办理。组织科是政治部的一个重要职能部门，也是旅党委的具体办事机构，就如今天的党委办公室，其任务是具体管理部队党的组织工作、政治思想工作和日常党务工作。

在旅党委决定开展政治整训后，卢福贵立即带头，并组织本科干部深入基层、深入群众，进行思想状况的调查摸底。自从抗战胜利以来，部队思想状态的主流是好的，精力充沛、士气高昂。然而，部队发展快，新成分增多，也存在不少思想问题，出现了一些思想动荡，主要是：一部分人在豫西时就滋长着和平麻痹思想，认为抗战胜利了，和平时期已经到来，可以脱下军装回家过太平日子了；时下到达豫东，国共签订了停战协定，蒋介石在停战令上面签了字，他们更相信和平真的要来了，有的人要求复原转业地方；有的人觉得国民党部队人员多、武器好、占地广，对战争缺乏胜利信心；个别人没打过仗，听到枪炮声心里发慌，甚至恐战怯阵；还有一些人，乡土观念重，怕远离家乡，顾虑不知什么时候才能回家，等等。

卢福贵在调查研究的基础上，提出了政治整训计划，重点抓好以下几点：

首先，进行形势和任务教育。请徐政委、郭副政委讲课，不仅向旅部机关部队作报告，还深入一线部队讲课。课程内容以传达毛主席讲话和文章为主，充分讲述蒋介石是"中国大地主大资产阶级的政治代表"，"是一个极端残忍和极端阴险的家伙"。从历史和现实两个方面列举事实，揭露蒋介石的反动本质，用实际例子揭露蒋介石的残暴行径。

在作报告和讲课时,首长们重点揭露了蒋介石国民党的"假和平,真内战"伎俩。

其次,以班、排为单位,结合各自实际存在的思想疙瘩,进行小组学习讨论。围绕专题"和谈停战,是真是假?""停战后,我们要做什么?"进行自由辩论和讨论,提高认识,统一思想。由此,许多同志的脑子清醒了,认清了蒋介石反动派的本质,认为毛主席分析得对,"看它的过去,就可以知道它的现在;看它的过去和现在,就可以知道它的将来。老蒋决心,一定要消灭共产党,一定要抢夺抗战的胜利果实,一定要发动内战"。有的说:"我们共产党人要革命,蒋介石要反革命,能和我们和平吗?"有的说:"老蒋说话从来不算数,即便签字画押停战,也是一纸空文,翻脸就不认账。"有的说:"美帝、老蒋穿的是一条裤子,阴一套,阳一套!"大家普遍反映,抗战胜利不等于革命成功,我们要力争和平,但不能轻信蒋介石,抱有和平幻想。人民军队一定要随时准备战争,进行还击,保卫自己的抗战胜利果实。那时大家喜欢唱一首歌,歌词说:"谁种庄稼谁收割,谁栽的果木谁得果。我们流血抗战八年多,胜利果实谁也不能夺……"

经过这一阶段的政治整训,完成了部队从抗日战争到解放战争的思想转变过程。全体指战员精神面貌一新,大大地强化了常备不懈的战斗意志,凸显了革命英雄主义和压倒敌人的英雄气概,军营驻地立即掀起了争取入党、争做英雄模范、上战场杀敌立新功的竞赛高潮。

再次,积极开展军事备战和军事训练。在进行政治整训的同时,针对国民党军重重包围豫东解放区的形势,旅首长按照上级指示,贯彻自卫原则,进行了以下军事部署。

一是精简机关,加强野战部队。将三个团合并为两个团,原35团改为第1团,团长王诚汉,政委陈行庚;原3团改为第2团,团长钟发生,政委张春森;中原军区把第14旅第40团划归皮旅，编为第3团，团长曹玉清，政委黎光。旅参谋长由张介民接替熊心乐。撤销旅干部轮训大队，改编为工作队，分别编入旅直和各团，还将多余干部、伤病老弱人员分散转移至华北和其他地区隐蔽起来。全旅编制仍为六千人。

二是为打破敌人的重重包围和封锁，皮旅坚决响应、贯彻中原军区提出的"临危不乱，能苦必胜"的口号。在中原东大门五十公里的防线上，东自余集，西到砖桥，南起沙窝，北至双轮河，坚决执行皮司令"工事多流一滴汗，战时少流一滴血"的指示，先后用两个月的时间，构筑了一道坚固的防御工事，重要地段连挖三道纵深防御战壕，以防止敌人的突然袭击。

三是进行严格的军事训练。各团根据实际情况，在第一线进行边备战边训练。旅直机关鉴于新成分多、军事素质比较低的情况，郭主任指示，由卢福贵负责政治部机关的军事训练，机关指战员要进行严格的队列训练、步手枪射击、手榴弹投掷等课目训练，以提高军事技能，迎接新的更加残酷的战斗。规定，每天早晨出早操进行队列训练，射击训练是重中之重，每次饭前都要进行步、手枪瞄准射击，还在伙房附近专门设置了固定的瞄准架，饭前每人必须认真练习瞄准，并有专人检查瞄准是否合格，发现有人射击姿势、射击动作不合规范，立即当场纠正。军事训练一开始，便达到了一个高潮。大家在饭前、饭后或休息时都聚在一起讨论怎样才能使视力、准星和目标三点成一线。

组织科赵志发、孙和成等几位干事由卢福贵科长手把手地进行辅导。卢福贵在红四方面军时期是一位有名的"狙击手"，手枪能打下空中的飞鸟，长、短枪更是百发百中，曾在司令部机关射击比赛中拿了"状元"。这次他把自己熟悉的射击理论和实践经验都传授给了大家，以使大家最后在实弹射击时都能名列前茅。其中最突出的是干事周道（郭林祥副政委爱人）。她个头矮，体形又胖，立姿射击瞄准时总够不着枪架。平时同志们和她关系很融洽，总跟她开玩笑，这次又抓住机会了。有的说："你去南京买一双美国高跟鞋，穿上就能够到枪架了。"有的说："还是搬一张凳子来，站在上面准成功。"每次训练，卢福贵总要帮她放低枪架。此外，由于她的眼睛总眯不严，影响了瞄准，为追上别人，她每天早起晚睡，经过多次反复琢磨、勤学苦练，终于克服了这些难点，在旅机关实弹打靶比赛时，打靶成绩优秀，获得了亚军。大家惊讶地说："瞄准不好，打靶不错。"在总结会上，组织科受到了郭林祥主任的口头表扬，大家很受鼓舞。

最后，生产自救。为了战胜敌人的经济封锁，克服财政经济和缺粮的困难，第1旅组织积极开展大生产运动。大家"一手拿枪，一手拿镐"，自力更生，自己动手，生产自给。有的上山打柴、采药、采野菜，有的在平原开荒种地，有的下河捕鱼、捉蟹，有的在营地缝衣、打草鞋等。各级领导还十分重视部队的文化生活，开展了多种文体活动，借以活跃气氛，提高士气。

突出重围

6月，蒋介石已经完成了发动内战的准备和部署，在中原部队周围调集了三十余万大军，并决定于7月1日向我中原部队发动总攻。

6月23日，毛泽东主席以中共中央名义向中原局指示，"同意立即突围，愈快愈好，不要有任何顾虑，生存第一，胜利第一"。针对敌情瞬息万变的情况，特别强调，"今后行动，一切由你们自己决定，不要请示，免延误时机"。为避免发展成为新的"皖南事变"，中原部队决定于6月26日分路突围。

6月24日下午，皮、徐首长到泼陂河纵队部接受任务，回到白雀园旅部，立即连夜召开党委紧急会议。会上，传达了王树声司令员的指示：为了粉碎敌人的"围歼"阴谋，军区决定在敌人发起进攻前，出其不意，今晚主力部队即分南北两路开始向西突围。第1旅的任务是原地抗击，向东佯动，掩护主力向西突围。待主力于 29 日越过平汉铁路后，根据实际情况选择方向，自行突围。

会上，旅首长和党委成员一致表示："坚决执行军区和纵队党委的决定，不惜一切代价，保证圆满完成这次突围的掩护任务。"随后策划了军事行动预案，确定遂行掩护任务的作战计划，决定完成掩护后自身向东突围，进入苏皖解放区。

会后，卢福贵立即率领组织科的同志经研究提出了保证突围的政治动员计划意见。其要点是：首先，进行深入细致的思想动员，向全体指战员讲清敌情、突围的意义，以及这次作战的艰苦性、复杂性、残酷性，从而激发广大指战员的战斗意志，树立坚定的必胜信心，提高战斗力。其次，要保证突围军事行动的迅速、隐蔽，任何迟缓或暴露都将导致严重后果。再次，要加强组织纪律性，做好艰苦奋斗，连续作战、行军的准备；一线部队要保证旺盛的战斗意志，树立敢打必胜的信心，发扬英勇作战、不怕牺牲的革命英雄主义精神。最后，要发挥党支部的战斗堡垒作用和党团员的模范带头作用。此外，还要求全体指战员进行轻装，保证补充足够的干粮等战前准备工作。

25 日下午，旅部召开紧急作战会议，皮司令传达了旅党委对掩护中原部队主力突围的作战计划和自身向东突围的决定。徐政委强调第 1 旅担任掩护任务的重要性。此次任务事关大局，是中国革命战争史上的一个重要转折，是党中央、毛主席的重大战略部署，一定要保证胜利完成掩护任务，为人民解放战争拉开胜利的序幕。要用分路突围的办法继续牵制敌军，为保卫延安，支援华北、华东兄弟部队的作战做出贡献。最后，郭副政委根据组织科提出的政治动员计划意见作了充分的政治动员讲话。

紧急作战会议之后，大家立即进入战斗状态。卢福贵又率领组织科全体干事立即清理旅党委和政治部的会议记录、来往文电和档案，该烧的烧掉，该带的装箱打包；还召集骑兵通信员开会，要求驮运档案箱子要驮得稳，紧随队伍不得掉队，能应对紧急情况，夜间行军时要做到马不嘶鸣蹄无声，保证档案的绝对安全。在一线驻防的第1、第2团，紧急加修战斗前沿工事，准备迎击敌人，进行一场严酷的恶战。

1946年6月26日，中原上空战云密布，中原突围的枪声在第1旅阵地打响了。这枪声，揭开了中国现代史新的一页；这枪声，拉开了解放战争的序幕。

拂晓，刘峙指挥国民党军分四路向中原军区部队发动进攻。其中用三个整编师（原为军的建制）向中原军区东大门、1旅驻守的阵地开进，压缩包围圈。

第1旅按规定部署，各团主力在白雀园集结待命。前沿双轮河、砖桥、余集、沙窝阵地仅留部分兵力，依托有利地形，灵活机动地抗击、引诱迷惑敌人。在沙窝地区，国民党整编第72师新13旅向我2团的阻击部队展开进攻，遭到猛烈的反攻而后退。在余集地区，国民党整编第48师第174旅频繁地发起攻击，我1团3营阻击异常激烈，以密集的火力，大量杀伤敌人，敌人的进攻受阻。

这时，皮旅又在白雀园摆下了一座"迷魂阵"，白天让部队向东开，夜间又悄悄往西撤，连续往返不息，使敌人感到中原部队有几个旅向东面突围的待发地域集结。随即敌人便命令自己的部队往东面增调。这样，便拖住了敌人，为主力向西突围赢得了时间。

这次阻击战，老天亦帮了皮旅很大的忙，真可谓"天助我也"。自26日至28日的三天之内，天空连续阴云密布，雷鸣电闪，大雨滂沱，一片混沌，稻田全都沉浸在山洪之中，露出水面的田埂已是泥泞难行。较宽阔的初级公路甚至发生塌陷，路面上山洪与泥土混在一起。国民党军的现代机械化装备前进不得，后退也难，"进退维谷"，陷入十分尴尬的境地，仅能向我山头阵地胡乱打炮。为了进一步迷惑敌人，第1团又派几个战斗小组在山头阵地继续坚守，并派出小分队主动袭击敌人，让敌人更加相信自己的错觉，认定我主力仍在前沿阵地，从而有效地牵制住了敌人。

26日傍晚，除留少数部队坚守原有阵地，拖住敌人外，各团主力和旅直机关按计划撤出白雀园，佯装向西追赶主力，声东击西，进一步迷惑了敌人。

不一会儿，夜幕降临，在瓢泼大雨中，皮旅继续向西挺进，穿过森林，跨越公路，西行二十里，向南拐了一个直角，绕了一个大圈子。经过两个多小时的艰苦行军，27日黎明前，部队进入皮司令事前亲自选择的隐蔽集结地刘家冲。刘家冲是一个小村子，东靠潢（川）麻（城）公路、南临商（城）经（扶）公路，在这里形成了一个两路交叉的山林地区。1旅占领刘家冲后，便在周围各个小山丘上布置了岗哨，随时警戒和瞭望公路上国民党部队的军事行动。同时，严密封锁消息、严格纪律、保持肃静、禁止烟火，高度警惕，绝不暴露目标。部队进行了短暂的休息，直到27日夜间，前线阻击部队全部撤回刘家冲地区。部队潜伏在刘家冲时，还能听到国民党部队在公路上行进的汽车声、行军的脚步声，以及不时传来的喊话声、吆喝声，甚至埋怨恶劣天气的哀叹声。

本来，国民党新13旅占领沙窝后，便控制了刘家冲地区。但由于不知中原军区1纵1旅的去向，敌人失去了攻击目标，而面前的这片低山丘陵区又处在两条公路的交叉口，敌人认为不可能会隐蔽这样的一支大部队，于是，只顾向我部的中心地区白雀园、余集一线推进。却不料，他们要寻找的目标，远在天边，近在眼前。皮旅在暗处，敌军在明处，两军已在刘家冲实际相遇，但由于敌人没有发觉，故没有发生遭遇战。这真是一步险招，也是一步绝招啊！

28日清晨，皮旅跳出合围圈，全旅大队人马从刘家冲出发，乘敌后方空虚的时机，向西南敌占区挺进，出敌不意，楔入周家山以西阵地，在九龙山歼灭了国民党军的一个连，绕到新13旅的侧背，夜宿经扶东南的易家铺。

29日凌晨，第1旅突然来了个九十度大转弯，经张店直插正东黄土岗、福田河之间的潢（川）麻（城）公路，一举突破敌人的封锁线，完全跳出了国民党军的重兵合围圈。在前进途中，智取了旗杆店，俘虏了国民党军二十四人，缴枪二十一支，并迅速向商城县瓦西坪进发，准备翻越大牛山，进入大别山腹地。

休整吴家店

1946年7月1日，我第1旅进驻瓦西坪。瓦西坪在河南商城县东南地区，是大别山腹地的一个小山村，地处鄂、豫、皖三省交界处，是三省边境的天险要道，也是皮旅东进的第一道要隘。翻越村东的大牛山，便进入安徽立煌县（今金寨县）南境。

当1旅到达瓦西坪时，已经人困马乏、又饥又饿。现在又要翻越这座大山，确实需要短暂的休整，以恢复部队的体力。为此，皮司令一面命令侦察连到东边的两个山头进行警戒，一面命令部队沿溪边休息，择地做饭，等待后续部队靠上来，饭后再向大牛山进发。

突然，东面响起一阵枪声，侦察连受到阻击。原来，商城县封建土顽、国民党县长顾敬之已在大牛山地区联合国军和立煌县保安团，企图利用大牛山的险关要隘，堵歼皮旅于瓦西坪。连长一面部署进行抗击，一面派通信员回驻地，向旅部报告战斗情况。

此时，皮旅"不打下大牛山，别处无路可走"。首长立即命令部队紧急集合，全体指战员做好战斗准备，并命令第1团攻击国民党第101团的东面山头，掩护旅直和第2、第3团通过。徐政委号召全体指战员："抢过大牛山，向党的'七一'生日献礼！"

第1团派出两个连抢占大牛山要隘。7连抢占夺取敌之主阵地制高点，9连攻打侧翼部队。

7连连长谷有信带领战士疾奔而上。全体战士经过几天的长途行军，尽管没有休息，没有吃饭，但一听到枪声，他们便冲进密林，向敌人发起了攻击。山上的敌人用机枪向他们扫射。7连突击队一个冲锋，就抢占了敌人的制高点。

第1团攻取高地后，国民党军进行了两次反扑，1团指战员沉着应战，待敌军进至半山腰时，以突然猛烈的火力将其击退，并歼敌一个连。

国民党反动派的围歼企图失败了。

在第1团的掩护下，旅直和第2、第3团冲破了国民党军在大别山阻击的第一道防线，按计划向立煌县南境挺进。

皮旅全体指战员安全地进入大牛山后，部队继续急行军，经过一个昼夜，一上一下近百里的路程，成功地甩掉了敌人的追击，脱离了险境。随后经过立煌县南境的西河、沙河、斑竹园，于4日上午进入吴家店。吴家店位于大别山腹地北坡上的一块山间盆地。周围群山环抱、山势崇隆、河川绵延，土地革命时期是红四方面军的根据地。这里地形十分隐蔽，群众基础好，加之连日天降大雨，山洪暴发，交通阻断，信息顿塞，国民党军不敢轻易冒进。旅党委决定在吴家店休整三天。

卢福贵是非常敬业的政工干部，时刻不忘自己的工作职责。他在突围的路上，克服重重困难，始终与各团政治处保持不间断的联系，随时听取意见，及时掌握部队的思想动向和思想苗头。他了解到，在取得突出重围的胜利之后，我军中出现了一些新的思想问题。经过七天的作战和急行军，大家普遍感到疲惫、饥饿，粮食吃光了，草鞋磨破了，许多人脚板长满了血泡，腿肿脚烂，又缺乏山区御寒被服，情绪低落，一些新战士叫苦不迭，甚至想回家种地；一些老干部见部队取得突围胜利，几乎没有什么伤亡，便盲目乐观起来，产生了轻敌麻痹思想，认为"国民党军不经打，一打即溃"；还有个别团级干部认为"部队离开根据地，要吃没吃，要穿没穿，有了敌情也没有人通风报信"，对前途缺乏信心，产生了悲观失望情绪等。

为此，旅党委当即召开团以上干部紧急会议，重点进行了一次思想整顿。会议肯定了广大指战员，特别是一些红军干部在突围战斗和行军中起到了骨干作用，表扬了他们大无畏的革命英雄气概、英勇顽强的战斗作风、高度的组织纪律性和团结一致、互相帮助的阶级友爱精神。会议指出，这次为期三天的突围作战，采取声东击西、避实就虚、机动灵活的战术，有效地拖住了敌人、迷惑了敌人。接着，又机智地摆脱了敌人，突出重围，进行了四天急行军，在战术指挥上是成功的。但这并不等于整个突围的成功，今后在东进途中还会有许多意想不到的艰难险阻，还有无数困难和战斗在等着我们。会议严肃地批判了个别团级干部所表现出来的悲观失望情绪，郑重地告诫大家，当前的敌情依然十分严重，但我们第1旅有信心、有决心击破敌人的阻挠，并要求大家要有"胜不骄，败不馁"的胸怀，保持"谦虚谨慎"的态度，求得"功上加功，争取更大的胜利"。

会后，各连队以党支部为单位，深入细致地进行了政治思想动员，以增强部队的凝聚力。在学习讨论中，贯彻旅党委紧急会议精神，重点弘扬红军精神，表扬了一批老红军的英雄模范事迹，卢福贵就是其中的一位佼佼者。自突围东进以来，一些新同志初次经历恶劣的战争环境和艰苦的生活环境的考验，在连续七天的突围和长途急行军中体力消耗极大，睡眠严重不足，加之连降大雨，在大山里行动不便，人烟稀少，粮食难以补充，忍饥挨饿，情绪一度低落。在这关键时刻，老红军卢福贵坚持和发扬红军精神，一路上对战士们言传身教，受到同志们特别是一批新同志的爱戴、拥护和赞扬。新同志说："我们的鞋破了，卢科长自己穿草鞋，把布鞋让给我们穿；我们体力不行了，卢科长就帮助我们背背包或枪支。他经常关心爱护我们，教会我们如何行军走路，如何洗脚保护脚板，为我们挑脚上的水泡……"更重要的是他引导大家树立为共产主义而奋斗的信心,克服畏难怕苦的情绪。其中政治部通信班的何根毅、齐宽凯等同志得益很大,战胜了艰难困苦,胜利地完成了各项任务,他们激动地说:"卢科长把我们当革命的幼苗来扶持,使我们感到革命大家庭的温暖。"后来在学习总结时,旅党委十分重视这项团结互助、以老带新的帮教活动,并在全旅进行表扬、推广。徐政委、郭副政委号召全体指战员以老红军为榜样,发扬勇敢战斗、不怕流血牺牲、不怕艰难困苦、不怕疲劳和连续作战的红军精神,把第1旅锻造成为一支能征善战的英雄部队。

七天的军事行动,部队出现了一批新的伤病员,在当地群众的热情关怀和大力帮助下,他们得到了很好的治疗和护理,多数人恢复了健康,可以随队行动,少数行动不便的伤病员只能寄宿在当地群众家中继续养伤。此外,旅首长要求机关部队、干部战士全部实行轻装,把炊事担子、公文箱子、走肿了蹄子的骡马等全部甩掉。同时,供给部门给每人配发一双布鞋、两双草鞋,并备足五天的干粮。这样,每个战士除武器弹药和干粮外,只有一身单衣服,这样使部队机动灵活,能打、能拼、能快走。还规定各级指挥员随前卫队行动,以便及时了解情况,拿主意、下决心,掌握部队,指挥战斗。

粮食,对军队来说是一件十分重要的战备。兵法上说:"兵马未动,粮草先行"。吴家店地区山大人稀,土地贫瘠,这几年国民党军驻防立煌县境,每年催征公粮、预征军粮,人民负担过重,苦不堪言,怨声载道。现在,1旅进驻吴家店,已经没有根据地的支持,也不能再增加当地人民的负担,向他们筹集军粮。这是皮、徐首长最伤脑筋的事情。根据老百姓举报,供给部在吴家店西面山沟里的吴氏宗祠内发现了国民党的粮食仓库。这是一座县政府供给方圆百里之内的蒋介石驻军的中心粮食仓库。当1旅到达吴家店时,守仓人员见势不妙,逃之夭夭。现在被我们"接收"下来,开仓一看,粮食堆积如山。皮司令听到报告后,高兴得大笑起来，征得徐政委的同意，决定：除部队每人发足干粮，以解燃眉之急外，其余统统还粮于民，发给当地的贫苦百姓。

皮、徐首长最关心的是和上级领导的联系。二位首长深知自己的部队目前是在单独行动，已成为一支深入敌后的孤军，形势十分危急。电台台长顾玉平默默地坐在发报机前，左手调频，右手按动电键，从早到晚，又从黑夜到黎明，一连两天，连续呼叫，还是联系不上，首长们焦急万分。直到第三天，从茫茫的天空中传来了一串红色的电波，滴滴答答地响了一阵。顾台长立即从座椅上跳了起来，高兴地笑了，急忙读着党中央、毛主席的来电："快走，关机！快走，关机！……"经过反复核对还是"快走，关机！"四个字，他急忙跑向旅部，报告皮、徐首长。

皮司令、徐政委一听这条信息，内心激动了，脸上的阴霾顿时消失，两人相视而笑。他俩明白，"关机"是党中央、毛主席对1旅的关怀，"快走"是为1旅指出了前进的方向，要求他们赶快脱离大别山区。

徐政委立即提议和主持召开党委会，再次研究东进事宜。会后，随即进行政治动员，向全体指战员重点阐明敌我双方的形势，确立胜利的信心，进一步鼓舞士气。

皮司令说："我们部队在数量上处于劣势，大体上是一比十。但是，兵家看重的是'兵不在多，而在精'，我们部队称得上是一支英雄的部队。经过三天的休整，大家恢复了体力、备足了粮食、整理了服装，意气风发、生气勃勃，再现英姿雄风，而且具备纪律严明、勇敢战斗、不怕流血牺牲、不怕艰难困苦、不怕疲劳和连续作战的红军精神，这是敌人最惧怕而又无法与我匹敌的。现在，敌人还不明我们部队的动向，还来不及在皖中平原集结重兵。'兵贵神速'，我们要趁敌人在皖中空虚之际，像尖刀一样，突然迅猛地从敌人的心脏穿过去！我们今天虽处险境，但绝不是绝境。我们有党，有群众，有六千人的团结一致，没有克服不了的困难，没有飞越不了的障碍！"

毛坦厂再抓"思想领先"

7月8日,天刚蒙蒙亮,1旅全体指战员在淫雨霏霏中离开了吴家店。刚到村口,便见一群老百姓夹道站立,有打伞的、有穿蓑衣的,也有戴斗笠的,特地前来送行,向行进的队伍挥手告别。旅首长与他们一一握手,表示感谢,并安慰他们说:"乡亲们,要保重。不久,我们一定会打回来的!"

部队沿着大别山山脊前进,由立煌县东南边境转入漫水河两岸,向东进发,在立煌县与霍山县交界的龙凤山地区遭遇阻碍。这里,凤凰尖与五龙顶夹流对峙,河道落差极大,水流湍急,夏季雨量充沛,山间溪流横溢,瀑布四溅。皮旅的行军十分艰苦,每天都要跋山涉水,翻越几座大山,徒涉十几道溪流。白天行军,头顶骄阳似火;夜间露宿,山寒凉气逼人。大家的鞋子很快便磨烂了,只能光脚行军,碰上嶙峋尖利的山石,脚上流血不止,再经溪水浸泡,便成了溃疡。但指战员们忍着钻心的疼痛坚持行军,丝毫没有松懈。

部队疾速东进,经漫水河镇,进入大化坪地区。7月10日,当我军到达青风岭时,其已被国民党安徽省挺进纵队第2团抢先占领。

青风岭山势陡峭,林木茂密,山间只有一条石板道可通向磨子潭,而且山径崎岖,傍多林木,藤蔓掩蔽,登陟甚艰。1旅要走出大别山,青风岭是必经之路。如果在青风岭与敌军相持,旷日久留,国民党军队的援军赶到,前后夹击,那处境更是万分危险。

旅首长命令2团攻打青风岭,并面授机宜,只能智取,不能硬拼,可从左、右两翼发起突然袭击,迅速拿下青风岭。这一仗,一定要快打,一定要打好,否则我们让敌人堵住前进的道路,后果不堪设想。

2团依计而行,从左、右两侧攀登几丈高的悬崖峭壁,穿越稠密的灌木丛林迂回发起冲锋。1团也及时赶到,从正面石板路直冲山顶。三支部队英勇地冲上山顶,扑向敌人,与国民党守军展开近战。经过两小时的激战,敌军全线溃退,四散逃命。我军一举拿下青风岭,还乘胜追击五公里。

旅直机关和各团指战员乘机登上天险,迅速通过青风岭,向磨子潭继续挺进。傍晚到达磨子潭。该镇是一座山间小镇,位于东淠河西岸,河东还有一些散户跨河而居,沿岸耸立着三座山峰,一字排开,似屏风一样壁立东岸,地势险要,是大别山区与平原进出的一个重要渡口。

旅首长意识到,危地不可久留,应当立即渡河。如让敌人占领河东的制高点,依凭大河,控制渡口,就可以把第1旅的六千多人马聚而歼之,危险至极!因此,皮司令命令第3团迅速派出一个营,利用五条蚱蜢小船先期渡河,占领对岸的三个山头担任警戒,掩护大部队连夜渡河。

半夜,敌军整编第48师驻六安的第176旅第527团的一个营也迅速开到东淠河,占领了河东制高点金鸡岭。皮旅3团1营立即向敌人进行反击。经过一阵激战,1营奋力抵抗,最后也只能占领一个较低的山头,与敌人进行对峙,总算保住了渡河口。但是,敌人的炮火可以打到远近的河面,机枪也控制了部队前进唯一的通道。

由于战场形势的突变,出现了被动局面。皮司令带领侦察队员遍访船公,寻找徒涉过河的处所,最终确定将磨子潭上游不远的河汊处作为徒涉场。在最危急的时候,第1团首先徒涉过河,迅速登上东岸,支援第3团第1营,确保渡河口和渡河部队的安全,掩护旅直和部队过河。接着,第3团各营相继过河。伤病员和妇幼均由五只小船摆渡安全上岸。渡河部队登上东岸,立即向金鸡岭发动攻击,将敌人压缩到山后北侧的一处高地。

破晓时分,担任后卫的第2团赶到渡口,敌人用猛烈的炮火封锁了渡河点。在第1、第3团的掩护下,第2团被迫于略靠下游处选定渡河点，分三路纵队徒涉强渡。

第1旅强渡淠河，突破穿越大别山的最后一道险关，继续向东南方向疾进。遇敌堵截，便掉头北进，甩掉了敌人。

1946年7月13日，第1旅先遣侦察连攻占了毛坦厂镇。该镇位于霍山县东北的六安县南境，是大别山北麓的一个重要出入口，西枕大别山，面向广阔的皖中平原。

皖中平原处于江淮之间，以平原和丘陵为主，境内河流纵横，湖泊遍布，城镇林立，交通便利，合（肥）叶（家集）公路、淮南路等交通干线横贯其间，有利于国民党军队的机动作战和封锁阻击。

第1旅面临大敌，处境险恶。全体指战员集中在毛坦厂北山坡上休息，心情十分沉重，静静地等待着旅部新的行动计划和命令。

旅首长决定召开党委紧急会议。根据首长指示，卢福贵让组织科通知各党委委员马上到旅部参加会议。经对敌情进行研究，会议决定，第1旅一定要赶在敌人的前面，快速穿越皖中平原。从皖中到苏皖解放区大约行程七百里，需要五昼夜的连续急行军，每天要走一百四十里，不能宿营，不能停留。为此，采取如下措施：（1）向部队反复讲清当前的敌情，进行深入的政治紧急动员，鼓舞全体指战员自觉发扬爬雪山、过草地的艰苦奋斗、连续作战的红军精神，把部队锤炼成为一支打不垮、拖不烂的顽强铁军。（2）为提高部队行军的快速、机动性，必须再来一次彻底轻装，并把重伤员妥善地隐蔽安置好。（3）为了加快行军速度，保证全旅安全通过皖中平原，要组织一支精干的侦察队，并派作战科科长、保卫科科长指挥，带上电话队，化装成国民党军，在前面探察道路、收集情报，以保证部队的行动方向和安全。

会后，卢福贵马上召开组织科会议，研究贯彻党委紧急会议精神，提出政治动员的补充意见：（1）号召全体指战员"咬紧牙关，发扬人民军队吃苦、耐劳、英勇顽强的革命精神，用坚决快速的行动，在敌人部署之前，以五昼夜的急行军，越过七百里平原，争取突围的最后胜利"！（2）提出口号："时间就是胜利"、"速度就是胜利"。（3）为了加快急行军的速度和保证安全，建议组织后勤采购组，随侦察队一同前进，在行军路经的大镇上统一组织食品货源。将伙食费发给连队，统一支付食品费，以便部队到达时可以随到随吃，或者边走边吃，不耽误时间。

随后，召开教导员、指导员和支部书记会议。郭副政委亲自向大家传达党委紧急会议精神和组织科的补充意见，要求向全体指战员迅速传达，切实予以贯彻执行。

这次彻底轻装，大家都检查了自己的背包，将不涉及部队机密的东西统统丢掉。令卢福贵最为难舍的是政治部组织科保存的文件档案，在前几次轻装中，因为其关系到全体指战员的战斗历史，均得到了保留。这次为了部队的生存和发展，不得不坚决执行命令，将其付之一炬。

7月13日晚，第1旅的指战员们怀着沉痛的心情，挥泪告别战友，迈开英雄的步伐，自大别山山坡奔下，离开了毛坦厂，向皖中平原飞奔。其实，当时的第1旅已经是疲惫之师，全体指战员已经极度疲劳、饥饿，轻微的伤病员与日俱增，衣衫褴褛、骨瘦伶仃。但是，这是一支经过战争锤炼的部队，一听到集合号，人人精神振奋，动作迅速，大家充满了信心，"飞越皖中平原，到苏皖解放区去！"经过六天的急行军，过六安县施家桥、双河镇，奇袭肥西官亭镇，穿过合叶公路（今六合公路），进占寿县吴山庙（今长丰县），由中共淮南区党委联络员迎接，经下塘集越过淮南路到达定远县朱家湾地区。

7月19日中午，部队顺利进入凤阳县抗日民主根据地红心铺，隐蔽在一个小树林里休息，准备跨越津浦铁路。再走半天路程，便可到达华中军区地界，即苏皖解放区。

据淮南区党委的同志介绍，津浦铁路沿线均有国民党军重兵屯驻，嘉山县境的明光、管店、三界和张八岭等大小车站都驻有正规军。他们利用日军留下的碉堡、工事和护路沟，防守极严。为阻击中原第1旅越过津浦路，国民党第8绥靖区命令第7军、整编第48师在嘉山、滁县之间进行堵截。为此，部队在徐政委主持下召开旅党委紧急会议，研究并与淮南地下党的同志商量如何跨越津浦铁路。会议决定：立即行动，在次日晨6点钟前，从嘉山县张八岭以北、张老营车站以南的石门山附近跨越津浦铁路，尽快进入苏皖解放区。皮司令特别强调，津浦铁路是国民党围追堵截我们的最后一道封锁线，我们一定要勇闯这道关口，不惜一切代价冲破这道防线，哪怕它是一道铜墙铁壁，也要砸烂它！

20日凌晨3时，全旅分两路纵队到达津浦铁路边。铁路四周万籁俱寂，只有对面不远的山头上敌人的碉堡里透出一丝微弱的光点。在铁路两旁，我前卫部队正在紧张地铲土填壕，发出有规律的沙沙声。旅部传令，两路纵队会合前进，第2团为前卫，第3团和旅直居中，第1团为后卫。

天亮时，徐政委率领旅直机关和第2团顺利过了铁路。不一会儿，1团也从后面赶到，依次通过铁路。刚过一半，从滁县方向开来一辆装甲列车，直冲我们部队驶来。行车速度开始是缓慢的，不时地打开探照灯向四周扫描，后来大概是发现有人影攒动，一阵密集的子弹打来，在铁轨上碰撞，迸发出朵朵火花，1团被截成两段。方升普副旅长命令1团在铁路两旁的护路沟里卧倒，准备迎接战斗。同时，命令工兵连用炸药包炸铁轨。因为炸药包太小，药量不足，铁轨没有被炸断。但是，敌人的装甲列车已经受惊，发出"呜呜"的嘶鸣声，来了个急刹车，车厢响起一阵铿锵的撞击声，向后退了几百米。敌人随即便用机枪向铁道上疯狂扫射，还不时向铁路两旁开炮。

敌人发觉铁路没有被炸断，又慢慢地向北开了过来。铁路两旁的碉堡同时发出稠密的机枪声，以配合装甲列车的行动。不一会儿，北面明光、管店、南面滁县之敌已向皮旅运动，三界车站以北的铁道上枪声大作,似乎已在激烈交战。

眼下情势紧急,势在必战。旅首长判断,这次津浦路之战是我部中原突围路上的最后一战,而且大敌当前,为了部队的生存和发展,必须击败敌人,战胜敌人,才能让部队整体安全地跨越铁路。于是,旅首长毫不犹豫地下达补充命令,2团向北运动,3团向南运动,分头抢占路东高地,监视南北之来敌。首长要求部队打好这一仗,狠狠地向敌人猛烈开火,"把炮弹、子弹全部倾泻在津浦路上,一发也不要留!"这道命令鼓舞了全体指战员,大家听后精神倍增,一路上的疲劳一扫而光。

激战三小时,上午10时左右,第1团全部过了铁路。旅部命令立即收拢兵力,向东边的苏皖解放区盱眙方向挺进,并令第1团先行消灭小股敌军,快速控制老嘉山以西的制高点,掩护部队安全前进。

在中嘉山山麓,我第1旅与淮南军区部队胜利会师。大家情绪高涨,心潮澎湃,异常激动,有跳跃欢呼的,有放声长啸的,有泪流满面的……

这一片欢腾之后,卢福贵坐在山坡上独自沉思,不由自主地回想着这些天的经历。他目睹了皮、徐首长崇高的革命情操、高超的军事指挥艺术,感受到了皮旅英勇顽强的战斗精神,对皮、徐首长的崇敬之心、钦佩之情油然而生。

中原东路突围的成功,证明我第1旅是一支能征善战的英雄部队,它内含着皮司令高超的军事指挥艺术和徐政委杰出的政治工作才能。皮、徐首长的合作不愧是军政一把手的绝配。只有这样的首长,才能带出一支打不烂、拖不垮的战斗集体,才能共同创造出我军战争史上的奇迹,才能谱写出一部战争史诗的绝唱!

中原东路突围成功是一件赫赫战功。毛泽东主席听到消息后,高兴地说:"真不简单,1旅突围成功,一个旅还是一个旅,可喜可贺啊!"从此,第1旅一战成名,名垂青史,影响深远,永放光彩!

五、高邮整顿淮阴战

第 1 旅于 7 月 20 日越过津浦铁路，到达路东的苏皖解放区，在盱眙县西境的仇集宿营。21 日傍晚，抵达盱眙县东境的马坝、蒋坝，旅首长决定连夜行军，开赴洪泽县高良涧、顺河集地区。当地政府已经集中了足够的船只，可以走洪泽湖水路。

暑天的傍晚，气候异常闷热。蒋坝码头早已集结了一个庞大的船队，黑压压的一片，桅樯林立。卢福贵受命率政治部的工作人员登上了分配的指定船只。很快，船队扬帆起航，老卢坐在船舱后部，微风拂面，顿觉凉爽。不长时间，便到达了高良涧镇，旅直机关和第 1 团的船只立即降帆、停船、靠岸，大家下船进驻该镇。第 2、第 3 团继续前行二十多里，在西顺河集上岸宿营。

根据华中军区和党中央的指示，旅首长宣布就地休整三个月。休整的任务是：休息、总结、整顿、补充。

高良涧、西顺河集是比较富裕的集镇，地处洪泽湖东岸，距离华中军区驻地淮阴仅三四十公里。高良涧又是洪泽县政府驻地，对 1 旅的休整极为有利。经过一段时间的休养生息，第 1 旅全体指战员皆身强力壮，精力充沛，身着统一的黄色军服，更显威武雄壮。第 1 旅恢复了昔日劲旅的英姿。

8 月下旬，根据中央指示，中原军区第 1 纵队第 1 旅（皮旅）被正式改编为华中野战军的战斗序列，番号为第 13 旅。由此开始，在华中军区领导下，第 13 旅投入了新的战斗。

在第 13 旅休整期间，苏皖解放区的形势已经十分严峻，正面临着一场大战。

苏皖解放区包括江苏长江以北的苏中、苏北和津浦铁路两侧的安徽淮南、淮北四块根据地，首府是淮阴。这四块根据地是我军在抗日战争时期，特别是日军投降后，从日军手中夺来的，并已连成一片。它幅员广袤辽阔，东自海滨，北起陇海铁路，西达津浦铁路两侧，南带长江，与国民党的政治、经济中心南京、上海地区隔江相望，地理位置异常特殊，具有格外重要的战略意义。这个地区河湖众多，水网密布，交通便利，物产丰富，是我军重要的经济生命线，蕴藏着丰富的税收资源，也是粮食和军需供应基地。

蒋介石又十分在意这块富庶之地，称它为"国中之国"，而把新四军部队视为"心腹之患"，怕得要命，将其看作是悬在自己头上的一把利剑，随时随地都可能向他刺出，取他性命。他凭借兵力多、武器好，还有空、海军参战，企图在三个月内，顶多五个月用军事手段解决中共武装。他围绕苏皖解放区调集重兵，在北线调薛岳出任徐州绥靖公署主任，在南线调李默庵出任第1绥靖区司令长官，还将嫡系"五大主力"中的王牌主力张灵甫整编第74师、邱清泉的第5军，调上苏皖战场。7月中旬，蒋介石集结三个军事集团共二十五万人，分别从苏中、淮南、淮北向我苏皖解放区首府淮阴举行大规模的进攻。

苏中战场开战最早。华中野战军粟裕司令员率第1、第6师和第7、第10纵队，共十九个团三万多人，与南线之敌李默庵交手。李默庵统辖五个整编师、十五个旅，约十二万人。双方兵力对比为一比四。

粟裕贯彻运动战、歼灭战的方针，坚持"集中优势兵力，先吃掉其一路，然后把敌人调动起来，再各个击破"的作战原则。从7月13日至8月31日，历时一个半月连续进行七次战斗，歼敌六个旅、五个交警大队共五万多人，被誉为"七战七捷"。

8月10日，李堡战斗即将开始，正在休整的第13旅奉命参加苏中战役，移驻高邮地区，担任高邮守备和扼守淮阴南大门邵伯的任务，以阻击可能由扬州沿运河北犯的敌人——国民党黄百韬整编第25师。

高邮是一座古城，控扼南北大运河交通要道。古城墙高大，四周环水，城内街道依水系而设，同巷道互为补充，"城里城外四重水"，便于运兵、屯兵、用兵。

这次第 13 旅进驻高邮防区，一路上骄阳似火，气候闷热，全体指战员都大汗淋漓，但行军速度却丝毫没有减慢。不过，大家精神虽好，但仍有些怨气。组织科科长卢福贵带领几位干事下连队调查研究，了解到指战员们不同程度地存在着对这次担任阻击任务不够满意等问题，觉得军区看不起我 13 旅，打不到硬仗，认为打阻击往往处境被动，消耗大、战果小、缴获少，一句话，"只啃骨头不吃肉"。

到达高邮后，13 旅召开了一次旅党委会，由卢福贵科长汇报当前部队的上述思想状况。徐政委很重视这个思想苗头，指示各单位要进行一次临战前的思想整顿，并向全体指战员说明：警戒、阻击部队的任务是艰巨的、光荣的。没有警戒、阻击部队的胜利，就没有主攻部队的胜利，两者是一次战役的两个组成部分，同样重要。人民军队要有全局思想，要建立整体观念和协同作战的思想，在友邻部队之间要提倡互助互让，把困难和不便留给自己，以增强内部团结、一致对敌，求得战役的成功、胜利。同时，13 旅是胜利之师，在成功突围之后，更要保持冷静的头脑，谦虚谨慎、不骄不躁。要向华中兄弟部队学习打运动战、歼灭战的经验，发扬艰苦奋斗和连续作战的精神，机动灵活、不怕跑路、不怕疲劳，迅速集中兵力，分割包围敌人，把战略上的以少胜多变为战术上的以多胜少。

会后，各党支部召开会议，进行传达学习讨论。徐政委的讲话给全体指战员敲响了警钟。大家普遍认识到树立全局思想、整体观念和协同作战的思想是 13 旅的当务之急，又结合当地的实际，认识到高邮地势扼要，任务重要而艰巨，既要西防淮南之敌邱清泉第 5 军的东侵，威胁华野部队的侧翼，又要南防扬州黄百韬整编第 25 师沿运河北进，袭击华中首府淮阴。事关两淮和苏中的安危,确守两淮南大门的任务是重中之重啊!指战员们这才恍然大悟,怨气顿消。

在五战五捷之后,华中军区给13旅送来了大批前线缴获的美式军械、弹药和日用物资等战利品,以便改善主力部队的装备,提高战斗力。一时间得到了如此大量的优良美式武器,真是如虎添翼,指战员们立刻精神倍增,胆气更壮,士气得到了极大的鼓舞。整个营区沸腾了起来,高呼感谢军区首长的关怀,感谢前线浴血奋战的兄弟部队。

9月中旬,正值收割稻谷的季节。我13旅利用战争的间隙,发扬拥政爱民的优良传统,开展助民劳动。政治部郭主任派组织科科长卢福贵率领大家到田间支援农家收割。指战员们到达时,农田主人们频频招手,眉开眼笑,指着田间被微风吹拂的稻穗形象地说:"田间稻穗向客人弯腰点头,表示欢迎我们的子弟兵——新四军!"卢福贵拿出在家乡收割稻子的本事,同大家一起争先恐后地割稻、捆稻……这时政治部的通信员孙和功来传达了郭主任的命令,让指战员们急速赶回旅部,准备马上出发。

卢福贵刚回到旅部,郭主任就对他说:"国民党军整编第74师已由泗阳向淮阴进击,上级命令我旅迅速赶往淮阴,保卫首府,阻击敌人,等待苏中主力部队来消灭敌人。"经研究,13旅首长决定,分水陆两路齐进,政治部干部也分两部分随部队行动,以便迅速到达。卢福贵科长和组织科干事赵志发立即到高邮县政府联系调集船只。当他二人回到营地,走上高邮湖堤一看,惊讶不已。只见高邮湖上船只密集,白帆如墙,正迅速向我营地开来。一会儿,船只靠堤,湖水撞击堤岸,发出淙淙的响声,激起了一团团白色的浪花。

很快,部队在堤岸集结完毕,身着一水儿黄色军装的队伍登上船,船队随即出发,向北驶去。

夜晚,船队到达淮阴。上岸后,各团按照华中军区谭震林副政委的指令,进入战斗岗位。第1团随旅部行动,当夜进驻胡庄一线，居中伺机策应。第2团已于14日先期到达淮阴，并进入杨庄阵地。杨庄是运河与淮沭河交汇之地，距离淮阴城南门不到十公里。第3团是后卫部队，要到15日上午才能到达，并进驻王营、西坝一线阵地。

皮旅长驱车赶到淮阴城内向谭震林报到。谭副政委简要介绍了近日战况，又一次强调了坚守淮阴的重大意义，并命令第13旅向刚占领河东岸滩头阵地的敌51旅第151团实施反击，将敌逼回河西。

天黑之后，皮旅长带着第1、第3团的干部来到第2团指挥所，部署夜间反击，决定每团抽出两个营集中起来打反击。第2团在右，沿河边右侧向西打；第3团在中间打；第1团沿堤坝左侧的小土梁子打过去。要求各团动作要快、勇、猛，火力要协作。早一天到达的第2团团长钟发生曾与整74师交过手，他向皮旅长汇报战况，提醒他注意当面之敌，指出张灵甫部不同于一般部队，是皮旅从来没遇到过的劲敌。加之，我3团刚到淮阴，不熟悉阵地，立即参战恐不利。但是，皮旅长坚持当夜反击。在他的指挥下，我军向突过河东岸滩头的敌人发起攻势。

当时，组织科科长卢福贵正在旅部驻地胡庄和2营张教导员一起到第5连检查阵地工事。一出大门，只听得敌51旅的排炮打得那样密集，响声震耳欲聋。炮声中夹杂着机枪声、卡宾枪声，枪声清脆而有节奏。重武器、轻武器编织成一张宽大的正面火力网，整个战场地动山摇。夜袭本是我军的拿手好戏，随着冲锋号声，全体指战员发起集团冲锋，喊杀声一浪高过一浪，先后达九次之多。但是，在探照灯强烈的光照下，战场上我军战士的一举一动都暴露无遗。敌51旅凭借工事和猛烈的火力一次次地化解了我军的冲击波。卢福贵震惊了！这是他生平第一次见识到这样现代化战场的场景，他深深地感受到：这就是国民党军"五大主力"之一，头号王牌的实力！

这一夜的反击，13旅伤亡达六百人之多。六百人，整整一个营，皮旅还没有这样惨痛的伤亡记录。最令人痛心的是，运河里、滩头上，战死的两军士兵穿着不同颜色的军装倒在战场上，在河水、雨水的冲刷下，死者的鲜血汩汩交融，染红了运河，敌人却依旧牢牢地控制着渡口。

皮旅长被整74师打痛了，他后悔不听钟团长的忠告，打了这一场莽撞仗，给皮旅的光环抹上了一层淡淡的阴影。

不过，话又说回来，13旅的反击虽没成功，但也给了国民党军王牌部队一次教训，让张灵甫知道了解放军强大的战斗力。敌51旅151的团伤亡也很大，需要调整部署，不敢迅猛扩大战果，贸然前进。13旅赢得了半天喘息时间。半天后，张灵甫再次发动进攻。这次皮旅长谨慎了，防守十分严密，整整两天，张灵甫寸土未进。

9月17日，张灵甫冒大雨亲来前沿督战，指挥整74师全线发动进攻。我各部指战员始终沉着应战，在敌人最后一次冲锋时，我部预备队投入战斗，将突入阵地之敌大部予以歼灭。此战，敌军尸横遍地，伤亡惨重，我军也付出了一百多人伤亡的代价。

18日，张灵甫从俘虏口中得悉，我第2纵队预计19日拂晓可以抵达淮阴南门增援。他立即命令敌58旅173团第3营为突击营，换穿我军军服，冒充2纵增援部队，由两名我军被俘人员带路，于午夜1时轻装从我第5旅14团与9纵接合部偷摸前进，并于凌晨3时许顺利到达并占领淮阴南门，又进入南街，发射了偷袭成功的信号弹。随后张灵甫主动出击，在空军的配合下，集中攻击我第5旅的孙老庄、大王庄阵地。我第5旅腹背受敌，阵形混乱，纷纷退入城内抵抗。19日凌晨，双方在城内展开激烈的巷战。

第13旅和9纵一直未得到情报，始终坚守阵地，迨至早晨7时左右皮旅长才听说南门已失。前指命令第13旅和9纵队预备队立即进城回援。当我部到达南门时，敌整74师已占领城楼。

经过简短的战斗,两军相峙至下午5时。鉴于败局已定,为了保存实力,避免更大的消耗,前指命令13旅、9纵、5旅向东门撤退,沿靖(江)涟(水)公路向淮阴东北的钦工、马厂、涟水转移。

22日,淮安也被敌整74师占领。

六、新政委抓的第一件事

自从痛失淮阴之后,第13旅便向马厂方向撤退。

第二天,华中军区命令:13旅开赴涟水,接管城防。第13旅执行命令继续向东前进,在微风细雨的黄昏,到达废黄河南岸的南门渡口,等待渡河。由于船只太少,直至夜幕降临,13旅才渡过废黄河,进入涟水县城宿营。

卢福贵是一位优秀的政工干部,可他偏偏喜欢军事地理,每到一处,总喜欢审视军事地形。这次初进涟水,他的第一感觉便是此处系易守难攻之地。

涟水是一座古城,位于江苏北部,淮河下游。县治涟城是苏北的中心县城之一。城南有新淮河,当地人称淤黄河。城南至淤黄河之间约有五六百米的宽阔空间,横亘着三道大堤,形成涟城的天然屏障。从涟城南门至涟南地区,只有一条出城大道,穿过三道大堤,直至河边,便是唯一的一个过淤黄河的南门渡口。涟水城内西南角,因为黄河泛滥成灾,人们修建有一座镇水佛塔,名叫妙通塔。佛塔高三十二米,是全城的制高点,登上塔顶可以俯瞰全城和三道大堤。

第13旅开进涟城负责城防守备之后,旅司令部命令各部立即投入紧张的战备工作,构筑防御阵地。在三道大堤和南门渡口,按照张灵甫整74师的火力系统性能,深挖战壕,构筑地堡,设置鹿砦,在城西带河镇、大关,城东南茭陵集等要点,分别由

13旅派出重兵驻守，并在妙通塔顶派出一个机枪班，集中几挺轻、重机枪进行驻守，一旦有事，可以支援东、西、南三门守军。

卢福贵看到旅首长如此运筹布阵后，充满了胜利的信心，依托这样优越的地形、地势，定能迎头痛击敌人，为淮阴死难的指战员们报仇雪恨。全体指战员一边休整，一边待机迎击来犯之敌整74师。

在休整期间，徐子荣政委找卢福贵谈话，任命他接任第13旅第1团政治委员职务，加强第1团的政治工作。从此，老卢与团长王诚汉合作，共同领导第1团的军政工作。

卢福贵上任后，根据13旅团以上干部会议精神，深入连队调查研究，发现指战员们普遍对淮阴失守耿耿于怀，感到窝囊、丢老虎团的脸，产生了一些悲观失望情绪，新战士亲历战斗之激烈、伤亡之惨重，产生了恐战心理，有的甚至还想开小差。卢政委当即与王团长研究，一致认为，当前部队情绪低落，思想波动、混乱，长此下去，将影响部队的战斗力，极不利于下一步的战斗行动。于是决定：结合淮阴保卫战的总结工作，进行一次政治思想教育，有重点地解决这些思想问题。

卢政委主持召开团总支委员会，进一步研究军队思想状况，统一认识。会上，王团长主动承担淮阴战斗失利的责任，检讨自己指挥战斗上的失误，特别是第一天夜战，初来乍到，不熟悉地形，对敌人的实力也没有切实的研究和认识，没有做好充分准备，就仓促投入战斗，与敌人打起阵地战。阵地战是敌人的强项，我军的弱点，结果不仅没有达成华中军区要求把敌51旅151团赶回河西的目标，而且牺牲了许多同志。同时他指出，老虎1团的全体指战员在此次战斗中经受了现代化战火的锻炼和考验，在河东的滩头阵地上毫不示弱、英勇顽强、坚韧不拔、敢打敢拼、不怕牺牲，朝着敌人密集的火网连续九次冲锋，发扬了革命英雄主义和"硬骨头"精神，打出了皮旅的威风，把敌人打伤了、打怕了，让敌人知道13旅是好样的，是硬骨头。在头号强敌面前暂时遏制住了敌人的进攻速度，可以算得上是一支英雄的劲旅。

卢福贵政委接着说，这次淮阴作战，第一次遇到的对手是国民党"五大主力"之首、全部美械装备的整74师，在兵员、装备和技术上，都是敌强我弱，是一次很不对称的战斗。那天河东滩头夜战，我在二线抢修工事，目睹了敌军火力之猛烈，铺天盖地、地动山摇、前所未见，使我惊讶。胜败是兵家常事，没什么了不得，打了败仗怕什么，下次打胜仗就是了！不过，打一仗要进一步。我们全体指战员要好好学习粟司令"七战七捷"的成功经验。它是毛泽东歼灭战、运动战思想的典范，是弱军战胜强军的有效战法。毛泽东指出，粟裕的作战经验"每战集中绝对优势兵力，打敌一部"，"不计一城一地的得失，以歼灭敌人有生力量为主要目标"。为了集中兵力打歼灭战，就必然要暂时放弃一些城市和地方。所以，不能以一城一地的得失来看战斗的胜败。战争的胜负，取决于主力的丧失和保存，存人失地，地终可得；存地失人，必将人地皆失。固守一城一地无异于自背包袱，如果我们不在必要时毅然放弃一些城镇，那么我们就将被迫分散兵力，处处防守，而处处挨打。当前，我们要很好地学习、运用毛泽东思想的制胜之法：抛出空间，争取时间，大胆撤退，诱敌深入，选择有利战场，创造有利时机，集中优势兵力，全歼进犯之敌。

会议决定，政治处着手战后工作，整顿编制，调配干部，补充兵员，评选立功受奖人员，帮助群众安全转移，还要召开淮阴阵亡烈士的追悼会，做好烈士家属的优抚等工作。

会后，各单位传达团党总支委会的精神，以党支部或党小组为单位，召开了座谈会、讨论会。会上，大家踊跃发言，展开了热烈讨论。大家普遍反映思想弄通了、眼光放远了，决心打起精神，重振雄风，准备再战。有的同志加深了对歼灭战、运动战的认识，说："原先以为丢了淮阴就是打败仗，很没面子。现在知道了，只要留得主力在，淮阴一定能收复！"有的同志增强了顽强战斗的精神，说："胜败乃兵家常事，这次打了败仗，下次打翻身仗，打大胜仗！"还有的同志充满了胜利的信心，说："敌军火力强，咱们意志坚，只要发扬吃苦耐劳精神，尽可能把防御工事做好，就可以避免、减少伤亡。要坚决做到'平时多流汗，战时少流血'。"讨论大大激发了同志们对敌人的仇恨，大家振臂高呼："坚决化悲痛为力量，为烈士报仇雪恨，报仇！报仇！"

13旅第1团又恢复了战前老虎团的精神面貌，迸发出一股强大的战斗力。全团虎跃龙腾，嗷嗷叫战，人人情绪饱满，个个斗志高昂，发誓要打一个翻身仗。

张灵甫攻占两淮之后，踌躇满志，春风得意，恭维之声把他的攻击欲望捧得更加骄狂，他信誓旦旦地说："拿下涟水！"徐州绥靖公署主任薛岳决定，由李延年指挥整74师和28师192旅，共四个旅，三万多人，兵分三路，直扑涟水。

此时，粟裕司令员正在筹备于宿迁、沭阳地区打一次大歼灭战。但当他得知敌74师要进攻涟水的战报后，便改变了主意。他很想在涟水打掉张灵甫的整74师，破除整74师不可战胜的神话，以鼓舞华中地区的军心、民心，使华中军民走出悲观情绪的低谷，并掩护华中军政机关向山东有序转移。为了达成歼灭整74师的有生力量，他命令华野第1、第6师从南塘河地区立即南开涟水参战，同时从宝应北撤的第10纵、淮南6旅也向涟水集结。

但是，张灵甫经过"两淮"之战，变乖觉了，一见华野部队从宿沭地区南下，便将58旅撤回淮阴，停止进攻，以便待机而动。

粟司令被迫采取递减涟水兵力的办法，以吸引敌军。首先把第13旅和9纵调到宿北机动，由成钧11纵接替13旅保卫涟城，令10纵和淮南6旅接替9纵的阵地。接着，又将第1、第6师调回宿沭地区。

张灵甫看到涟水守军兵力空虚，以为有机可乘，可乘虚而入。10月19日，张灵甫发出进攻命令，兵分三路，一齐杀向涟南地区。10月21日，华中野战军命令我13旅和第1、第6师、9纵回师南下，向涟水集结，支援涟水守军。张灵甫则指挥第51旅、第57旅同时从带河镇——城南——茭陵一线，向涟水发起宽大的正面进攻。担任守城任务的第11纵队司令员成钧命令13团、独立5团前往城区增援。整74师经过火力侦察，摸清了我11纵15团城防火力网点之后，于10月22日晚发起进攻，在火力薄弱之处，用猛烈的现代化密集的炮火轰击南门渡口。顷刻之间，燃起一片火海，浓烈的沙土伴随烟尘升腾，敌第3营拥上渡口，我15团守军迅即被敌军吞噬，敌人随即占领了第一道大堤。

23日下午，敌57旅171团加入了涟水城南的战斗。我11纵13团在妙通塔上架起数挺轻、重机枪，以猛烈的扫射阻住了敌74师后续攻击部队。在以后的两天内，妙通塔上的机枪发挥了神奇的作用。敌74师发起多次密集冲锋，均被塔上机枪群强烈的、暴风雨般的火力网压得抬不起头来，不得不退下阵去。

晚上8时许，敌51旅151团和57旅171团利用夜幕的掩护，在强大炮火的轰击下，发起最后总攻，不顾重大伤亡，连续突破第二、第三两道大堤。敌突击队接踵爬上城垣，冲向城内。

涟城危急！

在这千钧一发的城破之际，粟司令派来了援军。华野第6师18旅首先进入涟城。第10纵队从城东派出部队前来助阵。经过一夜战斗，肃清了敌74师突入城内的小分队，并将敌57旅171团逐出河北地区。两军在第二道大堤上对峙着。

24日上午10时，第1师主力已全部到达涟城，接替10纵在城东的防地。第10纵队和淮南6旅则西渡淤黄河，奔袭敌28师192旅，猛攻茭陵集，并向顺河集挺进。如果茭陵集有失，57旅右翼将暴露，74师后退之路将被截断，张灵甫恐慌了，立即命令57旅从河北战场撤回南岸，并动用预备队58旅开赴严家码头，接防茭陵集。

当晚，我军全线展开反击。东线，第1师第1旅由二塘向西进击；正面第6师16旅和11纵队向南出击；西线，第6师第18旅从洋闸、清水塘向东攻击，以便合围歼灭入侵之敌。在强大的攻势和夹击下，敌74师防御阵地全线被突破，河北岸的敌军被杀得片甲不留，城南大堤阵地悉由我军占领。张灵甫的74师已是疲惫之师，怎挡得住数倍于他的多支劲旅？而且其又处背水作战的困境，士兵退无出路，进又不能，败局已定。

此时，我们13旅和9纵已奉命渡过盐河，到达涟城西部地区淤黄河阵地。当夜，13旅2团首先到达大关和带河镇地区，并与敌74师51旅一部对峙。随后各团陆续到达，迅速投入战斗。皮旅长亲临前线，指挥战斗。两天的激战，敌依仗先进的炮火和现代化的武器多次阻击我13旅的进攻，冲锋反冲锋，甚至是短兵相接，进行白刃战，打得十分英勇猛烈，异常残酷悲壮，双方伤亡严重。皮定均在日记中写道："我们第13旅，第1夜就伤亡三百多人，第二夜又伤亡三百多人，两夜激战就失去了六百多名英勇的干部战士"。我们付出了沉重的代价，夺回了城西地区失去的阵地，把敌51旅驱逐出淤黄河阵地。10月28日，13旅接到命令，马上派王诚汉团长、卢福贵政委率第1团，迅速突过淤黄河，向东南顺河集追击敌28师192旅，先后夺回被敌占领的十余个村庄。次日，又在黄庄围攻其旅部，旅长曾振受伤，自行撤离，连夜向淮安溃逃，使敌74师侧翼空虚，受到威胁，张灵甫遂下令全师且战且退。10月30日又接到命令，让13旅按时到达涟水东南二十多公里的苏家嘴地区，接受待命打援任务。

几天的大激战、大反击使张灵甫变得聪明起来，他自觉没有胜算，败局已定，如果再在涟水正面坚持，就有可能被合围，甚至被歼灭。于是命令嫡系部队51旅、57旅同时从涟南正面阵地次第后撤至钦工、马场、席家桥、徐杨庄地区，加筑工事，准备固守待援。他自己则带着58旅向淮阴败退。

我华中野战军各追击部队也十分疲劳,伤亡很大,已到极限。粟司令决定,停止追击,开始休整。

邓子恢、谭震林等华中局领导表扬第13旅:"你们来了,就给华中立了一大功。敌人说你们皮旅是一支老虎队,果然名不虚传,连张灵甫这只狐狸也被你们咬了一口。"

这次涟水战役,又称"一战涟水",使国民党军的"常胜将军"张灵甫大败而归。他的自信心受到了一次沉重的打击,承认粟裕是他的真正对手,惊叹第13旅"颇强悍"。

七、贯彻大矿地会议精神　强化政治工作

涟水战役之后,13旅奉命北移休整。11月3日,部队从茭陵集渡口连夜北渡淤黄河,向涟水西北的六塘河地区集结,经沭阳东南的胡集,南下进驻淮阴北面的徐溜街,担任向西警戒的任务。到达目的地后,王团长、卢政委率第1团在驻地构筑阵地,赶修工事,负责向西警戒;第2、第3团则开赴六塘河北岸地区,休整待命。

1946年11月15日,为配合国民党在南京上演的"国民代表大会"的闹剧,国民党军参谋总长陈诚采用"避实击虚"的办法,趁我南路兵力空虚之机,命令李默庵率盐埠兵团整65、83、25师共五个旅的兵力,从东台、兴化、临泽分三路向盐城方向进攻。盐城地处苏北海滨平原和里下河平原,水路交通发达,曾是华中抗日根据地的心脏。目前,盐城是华中新四军重要的后方基地,在全军入鲁前,还有一些物资、工厂等待撤离。敌军来攻,这里正是我军必救之地。

粟裕命令第13旅与华野第1师一起前往盐城,执行保卫战任务,还派10纵跟进参战。11月27日,13旅从徐溜驻地出发,

一夜急行军八十里，火速南下，经过涟水、阜宁、建湖，于12月2日到达盐城，奉命歼灭由东台地区向苏北方向进攻之敌。随后13旅沿通榆公路继续前进，进入东台县白驹镇时，敌已先占了县城，我部的任务即变为阻击敌人，退守伍佑。旅指挥部设在镇西的一个墓地里。王团长、卢政委率第1团驻在旅部四周，作为机动部队，2团、3团则在伍佑南北、通榆公路两侧的村庄严阵待命。

12月7日上午，敌整83师、65师跟踪进至伍佑地区。我13旅与7纵部队并肩迎击，拦阻敌军的前进步伐，两军相持于镇南地区。

当天下午，陶勇率第1师赶到盐城，3旅7团到达南洋镇。傍晚，部队继续前进至伍佑东面十余里的孟家沟，恰巧碰上敌李振整编65师的479团。敌整65师师长李振恐已部不敌，随即命令部队火速南撤。敌整83师师长李天霞久经沙场，惯打滑头战，发现65师向南溃逃，怕遭被歼之灾，立即放弃对伍佑的进攻，命令连夜全线南撤！

敌军的两支部队一齐龟缩，同时南撤。卢政委、王团长率1团衔尾追击。时值初冬，黎明之前，沿海地区的苦寒袭人，西北风不停地呼啸，棉花田里的枯枝上、路旁的草地上和荒芜的坟滩上凝满了一层薄薄的白霜。全体指战员发扬不怕苦、不怕累、不怕牺牲、勇敢顽强的革命精神，一鼓作气，进行快速追击，直至大汗淋漓，全身衣服湿透，遂将敌83师一个团的人马压迫在一个坟滩周围的田野里。此时，2团、3团也从左右两侧迂回包抄，形成了合围之势。我们的战士朝天打了一梭美式冲锋枪，"嗒嗒嗒"……枪声刚落，全体敌人便乖乖地举枪缴械投降。这次战斗共歼敌六千余人，其中俘虏三千多人。

战后，粟司令北返指挥宿北战役，谭政委指挥13旅和地方部队一起留守盐城。后来，由于敌整74师于16日攻占涟水，对盐城从南、北、西三面形成合围之势，第13旅于12月20日奉命随谭政委一起北移，进驻灌云县东南地区，背靠大伊山，集结待命。随后于12月27日隐蔽北移，与第2、第9纵队和第6、第7师在沭阳东西地区共同布阵防御，阻敌北犯，相机歼灭来犯之敌。鲁南战役后期，又前进至峄县西南方向的文峰山、望仙山、白山地区，担任阻击可能由韩庄、台儿庄出来的援敌，保证战役友邻部队侧翼的安全。

1947年元旦的钟声刚刚敲过，国共两军在华东战场的新年第一仗便在鲁南紧锣密鼓地打响了。解放军山野、华野两支部队于1月2日发起突然攻击。

国民党军峄临兵团出师不利，先是整26师加第1快速纵队在向城、峄县被歼；接着，整51师在枣庄全军覆灭，马励武、周毓英两师长双双战败被俘。21日结束战役，我共歼敌五万余人，开创了华东战场一次歼敌的新纪录。陈粟大军缴获了大量美式武器装备和军用器材、物资，特别是第1快速纵队的坦克、火炮和汽车，加上宿北战役缴获大批重武器，大大改善了华东解放军的装备水平，并组建了拥有强大火力的特种兵纵队。大年三十夜（1月21日），毛主席、中央军委来电祝贺鲁南大捷，并指出"鲁南胜利，局面打开，我已夺取主动，敌已陷于被动"。

此时，华东战场的作战中心已转到山东。华野主力集结在临沂周围地区进行休整。休整期间，华东全军统一整编，正式成立华东军区、华东野战军（简称华野）。陈毅为军区司令员、野战军司令员兼政治委员，并担任前委书记。粟裕为野战军副司令员，并负责整个华东战场的战役指挥；谭震林为副政治委员。野战军直辖第1、2、3、4、6、7、8、9、10九个步兵纵队，还新组建了一个新型机械化特种兵纵队，总兵力达二十七万五千余人。军区下辖六个二级军区，总兵力达三十万人。

华东野战军决定，将第13旅改为独立师，归第1纵队建制，受叶飞领导。方升普任师长，徐子荣任政委，白天任参谋长，郭林祥任副政委兼政治部主任，下辖三个团，团长、政委不变。卢福贵仍任第 1 团政委。皮定均调第 6 纵队，任副司令员。

鲁南战役刚刚结束，国共两军各自将精锐之师集结于南线。国民党军分成两个突击集团：南线，由整编第 19 军军长欧震指挥八个整编师、二十个整编旅为主攻突击集团，从陇海路东段向北攻击；北线，由第 3 绥靖区副司令长官李仙洲指挥三个军、九个师为辅攻集团，由胶济铁路向南攻击。中共中央军委指示陈、粟首长，将南线之敌人分割围歼。2 月 4 日又电示，"敌愈深进愈好，我愈打得迟愈好。只要你们不求急效，并准备于必要时放弃临沂，则我必能胜利"。有了毛泽东主席"必要时放弃临沂"的指示，也就是说，用空间换时间，便可以实现"集中优势兵力歼灭敌人之有生力量"的战略思想，给陈、粟在制定战役决策时，留有更大的灵活余地。鉴于南线之敌重兵密集，战机难寻，而北线之敌兵力较少，战斗力相对不强，而且孤军深入，威胁我后方，加之李仙洲打仗也不内行，便于我军围歼，陈、粟首长毅然决定改变作战计划，集中优势兵力，先歼灭北线之敌。

粟裕稳坐临沂东南四十五里的新集子华野指挥部，运筹帷幄，采取"示形于鲁南，决胜于鲁中"的谋略，用临沂的一座空城拖住南线之强敌，使其没有用武的机会，以便为我军赢得时间，集中绝对优势兵力于北线，进行一次更大规模的歼灭战。

此时，南线之敌不仅没有前进，反而向后退缩，就地构筑工事，准备与我军决战。但是，北线的李仙洲集团却继续南下，进入沂蒙山区。其前锋第 46 军已进占新泰城，中军总部和第 73 军位于颜庄地区，后卫第 12 军位于莱芜城和城北的吐丝口镇。我围歼李仙洲部的战机成熟了。

2 月 10 日，陈、粟、谭联合签发了北线作战的命令，命令南线的主力部队重新编队，兵分三路：南线的第 1、第 6 纵队编为左路军，第 4、第 7 纵队为中路军，北线的第 8、第 9、第 10 纵队为右路军。各路部队按行军路线向莱芜战场集结。

独立师归第 1 纵队建制，被编入左路军。1 团接到命令后，政委卢福贵立即进行动员，全体指战员听到要打大仗，立时精神倍增，不顾山高路险，冒着严寒，踏上征途，兼程隐蔽行军。一路夜行昼伏，每天从"日落村"出发至"天亮庄"宿营。从临沂到蒙阴三百多里的地区内，白天一片宁静，处处都是和平景象。夜幕降临后，整个山区立即沸沸扬扬、熙熙攘攘，部队行军，民工运粮，井井有条；大路小道，车轮滚滚，人扛肩挑，不绝于途；山上山下，马嘶人欢，真是千军万马，浩浩荡荡，开赴莱芜地区。

独立师到达莱芜之后，又接到叶飞司令员的命令，继续兼程北上，与第10纵队28师一起，在上有庄歼灭敌第12军新36师守军全部；又沿明（水）莱（芜）公路北进，于20日攻占了锦阳关。该关地处明水之南、莱芜之北，两侧山峰险峻，关口奇窄，是由明水南下沂蒙山区的必经之地。随后21日攻占了锦阳关北面的大寨山（今章丘南境）。接着，独立师在黑峪口、水龙洞与敌96军暂编12师激战五个多小时，攻占了两个要点，驻守待敌，以阻击第12军可能由明水（今章丘）南援之敌的任务。但是，我军在锦阳关坚守了四五天，敌12军的两个师却一直龟缩在胶济铁路上的明水和张店（今淄博）沿线。在这几天中，莱芜前线天天都有胜利的喜讯传来。23日听到莱芜战役的捷报，毙伤俘敌五万六千余人，第2绥靖区中将副司令李仙洲、中将军长韩浚战败被俘。全体指战员欣喜若狂，士气得到了大大的鼓舞。1团政委卢福贵与团长王诚汉商定，改善伙食，以示庆祝。

从3月初开始，华东野战军主力全部集中在鲁中的淄博、胶济线地区，用一个月的时间，进行休整，持重待机。3月8日至11日，华东军区和华东野战军在淄川东南大矿地附近的蒲家庄召开师以上高级干部会议，传达讨论、贯彻执行中央2月1日关于"迎接中国革命的新高潮"的指示，总结八个月作战经验，部署休整期间的工作，准备迎击敌人对山东新的重点进攻。会后，又续开了参谋会议、政工会议。

为贯彻大矿地高干会议精神，独立师召开了党委会议。首先研究加强党的组织建设，强化政治工作。鉴于莱芜战役前，军、师建立党委，并有常委、书记和委员的分工，团、营两级仅设立党的总支委员会。遵照中共中央 1947 年 2 月 27 日发出的《关于恢复军队中各级党委制的指示》，独立师党委研究决定，各团均建立党的委员会，各营保留党的总支委员会，各连仍为党支部，班、排均有党小组。第 1 团党委成立后，由卢福贵政委任书记，王诚汉团长任副书记，实行集体领导下的分工负责制，凡作战行动方案、军队建设的大政方针，规定均应经党委讨论作出决定，再交各部门执行。团政治处为团党委执行决议的日常办事机关。

独立师政委、党委书记徐子荣反复强调党对军队绝对领导的原则，要以党的委员会作为军队一切领导与团结的核心。政治工作是我军的生命线，有了坚强的政治工作，军队就增加了绝大的战斗力。我们打胜仗的经验证明，在一定的装备、技术条件基础上，要靠"打政治"取胜。当前要重视政治委员制度和政治工作制度的作用，要求各级干部自觉服从政治委员的领导，尊重政治机关，积极参加政治工作，并确定中心是加强连队党支部建设，做到处处有党员、时时有党的活动，率领群众革命到底，使连队党支部真正成为名副其实的坚强的战斗堡垒。

卢福贵是一位称职的政治委员。他以徐政委、郭副政委为榜样，顾大局、识大体、讲团结、坚持原则、尊重团长、待人谦和、深入群众、深入基层，忠诚贯彻执行独立师党委的决定。在一个月的休整期间，他与团长王诚汉商定，着重抓了几项战时政治整训工作。

一、进行形势教育，不断坚定"蒋必败，我必胜"的信念。卢政委负责向 1 团指战员传达中央于 1947 年 2 月 1 日发出的文件《迎接中国革命的新高潮》，向大家阐述"中国时局将要发展到一个新的阶段。这个新阶段，即是全国范围的反帝反封建斗争发展到新的人民大革命的阶段。现在是它的前夜"。为争取这一高潮的到来，彻底粉碎蒋军的进攻，中央军委要求华东野战军在今后十个月内歼敌四十至五十个旅，"这是决定一切的关键"。传达之后，1团指战员分头学习文件，积极讨论，争先恐后地发表意见、谈心得。这一预见和分析使大家进一步认清了形势，明确了斗争的方向和目标，极大地鼓舞了军心，使大家在天空出现乌云的时候，乐观地看到"黑暗即将过去，曙光就在前头"，大大地增强了消灭敌人、争取胜利的信心，提高了积极作战的勇气和决心。

　　大家边学习，边联系实际，回忆华东野战军过去八个月的战斗，遵照毛主席和中央军委的指示，实行运动战，以消灭敌人的有生力量为主要目标，而不以保守地方为主要目标的作战方针。打一仗，消灭一部分敌人，后撤一步；再打一仗，再消灭一部分敌人，再后撤一步，以苏北、鲁南解放区的大城镇为代价，换取了歼敌二十六个整旅的重大胜利。陈毅司令员形象地称之为"叫花子打狗，边打边走"。当时，有些指战员对"大踏步前进和大踏步后退"想不通，对从苏北退到山东的重大战略转移认识不足，对不断打胜仗，越打胜仗越往北走的道理不理解。第1团的指战员从河南突围，打到安徽，经过苏中，走马苏北，进入鲁南。很多新战士是苏中子弟，生长在鱼米之乡，吃惯了大米，生活条件比山东富裕。进到山东，吃的是高粱、小米做的煎饼，蔬菜主要是白菜、大葱，语言又不通，加之家乡被敌军占领，怀念父老，思念乡亲。所以，在大好形势下产生了一些愿打不愿走的思想。有人写了打油诗："反攻反攻，反到山东，手拿煎饼，口咬大葱。有何意见？打回华中。"经过学习，总结莱芜战役的经验，大家从实践中体会到运动战的好处，认识到其是弱军战胜强军的有效战法。从而自觉地发扬红军精神，高度表现出不怕苦、不怕累、不怕疲劳、不怕牺牲、勇往直前的英雄气概。有人又编了快板书："运动战是法宝，想打胜仗别怕跑。""陈军长电报哒哒哒，小兵脚板啪啪啪，为歼敌人多跑路，人人心里乐开花。"

二、组织诉苦教育。这是一项很实际的政治思想教育，也是群众性自我教育的最有效方法之一。毛泽东称赞这是"教育俘虏兵的好形式"。华东野战军经过苏北、鲁南两大战役后，争取了大批放下武器的蒋军士兵参加解放军，不少连队的新战士已超过总人数的一半以上，战斗班、排则达到了三分之二的数量。独立师第1团的成分发生了很大的变化，政治质量也相对减低了。为此，团开大会，连开小会，召开了多次大小形式的诉苦会，组织出身于贫苦家庭的指战员和解放战士现身说教，控诉旧社会和阶级敌人的种种罪恶，控诉旧军队长官压迫、剥削士兵的恶习，帮助新老战士，特别是解放战士认识受苦受难的总根源，划清敌我界限；再联系大家参加新四军后翻身解放的亲身体会，明确为谁当兵、为谁打仗的道理，进一步激发大家向国民党反动派讨还血债，树立为人民立新功的必胜信心。这对当时迅速融化、改造解放战士，巩固与保持部队的优良传统作风，也为我解放军实现"以战养战"，对被俘蒋军士兵做到"即俘即补，即教即战"工作奠定了良好的基础。

1团新解放战士李进才，不久前是莱芜战役中的俘虏兵。刚补充入伍时，他和其他解放战士一样，存在恐惧、怀疑和观望心态，甚至想逃跑。经过诉苦、控诉教育，他转变了立场，转变了观念，转变了旧军队的习气，很快成长为一名合格的人民战士。他激动地说："连长！不要看我身上仍穿着国民党的灰军服，剃着光头，可是我的心是解放军的啊！在战场上与国民党军打仗，我绝不会含糊，冲锋陷阵，英勇杀敌！"后来，在攻打孟良崮的一次战斗中，他表现得很好，冲锋在前，左臂受伤仍不下火线，继续参加战斗。有一次，1团政治处主任范克良带着几十名整74师的被俘官兵来到卢政委跟前。只见这些俘虏兵一个个都像叫花子一样，穿着灰军装，光着头，赤着脚，浑身沾满泥巴，愁眉苦脸，战战兢兢。卢政委让李进才前去做做工作。他立即往前一站，向俘虏兵现身说教："你们看，我不久前还在莱芜战役李仙洲司令部当兵。你们不要害怕，解放军的俘虏政策很严、很好。解放军官兵平等，讲民主，虽然辛苦一点儿，但心情是舒畅的。想当解放军的，可以留下，报名参军。"话音刚落，就有一个小伙子站出来向卢政委报告："长官！你们要我这个兵吗？我是穷人家的孩子，家在解放区，是早先被国民党抽丁出来当兵的。"他边说，边把眼神转向一个岁数较大的、头发花白、一直低头不语的俘虏，指认他是"当官的"。卢政委坚定地回答说："我们欢迎你们改邪归正，愿意参加解放军的，待送政治处审查批准后再定。"

三、开展立功运动。立功运动是新四军1师2团在苏中战役"七战七捷"期间首创的。在李堡战斗中，为激励士气，团政治处提出"在战场上比比看，为人民立功劳"，"把功劳记在功劳簿上"的口号。一时功劳簿很受战士欢迎，部队战斗情绪为之十分高涨。1946年10月8日，2团领导决定进一步开展立功运动，党的总支委员会向党员提出"党员应在立功运动中首建头功"的号召。政治处提出"有功报功，论功行赏，人民功臣，人人尊敬"的口号，同时建立"三证"制度，即个人"功劳证"，功劳跟人走，调到哪里都光荣；连队"功劳簿"，部队光荣，永远光荣；给家里颁发"功劳奖"，一人立功，全家光荣。12月，新四军兼山东军区发布了开展立功运动的指示，并颁布《立功运动暂行条例》。接着，《解放日报》发表短评《广泛开展立功运动》，称赞立功运动是人民自卫战争的一个创举，其作为争取全面胜利的有力武器，迅速在全国解放区各部队普遍展开。1947年2月4日，《解放日报》发表了《再论立功运动》的社论，全解放区部队、机关随即普遍推行。

独立师1团政委卢福贵紧紧抓住这一项重要的政治工作，进行全心全意为人民服务和革命英雄主义的思想教育，使广大指战员认识到：为人民立功、做人民的功臣是第1团军人的无上光荣、对人民的最大贡献，以提高其参加立功运动的自觉性。为发挥群众革命热情，推动各项工作发展，普遍开展立功运动，强调"人人立功，事事立功，行行出状元"，又要求"以战功为主体"。为从组织上保证立功运动深入持久地展开，建立了必要的、实用的组织形式，如记功员、评功委员会等；还建立了简单、完备的工作制度，做到报功迅速、真实，评功及时、公正，奖功隆重、庄严，庆功广泛、热烈；并采用适合鼓舞群众的奖励办法，为被记功的人民功臣颁发立功奖状、立功证书，以及不同等级的立功奖章，并将功绩记入档案，对牺牲的功臣进行追功，等等。对立功单位还授予锦旗，功绩显著者授予各种英雄称号。为隆重奖励，在评功后召开庆功大会，用给功臣披红戴花、让其坐荣誉席、首长宣读嘉奖令等形式，向功臣庆贺，号召大家赞英雄、学英雄，人人立功当英雄。

立功运动的开展，大大增强了全体指战员的革命荣誉感，人人以立功为荣，争取功上加功，个个争当英雄、模范，从而调动了一切积极因素，充分激励了广大群众的革命热情和革命毅力，为完成作战和各项工作任务提供了有力的保证。

四、推广团结互助运动。为加强连队基础建设，开展官兵互教、互帮、团结、友爱的群众运动，统称为团结互助运动。

这个运动的基本组织形式是在班里建立团结互助组。把全班划分为三个互助组，以战斗互助为主体，全面开展各项政治思想工作。平时，进行思想互助、生活互助；练兵时，开展学习互助，帮助新战士提高军事技术，帮助班长搞好管理教育，维护一切日常生活制度和纪律；行军中，开展体力互助，以强帮弱，互相背枪背东西，保证安全到达目的地；战斗中，开展战斗互助，保证服从命令听指挥，勇敢冲锋陷阵，密切协同动作，保证互相联络，监督战场纪律，开展杀敌立功竞赛，保证持续旺盛的战斗士气，真正使每个班都成为一个坚强的战斗集体。

互助组是下层骨干、党员和积极分子与群众结合的形式，是党员、积极分子推动各项工作、团结教育群众的场所。因此，必须注意贯彻领导有计划的配置人员和群众自愿结合的原则，每组要尽量照顾到：积极、中间、落后三部分人，老战士、解放战士、新参军战士三类人员的调剂，还需要兼顾党员、骨干和军事技术较好同志的配备。组长可以由民主选举，领导批准的方式产生，也可以由领导提名，群众通过的办法产生。

在成立互助组织前，要做好思想教育，进行深入的阶级教育，启发阶级友爱精神，树立三个观念：一是阶级观念。明确党的事业和人民的事业必须依靠众人的力量才能完成。凡是站在一条战线、共同奋斗的同志，都是阶级兄弟、亲密战友，应该一视同仁，互相帮助。二是虚心学习的观念。人人都有长处，也有短处。既要发挥个人一技之长，尽互相帮助之责，又要虚心学习他人之长，补己之短，达到各扬所长，各补所短，虚心学习，共同进步。三是团结互助的观念。团结友爱、互相帮助是人民解放军的优良传统，是进步和胜利的前提，是克服困难、战胜敌人的法宝。这样，战士才能自愿结合，发挥互助组的作用。

团结互助运动也是解放战争时期军队政治工作的又一个新发展。它与诉苦运动、立功运动一起，为加强连队的基础建设，巩固部队，消灭逃亡，完成作战、训练、群众工作等各项任务发挥了巨大的作用，被称为华东野战军"连队政治工作的三把钥匙"。

独立师第1团是一支擅长山地作战的劲旅部队，具有过硬的作战能力和猛打狂冲的战斗作风，豫西人民信任它，称赞它为"老虎团"。经过一个月富有成效的政治整训之后，独立师又增添了许多"虎气"。全体指战员增强了全局观念和必胜信心，提高了对战争长期性、艰巨性的认识，上下团结一致，斗志昂扬，士气高涨，在思想上、组织上达到了高度统一和集中，部队战术、技术水平又有了新的提高，为迎击国民党军队向山东实行重点进攻做好了充分的思想、组织和军事上的准备。

八、孟良崮合围立头功　卢政委身负重伤

1947年4月上旬，敌陆军总司令顾祝同继续指挥六十个旅，约四十五万人，分三个兵团，向山东新泰、蒙阴地区实施重点进攻。汤恩伯第1兵团从临沂进攻蒙阴、沂水，目标为占领坦埠；王敬久第2兵团占领泰安后向莱芜方向推进；欧震第3兵团从泗水进犯新泰。敌军吸取已往分路进攻常被分割歼灭的教训，决定采取集中兵力、密集靠拢、稳扎稳打、齐头并进的战法，三大兵团构成了弧形包围线，由西向东、由南向北推进。

华东野战军在胶济铁路西段经过一个月的休整、训练后，4月初指挥部南移至蒙阴坦埠，后转移到坦埠东北沂水西王庄的一条山沟里。

各纵队纷纷南下，寻机歼敌。我独立师随第1纵队南下鲁南、鲁中地区，拟在高度机动中调动敌人，捕捉战机。但是，敌军怕被歼灭，不敢冒险前进。5月初，陈、粟首长改变战法，实行诱敌深入，各主力部队逐渐脱离与敌接触，隐蔽向东后撤，集结于莒县、沂水、沂源、博山等地区休整，待机歼敌。

这一招真灵。顾祝同见华野各纵队全部后撤，误判形势，以为共军主力攻势疲惫，无力再战，于5月10日下令各部队加紧跟踪进剿，逼我决战。第1兵团汤恩伯立即改变"密集靠拢、齐头并进"的战法，下达攻略坦埠的命令，整74师、整25师为攻击部队，限定中路主攻部队整74师必须于12日开始进剿，14日攻下坦埠。

张灵甫接到命令后，立即开始了侦察准备工作。一方面，派出51旅151团及58旅的一个营向坦埠做试探性进攻，以摸清华野驻防部队的虚实。另一方面，他着力经营孟良崮地区，作为进攻华东野战军司令部驻地坦埠的前进基地。

陈、粟首长在 11 日便侦悉了上述敌军作战命令和张灵甫的行动，还从敌台截获了汤恩伯兵团的具体作战部署：以整 74 师为中心，整 25 师为左翼，整 65 师保障 25 师侧翼；整 83 师为右翼，第 7 军和整 48 师保障整 83 师侧翼。目标锁定在华野司令部所在地坦埠，实施中央突破。还查明敌王敬久兵团第 5 军、欧震兵团整 11 师等部队已由莱芜、新泰东犯，发动前线进攻。

根据上述情报，陈、粟首长进一步研究确定发动一次战役，"打整 74 师，打张灵甫"。其构想为：集中华野第 1、4、6、8、9 五个纵队主力，以五比一的绝对优势兵力，用"猛虎掏心"的方法，从敌人战斗队形的中央强行楔入，切断中路先锋整 74 师与其友邻部队的联系，把整 74 师从"百万军中"剜割出来，一举将其干净、全部、彻底地歼灭。歼灭国军的"王牌"、"荣誉军"、"御林军"、"精锐中的精锐"整 74 师，等于打掉了国军的"军魂"，将严重动摇其军心，给敌军实力上、精神上以最沉重的打击。

具体作战部署为：第 4、第 9 纵队从汶河由北向南出击，顶住整 74 师的进攻，确保坦埠要点，保障我军的战役展开；第 1、第 8 纵队从整 74 师西东两翼迂回穿插，分割两翼；第 6 纵队从平邑飞兵北上，攻占整 74 师的辎重基地垛庄，堵住 74 师南逃的退路。最后，五个纵队合力围攻，从四面八方攻击歼灭整 74 师。特种兵纵队开往前线，集结待命。另外，以第 2、3、7、10 四个纵队和鲁南军区等地方部队阻击、袭扰、挡住外围增援之敌，以确保战役的成功。

华东野战军于 5 月 11 日在司令部召开了作战会议。会议强调，整 74 师是中路先锋，与两翼的整 25 师、整 83 师相距不过几公里，这将是艰苦危险的一仗，难度很大。陈司令员称之为"百万军中取上将首级"。各纵队要以"灭此朝食"的精神，打好这场硬仗、恶仗。最后决定，战役从 5 月 13 日黄昏发起。

此时，战局形势正朝着有利于我们华野希望的方向发展。

张灵甫按照命令，从 5 月 11 日起，开始向坦埠攻击前进，先遣部队 151 团当日渡过汶河，北进至新兴一线，向孤山前进，遇到华野第 9 纵队的一股小部队，打了一场遭遇战。

12 日，整 74 师主力从泉桥经垛庄，在孟良崮西面的冯家庄安营扎寨。51 旅主力则于上午在重山附近渡过汶河，在波子峪、邋遢山遇到解放军 9 纵 25 师 74 团的强烈抵抗，当晚退回了三角山。张灵甫意识到当面敌情严重，决定只让 51 旅留在汶河以北展开攻击行动，57 旅、58 旅控制在汶河南岸，观望战况。但是，汤恩伯传达国防部意见，敦促整 74 师主力渡河，限于 14 日前务必攻占坦埠。于是张灵甫决定留 57 旅一个团作为预备队，全师主力于次日全部渡过汶河，继续进攻坦埠。

张灵甫十分重视两翼的进军情况。但黄百韬把主力留在临蒙公路的界牌、南北桃墟附近的山区，观望不前。而李天霞于 12 日只派出 19 旅一个少校团副王寿衡带着一个连，携带一部报话机冒充旅部番号，在沂水西岸进出游击。这样一来，形成了极坏的战阵。左翼兵力不足，右翼更是近乎空虚，整 74 师已经是孤军深入，明显地前突了。

5 月 13 日凌晨，张灵甫命令 57 旅、58 旅会同前锋 51 旅，向华野 9 纵防御阵地桃花峪、大箭、马山等地同步发起攻击。傍晚，华野各纵队按照粟裕司令员的具体布置，全线同时出击。

叶飞第 1 纵队的任务是担任右翼（敌为左翼）迂回穿插，主力自旧寨以西楔入，割裂整 74 师与整 25 师的联系。而后，阻击整 25 师东援，主力配合友邻围歼整 74 师，并以一部阻击蒙阴之敌整 65 师来援。在纵队作战会议上，纵队首长研究并提出了贯彻意见：第 1 师攻取塔山、尧山、黄斗顶山，打掉整 25 师的前锋，割断整 25 师与整 74 师的联系；第 3 师为第 2 梯队，并阻击整 65 师东援；卢福贵所在的独立师和第 2 师，从北晏子峪地域向纵深穿插，抢占天马山、覆浮山、蛤蟆崮、界牌各要点，割断整 74 师与整 25 师的联系，并派部队协助第 6 纵队攻占张灵甫的大本营垛庄，截断整74师的退路。得手后，立即改造和构筑工事，防备敌军反扑，与友邻会师后，全力攻占孟良崮。

为此，独立师召开党委会，研究决定：以第1、第2团为第1梯队，第3团为预备队，飞速开进，直插天马山、覆浮山、蛤蟆崮、界牌一线。会上，对夜行军作出了严格规定，一切发光的东西都要隐蔽起来，一切发响的东西都要用布包好，不准讲话、咳嗽、抽烟，不准吹号、吹哨……

5月13日傍晚时分，暮色朦胧，山村宁静，独立师从蒙阴县南坪、旧寨出发至界牌，全程约四十多里。路程虽短，但道路艰难，沿途是连绵不断的群山，根本没有大路，只有盘山小道。但是，对擅长山地战的独立师来说，翻山越岭、涉河抢滩早已习以为常。全体指战员一个个精神十足，不叫苦、不怕难，成功地穿越了敌人的重重封锁线。

14日拂晓，独立师在方升普师长和徐子荣政委的指挥下，把"老虎团"摆在第一线，分成两个梯队。一梯队由团长王诚汉率领，攻占天马山；二梯队由政委卢福贵率领，攻占蛤蟆崮。这两个高地位于旧寨通向界牌小道的东、西两侧，是敌整25师108旅占领的要点。经过第1团的一阵突击，很快消灭了守敌，拿下了两个据点。同时，第2团在钟发生团长的率领下，首先消灭了蛤蟆崮以西的覆浮山守敌，接着，南下占领了界牌，切断了临蒙公路，阻断了整25师东援垛庄的道路。

14日，战场局势已发生了极大的变化。陶勇的第4纵队和许世友的第9纵队由北向南全线出击，一路尾追南撤的整74师。叶飞的第1纵队在西面切断了张灵甫与左翼黄百韬、李振的联系，第1师于凌晨攻占了黄斗顶山、尧山、芦家山阵地，敌整25师108旅南撤至桃墟。第3师击退蒙阴之敌整65师的进犯。王建安的第8纵队在东面进占了桃花坳、磊石山、鼻子山等要点，切断了张灵甫与李天霞的联系。整74师的大本营垛庄彻底失去保护，现已处于华野四个纵队的包围之中。为了打回垛庄和靠拢整 25 师，张灵甫命令 51 旅全力进攻，快速夺取 285 高地，以便控制通往大本营的要道，还用两个团的兵力，猛攻 330 高地，以便与黄百韬靠拢。

粟裕深知山地作战，抢占制高点，占据有利地形，才能掌握主动权。他生怕张灵甫在华野尚未合拢的包围圈中再次溜走，从早晨 9 时起，连续三次派出作战参谋向叶飞传达指令，命令独立师和第 2 师不顾一切牺牲，于中午前，先于张灵甫占领孟良崮，把整 74 师堵截在孟良崮山脚下，将运动中之敌迅速予以围而歼之。但是，叶飞第 1 纵队的主力最终还是没有跑过敌人，晚到了三个小时，没能抢先占领孟良崮，堵住敌人的退路。战场形势出现危机，敌人有"溜掉"的可能。

幸运的是，独立师第 1 团团长王诚汉、政委卢福贵站在已攻占的蛤蟆崮高地上，向东北眺望张灵甫的急造军用公路时，只见 74 师的大批骡马辎重正在迅速南撤。卢政委马上对王团长说："不好，敌人要逃跑！"团长惊奇地问："怎么公路还没有占领?!"老卢果断地说："不对！不能让敌人逃跑。敌人溜了，我们还打什么呢！"团长毫不犹豫地同意："对！快去占领公路，这是头等要紧的事情。改变原先去垛庄的计划，迅速前往堵路，截住敌人。"并向 2 营长交代："这里由 2 营驻守，等后续部队到达，办完移防后立即跟上。"又命令 3 营："跟我们去抢占公路高地。"两位团首长动作迅速，率部跑步五里路，于上午 11 时 30 分，抢在敌之前占领了急造军用公路西侧、北庄东北的 285 高地和西北的无名高地，随后立即分兵布阵，构筑工事，准备阻击敌人的进攻。敌 51 旅奉命进行几次攻击，独立师 1 团的阵地岿然不动。整 74 师的车马无法继续向垛庄撤退，两万多人马陷在高山大岭之间的小道上，欲退不得，欲进不能，处境异常严峻，只好被迫登上孟良崮。这时，独立师 3 团也迅速赶到，占据了孟良崮西部的 330 高地，切断了 74 师与 25 师的联系。独立师第 1 团在王团长、卢政委的指挥下，随机应变，一举关闭了张灵甫南逃垛庄的大门，把 74 师逼上了孟良崮。从而挽救了危机，改变了整个战役的局势，为陈、粟首长解忧，实现了"堵溜"，为叶飞第 1 纵队将功补过，也为第 6 纵队在当天晚间飞兵抢占垛庄赢得了半天时间。独立师第 1 团为孟良崮战役的胜利立下了第一功。

张灵甫上山之后，首先凭险据守，命令各旅在孟良崮地区占据有利地形，组织阵地，奋力抵抗，阻止华野部队的合围。他自认为"依此有利地形，只要友军来得快，有可能打得好"。同时命令 51 旅猛攻急造军用公路上的 285 高地和西部屏障 330 高地，仍企图打通通向垛庄的退路，并与黄百韬取得联系。傍晚 17 时，敌方拿下 285 高地及 330 高地的部分阵地，与我方处于对峙状态。此时，夜幕正在降临，天色渐渐变黑，张灵甫自信已基本控制了局势。

殊不知，战场形势变化莫测。14 日午夜 12 时许，华野王必成的第 6 纵队从平邑县经过两天两夜的急行军，先头部队饶守坤第 18 师首先到达垛庄，立即向敌守军辎重团发起突然袭击，打了其一个措手不及，一举拿下垛庄，缴获整 74 师储备的全部武器弹药。粟裕接到捷报，欣喜异常，称赞饶守坤"打得好，切断了敌人的后路，封闭了合围口"，并指示"你们一定要牢牢控制垛庄"，命令王必成连夜率领 6 纵主力，向孟良崮 285、520、540 高地进发，与 1 纵、8 纵左右会师，从而封闭孟良崮南线的缺口。

15 日凌晨 3 时，华东野战军发起了对孟良崮敌军阵地的第一次总攻。

独立师的攻击目标锁定在整 74 师师部驻地 540 高地。根据方师长、徐政委制订的作战方案，首先把独立师驻守的 285 高地、330 高地、天马山、蛤蟆崮、覆浮山阵地先后移交给 1 纵 1 师据守。然后，第 1、第 2、第 3 团集兵转向孟良崮西麓的急造军用公路攻击前进，扫清沿途各小山头、小据点的敌人。接着，1、2 团在右，3 团在左，从军用公路西侧，合兵同时向孟良崮

540 高地发起总攻。

这场战斗打得异常激烈，十分艰苦，又一次显现出现代化战争的残酷景象。总攻之初，华野各纵队从四面八方多路展开突击，孟良崮周边的各个山头上，信号弹升空如星，曳光弹空悬似月，在黑夜中把孟良崮地区照得如同白昼；同时，炮弹乱飞，炮声隆隆，熊熊火焰四处喷发，犹如火山爆发；接着，密密麻麻的轻、重机枪、冲锋枪织成一张巨大的火力网，不断地怒吼着。国民党整 74 师与我们华东野战军的部队堪称棋逢敌手，高手过招。每打下一个山头据点都要进行几次、十几次的反复争夺，直至我华野战士的血和敌人的血共同染红了整个高地。

我军独立师对 540 高地进行了一整天的攻击，但由于是敌人主帅营地，防守极严，且据险而守，而我军是由下而上进行仰攻，又无险要可作屏障，进展缓慢，没能很快攻下主阵地，形成对峙局面。

从其他各战线看，第一次总攻也没有打垮整 74 师防线。

粟裕不给张灵甫喘息的机会，于 15 日下午 1 时、3 时，连续发动了第二、第三次总攻。粟裕的前线指挥所已从岸堤渡过汶河，由坦埠南移至艾山脚下张林村附近的"千人洞"。1 纵司令员叶飞的指挥所也前移至孟良崮西面的北庄，以便就近及时指挥作战。

独立师经过这两次总攻，才突破敌人的防御阵地，拿下了540 高地外围据点，并与第 6 纵队一起围住了 51 旅的核心阵地。卢福贵政委站在 1 团的阵地向东瞭望，孟良崮地区的全貌尽收眼底。眼下，整 74 师已被压缩在孟良崮、芦山等东西三公里、南北仅两公里的几个山头上。人员、马匹、辎重密集于各山头、峡谷，完全暴露在我华野的火力之下，只要任意打出一发炮弹，都可以杀伤一大片。

经过几天的连续作战，整 74 师严重缺水、缺粮、缺弹药、缺兵员，已到了山穷水尽的地步，只得趴在山头上苟延残喘。张灵甫频频呼救！但是，各路外援部队纷纷受阻，不能前进，飞机空投的各项物资许多都落到我华野部队的阵地，其又不敢在犬牙交错的阵地上任意轰炸……

16日凌晨1时，华东野战军开始第四次总攻。

这次攻势十分凌厉。陈、粟首长命令将陈锐霆的特种兵纵队和各纵队的榴弹炮、山炮等重炮集中起来，万炮齐发，以排山倒海之势向孟良崮各山头呼啸倾泻。整74师的战斗队形开始出现混乱，但是，炮声一停，我华野各部向山头冲锋时，整74师又恢复了队形，进行抵抗。阵地上进行着残酷的搏斗，血雨腥风，异常惨烈。

第四次总攻开始后，王诚汉、卢福贵率领独立师第1团正在参加围攻540高地，直至凌晨3时半，才与第6纵队的部队共同打下高地，占领了整74师原师部驻地。

540高地之战，独立师1团俘虏众多，缴获甚丰，包括几挺美制60小炮，还有白浪宁手枪一支，据说是敌51旅152团团长谢恺堂佩带的手枪，后来，经批准，其归卢福贵政委使用，以示奖励。这支手枪跟随老卢多年，直至1950年8月他调中央公安部工作时，由组织上收缴入库。

此时，张灵甫已将师部转移至600高地靠近山顶的一个岩洞中。岩洞三面石壁，只有一条通道，洞内能容纳二三十人。师参谋处设在下层的山洞里，58旅旅部设在二三百米以外的一个岩洞中。

接着，我部队沿着山梁向东发展，向张灵甫整74师师部新址孟良崮最高峰600高地跟踪追击。

卢政委带着团政治处主任范克良，率领第1营作前锋，攻击前进。当部队前进至孟良崮东南600高地山脚下，沿一条河沟往上运动时，敌人的飞机向山腰、山脚不时地狂轰滥炸，还用机枪扫射。为争取早点儿攻上山顶，指战员们冒着浓烟火光、扬土飞石，一直向上冲击前进。突然，一颗炸弹在卢政委身旁爆炸，弹片向四周飞散，一块弹片飞到他身上，穿过了他的左腰部。老卢顿时觉得右胯骨有些麻木，顺手一摸，手掌上沾满了血。警卫员尚学太在他背后小声叫了一声："2号（战争时期，为保守部队机密，团长称1号，政委称2号）！你负伤了，快躺下。"他立即叫来卫生员为卢福贵进行包扎。卢政委说："打仗负伤是家常便饭，有什么大惊小怪的！赶紧冲上去！"说完马上挺身站起来，但忽然觉得眼前一黑，头脑也迷糊了，随之便失去了知觉。等他醒来时，已躺在了师部救护站。他的行动不自由了，再想要跟上部队已无可能，只得躺在师部救护站休息，真是急死人！

后来，从师部首长口中，老卢知道战局又有了新的发展。16日下午，孟良崮上空突然阴云密布，狂风骤起，天色变得黑暗下来。山雨欲来风满楼，仿佛象征着张灵甫的死期即将到来。

华东野战军最后一次总攻开始了！这次总攻，不仅是双方兵力、火力的血拼，而且是双方将领之间两种意志、毅力的精神决斗。华野要求各部不计建制，不分区域，发扬顽强的战斗精神，"谁先冲上孟良崮，谁就是英雄！"

粟裕命令所有火炮再次猛烈轰击敌军密集的南面最后几个山崮：600高地、孟良崮和芦山。全体指战员此时已无法划分建制，不等冲锋号吹响，不待上级下达命令，就向敌人杀去。独立师第1团是好样的，在团长王诚汉的带领下，与第6纵队的部队一起冲向孟良崮顶峰，一路仰攻，歼灭顽抗的敌警卫部队，一直打到张灵甫的山洞指挥所，整74师师长张灵甫、副师长蔡仁杰、副参谋长李运良、58旅旅长卢醒等皆被击毙。下午5时许，各参战部队进行了新一轮的搜山，在孟良崮与雕窝之间的山沟里又抓获俘虏约七千人。

国民党军的军魂、"五大主力"之首、王牌部队整74师，就这样全军覆没了！

华东野战军担任突击任务的五个纵队在孟良崮的芦山山崮胜利会师！庆祝胜利的欢呼声、鸣枪声响彻整个山谷，为中国革命战争史留下了浓墨重彩的光辉一页!

　　大战结束时,孟良崮的上空电闪雷鸣,大雨倾盆,冰雹天降。阵雨过后,日落山崮,夕阳如血,陈毅司令员有诗为证:"更喜雨来催麦熟,成功日近乐陶陶。"

　　国民党的外围各路援军一见形势不妙,害怕重蹈74师的覆辙,不敢前进,纷纷撤回原地。

　　孟良崮大战,极大地震撼了国民党军的高层集团。蒋介石接到战报,知道爱将张灵甫阵亡,气得吐血,痛心疾首地说:"真是空前的大损失,能不令人哀痛?!"坐镇济南的王耀武接到老部下张灵甫"来生再见"的电话后,泪流满面,泣不成声,似乎看到自己也将栽在粟裕之手,叹息"74师之失,犹如切肤之痛"。

第十章　华野特种兵纵队

一、在医院　遇挚友

在一个微风细雨的夜晚，担架队将卢福贵政委从师部救护站向纵队野战医院转移治疗。一路上，卢政委昏昏沉沉，犹如在梦中一般，只觉得全身发冷。究竟是初夏的夜凉，还是流血过多，导致体温骤降，连他自己都弄不清楚。担架队员是一些久经沙场的老区民兵队员，凭他们的经验，知道伤员的御寒能力特差，便下意识地脱下自己身上的夹袄，盖在老卢身上，用关怀的语气说："同志，盖好夹袄，不能着凉啊！"沿途护士更是关怀备至，不时地嘘寒问暖、送开水，照顾周到。卢福贵已经动弹不得，周身乏力，只得微微点头，表示谢意。

卢福贵住进纵队野战医院，待他醒来时，已经过去好几天了。醒后，他脑海里出现的依然是孟良崮的惨烈战况，战场上一片火海，尸横遍地，血流成河。他作为一名军人，从军事角度评估敌人，自言自语道：74师战斗力好强啊！不好打，不愧为国民党军"五大主力"之首的王牌部队。但是，它站在反人民的立场上，与人民为敌，最终还是逃不脱应有的惩罚。

战后，独立师方升普师长、徐子荣政委、郭林祥副政委在后方医院院长的陪同下，来医院看望、慰问老卢。卢福贵想下床迎接首长，方师长很快走上一步，把他一把按住，不让他起床。外科主治医生抢先向首长们介绍了卢福贵的伤情:"一块小弹片从他的左腰部飞入,直切右胯骨,差一点儿没伤着内脏。现在弹片虽已取出,但由于医疗条件差,治疗又不及时,伤口开始化脓,需要经过一段时间的治疗才能痊愈,恢复健康。"徐政委关切地向医院院长交代,卢政委是一位经历过长征的老红军,在孟良崮战役中表现很英勇,是党的宝贵财富,一定要竭尽全力进行医治。接着又转向卢福贵说:"独立师很快就要去鲁南作战,你留下继续治疗,安心休养,等身体好了,再归队工作。"卢福贵说:"我不能跟随首长一起上前线作战,感到十分难过。"郭副政委插话说:"来日方长,革命战争还要进行一段时间,把身体搞好,就有革命的本钱,仗还有你打的。"

在首长们离开医院后,医院院长又与华野后方医院联系,很快将卢福贵转到华野后方医院治疗。

卢福贵在华野后方医院治疗期间,正值敌军重点进攻山东解放区。遵照中央军委向外线出击的电示,陈、粟首长率领华野机关、6纵、特纵和直属单位分批由胶济路北的桓台、广饶地区出发,北渡黄河,向鲁西南转移。这次转移也包括华野后方医院。卢福贵拄着拐棍儿跟随大军前进,渡黄河,经惠民、禹城、聊城,到达莘县朝城镇,始安顿下来。

朝城镇是抗日战争期间朝城县县城所在地,解放战争时期成为华东野战军安全的后方基地之一,今为聊城市莘县城南四十五里的一个小集镇。莘县,位于山东西部、黄河北岸,是冀鲁豫军区部队于1944年冬季从日伪军手里夺过来的十座完整县城之一。

一天清晨,天气晴朗,晨曦洒满大地,喜鹊在病房前后叽叽喳喳地叫个不停。早餐后,医生通知卢福贵,特纵部队有一位首长前来看望。当时,卢福贵正卧床休息,他琢磨来琢磨去,来的首长究竟是哪一位?特纵没有他熟悉的同志啊!不一会儿,护士把首长领进病房,卢福贵立刻兴奋起来,猛地喊了一声:"嘿!

原来是喻主任啊!"喻主任立即上前与老卢握手,大声说:"老卢,延安一别,一晃已经七年了。想不到在医院见到老弟!怎么负伤啦?"卢福贵把负伤的经过向他一一如实叙述。

喻主任是一位老革命,1927年加入农民协会,参加黄麻起义,1931年参加中国工农红军。时任华东野战军特种兵纵队政治部副主任,后来又升任政治部主任。新中国成立后,他先后任华东军政大学第3总队副政治委员、华东军区后勤部政治部副主任、南京军区后勤部副政治委员,1955年被授予少将军衔。1993年6月8日,他在南京逝世。

喻新华听完老卢在孟良崮负伤的一段故事后,庆幸地说:"捡回来了一条命。否则,我们就见不着了。"接着,他又一次重提旧事,追念"新兵营"的往事。当时,喻新华任总支队政治处主任,卢福贵接替周纯麟任第1大队(汽车大队)政委,两人关系很融洽,过往甚密,相互尊重,团结协作,办事默契,堪称亲密战友。此时,挚友相遇,一谈起这段愉快的往事,仍使他们神往、怀念。一个上午,喻主任没有离开病房半步,二人谈得十分投机。直到中午开饭,他才依依不舍地回了特种兵纵队。

临别时,他又回过头来说:"长期以来,我们这批'新兵营'的同志,多数都是用非所学,白白浪费人才,深感遗憾!"卢福贵点点头,表示同意。喻主任话锋一转,又说:"不过,目前我们特纵系新成立的部队,急需懂技术、能带兵、有军事斗争经验的老红军做骨干,正从华野各纵队选调,不知老弟愿意否?"卢福贵沉默片刻,回答说:"共产党人是螺丝钉,铆到哪里就待在哪里,哪有愿意不愿意的问题。尤其是在老兄的领导下,真是求之不得的好事啊!"

二、喜结良缘

俗话说："男大当婚，女大当嫁。"但是，结婚后便会有家务，又要生孩子。在我国革命战争年代，军人整天行军打仗，哪有时间照顾娃娃和料理家务啊？所以，在延安时期，出台了一个不成文的限制结婚的规定标准，叫做"二八、五、团"，习惯称为"285团"。即是男方二十八岁以上，五年以上党龄或军龄，团级干部，才允许结婚。因为女同志少，女方不受限制。

时下，卢福贵早已符合结婚规定，但他一直坚持"战后论"，立誓要等到战争结束之后再谈婚娶妻，解决个人问题。然而，自从遇到张莹亚之后，他就动了感情，希望能选择莹亚作为终身伴侣，就是担心"姑娘不愿意"。于是，他在1948年12月28日，即淮海战役第三阶段的休整期间，从前线永城赶回特纵政治部驻地朝城，前往华野卫生部看望张莹亚。两人久别重逢，还是老规矩，见面就谈前线战况，这次又新增加了骑兵团的一些趣闻。别看卢政委在战场上是一位英雄，冲锋陷阵，勇往直前，从不犯难；当政委，做工作，头头是道，一讲就是一大套。但在男女之情上却难以启齿，尽管有满肚子的话要讲，但话到嘴边又不知道从何开口，所以坐了一会儿，他就要走了。莹亚送他出了村子，老卢才告诉她："我要调动工作了。"莹亚问："调哪个部门？"他回答："淮海战役结束之后，华野将改为三野，要成立教导师，内定由我任第三野战军教导师政治委员。你的工作怎样安排？"莹亚答道："我愿意随你一起调教导师！"话谈到这里，卢政委心知肚明，一块石头落了地。莹亚已经同意结婚了，他便高高兴兴地回到了特纵指挥部。

当天下午，卫生部赖政委领着张莹亚前来特纵与卢福贵见面。一进屋，赖政委就向老卢直说："喻主任上前线去了，还没回来。"说完便从桌上抓了一把花生,一边吃,一边说:"我还有事,先走了。"老卢接茬向莹亚说:"这套房子是喻主任的,让我暂用一下。"说着随手从办公桌抽屉里拿出一沓纸,让莹亚写了结婚报告。之后,莹亚便回了卫生部。可谁知,她回到卫生部后却发现自己的铺盖没有了,她去问赖政委,赖政委让她去政治部找。到了卢政委那里,只见外间桌子上摆了一席菜,四个酒杯里斟满了酒,而她的铺盖卷就在里屋的柜子上放着。傍晚时分,组织部张部长携夫人一起来了,他们让莹亚和老卢坐在中间,他俩分坐两边。这桌饭由张部长主持,就算是"喜酒"了。张部长首先提议干杯,说:"大家吃吧!"四人拿起筷子,吃菜的大块夹菜,喝酒的闷头喝酒。一会儿,张部长又一次举杯:"祝新郎、新娘快乐幸福,多生贵子。"说完,便干杯、夹菜、吃饭,就没有人再说话了。在战争年代,条件艰苦,难得吃到一点儿荤腥。这次,炊事员专门搞了一碗红烧肉、一条红烧鱼,加上几碟小菜,就算是盛宴,过奢侈生活了。吃了一会儿,张部长第三次提议:"新郎、新娘喝交杯酒!"新郎新娘哪里懂得"喝交杯酒"是什么意思,只得糊里糊涂地立马站起,互相交换了酒杯,便又坐下继续喝酒吃菜。酒足饭饱后,张部长与夫人擦擦嘴,离开饭桌,临别时特地关照说:"好好休息。"等炊事员把饭桌上的碗筷收走后,两人把铺盖卷合在一起,就算进了洞房。

次日一早,警卫员尚学太把莹亚的铺盖卷送回卫生部,然后带上卢政委的背包,便骑马回前线去了。莹亚和卢政委则由政治部的一位秘书陪同,坐着吉普车于傍晚时分回到骑兵团驻地河南永城酂城集。到了骑兵团,又备了几桌菜,由戴彪团长主持婚宴,李宣化等团营干部都参加了宴席,大家热闹了一个晚上。有人要求新娘唱支歌,莹亚很是大方,满腔热情,放开歌喉,唱响了苏联《第一骑兵队》之歌。这首歌的歌词,莹亚至今仍依稀记得:"……假如那敌人敢蠢动,妄想再进攻,我们就排开骑兵队,快马冲锋……咳,黄骠马、铁青马,快快跑呀,飞奔过草原，飞奔过原野，快快地跑……"莹亚在骑兵团愉快地度过了一个星期的蜜月，随后由警卫员送回了鲁西特纵卫生部。

卢政委与莹亚的结合，在当时的条件下，比起同龄人来说，可算是自主婚姻了。虽然没有现代人那样的花前月下、山盟海誓等恋爱情节，但依然保留着古风与时尚的交融，形成了别具一格的时代烙印。其实，他们的结合也有一段艰难曲折的奇遇历程。

自从卢政委在孟良崮战役中受伤之后，先后经过了三个月的治疗，伤口基本愈合，他便急着要求出院，随独立师到前线去冲锋陷阵。但是，主治医生反复告诫他，上前线还不是时候，需要静养一段时间再定。否则伤口复发，再次化脓，那就不好治了。卢政委拗不过医生，被迫留在医院，还闹了好几天的情绪。的确，近二十年来，卢政委一直驰骋沙场，一下子让他在医院卧床几个月，实在难耐寂寞和清静。幸好，华野政治部干部部来了通知，让他去华野随营学校参加整风学习，边学习边疗养。

卢福贵于1947年8月进入华野随营学校，进行为期半年的学习。这期学员的学习任务是以土改和整党为主要内容的新式整军运动，进行"三查"、"三整"。所谓"三查"，在部队中是指查阶级、查工作、查思想；在地方上则是指查阶级、查思想、查作风。所谓"三整"，指整顿组织、整顿思想、整顿作风。通过学习文件，开展民主运动，提高思想认识水平，达到政治上团结，生活上获得改善，军事上提高技术和战术的三大目的。

张莹亚也是这期学员，不过她姗姗来迟，晚了一个月。与她同来的还有第一纵队的四五位女同志。随营学校一下子来了这么多女青年知识分子，实在很稀罕，立即轰动全校，十分引人注目。卢政委初见张莹亚，便对她一见钟情。

张莹亚是浙江宁波人，1922年12月27日出生。外祖父是前清秀才，以教书为业，父亲是医生，可以称得上是书香门第。她自幼接受传统文化教育，酷爱古典文学，泛读线装本书籍《唐诗》、《古文观止》、《三国演义》、《列国志》等。1941年4月，日军进犯闽浙沿海地区，宁波失陷，杭州湾以南、杭甬路以北地区沦为敌占区。5月，中共浦东工委派淞沪游击支队第五支队七百余人进入余姚、慈溪、镇海三县，因系姚江以北地区，简称"三北"，逐渐开辟浙东抗日游击根据地。1942年7月以后，先后成立浙东区党委、浙东军政委员会和第三战区游击司令部，并将部队统一整编为第3、第4、第5支队，作为支持"三北地区"和发展四明山、会稽山地区的基本力量。

张莹亚二十岁那年在当地的一所小学任教，在强大的抗日爱国大潮的冲击下，她毅然参加了共产党，并从事抗日爱国救亡的学生运动。1942年8月，组织上决定让她弃教从军，投身武装斗争，参加新四军35支队。1944年4月，在一次与国民党军游击队的战斗中，她受伤被俘，被关押在福建崇安县（今武夷市）上饶集中营。1945年10月10日，国共签订《双十协定》，新四军被俘人员被释放，莹亚回到故乡宁波，向当地中共党组织报到。区委书记让她留当地工作，去镇海，到四明山新四军35支队（支队长周青）当民运干事。后来，时局发生变化，又决定不让她去镇海，由四明山地委书记刘青阳写信介绍她去苏北，找原苏浙军区叶飞副司令员。

1946年6月，张莹亚到达上海，地下党组织给她买了火车票，并说："还有一位从上饶集中营出来的男同志，和你一同北上。"还给他们每人发了五元钱的路费。她和那位男同志假扮兄妹，结伴同行。从镇江坐轮渡，经扬州，过邵伯，到达淮安。在华中局住了两天，由华中局开具介绍信，她继续启程北上，直奔临沂以北的一个小村子，进山东大学学习社会发展史。1947年年初，她被分配到华野医院护理伤病员。6、7月间，经华野政治部批准，她调入华野第1纵队。

此时，人民解放军开始由战略防御转入战略进攻的新阶段，刘邓大军抢渡黄河进入鲁西南作战，并向中原挺进。为了配合这一行动，华野命令叶飞、陶勇率第1、第4纵队紧急向鲁南敌后出击。在匆忙之间，没有时间办理人员调动事宜。1 纵政治部与华野政治部商量，决定改变主意，让张莹亚等六位女同志先去随营学校参加整风学习。

1947 年 9 月，张莹亚等六位女青年知识分子一起来到华野随营学校报到。

一天上午，休息时间，卢福贵提着一个竹壳热水瓶去开水房打水，恰巧碰上一位女同学拿着一个搪瓷茶缸进来。这位女同学穿着一身黄色军装，中等个头，一双大眼睛，文文静静，行时步态轻盈。老卢向她打了一个招呼，问了她的姓名，才知道她叫张莹亚，是第 1 纵队送来的新兵，一口宁波普通话，委婉动听。从此，老卢就记住了这位女同学。

喻新华主任从前线回到机关后，先到随营学校看望了卢福贵这位老战友。两人闲谈了几句，老喻劈头便问战友的婚姻大事，"看上哪位女同学了？"老卢原来是"战后论"派的光棍汉，时下动了感情，红涨着脸，下了很大的决心，才说出心里话："我喜欢张莹亚。"喻主任说："那好办！"老卢无奈地补充说："不知人家愿意不愿意，我又不好意思向她本人提出，又不能像地主一样，强迫人家嫁给我。"喻主任一听这话，笑了起来，拍拍胸脯接着说："只要你看上，我打包票了。"

1948 年 1 月，卢福贵的学习即将结束，喻主任又来看他。首先是谈工作问题，喻主任问起老卢的伤情，知道阴天下雨时他的伤口还是有些隐隐的疼痛，便说："先去华野特纵学习队帮助一段工作，暂时不上前线去。"接着喻主任又和老卢谈起了第二个问题。原来，随营学校组织科胡科长已与张莹亚谈了一次话，开门见山，单刀直入，问她："个人问题有何打算？"莹亚反问："什么个人问题？"胡科长解释说："个人婚姻问题。"她一听婚姻问题，心里突然发慌了，随口便说："整天在打仗，哪有心思谈恋爱。"胡科长不爱听这话，又进一步补充说："有一位经历过长征的团级干部正在这里学习，马上就要毕业去特种兵纵队工作。他已经看上你了,你看怎么样?"张莹亚回答说:"现在不谈,以后再说。"喻主任评论说:"胡科长是一位工农干部,不善做人的思想工作,更不会当媒人。不过这次是前哨战,失败不要紧,大战还在后头呢!"

时间很快进入三月天,张莹亚应该毕业了。和她一起来的1纵的几位女同志都回原单位了,莹亚却不知自己的工作去向,心中很是烦闷,便去找组织科胡科长问个明白。胡科长直截了当地说:"不让你回1纵了,要把你调到特种兵纵队。因为原先向你介绍的那位卢政委就在那里工作。"莹亚想了一想,说:"人都没见过,就嫁给他了?如果不成,还是介绍我回1纵去。"胡科长立即开了个介绍信,让莹亚去华野政治部转关系。

莹亚按照胡科长的意思,来到华野政治部,接待她的是组织科赖科长。一见面,赖科长便很热情地介绍了卢政委的情况,"他是安徽金寨人,家里很穷,当过雇农,做过造纸工人。1929年家乡解放时,他十八岁就当上了赤卫队队员、乡苏维埃主席。1930年入党、参军,长征时任连指导员、营政委,跟随徐向前、陈昌浩三过草地。西路军失败后,在新疆'新兵营'当大队政委,学文化、学军事、学技术,是老红军中受过全面教育的好同志。他是华野第1纵队独立师第1团的政治委员,在孟良崮战斗中受了重伤,现在已调到华野特种兵纵队,内定去骑兵团任政委……"莹亚听后,微微一笑,说:"如果不成,还是介绍我回1纵。"真是姑娘的心,海底针!

张莹亚拿着赖科长开的介绍信,很快便到特种兵纵队报到。政治部喻主任一见到她,马上前迎一步,握了握她的手,十分高兴地说:"安排你到卫生部工作,同意不同意?"莹亚立即回答:"服从组织决定。"

大约一个多月后,卫生部赖政委领着张莹亚到了特纵学习队。走进一间房子,从里面出来一位男同志。赖政委与他热情地握手,向莹亚介绍说:"他就是卢福贵政委。老卢在办一个干部学习班,这个班快要结束了,随后另有新的任命。"中午,他们就在学习班吃了饭。这是老卢与莹亚的第一次正式见面,他给莹亚留下了良好的第一印象:中等身材,穿着一色的黄军装,相貌英俊威武,长方形脸上两道浓眉,显现出一位典型军人的风采;语言丰富,思维清晰,谈话有条不紊,堪称一位已经知识化了的工农老红军;为人善良,善解人意,很能关心体贴他人,确是一位优秀的政工领导干部,又像是一位老大哥。

几天之后,卢政委给张莹亚写了一封信,又一次叙述了自己的简历。接着老卢又三次登门拜访,听莹亚讲自己的身世和社会关系。在弄清张莹亚的政治情况后,老卢便奔赴前线,到骑兵团赴任去了。这一去就是好几个月,杳无音信。

三、"红色哥萨克"

在华野随营学校整风学习结束之后,时间已过1948年元旦。卢福贵准备赴胶东,去第1纵队独立师报到。正当此时,接到徐子荣政委、方升普师长的来电,告知:独立师接到命令,要归建刘邓部队,到大别山地区去执行新的作战任务,让卢福贵继续留在华野,等伤养好之后,由华野政治部分配工作。

卢福贵很留恋独立师"老虎团"的工作环境。徐政委、方师长、郭副政委对他很是爱护,王诚汉同志也与他合作得很好。但是,独立师已经远离华东,自己只能服从组织,按照首长指示,去华野政治部报到。干部科的同志说:"领导已决定让你去特种兵纵队工作。"卢福贵即去特纵政治部报到。政治部喻新华主任一见他,便得意扬扬地握着老卢的手,说:"欢迎你来特纵工作。还是干你的老本行好,开坦克、打大炮,或者当骑兵都可以。"卢福贵高兴地说:"与老战友在一起工作,是我的心愿,感谢喻主任成人之美。"接着,老卢又以商量的口气说,"别让我坐机关,只要能去部队第一线,哪个兵种都可以。"喻主任继续说:"不过你的身体还没完全恢复,先到特纵学习队工作一段时间,一边休养,一边工作,等伤愈后,立即去第一线就任。"两个亲密的老战友在十分和谐、愉快的畅谈中结束了谈话,决定了工作。最后,卢福贵说:"服从命令听指挥,听从组织上的安排。"

卢福贵到特纵学习队帮助工作,转眼已经三个多月了。他是一位习惯沙场戎马生涯的红军老战士,在静静的后方听不到枪声、炮声、喊杀声,心里总觉得空荡荡的,曾几次要求"回到前线去",与战士们同吃、同住、同战斗。喻主任心疼他的虚弱身体,总以他伤口未愈为由驳了回来。当前正是这期学员即将毕业的时候,他又一次萌发了上战场的念头。春夏交替的朝城,天气晴朗,温度宜人,他在黄昏时分,穿着衬衣,感到有些凉意,出门时就披上了一件外衣,从容地向特纵政治部走去。

卢福贵在政治部见到了喻主任,寒暄一阵后,他又一次提出"到前线去"。这次喻主任似乎松口了,说:"你在孟良崮受的伤,伤口是否痊愈,还要医生检查诊断后,再下达命令。"老卢说:"喻主任同意了?"喻主任回答:"根据你的伤口情况,适宜到骑兵团当政委。"老卢一听这话,心里太兴奋了,迫切希望多了解一些骑兵团的情况。喻主任便顺应他的心愿,详细地为他作了介绍。

那是 20 世纪 40 年代初期的事情。抗战之初,彭雪枫率领新四军游击支队一千多人,从河南竹沟镇出发,向东进军。经过一年的奋战,于 1939 年 9 月创建了豫皖苏边抗日根据地,包括永城、萧县、夏邑、宿西、涡阳等地区。同时,游击支队已发展到三个团,共计五千多人,于 1940 年 2 月 1 日改编为新四军第 6 支队,后 1941 年 2 月 18 日改编为新四军第 4 师。

豫皖苏边区是一块战略要地,东控江淮平原,西通豫鄂陕,扼津浦、陇海交通大动脉,是连接华中、华北的一条枢纽要道,也是山东、苏北根据地的西部屏障,又是向中原地区发展的前进阵地,为兵家必争之要区。加之淮河是中国地理上的一条分界线,淮北属广阔的千里大平原,利于骑兵行动,步兵受地形的限制,无险可踞,无险可守。自从新四军6支队进入后,国民党军也看上了这块"风水宝地"。1941年,国民党掀起第二次反共高潮,围绕我豫皖苏边区根据地云集了大批顽军,加上原在豫东、皖北地区的12军、骑2军、骑8师等,总兵力达十四万二千人。当时,新四军第4师的兵力单薄,仅有第10、第11、第12旅,总兵力仅一万多人。国民党顽军还秘密与日伪勾结,向豫皖苏边区发动猛烈的进攻。3月初,反顽之战进入高潮,战斗越来越残酷激烈,被迫陆续退回津浦铁路东进行休整。

第4师到达路东,集结在淮宝县(今洪泽县)仁和集,进行了为期三个月的休整。在这里,师长彭雪枫总结路西失败的经验教训,下定决心,组建骑兵团,以骑兵对付敌人的骑兵,"以快制快"。张震参谋长根据彭师长、邓子恢政委的意见,派司令部侦察科科长盛士坤着手筹建工作,集中各旅的骑兵连(排),合编为三个大队。

1941年8月1日,部队在岔河镇召开大会,张参谋长代表师首长宣布骑兵团正式成立,以黎同新为首任团长兼政委。这样,第4师在淮北平原地区就有了一支快速机动的突击力量,也有了灵敏及时的侦察情报耳目。后来,又从3团调骑兵行家周纯麟任副团长,负责骑兵的训练工作。张参谋长高兴地说:"现在骑兵团的人马虽然不多,但一定会很快地发展壮大起来!"

师首长非常看好骑兵团,称之为"红色哥萨克"。这五个金光闪闪的大字,寓意深远,表述了彭雪枫师长、邓子恢政委的深谋远虑、用心良苦,寄托着战胜路西敌人、恢复重建豫皖苏边根据地的殷切期望。哥萨克,来自俄语哥萨克人,突厥语意为"自由人"、"冒险者"等。

彭雪枫师长为骑兵团的建设,寝食不安,费尽心思,希望它像苏联布琼尼的"红色哥萨克"骑兵团一样,从小到大,很快地发展成长起来。为加强领导力量,当年冬天,师从苏联骑兵的周纯麟被擢升为团长。彭师长很重视骑兵团的政治思想工作,从师政治部调民运科科长康步云担任政治委员。

彭师长还十分关心骑兵团的训练工作,他向全体指战员讲解马的特性,要求做到:"上马像蚱蜢一样轻快,骑坐像磐石一样稳固,奔驰像风雷一样迅疾","乘骑行进时,跃身上马;狂奔时,抓住马尾,跳跃上马;过封锁线时,隐身在马肚旁,并能立即翻身上马",射击能"倒骑打枪,在马背上打步枪、扫机枪"。在战略、战术上,彭师长要求利用骑兵速度快的特点,发挥主动、机动、冲力和打击力,形成大规模的运动战;实施远程挺进攻势,大纵深前进和后退;机动、灵活、快速地进行迂回、包围、突破、奇袭、伏击、阻击、侧击等战术,以求出奇制胜。总之,要把骑兵团训练成一支快速、机动的部队,做到"来如天坠,去如电逝",赢得战役战斗的最后胜利。

彭师长早年在北平西北军军官子弟学校读书,受过严格的军事训练,且自幼习武,精通马刀刀术,知道好骑兵必备好马刀。他通过研究苏联高加索马刀、国民党骑兵马刀、日本鬼子的东洋刀等,吸取众家之长,亲自为骑兵团设计了一款新型马刀,大家称之为"雪枫刀"。

骑兵团成立几个月,便赶上淮北敌后抗战比较艰苦的1942年。日寇反复"扫荡"、"清剿",国民党又封锁淮北苏皖边根据地,第4师陷于十分困难的境地。根据陈毅军长的指示,部队被迫实行"精兵简政",除主力部队外,其他部队实行地方化,"移兵就食",到各区去大力发展武装。在这样困难的情况下,师部继续保留了骑兵团。此时,骑兵团已发展到六百多人、五百多匹马,每月要消耗十五多万斤粮食、十八万斤马草,加上骑兵装备费用大,要买马匹,要配缰绳、马笼头,战士又要发大衣(当时部队连级干部才发大衣),细算一下,大概要抵上六七个步兵团的粮草经费。为弥补经费不足，又"不与民争食，不与民争草"，邓子恢政委亲自向周纯麟团长、姚运良政委（原宿东游击支队长，现接替康步云为政委）布置任务，责令骑兵团搞生产自给，抽调指战员去洪泽湖边割草、挖莲藕，还要经营食盐生意。这样，骑兵团在自力更生中逐渐发展壮大，受到邓子恢政委的表扬。

从此，骑兵团作为一支独立兵种登上了中国战争的历史舞台。它经过抗日战争和解放战争，队伍逐渐扩大，由小到大，由弱到强，名称和组织机构也有多次变化。1945年12月25日，成立华中野战军，骑兵团划归张震第9纵队；1947年1月28日，成立华东野战军，骑兵团划归特种兵纵队。团政委先后有黎同新、康步云、姚运良，卢福贵是第四任政委；团长有黎同新、周纯麟，现任戴彪是第三任团长。编制人员由三个大队六百多人马扩展为六个大队一千五百多人马，参加了抗日战争的三打老陈圩子战斗、小朱庄战斗、八里庄战斗、保安山战役，解放战争的朝阳集、两淮保卫战、孟良崮战役、豫东战役、济南战役等大小战斗、战役九十多次，歼敌六千七百多人。最突出的业绩，是铸造了骑兵团独特的雄狮风采，养成了高素质的战斗作风和优良传统。全体指战员骁勇善战、顽强拼搏、不畏强敌、不畏艰险、不怕疲劳、不怕牺牲，能够连续作战，具有敢打必胜的信心和决心，还形成了军民一致、军政一致、官兵一致、上下一致的战斗集体。

事物总是一分为二的。骑兵团长期独立执行任务，自姚运良政委1945年3月调离，周纯麟团长兼政委1946年11月调离后，大约有两年时间，团政治委员空缺，政治工作相应削弱。政治工作是我军的生命线，是保证党对军队的绝对领导，贯彻执行党的纲领、路线、方针、政策，保证人民军队的性质和正确的建军方向的重要工作。

最后，喻主任加重语气，语重心长地强调说："老卢，你是老红军，又是优秀的老政工，有很大的优势。老红军当政委，德高望重，镇得住、坐得稳；老政工懂政治，抓得准、办法多、能服众。到任之后，一定要把政治工作抓起来。你肩上的担子很不轻松啊！"老卢说："有喻主任支持，我一定努力完成任务。"

同喻主任谈话之后，卢福贵回到驻地宿舍，一路上心跳加快，情绪激动，同时感到即将开始的工作担子很重，压力不小。他沉思着，忽然眼前一亮，共产党员应当勇挑重担、解决难题，否则，知难而退，耍"滑头"，还算什么共产党人？他的思维渐渐跳出了困境，眼前展现出光明的前景，充满着胜利的信心。

次日，老卢到华野后方总医院检查身体，真是吉人天助，医生说："伤口已经完全愈合，可以正常工作。但是，不能放松护理，不能太劳累，不能让伤口复发。"卢福贵高高兴兴地出了医院大门，把体检结果递送给了喻政委。

四、骑兵团政治委员

上任张弓镇

1948年6月20日，华野政治部任命卢福贵为骑兵团政治委员。次日，卢政委便到特纵政治部向喻新华主任告别。喻主任给他具体介绍了骑兵团领导班子的情况后，中午与他一起吃了午饭，喝了一点儿酒，当作壮行。席间，喻主任十分关心老卢的健康状况，嘱咐说："老卢啊，你的伤口刚刚痊愈，千万不能掉以轻心，还要注意护理，力求不再复发！"

6月21日，特纵政治部派了一辆吉普车，在干部科科长陪同下，卢福贵赴豫东骑兵团驻地。清晨，天气晴朗，东方微显鱼肚白，车子便从山东莘县朝城镇出发了。司机十分熟悉路况，很快过了黄河，进入鲁西南郓城，绕过国民党军队驻防区，沿着华野占领的定陶、曹县、民权地区，涉渡废黄河，跨越陇海路，直插宁陵西境，进入黄泛区。放眼望去，这里一片荒凉，有的地段是湖洼易涝地，经常"潦则为湖，旱则为坡"。民谣说："一湖一凹又一坡，庄稼没有野草多，三天不雨禾苗干，一场大雨变成河。"有的地段为盐碱滩，谣云："冬春白茫茫，夏秋一片光，种一葫芦打两瓢，只见盐碱不见粮。"一路上，没有公路，全是坑坑洼洼的土路，车行缓慢，颠簸剧烈，尘土飞扬。车行一日，于落日时分到达河南宁陵县南部地区的张弓镇。

车到营区，戴彪团长、张先舟副政委率全体营团干部前来迎接。经干部科科长介绍，卢政委与大家一一握手，一同进入团部。晚饭后，戴团长、张副政委送他至宿舍休息。

张弓镇是豫东一座古老集镇，位于宁陵县城西南十五公里处，自古酿酒业兴盛，作坊林立，名扬豫东。骑兵团来到这里，有些人便开始畅饮。但是"酒会生事，更会误事"，卢政委非常警觉，狠抓饮酒纪律性，加以限制，规定：不准随便喝酒，不准到群众中喝酒，更不准酗酒闹事。他还以身作则，滴酒不进，做全团的表率。限酒的措施得到了多数人的拥护，立见成效，饮酒控制住了。不少人反映说："政委是好样的，不愧是老虎团出来的政委。"有的说："不是英雄哪能到骑兵团工作啊！"

22日，戴团长召开营以上干部见面会。参加的有：副政委张先舟、参谋长程朝先、副参谋长朱传贤、政治处副主任李宣化，还有各大队大队长、教导员孟昭贤、张遵三、王开一、王勤元、杜国军、刘金全、刘涛、梁义海等。戴团长向卢政委简要讲述了骑兵团建团七年来的战斗历程后，说："目前骑兵团已发展为第1、第3、第5、第7、第9五个骑兵大队和1个机炮大队（9大队在野司执行任务），共一千五百余人。"随后，卢政委在讲话中，盛赞骑兵团是一支过硬的正规化的英雄部队，具备红军精神的优良传统，不怕苦、不怕累、不怕死和连续作战的英雄气概，以及快速、果敢的战斗作风，立下许多可歌可泣的历史战绩。他表示，今后，"我加入骑兵团的行列，要向大家虚心学习，勤勤恳恳地工作，和大家一起英勇杀敌，为全国的胜利而奋斗！"

会后，卢政委立即召开党委会，传达华野司令部的紧急命令：在豫东战役期间，为保障我军东侧的安全，阻敌西援，应迅速攻取宁陵县城，向东警戒商丘敌驻军刘汝珍整68师的行动。会议还研究和制订了夺取宁陵县城的作战方案，并决定立即进行作战动员。

攻占宁陵城

6月23日一早，在张弓酒厂的一间作坊里，骑兵团召开了区队以上干部参加的作战会议。

首先，卢福贵政委宣布野司的作战命令，并强调宁陵城在军事上的重要意义。他说，这次豫东战役的战略部署是"先打开封，后歼援敌"，不管是打开封，还是围歼区寿年兵团、邱清泉、黄百韬兵团战场都设在开封、睢杞、尉氏、通许地区之间。宁陵城位于战场的东面，控扼着海郑公路，是东敌西援必经的一扇重要门户，距离敌东部军事重镇商丘仅三十七公里，一旦有事，机械化部队一个小时即可到达。为此，骑兵团必须坚决贯彻华野首长的指示，迅速拿下宁陵，守住宁陵，修筑东西两面工事，特别要注意对商丘进行警戒，以保障华野大军的东侧安全。同时，卢政委又进一步强调，宁陵城是一座有两千二百多年历史的古城，大家攻城、进城都要遵守城市纪律，不扰民，为民办好事，保护工商业，保护古城文物，不要轻易毁坏建筑物。

接着，程参谋长介绍了敌情。他说，宁陵城日伪时叫沙随镇，国民党时更名新吾镇。它紧靠商丘，城墙坚固，现又着力加固城防工事，但西门城楼北边一段还未完成。据情报：城里驻有国民党保安大队、还乡团，还有县政府，共一千多人。保安大队指挥部设在全城制高点西门城楼上；西关，突出在西门外，守军有一个排。东、南两面兵力较弱，守卫较松。敌县长王叔平率保安团四百多人活动在县城外围；海郑公路西边要点阳驿铺及以北地区驻有睢县保安团孟昭体部六百多人。为此，确定了作战方案：6月23日立即行动，兵分三路，对坚固的宁陵城同时发起攻击。第一路，以1大队为主攻，从西门打入；第二路，由7大队攻打南门；第三路，由5大队迂回东关、北关，负责打突围之敌。3大队和机炮大队为预备队。

最后，戴团长讲话。他回顾了5月底以来，骑兵团随野司大军南下，在鲁西南成功地进行了梁砦伏击战、鱼台攻城战，受到野司和特纵的嘉奖，强调这次攻打宁陵城，应当再接再厉，勇敢杀敌，再立新功。卢政委十分赞同戴团长的讲话，补充说，打下宁陵城，有功的记功，立大功的记大功，还可以评选英雄模范！

会后，各大队按照作战方案，定出自己的实施计划，周密运筹兵力部署，详细研究确定战术、战法的协同配合，并作好战前的全部准备。

第二天，早饭后，各大队按照预定作战计划，向宁陵县城进发。

1大队前卫3区队王金亮尖刀班提前出发。朱副参谋长、孟大队长率领大队人马，从张弓出发，行军两小时，到达海郑公路阳驿铺。1、3区队立即奔袭县城西关，一举全歼守敌一个排。据俘虏排长交代，敌防御重点是西门，西门城楼是全城制高点；但防御薄弱点也在西门北边约三百米处，工事只修了一半，城壕没有水，这便成了1大队攻城的最佳突破口。为此，留1部兵力控制西关，大部队迅速逼近西门，利用一家大车店的院墙和城边的一个大土岗，组织火力网点，掩护攻城部队。2区队是攻城突击队，带着云梯等工具，沿城墙往北运动，在三百米处，部队展开火力，准备攻城。下午4时，大队长孟昭贤一声令下，号兵吹响冲锋号，1、3区队的机枪、冲锋枪、自动步枪的枪口，还有全部88式小炮炮口，一齐向突破口射击。顿时，枪炮声震耳欲聋，城头硝烟弥漫，直冲云霄。敌军火力被压制住了，区队长王永丰带着突击队冲向城边,架起云梯,飞快登上城头,连续投掷一二十颗手榴弹,打退了敌人的反击,绕城从南边包围攻击西门城楼。3区队紧跟爬上城墙,从北向南攻击西门城楼。敌指挥官还在西门城楼负隅顽抗,1大队被迫集中几架小炮一齐猛打。刹那间,城楼火光闪闪,烟雾弥漫。1区队指战员及时向敌楼喊话:"缴枪不杀!""优待俘虏!"在军事、政治双重攻势下,城楼伸出白旗,敌军整队举双手下楼投降。

5大队骑兵迅速向东门攻击前进。敌人见骑兵来势汹汹,连忙向城内后撤,还在东门口堵了几辆四轮大车,妄图阻止骑兵的前进。不料,骑兵冲到大车前,猛一提缰,飞越而过,冲进东门,直向街心的一座土楼打去。土楼之敌正疯狂地向西门大街打机枪,殊不知背后来了一队人马。区队长王明命令骑士下马,架起机枪进行射击。敌人一听枪声从背后打来,惊慌失措,纷纷跑下土楼。骑兵战士上马一阵追杀,敌被全歼。

7大队骑兵向南门飞驰而来,敌人听到骑兵的喊杀声,还有东、西两面的枪声、炮声越来越近,知道已被包抄,便丢下阵地跑进城来,连城门都来不及关闭。骑兵部队尾追敌人,一起冲进南门,不费一枪一弹,敌人乖乖投降。

这次战斗,共击毙敌县长以下二十七人,俘虏官兵三百一十九人,缴获机枪十挺,步、马枪二百八十七支,手榴弹一百一十七枚,骡马八匹,军服二百二十套。我骑兵仅伤一人,亡马四匹,消耗子弹一千一百九十发。在我宁陵县政府和县大队进城后,为支援地方政府和地方部队,强化军地关系,卢福贵政委按照华野司令部规定的政策,经党委会讨论同意,将上述俘虏和战利品全部移交地方政府处置。

戴团长按照野司指示,迅即派出多路警戒分队,东向商丘警戒,同时向西派出骑兵部队,监视睢杞方向的敌军行动。在骑兵团进驻宁陵县城后,商丘敌军刘汝珍整68师一直没有西援行动,从而顺利完成野司交给的任务,并受到野司首长的表扬,1大队受到特纵的嘉奖，延安新华广播电台还播报了此战胜利的消息。

豫东战役后，7月6日，骑兵团奉命撤出占领十三天的宁陵县城，随华野直属部队撤回陇海路北，进驻泰安、曲阜地区休整。济南战役期间，骑兵团编入阻援、打援部队，奉命于9月5日开赴津浦铁路兖州至邹县段指定位置，寻机待命。

上蔡剿匪战

济南战役后，张震副参谋长召见了卢福贵政委、戴彪团长，对他们说，中共豫皖苏分局党委副书记吴芝圃专程来野司向粟司令汇报工作，谈到豫东的敌情比较严重，要求华野骑兵团前往助战，消灭国民党河南第7专署专员兼"剿共自卫军纵队"司令郭馨波率领的地方武装部队。粟司令已经同意。野司决定，你们骑兵团火速到豫皖苏军区报到，暂归军区指挥，并向军区接收新兵二百人马，以加强骑兵团的力量。平定匪患后，你们骑兵团的兵锋立即转向驻马店方向，对黄维兵团实施战役警戒，保障淮海战役的胜利。另外，7大队从野司归队，另派9大队接替野司的任务。

骑兵团首长领受任务后，雷厉风行，马上召开党委会，传达野司首长指示，决定10月12日，立即向豫皖苏军区进发。经过两天的急行军，于14日到达豫东沈丘赵德营。卢政委、戴团长又纵马加鞭，向南续行至乳香台（老城）向军区首长报到。

沈丘历来是黄河南泛常注之地，河水泛滥时，平地水深丈余，秋禾绝收。低洼浸薄的土地、频繁的水灾和旱灾、连年兵祸匪患，使沈丘成为一处贫困地区，穷得连"兔子都不拉屎"。但是，这里却是豫东的一处军事要地。它位于豫、皖边界，陆路交通闭塞，然而水路交通颇畅。泉河过其南，沙（颍）河贯其北，上通周口、漯河，下达阜阳、蚌埠，是豫皖间南北交通枢纽和水运转输码头。自解放战争第二年起，以张国华、吴芝圃为首的豫皖苏军区进驻沈丘老城，开辟沈丘以南、淮河以北地区，建立了众多的民主政府。1948年2月,中共中原局和中野领导机关相继进驻沈丘、临泉,成为中原地区临时指挥中心。

10月15日,卢福贵政委主持召开团党委会,研究当前工作的三项任务。会议决定,卢政委、程参谋长率领第1、第3、第5大队和机炮大队,负责平定上蔡匪患,剿灭匪徒郭馨波;戴团长、朱副参谋长负责接收军区补充的人马,并对新兵新马进行训练,同时搞好9大队的整训。

当天,卢政委率领四个大队,移兵沈丘西北边境槐店镇(今沈丘县城)。16日,在槐店镇外小松林里,召开清剿郭馨波部的动员大会。军区吴芝圃政委带领作战处处长、参谋等,前来参加动员大会。卢政委主持动员会,吴芝圃政委讲话,说:"豫东人民热烈欢迎企盼已久的英勇善战的骑兵团回来歼灭郭馨波部!"随即介绍了郭匪的概况,"自从华东野战军粟司令派8纵、1纵等部队进入沙河一线的豫东地区,攻克重镇周家口(今周口市),歼灭国民党河南保安第3、第4团,以及各乡团一部,又于商水、周口之间的八里店痛击国民党骑兵第1旅,特别是洛阳、开封和睢杞战役后,豫东地区的革命形势很好,土改、反霸和政权、地方武装的建设都有明显的发展。但是,眼下这一地区出现了一个大祸害,就是国民党河南第7专署专员兼'剿共自卫军纵队'司令郭馨波。他是地头蛇,盘踞上蔡,管辖八县一镇,统领一千多人的地方武装,凭借熟悉地情、民情,与我军区部队对抗。他还运用游击战术,'打得赢就打,打不赢就跑'。对付我军主力部队,则化整为零,分散隐蔽,溜之大吉,叫你追之不及;当主力部队一走,则又重新拉起队伍,为非作歹,为害周边地区,攻击我地方政府,袭击我地方武装,杀害政府工作人员、土改积极分子,真是恶贯满盈,十恶不赦。同志们,对这股恶势力,希望骑兵团英勇杀敌,予以歼灭性打击,全歼郭馨波'自卫军纵队',早日为豫东人民铲除这一祸害!"

接着,卢政委作战斗动员讲话。他说:"我们要按照粟司令的指示、吴政委的期望，发扬骑兵团的优良传统，不怕苦、不怕累、不怕死和连续作战的红军精神，坚决、彻底消灭郭馨波匪徒！保卫人民政权，保卫土改胜利果实，保卫人民的安全！"为鼓舞士气，振奋精神，卢政委继续说："同志们，我们骑兵团南下以来，连战连捷，攻鱼台、战宁陵，得到延安新华广播电台的赞扬。我们骑兵团是一支英勇的部队，一贯不怕牺牲、骁勇善战、智勇兼备、一往无前地追杀敌人，团党委希望大家再接再厉，争取平匪战斗的全胜，迎接全国的大反攻！"

会后，在一个大地主家的客厅里，卢政委主持召开了作战会议。参谋长程朝先详细介绍了郭馨波部队和上蔡县的情况之后，传达了骑兵团党委的作战决心。这次战斗，要求实施远程奔袭，快速机动，突然包围，一举歼敌。为达成突袭的目的，前卫1大队今晚6时集合，乘夜黑之际，由槐店出发，过沙河，经项城、商水北侧，直扑上蔡县城，视情况拖住敌人或直捣匪巢；团部率3大队和机炮大队为本队，5大队为后卫，于明日凌晨跟进。经过讨论，大家提出了一些修改意见，充实完善了战斗部署。最后，卢政委说："郭馨波很狡猾，还有一定的战斗力，大家都要认真谨慎对待，不得掉以轻心。前卫大队任务很重，要吸取攻打宁陵的战斗经验，注意分路搜索前进，获取敌人的新情报，抓住战机，遇到敌主力可先行发起攻击，予以包围，动作要狠、要猛。情况不允许时，可以拖住敌人，立即报告团部，力求全歼，不使漏网。各大队回去后，要做好动员，做好各项战前准备。"同时，他宣布了宁陵战斗的记功评功结果，突出表彰了王广华、王永丰等一批立功指战员，鼓励大家再立新功！

豫东的初秋，也是秋旱之始，天多晴朗。这年却一反常态，秋雨连绵。16日，夜幕降临，天空阴云密布，继而下起蒙蒙细雨。1大队按照部署，踏上作战征程。深夜，到达项城与上蔡两县交界处，大队长孟昭贤感到自己部队人生地不熟，应该谨慎进军，提高警惕，于是立即命令1区队队长袁化先，分路前进，在两三公里的正面上,逐庄搜索。果不出孟大队长所料,在一个大村里抓到三名便衣侦探,经过分别审讯,供出敌军实情:专员兼司令郭馨波昨天听到骑兵团在沈丘集结,便命令部队在上蔡县城以南地区集结。"剿共自卫军纵队"共四个大队,一千多人,有十挺机枪,战斗力最强的要数李豁子大队,现驻上蔡东关。审讯结束后,孟大队长一面派人将俘虏押送团部,继续审讯敌情,一面命令全体指战员急速向上蔡进发。

1大队进至上蔡张庄地区,团部命令休息。孟大队长放出警戒哨,严密封锁消息,指战员分头吃饭、喂马。他住进村长家,得知张庄距县城四十里,郭馨波正准备向驻马店、确山靠拢,投靠黄维兵团。

次日,曙光初露,雨停了。1大队继续前进二十多里,沿途有人打冷枪。孟昭贤判断,这是敌人的潜伏哨,打枪是敌军的联络信号,并非真正打阻击。他与教导员张遵三纵马登上一处丘陵高岗,举目西望,只见一股股敌人纷纷向县城撤退。孟昭贤立即运筹布阵:张遵三率2区队攻进敌队;1区队迂回上蔡东关南侧,下马攻进街里;他自己率3区队,扬鞭催马直攻县城东门。冲锋号吹响之后,各路人马一起进攻,势如潮涌。孟昭贤到达县城东门,命令几挺机枪同时向敌群猛烈射击,3区队趁乱一鼓作气,冲进东门。顷刻之间,李豁子大队便被全歼。上蔡战斗,歼敌三百人,俘虏一百多人。郭馨波闻风率部向南逃窜,妄图投靠黄维兵团。

傍晚,卢政委已率大部队赶到上蔡县城,他首先到1大队驻地,看望大家,鼓励说:"同志们,你们辛苦了,打得不错!大家休息一下,吃饱饭,睡好觉,准备继续追歼逃窜之敌,务求一举歼灭。"晚饭后,在上蔡东关的一所小学教室里,召开作战会议,研究追歼逃敌问题。卢政委指示:由于追击战靠近驻马店、确山,一定要速战速决,实施远距离突袭,集中力量歼灭郭馨波的主力,还要注意加强对黄维兵团的警戒,加强阻击部队的力量。据此，程参谋长进行兵力部署：1大队仍任前卫，3大队为二梯队，5大队、机炮大队为预备队。如果黄维兵团派兵援助，由5大队进行阻援，并掩护全团撤出战斗。为达到突袭的目的，今晚12点出发，夜间接近敌人，拂晓发起攻击，全歼敌人。

各队按照团部部署，半夜子时出发，向南尾追逃敌。1大队到达汝南县境，据情报得悉，郭馨波部一直向确山县境逃逸。团部命令，前卫部队绕道驻马店，跟踪向确山县搜索前进。

1大队行军速度十分快捷，黎明时已在确山东黄楼一带集结。3区队副区队长万福才在路旁遇到赶集的老乡，得知附近几个村庄昨晚刚来了大批国民党部队。老乡指着刘庄说："这村里就住着不少兵。"万福才立即派人向团部报告，同时命令3区队迅速包围刘庄。3区队向刘庄一家院子里突然一击，几颗手榴弹便把敌军正在睡梦中的一个排全部俘虏。

手榴弹一响惊动了其他敌人。接着，1大队的号角吹响，枪声大作，附近几个村子的国民党官兵都朝村西北驻马店方向溃逃。1大队展开队形，奋力拼杀，但敌人越来越多，如蚂蚁一样，黑压压的一大片在黄楼四周的田野里乱跑。随后，3大队、5大队和机炮大队相继迅速赶到，形成了一个大包围圈。我团的机枪手们占领了周边高地，不时打出有节奏的连发声；骑兵指战员们举着铮亮、锋利的"雪枫刀"，纵马冲进敌队，来回穿插、冲杀。冲锋枪的射击声、手榴弹的爆炸声，还有88式小炮的轰鸣声，伴随着骑兵的喊杀声，以及"缴枪不杀"、"优待俘虏"等政治攻势，一浪高过一浪。经过几十分钟的相持，敌人全部举枪投降，全团押着大队俘虏，迅速撤离战场。遗憾的是，郭馨波及时发觉自己碰上了解放军的正规化部队，趁着天色昏暗之时，率领十多名官兵骑马冲出包围圈，溃逃至驻马店境内。

这次上蔡、黄楼战斗，骑兵团经过两天的追击战，以伤三人、亡马九匹的代价，在国民党黄维兵团的防区内，宣告胜利结束。俘虏四百四十五人，毙伤敌一百一十五人，缴获轻、重机枪十五挺，马步枪三百二十三支，手枪、冲锋枪七支，马五匹。郭馨波的战斗部队大部被歼，"剿共自卫军纵队"从此覆灭，我为豫东人民铲除了这个大祸害。为此，骑兵团受到纵队的嘉奖和豫皖苏军区的赞扬，延安新华广播电台也播送了此则胜利的消息。

汝南埠切断黄维补给线

上蔡歼匪战之后，根据华野首长指示，骑兵团归建特种兵纵队，驻兵驻马店以东地区，受华野司令部直接指挥，迅速转兵执行对黄维兵团的战役监视。戴团长、朱副参谋长率领9大队和补充的兵员、马匹，回到团部驻地，骑兵团的兵力得到进一步加强。

开始，骑兵团监视的目标对准了国民党部队留守遂平县、担任平汉铁路护路任务的胡琏18军。继而，淮海战役开始，华野重兵围歼黄百韬兵团时，徐州告急。国民党调整部署，命令黄维兵团从驻马店、确山地区迅速东援徐州，并规定于11月10日到达安徽太和、阜阳集中，参加国民党的"徐蚌会战"（即淮海战役）。当时，黄维兵团主力被中野牵制在豫西地区，接到命令后，迅速回师驻马店、确山。

黄维兵团于1948年9月编成，又称12兵团，是华中"剿总"白崇禧手下最强大的兵团，下辖第18、10、14、85四个军，并配属第4快速纵队，总兵力十二万人。其中胡琏18军是国民党军"五大主力"之一，华野粟司令十分重视18军，说："国民党胡琏18军，比邱清泉第5军强，不弱于张灵甫第74师。"黄维兵团是一支重兵集团，不是弱敌，难怪粟司令要对黄维兵团非常警觉，特别关注，不仅中野要派大部队从各个方向追击、侧击和阻击，而且华野也派骑兵团专门跟踪监视其行迹，还在沿线设有监视暗哨，搜集情报，及时准确地了解掌握黄维兵团的一举一动，而且是一日一报，重要情报及时报告。与华野司令部的联络方式主要是电台，重要情报则派通信骑兵快速递送。

11月8日，黄维兵团奉命由河南确山出发，东援徐州。15日东进至阜阳西南，18日到达蒙城。华野骑兵团在戴团长、卢政委的率领下，携带电台，忍饥冒雨，不分昼夜，不顾疲劳，一直尾随行动，时近时远，若即若离，紧紧盯住敌人。迨至跟踪到阜阳东北瞿王庄一带时，华野首长认为黄维兵团已经进入淮海战场，该是"关门打狗"的时候了，于是立即命令骑兵团回师河南新蔡县以西地区，切断黄维的辎重运输线。卢政委粗读兵书，明白首长运筹之缜密，用心之良苦，此举是"断敌辎重，可致敌败"之计。为此，召开团党委会，宣布电令，决定立即回师河南。戴团长和程参谋长迅即拿出回师方案，3大队在右，9大队在左，1大队、5大队、机炮大队和团部居中，定于明日黎明前从瞿王庄出发，由原路返回新蔡以西地区。20日晨8时，中路已进至杨桥，等待与左、右路会合。卢政委与戴团长商量，这次"关门"，地点选在哪里，是一件大事，一定要向豫皖苏军区首长请示汇报。两人离开营地，纵马加鞭向乳香台军区跑去。经过二十多公里的行程，来到军区驻地，吴芝圃政委和参谋长出面接见，经过共同研究认为：汝南埠水陆交通比较发达，汝河水路，上达汝南县城东关，下入淮河，可通江、海；明临公路，西连平汉铁路确山南面的明港，东经新蔡、临泉，可下阜阳。占领汝南埠，也就拦腰切断了黄维的辎重运输线。但是，该地驻有国民党地方武装一千多人，必须打一仗。这仗可由骑兵团主攻，7分区派三个大队配合进击，一举歼敌，攻占汝南埠。

这次汝南埠战斗由豫皖苏军区第7军分区统一指挥。骑兵团作为主攻部队，按照军区指示，充分发挥快速、机动的优势，于22日夜突然出现在正阳县边境地区。次日午时，卢、戴首长首先命令1大队绕行汝南埠，渡过汝河，直插该镇东部地区，占领冯围子、佛阁寺一带村寨，防止敌人向东逃跑。接着，亲率中路人马，前进至明（港）临（泉）公路，沿着公路向东实施迅猛有力的突击。清脆激昂的冲锋号角声一响，骑兵部队旋风般地狂扫席卷淤汝河地区的各个村庄，进油坊店，占李桥，下贺寨，包围并打下了汝南埠周围的几个重要村寨。同时，1大队的马蹄也已踏上汝南埠以东的明临公路，在九公里处拿下冯围子、佛阁寺，扼住敌人东逃之路，并西向汝南埠发起攻击。

据守汝南埠之敌被分别围困在薛寺、何楼两个大围子里，据险固守，与我形成对峙。当晚，7分区的先头部队项城大队及时赶到，共同发起攻击，全歼薛寺的一个连队，余敌趁夜雨天黑之际，向南逃窜，骑兵团随即进占汝南埠。枪声渐渐地稀疏、平静下来，战斗宣告结束。

此战达成了战斗目标，骑兵团俘敌百余人，缴获枪支、弹药若干，随即占领汝南埠，关闭了黄维的"后门"，切断了黄维兵团的辎重运输线。在7分区的首长和部队到达后，卢政委代表骑兵团向7分区移交俘虏、战利品，办理镇防交接任务。休整一天后，骑兵团撤出汝南埠，移驻汝南县城北的金铺镇，一边远距离观察、巩固汝南埠局势，一边休整待命。

回师鄢城集

骑兵团在汝南金铺镇休整时，淮海战场的形势已进入酣战期。11月25日，中野与华野一部在双堆集合围黄维兵团；11月29日，杜聿明开始撤离徐州；12月1日，华野渤海纵队入城警备徐州。张震参谋长协助粟司令运筹帷幄，行军布阵，调兵遣将，派出十一个纵队分别采取平行追击、迂回拦击和衔尾追击，猛力追击杜聿明逃敌。12月4日，华野合围杜聿明集团于徐州西南六十五公里的陈官庄地区。为防止敌人溃逃，布阵二线部队，电令华野总部警卫团、骑兵团一起参加二线战场。警卫团与两广纵队驻防夏邑县会亭集，骑兵团与豫皖苏军区独立旅驻防永城县鄢城集，分别阻截向商丘、亳县方向逃跑的敌人。

根据华野12月1日电令，政委卢福贵立即召开党委会，讨论迅即东返。戴团长、程参谋长提出东返方案：当天下午5时出发,东返路线经上蔡、项城、沈丘、界首,从三角园转阜(阳)亳(县)公路和亳永公路,全程二百七十五公里,每日行军一百三十多公里,两天到达永城县西境的酂城集。在途中不准宿营,间隔距离不要太远,昼夜兼程。行军按第5、第3、第9大队和团直、机炮大队序列行进,1大队殿后,收容病号、病马,随后跟进。会上,1大队队长孟昭贤想不通,说:"我们1大队一向都是打头阵的,这次为什么要殿后?"戴团长立即驳回:"骑兵团是纪律严明、雷厉风行的战斗部队,赶快回去准备!"

孟昭贤思想问题没有解决,情绪抵触,很不高兴。会后,为稳定部队情绪,鼓舞士气,卢政委找孟昭贤单独谈话,解释说:"自南下以来,你们1大队都是冲锋在前,打头阵,仗仗都有1大队的突出战绩,是立功部队,但是,长期以来没有得到好好休息。这次,让你们1大队殿后,负责照顾全团病号、病马和收容工作,行进时间长一点儿,让你们抓紧时间,休息休息,叫别的部队打打头阵。以后的仗还多着呢,有你们打的!"孟昭贤听了政委这席既暖心又关爱有加的话,心情立即转好,脸上"阴转晴",豪爽地说:"政委,我一定圆满地完成团部交给的任务!"说完,行了一个军礼,高兴地回1大队驻地去了。

回到驻地,孟昭贤紧急召集各区队长会议,传达团部会议精神。会上,也有一些区队干部提出:"为什么要我们殿后?"张兴远还说:"咱们要向团部写报告!"孟昭贤又把卢政委的话作了传达解释,大家这才眉开眼笑,一个个咧着嘴说:"坚决执行命令,到永城去打仗!"

骑兵团各大队按照团部行军计划,除喂马、吃饭外,沿途日夜赶路,马不卸鞍。疲劳时,下马做做体操,活动一下筋骨,想睡觉时咬一咬牙,想想要打仗,精神立马振奋起来。还有业余文艺工作队一路上说快书、讲故事、唱歌、奏笛子、拉胡琴,不时引起一片欢笑声。经过两天多的急行军,12月3日深夜,到达永城县酂城集,各大队安营扎寨,放出警戒哨,吃了一顿热汤、热菜、热饭，大家倒头便睡。团长、政委两人则提着马灯到各大队驻地巡视。

政治工作是"传家宝"

从1948年11月以来，遵照华野特种兵纵队党委的指示，根据华野前委10月曲阜扩大会议规定，骑兵团党委分工卢福贵政委专门负责传达、学习、贯彻曲阜会议精神。这次学习是新式整军运动的继续和深入发展。通过学习，反复进行以"军队向前进"为中心内容的形势教育，使战略决战思想成为全体指战员的奋斗目标和行动准则，加强骑兵团的政治优势，强化组织纪律性、团结协同精神和顾全大局的观念，为打赢淮海战役奠定稳固的思想基础。规定的学习时间较长，从汝南金铺镇休整开始，迨至移师永城酂城集，一边对敌围困，坚守战役二线阵地，一边进行阵地休整，特别是自12月16日进入二十天的战场休整，为集中学习、深入贯彻各项文件，进行组织整顿、思想整顿、纪律整顿，提供了充足的时间保证。

这次整顿，第一，是要抓好团党委自身的思想建设。团党委一班人坐下来，认真学习贯彻1948年9月20日毛泽东为中共中央起草的《关于健全党委制的决定》，同时又重温了1947年7月28日总政颁发的《中国人民解放军党委员会条例（初稿）》。卢政委是一位熟悉军队政治工作，并接受过延安中央党校深造的老红军，十分清楚这个《条例》的重要性，这是军队党的委员会的第一个文件，是军队党建史上的一件大事。

卢政委向大家介绍说，党委制实行集体领导，是党对军队实行绝对领导的根本制度。党委制经历了一个建立、中断、恢复和发展的历史进程。北伐战争时期，国共合作组织的军队和南昌起义的军队都仿效苏联红军的组织原则，设立了党的前敌委员会和党代表制；1927年9月毛泽东在江西永新县三湾村进行部队改编，确立了各级党委制，团营以上单位建立党委，党支部建在连上，连以上各级设置党代表，由党代表任党支部书记或党委书记，还在军事高级领导机关建立前敌委员会（简称"前委"，亦称"前线委员会"），从理论和实践的结合上奠定了党委制的基础。1931年，在"左"倾错误影响下，11月召开的赣南会议，将党代表改为政治委员的全权代表制，错误地取消了红军各级党的委员会，党委制从此中断。在政治工作条例中不适当地规定了政治委员是"党的全权代表"，享有"监督一切军事行动军事行政的权力"，并有最后决定权，以首长制的个人领导取代了党委制的集体领导。红四方面军张国焘就是利用总政治委员的职权，在长征途中同党中央闹分裂，给党带来了巨大的危害。遵义会议结束了王明的"左"倾错误，逐步恢复党的集体领导制度，在红军各军团和中央建立革命军事委员会和军分会等。抗战初期，正式决定在红军的"军、师、旅、团……成立军政委员会"，对部队各级实行统一领导，实际上具有党委员会的性质，但与党委制相比，还不够健全、不够完善。1945年，在党的七大会议上，决定根据古田会议原则，组织军队中党的各级委员会。各单位按照中央要求，先后建立了党的各级委员会，实行对军事、政治工作的一元化领导，并逐级指定了纵委、旅委。各野战军建立中共委员会，称前委；两个以上野战军共同作战时，组织中共高级机关，称总前委，都是中共中央的代表机构。1947年2月27日，中共中央专门发出《关于恢复军队中各级党委制的指示》，从此，全军团以上各级党委会普遍恢复、建立，随后营也建立党委员会，并日益健全起来。卢政委最后说："党委制是有关我党兴衰存亡的头等大事！"

参加学习的同志听了卢政委的这一段党建历史后，深受教育，加深了对党委制的认识，表示坚决拥护中央的决定，坚决贯彻在党委领导下的首长分工责任制。有的说，随着党委制的恢复和建立，团党委领导得到了明显的改善加强。但是，还存在不少问题，比如，对党委制的重要性认识不足，党的会议和行政会议混淆不清，事无巨细都拿到党委会上讨论，会形成党委包办一切。有的担心，在紧急情况下会不会误事，影响战斗？经过几次讨论学习，大家提高了认识，认为党委制是我军长期革命斗争实践经验的科学总结，是确保党对军队绝对领导和高度统一的根本制度。有的说：党委制要注意党委集体领导和个人负责相结合，二者不可偏废，一切重大问题均需提交党委会集体讨论决定，各委员和业务部门分别执行。党委制还规定在作战时和情况需要时，首长"有临机处置权"。戴团长很有体会地说：团政委和团长必须服从党委会的领导，执行党委会的决议，主动履行自己的职责。党的委员会不能包揽行政业务，不要代替和干预行政首长正常行使职权。这一领导体制，既能充分发扬民主，有利于集中大家的智慧，又能充分发挥首长的作用，保证军队高度集中指挥。

第二，不断进行形势教育，坚定必胜的决心和信心。解放战争的第三年，敌我力量发生了变化，全国政治、军事、经济形势对我方极为有利。1948年9月，毛泽东在中央政治局会议上提出用五年左右的时间从根本上打倒国民党的反动统治。10月11日，毛泽东亲自制定《关于淮海战役的作战方针》，提出"打过长江去，解放全中国"的伟大号召。11月2日，辽沈战役胜利结束，东北解放，毛主席在《中国军事形势的重大变化》一文中，提出再有一年左右的时间，就可以从根本上打倒国民党反动政府。这一系列新的论断和预见，无疑是强大的兴奋因素。但要把这伟大的兴奋因素变为指战员的信念和行动，必须依靠强有力的政治工作的贯注，才能提高指战员的政治觉悟，坚定胜利的信心，发扬勇敢不怕死的精神，来实现伟大的胜利。

每当上述毛泽东和党中央的指示、文章发表后，卢福贵总要带领政治处的工作人员深入连队、深入基层、深入士兵，一起进行学习讨论，力求把政治思想工作做到指战员的心窝里，渗透到战斗的每个角落。在骑兵团进驻鄹城后，指战员有机会天天阅读华野办的《人民前线》、中野办的《军政往来》等报纸杂志，注意到各战场的胜利捷报。今天这里歼敌多少人，明天那里缴获多少大炮、枪支、弹药，两个野战军把黄维兵团围歼于双堆集，又把杜聿明集团三十万之众合围在陈官庄、青龙集地区……大家眼看一场大战将近尾声，每个人都是求战心切，急得像猫抓似的摩拳擦掌，跃跃欲试，主动请战。有的说怪话："长江北边我们是打不上敌人了。"更多的是到团部找首长请战，有的提交火线入党申请书，有的还发脾气，嗷嗷地乱叫，连战马也在嘶鸣，围着拴马桩打圈圈。

　　面对这样的大好局面，卢政委不由得想起五年前在延安中央党校时一位老师讲过的一句名言：政治工作是我军的"传家宝"。在战争年代，政治工作与枪炮一样重要，是克敌制胜的武器。朱总司令强调它是"第一件宝贵的武器"。政治工作的优良传统万万丢不得，万万不能失传，一定要在新的历史时期发扬光大。眼下，应当发挥政治思想工作的威力，引导大家把迫切求战的思想转变为杀敌立功的动力，积极做好当前的战备工作。为此，团党委研究决定，开展一次有针对性的学习形势高潮。这次是学习11月16日中央军委对淮海战役的指示："此战胜利，不但长江以北局面大定，全国局面亦可基本解决。"经过学习讨论，骑兵团的同志们普遍认识到：识大局、顾大体，就是要树立战略全局观念和战役整体观念，要为战役的胜利当好配角。有的说，为了战役的胜利，甘愿苦守二线，当无名英雄，把荣誉让给别人，把困难留给自己。多数同志从思想上解决了问题，主动提出口号："敌人逃到哪里，就坚决追到哪里，把他们彻底歼灭在哪里！""以我们的战斗胜利，争取全国胜利更加提前到来！"有的大队还与当地民兵协商，发动群众，共同守好二线，进行严密周详的分兵布阵，张网以侍，捕捉逃敌。

　　第三，强化纪律性教育。根据华野10月曲阜前委扩大会议精神，团党委决定召开党委扩大会，进行一次以加强纪律为中心的思想整顿。扩大会首先学习中央9月会议毛泽东提出的"军队向前进，生产长一寸，加强纪律性，革命无不胜"的光辉思想和伟大号召。在学习讨论中，大家普遍体会到淮海战争已由游击形式过渡到正规形式，是一次大兵团、多兵种参加作战的大战。为夺取战役的全胜，中央和华野十分重视严格的纪律性，并把加强纪律性放到战略方针中心环节的位置上，以保证整个部队在集中的统一指挥下，统一意志，统一行动，做到团结、协同动作，决不容许各自为战，擅自行动。一切妨碍团结、协同作战的行为，都是影响全局、违反纪律的行为。

经过学习座谈和热烈讨论，大家进一步提高了执行纪律的自觉性。在总结心得体会时，戴团长斩钉截铁地说："战时，部队组织纪律性的最高标准，一句话，就是服从命令听指挥。"卢政委颇有心得地补充说："纪律是巩固党的统一团结，贯彻执行党的方针政策，完成各项任务的重要保障。只有加强纪律性，自觉遵守纪律，才能保证全党全军在政治上、思想上、组织上、行动上的一致，才能增强全党全军的团结，保证革命战争的胜利。"两位首长还带头进行检查，在西线担任侦察作战任务期间，执行纪律上存在松弛现象，与友军部队的协作上不够密切，等等。从而使曲阜会议的精神很快转化为争取淮海战役全胜的力量，各单位领导纷纷表示：为争取战役的胜利和大量歼灭敌人，要坚决执行命令，严格遵守时间，分秒不差地完成任务，不准自由行动，指到哪里，打到哪里，不打"滑头仗"，反对游击习气，各自为政；还要搞好军地关系、友邻关系，遵守群众纪律，关心群众生活。

总结时，党委书记卢福贵说："团党委带头向华野特纵党委负责，建立严格完备及时的报告制度，事前有请示，事后有报告，紧急情况及时报告。"

第四，发扬军事民主。军事民主是我军优良传统的三大民主之一，在解放战争时期已有长足发展，尤其是作战中的军事民主更为活跃。

步兵团的粮草经费。为弥补经费不足，又"不与民争食，不与民争草"，邓子恢政委亲自向周纯麟团长、姚运良政委（原宿东游击支队长，现接替康步云为政委）布置任务，责令骑兵团搞生产自给，抽调指战员去洪泽湖边割草、挖莲藕，还要经营食盐生意。这样，骑兵团在自力更生中逐渐发展壮大，受到邓子恢政委的表扬。

从此，骑兵团作为一支独立兵种登上了中国战争的历史舞台。它经过抗日战争和解放战争，队伍逐渐扩大，由小到大，由弱到强，名称和组织机构也有多次变化。1945年12月25日，成立华中野战军，骑兵团划归张震第9纵队；1947年1月28日，成立华东野战军，骑兵团划归特种兵纵队。团政委先后有黎同新、康步云、姚运良，卢福贵是第四任政委；团长有黎同新、周纯麟，现任戴彪是第三任团长。编制人员由三个大队六百多人马扩展为六个大队一千五百多人马，参加了抗日战争的三打老陈圩子战斗、小朱庄战斗、八里庄战斗、保安山战役，解放战争的朝阳集、两淮保卫战、孟良崮战役、豫东战役、济南战役等大小战斗、战役九十多次，歼敌六千七百多人。最突出的业绩，是铸造了骑兵团独特的雄狮风采，养成了高素质的战斗作风和优良传统。全体指战员骁勇善战、顽强拼搏、不畏强敌、不畏艰险、不怕疲劳、不怕牺牲，能够连续作战，具有敢打必胜的信心和决心，还形成了军民一致、军政一致、官兵一致、上下一致的战斗集体。

事物总是一分为二的。骑兵团长期独立执行任务，自姚运良政委1945年3月调离，周纯麟团长兼政委1946年11月调离后，大约有两年时间，团政治委员空缺，政治工作相应削弱。政治工作是我军的生命线，是保证党对军队的绝对领导，贯彻执行党的纲领、路线、方针、政策，保证人民军队的性质和正确的建军方向的重要工作。

最后，喻主任加重语气，语重心长地强调说："老卢，你是老红军，又是优秀的老政工，有很大的优势。老红军当政委，德高望重，镇得住、坐得稳；老政工懂政治，抓得准、办法多、能服众。到任之后，一定要把政治工作抓起来。你肩上的担子很不轻松啊！"老卢说："有喻主任支持，我一定努力完成任务。"

同喻主任谈话之后，卢福贵回到驻地宿舍，一路上心跳加快，情绪激动，同时感到即将开始的工作担子很重，压力不小。他沉思着，忽然眼前一亮，共产党员应当勇挑重担、解决难题，否则，知难而退，耍"滑头"，还算什么共产党人？他的思维渐渐跳出了困境，眼前展现出光明的前景，充满着胜利的信心。

次日，老卢到华野后方总医院检查身体，真是吉人天助，医生说："伤口已经完全愈合，可以正常工作。但是，不能放松护理，不能太劳累，不能让伤口复发。"卢福贵高高兴兴地出了医院大门，把体检结果递送给了喻政委。

四、骑兵团政治委员

上任张弓镇

1948年6月20日，华野政治部任命卢福贵为骑兵团政治委员。次日，卢政委便到特纵政治部向喻新华主任告别。喻主任给他具体介绍了骑兵团领导班子的情况后，中午与他一起吃了午饭，喝了一点儿酒，当作壮行。席间，喻主任十分关心老卢的健康状况，嘱咐说："老卢啊，你的伤口刚刚痊愈，千万不能掉以轻心，还要注意护理，力求不再复发！"

6月21日，特纵政治部派了一辆吉普车，在干部科科长陪同下，卢福贵赴豫东骑兵团驻地。清晨，天气晴朗，东方微显鱼肚白，车子便从山东莘县朝城镇出发了。司机十分熟悉路况，很快过了黄河，进入鲁西南郓城，绕过国民党军队驻防区，沿着华野占领的定陶、曹县、民权地区，涉渡废黄河，跨越陇海路，直插宁陵西境，进入黄泛区。放眼望去，这里一片荒凉，有的地段是湖洼易涝地，经常"潦则为湖，旱则为坡"。民谣说："一湖一凹又一坡，庄稼没有野草多，三天不雨禾苗干，一场大雨变成河。"有的地段为盐碱滩，谣云："冬春白茫茫，夏秋一片光，种一葫芦打两瓢，只见盐碱不见粮。"一路上，没有公路，全是坑坑洼洼的土路，车行缓慢，颠簸剧烈，尘土飞扬。车行一日，于落日时分到达河南宁陵县南部地区的张弓镇。

车到营区，戴彪团长、张先舟副政委率全体营团干部前来迎接。经干部科科长介绍，卢政委与大家一一握手，一同进入团部。晚饭后，戴团长、张副政委送他至宿舍休息。

张弓镇是豫东一座古老集镇，位于宁陵县城西南十五公里处，自古酿酒业兴盛，作坊林立，名扬豫东。骑兵团来到这里，有些人便开始畅饮。但是"酒会生事，更会误事"，卢政委非常警觉，狠抓饮酒纪律性，加以限制，规定：不准随便喝酒，不准到群众中喝酒，更不准酗酒闹事。他还以身作则，滴酒不进，做全团的表率。限酒的措施得到了多数人的拥护，立见成效，饮酒控制住了。不少人反映说："政委是好样的，不愧是老虎团出来的政委。"有的说："不是英雄哪能到骑兵团工作啊！"

22日，戴团长召开营以上干部见面会。参加的有：副政委张先舟、参谋长程朝先、副参谋长朱传贤、政治处副主任李宣化，还有各大队大队长、教导员孟昭贤、张遵三、王开一、王勤元、杜国军、刘金全、刘涛、梁义海等。戴团长向卢政委简要讲述了骑兵团建团七年来的战斗历程后，说："目前骑兵团已发展为第1、第3、第5、第7、第9五个骑兵大队和1个机炮大队（9大队在野司执行任务），共一千五百余人。"随后，卢政委在讲话中，盛赞骑兵团是一支过硬的正规化的英雄部队，具备红军精神的优良传统，不怕苦、不怕累、不怕死和连续作战的英雄气概，以及快速、果敢的战斗作风，立下许多可歌可泣的历史战绩。他表示，今后，"我加入骑兵团的行列，要向大家虚心学习，勤勤恳恳地工作，和大家一起英勇杀敌，为全国的胜利而奋斗！"

会后，卢政委立即召开党委会，传达华野司令部的紧急命令：在豫东战役期间，为保障我军东侧的安全，阻敌西援，应迅速攻取宁陵县城，向东警戒商丘敌驻军刘汝珍整 68 师的行动。会议还研究和制订了夺取宁陵县城的作战方案，并决定立即进行作战动员。

攻占宁陵城

6 月 23 日一早，在张弓酒厂的一间作坊里，骑兵团召开了区队以上干部参加的作战会议。

首先，卢福贵政委宣布野司的作战命令，并强调宁陵城在军事上的重要意义。他说，这次豫东战役的战略部署是"先打开封，后歼援敌"，不管是打开封，还是围歼区寿年兵团、邱清泉、黄百韬兵团战场都设在开封、睢杞、尉氏、通许地区之间。宁陵城位于战场的东面，控扼着海郑公路，是东敌西援必经的一扇重要门户，距离敌东部军事重镇商丘仅三十七公里，一旦有事，机械化部队一个小时即可到达。为此，骑兵团必须坚决贯彻华野首长的指示，迅速拿下宁陵，守住宁陵，修筑东西两面工事，特别要注意对商丘进行警戒，以保障华野大军的东侧安全。同时，卢政委又进一步强调，宁陵城是一座有两千二百多年历史的古城，大家攻城、进城都要遵守城市纪律，不扰民，为民办好事，保护工商业，保护古城文物，不要轻易毁坏建筑物。

接着，程参谋长介绍了敌情。他说，宁陵城日伪时叫沙随镇，国民党时更名新吾镇。它紧靠商丘，城墙坚固，现又着力加固城防工事，但西门城楼北边一段还未完成。据情报：城里驻有国民党保安大队、还乡团，还有县政府，共一千多人。保安大队指挥部设在全城制高点西门城楼上；西关，突出在西门外，守军有一个排。东、南两面兵力较弱，守卫较松。敌县长王叔平率保快速机动的作用,前往截击,并要求全体指战员不怕疲劳、不怕困难、不怕饥饿、不怕打乱建制、不为河流所阻,敌人逃到哪里,就坚决追击到哪里,务求全歼漏网之敌。

骑兵1大队遵照命令,立即向刘集出发,并派骑兵通信员前往联络,要求观堂区地方部队配合,共同截击逃敌。1大队到达刘集东北侧地区时,只见国民党约有千把人向刘集跑去。孟昭贤与副大队长张遵三商量,此仗不能硬拼,只能智取巧打,迅即命令3区队向刘集东侧打敌尾队,2区队迂回敌军西侧,抢占柏树林坟场,急袭杀伤敌兵。在2、3区队就位后,孟大队长命令号兵吹响冲锋号,发起全线冲锋,后面跟着大批地方武装和民兵,声势浩大。敌军遭到突击,一惊之下乱了阵脚,一面组织火力还击,一面向南溃逃。慌忙之间逃到刘集,一见是平原集镇,又无防御工事,被迫继续向南逃跑。当敌军发现被四面包围时,只得钻进附近的一个叫殷楼的村子。殷楼是一个名不见经传的小村庄,只有几十户人家,村四周建筑有围墙,敌人凭借土圩子进行抵抗。我军立即将殷楼包围起来,一面发动攻击,集中全部火力向土圩子射击,还打了几发88小炮,炮弹落地,密集的敌人血肉横飞;一面进行喊话:"徐州已被我军占领,黄百韬兵团全部被歼,蒋家王朝快完蛋了,你们投降吧!""缴枪不杀!""优待俘虏!"……

此时,团长戴彪、政委卢福贵率骑兵团9大队赶到增援,兵威大增。真所谓"兵败如山倒",敌人见到我军陆续增兵,再抵抗是没有出路的,军心已经完全涣散。我军继续发挥兵力的威慑作用,骑兵战士挥舞着亮闪闪的马刀,又打了一阵轻机枪,外加几发小炮,围墙上立即打出白旗,一队队国民党士兵,把枪举在头上,乖乖地投降了。在村庄出口处,枪支码成一堆一堆的,俘虏兵一队一队整齐地站立着。经过对俘虏的简短审讯,知道他们是孙元良兵团41军124师的残部。接着,便将其押解往营地进行清理教育。

随后，地委书记寿仲涛和豫皖苏军区3分队骑兵大队及警卫营一个连乘汽车先后赶来助战。

卢福贵政委主持召开战地会议，对兄弟单位的支援与合作表示感谢。会前，他与1大队大队长孟昭贤高兴地紧紧握手，并说："老孟同志，你们1大队全体指战员辛苦了，团党委祝贺你们！告诉你们，华野在永城以北地区，对杜聿明集团三十多万人达成了三线重兵包围，歼灭包围在双堆集的黄维兵团的日子，已经没有几天了。以后还要打大仗、打硬仗。你们带着俘虏兵，进驻永城酂城集休整几天，待命行动。"

这次殷楼战斗，俘敌一千一百多人，其中有国民党41军少将副军长杨熙宁、124师少将师长严翊等十几名将校军官，还缴获迫击炮两门、60炮五门、重机枪十挺、轻机枪二十八挺和一批冲锋枪、马步枪、手枪，以及电台四部、骡马三十多匹、银元五十箱、枪弹四大卡车。

次日，华野司令部来电褒奖了骑兵团1大队的英勇战绩。

骑兵打坦克

1948年12月15日，黄维兵团在双堆集被歼时，华野部队已将杜聿明总部和邱、李兵团压缩在永城东北，以陈官庄为中心的狭小地域内，开始了淮海战役的第三阶段。为不使蒋介石下决心将平津之敌海运南下，遵照中央军委的指示，我华野部队对杜聿明集团暂时采取"围而不打"的战略措施。自1948年12月16日至1949年1月5日，部队转入历时二十天的战场休整。按照华野司令部部署，骑兵团进驻河南夏邑会亭集附近，一边休整，一边担任战役警备任务。1949年1月6日15时30分，发起对杜聿明集团的总攻。

这次总攻，华野部队以绝对优势的炮兵火力，掩护步兵连续爆破，迅速攻占敌人阵地。正像粟裕司令员所说："我们除了没有飞机外，一切都有，我们的炮兵和坦克比敌人多。""我们打淮海大战的第三阶段，一举包围杜聿明集团的三十万人马，其中有突围可能的要数坦克部队。坦克是蒋军依赖的先进重武器，拥有猛烈的火力、作战威力大、进攻能力强等特点，也是我骑兵部队的一个"克星"。如果让骑兵打坦克，等于以血肉之身碰撞钢铁之躯，按常规，必败无疑。骑兵团党委硬是不信这个"邪"，决定发扬军事民主，把这个难题下放给全体指战员论战，团长、政委分头亲自参加各大队的论战会。经过几轮"诸葛亮会"的热议，群策群力，献计献策，提出了多种方案，其中比较成熟的是1大队提出的方案。

经过团党委进一步研究和修改补充，形成了一个周密详细可行的作战方案。这个方案依据地形地貌，在便于坦克逃窜的地区，构筑一个反坦克阵地，挖战壕、筑土堤、埋鹿砦，以挫其锐气，阻其快跑；留一条通道，给其出路，让坦克钻进预设的袋形地段。在阵地前沿多设侦察哨位，监视敌坦克行动。1大队组织爆破骑手，捆绑多个集束手榴弹，根据侦察信息，在敌坦克快到阵地之前，迅速分头埋入地下，用一根导线连接，利用刚缴获的敌军工兵使用的点火闸，接上导线。点火时间选择在坦克进入设伏区后，一按电闸，全线爆炸，有望炸瘫一些坦克。2大队和3大队立即从两翼出击，对付漏网逃生的坦克，各队都组织专骑，快速向坦克履带或腹部投送炸药包，还选出骑术高手必要时飞身爬上坦克，向车盖、枪眼塞手榴弹、打机枪。

这样，把敌情、地形、任务和各作战单位、个人的具体打法统一起来，做到人人心里有数。战中，团首长组织大家及时处置新情况，克服新障碍，保证战斗的顺利发展。战后，立即进行立功创模的评定工作，上下结合、具体生动、内容丰富的评指挥、评战术、评纪律、评作风、评战功，使骑兵团的政治工作同军事工作和谐地结合起来，融为一体，成为军政工作统一的有机体，有效地提高了部队的战斗力。

第五，始终抓紧党支部的建设。骑兵团党委根据特纵政治部的指示，曾于 1947 年年底至 1948 年年初开展新式整军运动，各区队党支部的建设有了很大加强。一是各支部的地位和作用，由原先党支部同连队其他组织（如士兵委员会）平列，对各项任务只起单纯的保证作用，现在已成为全区队政治、军事、经济的统一领导核心，以保证党对军队的绝对领导。一是支部的活动方式，由原来的秘密状态变为公开活动，使党支部同非党群众的联系更加密切。但是，党支部的建设还是跟不上形势发展的需要，集体领导未能很好地建立，党的思想教育和组织状况比较薄弱。

1948 年 10 月，总政颁布了《关于支部工作的条例（草案）》，指定华东各部队为先行试点单位。卢福贵政委明白，这是部队基层建设的一项重大措施。经过团党委研究决定，组织政工干部下连队，调查党支部存在的问题，主要是思想上的糊涂观念。例如，有人认为："党支部领导是形式，有问题还得找首长解决。"有的说："行政工作是本分，党支部工作是额外负担。"有些干部对加强支部领导还存在疑虑，说："区队长、指导员选不上支委怎么办？""支部委员会是领导核心，在紧急情况下，开不了会，会不会误事，影响战斗？"据此，卢政委首先从思想教育着手，组织区队干部和党员集中时间学习党支部工作条例，弄清支部工作的性质、任务和组织制度、职责、关系等，从而提高认识，启发觉悟。以团为单位，集中轮训支委、小组长，进一步研究摸索支部工作经验，分清支部工作与行政工作的界限，摆正军事干部与政工干部的关系。还要充实支部生活的内容，把集体领导、三大民主纳入议程，掌握好连队工作的"三把钥匙"，特别是开展杀敌立功运动和发展新党员的工作。

在战争时期，党支部的战斗堡垒作用，区队干部、党员，特别是政治指导员的以身作则、模范带头作用，是最有说服力、凝聚力的，是极有权威的无声命令。他们的言行往往决定着连队的士气，决定着战斗的成败。一个完整的党组织，经过一两次战斗，由于伤亡大，减员多，组织便残缺不全，所以党员数量常感不足。因此，发展党员的工作要有计划地常抓不懈，边打边建，并坚持三个原则：坚持入党条件不能降低；坚持教育在先，打好思想基础；坚持履行入党手续，个别吸收，不能马虎草率。为了保持党支部战时不间断的领导，保持和提高连续作战的战斗力，同时战场也是考验发展对象是否具备英勇战斗和自我牺牲的革命精神，往往采取"火线"入党的方式。战前，选准发展对象，分工专人培养教育，并提出入党申请；战中，在激烈的战场上分配艰巨的战斗任务，进行严峻的考验；战后，按审批程序办理入党手续，经上级党委批准。火线入党活动可以结合进行候补党员转正、追认党员，并与战场宣传鼓动、评功记功结合起来。但是，两者既有联系又有区别，火线入党者一般是火线立功中的积极分子，而火线立功者并不都具备入党条件。

第六，发挥区队各种组织的作用。淮海战役是一次空前的大兵团决战，参战兵力多、战场范围广、作战时间长。指战员整天蹲在战壕里，生活艰苦、单调枯燥、思想沉闷。骑兵团党委决定，利用休整时间，团长、政委亲临前哨，看望大家，并派出多批政工干部深入战地，深入基层，和大家一同蹲战壕。发动团支部、士兵委员会、俱乐部、互助组等开展战地活动，通过小型动员、宣传鼓动，及时宣读《人民前线》、《军政往来》等报纸杂志，传达战场胜利的消息，表扬战斗英雄、模范或记功，传播经验和鼓舞士气，很受指战员的欢迎，大家亲切地称之为战壕的"宝贝"。在党支部领导下，各连队组织出快板、墙报，表扬连队先进模范事迹；开展下象棋、军事体育等项目的比赛活动，增强体质；用编演战士喜闻乐见、短小精干、生动活泼的快书、讲故事等说唱文艺节目，宣传好人好事，表扬先进，以活跃阵地文化娱乐生活。还发动后勤、卫生队和炊事班为兵服务，炊事员想尽办法，改善伙食；卫生员送医上阵地，减少疾病，改善卫生条件，做到："穿暖、吃热、吃饱、吃好、少生病、不生病"。这样，使艰苦单调的战壕阵地活跃起来，变成鼓舞士气、发扬革命乐观主义精神的"战士之家"。

骑兵团在进行思想整顿期间，及时把整顿成果成功地融入到战斗中去，出色地完成了两次阻击战斗任务：一是殷楼歼敌，二是骑兵打坦克。

殷楼歼敌

11月30日晚，杜聿明奉蒋介石之命，率领三个兵团及徐州地区的行政机关、后方人员和部分青年学生，共约三十万人马，开始撤出徐州。其绕过山区，经津浦路西的大平原，沿萧（县）永（城）公路向淮河西岸成多路纵队蜂拥而逃。

粟裕司令员于12月1日命令各部队快速前进，从四面八方向逃敌进击，把敌人截住。4日，我军便将杜聿明兵团包围在徐州西南一百三十里的陈官庄地区，并发起攻击，进一步压缩敌军阵地。6日中午，杜兵团召开各司令官会议，孙元良说："我们掩护阵地处处被突破，再战下去，前途不乐观，现在突围尚有可为。'将在外，君命有所不受'。目前，只有请主任（杜聿明）独断专行，才可挽救大军。"邱清泉连称"良公的见解高明"。李弥比较冷静，最后表态："请主任决定，我照命令办。"大家一致同意分头突围，到阜阳集合。可是，邱清泉、李弥回到部队后均反了悔。李弥向杜聿明报告："东北敌人很多，突围不易。"邱清泉也说："坏了！坏了！西面、南面敌人阵地重重，突围也无法全军。"杜聿明同意撤销决定，但是，孙元良兵团驻地高楼已炮火连天，电话中断，无法联系，仍按会议决定突围。当夜，经第5军防御阵地突围时，大部被扣留，向西南突出去的孙元良兵团部及所属41军、47军均被解放军缴械、俘虏。军长胡临聪、汪匣锋等被俘，孙元良只身化装逃出重围。

这时，我骑兵团接到张震参谋长的命令，命骑兵团于永城和亳县之间的刘集附近，截歼孙元良兵团潜逃之残部。卢政委和戴团长立即研究，让就近驻防的骑兵第1大队作为先头部队，发挥快速机动的作用，前往截击，并要求全体指战员不怕疲劳、不怕困难、不怕饥饿、不怕打乱建制、不为河流所阻，敌人逃到哪里，就坚决追击到哪里，务求全歼漏网之敌。

骑兵1大队遵照命令，立即向刘集出发，并派骑兵通信员前往联络，要求观堂区地方部队配合，共同截击逃敌。1大队到达刘集东北侧地区时，只见国民党约有千把人向刘集跑去。孟昭贤与副大队长张遵三商量，此仗不能硬拼，只能智取巧打，迅即命令3区队向刘集东侧打敌尾队，2区队迂回敌军西侧，抢占柏树林坟场，急袭杀伤敌兵。在2、3区队就位后，孟大队长命令号兵吹响冲锋号，发起全线冲锋，后面跟着大批地方武装和民兵，声势浩大。敌军遭到突击，一惊之下乱了阵脚，一面组织火力还击，一面向南溃逃。慌忙之间逃到刘集，一见是平原集镇，又无防御工事，被迫继续向南逃跑。当敌军发现被四面包围时，只得钻进附近的一个叫殷楼的村子。殷楼是一个名不见经传的小村庄，只有几十户人家，村四周建筑有围墙，敌人凭借土圩子进行抵抗。我军立即将殷楼包围起来，一面发动攻击，集中全部火力向土圩子射击，还打了几发88小炮，炮弹落地，密集的敌人血肉横飞；一面进行喊话："徐州已被我军占领，黄百韬兵团全部被歼，蒋家王朝快完蛋了，你们投降吧！""缴枪不杀！""优待俘虏！"……

此时，团长戴彪、政委卢福贵率骑兵团9大队赶到增援，兵威大增。真所谓"兵败如山倒"，敌人见到我军陆续增兵，再抵抗是没有出路的，军心已经完全涣散。我军继续发挥兵力的威慑作用，骑兵战士挥舞着亮闪闪的马刀，又打了一阵轻机枪，外加几发小炮，围墙上立即打出白旗，一队队国民党士兵，把枪举在头上，乖乖地投降了。在村庄出口处，枪支码成一堆一堆的，俘虏兵一队一队整齐地站立着。经过对俘虏的简短审讯，知道他们是孙元良兵团41军124师的残部。接着，便将其押解往营地进行清理教育。

随后，地委书记寿仲涛和豫皖苏军区 3 分队骑兵大队及警卫营一个连乘汽车先后赶来助战。

卢福贵政委主持召开战地会议，对兄弟单位的支援与合作表示感谢。会前，他与 1 大队大队长孟昭贤高兴地紧紧握手，并说："老孟同志，你们 1 大队全体指战员辛苦了，团党委祝贺你们！告诉你们，华野在永城以北地区，对杜聿明集团三十多万人达成了三线重兵包围，歼灭包围在双堆集的黄维兵团的日子，已经没有几天了。以后还要打大仗、打硬仗。你们带着俘虏兵，进驻永城酂城集休整几天，待命行动。"

这次殷楼战斗，俘敌一千一百多人，其中有国民党 41 军少将副军长杨熙宁、124 师少将师长严翊等十几名将校军官，还缴获迫击炮两门、60 炮五门、重机枪十挺、轻机枪二十八挺和一批冲锋枪、马步枪、手枪，以及电台四部、骡马三十多匹、银元五十箱、枪弹四大卡车。

次日，华野司令部来电褒奖了骑兵团 1 大队的英勇战绩。

骑兵打坦克

1948 年 12 月 15 日，黄维兵团在双堆集被歼时，华野部队已将杜聿明总部和邱、李兵团压缩在永城东北，以陈官庄为中心的狭小地域内，开始了淮海战役的第三阶段。为不使蒋介石下决心将平津之敌海运南下，遵照中央军委的指示，我华野部队对杜聿明集团暂时采取"围而不打"的战略措施。自 1948 年 12 月 16 日至 1949 年 1 月 5 日，部队转入历时二十天的战场休整。按照华野司令部部署，骑兵团进驻河南夏邑会亭集附近，一边休整，一边担任战役警备任务。1949 年 1 月 6 日 15 时 30 分，发起对杜聿明集团的总攻。

这次总攻，华野部队以绝对优势的炮兵火力，掩护步兵连续爆破，迅速攻占敌人阵地。正像粟裕司令员所说："我们除了没有飞机外，一切都有，我们的炮兵和坦克比敌人多。""我们打杜聿明，几乎用炮火推平村庄，一个村子打几千枚炮弹和成千上万斤炸药。"这样强大的攻势，迫使杜聿明的防御体系开始土崩瓦解，逐渐收缩阵地，最终被迫突围。9日，蒋军在二十余架飞机掩护下施放毒气，向陈庄、刘集地区运动。晚上，杜聿明躲到陈庄第5军司令部，指挥部及战车等部队在陈庄以西集结。当天晚上，粟裕立即命令炮兵改变炮轰目标，从陈官庄转向陈庄。陈庄顿时一片火海，炮声震天、杀声动地，轻、重机枪猛烈射击，手榴弹连续爆炸，各色曳光弹漫天乱飞，照得大地如同白昼……第5军军长熊笑三哀叹："今天兵团部刚来，解放军的炮弹也跟着来了。"10日全歼敌军，活捉杜聿明，击毙邱清泉，李弥漏网脱逃，胜利结束淮海战役。

据情报，国民党军徐州"剿总"战车独立1营副营长吴秀章已带领十五辆坦克向驻马店方向突围。该坦克部队原先部署在陈官庄"剿总"指挥部北面的田野里，其任务是屏蔽"剿总"，在不得已时还要保护杜聿明和高级将领突围。在粟裕炮击陈官庄时，吴秀章与杜聿明失去联系，按照"剿总"副官长的指示，实施迅速突围。沿途被我方攻击部队打掉九辆，其余六辆继续西逃。为此，张震参谋长及时通知骑兵团，迅速进入临战状态，防止敌人的战车部队西逃。10日凌晨，张参谋长又下达2号电令："有六辆坦克已经突围，并向你们方向逃窜。你们无论如何要捉住它们，不让逃走！"

戴团长和卢政委接到命令，立即下令做好一切战斗准备，同时派出骑兵大队向永城薛湖方向拦截，实施正面宽距离的搜索。大队长王俭元、教导员刘振亚带领部队，在夏邑胡桥以西的关楼全吴庄地区与敌军六辆坦克遭遇。骑兵打坦克，这是首次，缺乏经验，前沿部队迅即开枪射击，打得坦克火星四溅，却还是不管用。副班长王其富恼火了，端起冲锋枪，冲上去扫射，也无济于事。骑兵战士不了解美制M3A1坦克钢板厚、速度快的性能，没有反坦克武器是打不透的。坦克继续向西逃窜，在会亭集西北火神庙附近，一辆坦克陷进沟里，动弹不得。坦克经过长时间的快速行进，乘员又超载，车内空气稀薄、污浊，敌人一个个从窗户上爬出来，想钻进前面的坦克继续逃窜。3大队骑兵战士迅速包围上去，把这辆坦克和人员俘获。王俭元让战士爬进坦克检查，自己则亲自审讯俘虏。

团参谋长程朝先及时赶到现场，见到俘获的第一辆坦克，高兴得满脸堆笑，当即表扬了3大队，继而让通信员吹号，传令各大队立即投入战斗。

1大队驻地刘大庄靠近火神庙。大队长孟昭贤率领全体指战员提前参加追歼坦克的战斗。他命令最先赶到的1、2区队迅速投入战斗，衔尾追击不舍。待3区队到达后，他又改变战斗队形，让2、3区队分别向敌两侧翼疾进，形成夹击之势。全体追击部队向坦克打枪、投弹，以猛烈的火力实施围歼。2区队队长王永丰率队边打边冲，副队长王广华连续投掷两颗手榴弹，随即冲向坦克，一个鹞子鱼跃，跳上坦克，骑兵蒋步宽、郭长青立即跟进，一纵身也跳上了坦克。他们一个用手榴弹敲打"乌龟壳"盖，一个折弯天线，一个砸潜望镜，迫使坦克放慢行速。一瞬间，冷不防地炮塔转动起来，王广华知道站立不住，一声令下："下车！"三人像飞燕一样轻轻落地，一个箭步跃身潜伏在附近的坟堆背后，准备射击。忽见坦克盖慢慢打开，敌驾驶员刘汉荣钻了出来，慌忙向前面的坦克跑去。王广华一发子弹打中刘汉荣下巴，致其负伤被俘（刘汉荣是国民党军的一位优秀坦克手，后任我军装甲兵学院坦克教员）。坦克亮出白旗，王广华等登上盖顶，接受投降。这样，1大队俘获了第二辆坦克。

大队长孟昭贤命令骑兵继续追击，不断地用火力截击。王广华等仍想弃马跳上坦克，逼敌投降，但均无成效。副大队长张遵三不懂坦克的性能，莽撞地率领机枪组从侧翼赶到前面，迎面阻击。坦克继续前进，还开炮、打重机枪，以猛烈的火力进行还击。张遵三头部负伤，1区队队长袁化先身负重伤（在后方医院牺牲)。孟大队长一看情况不好,又一次改变战斗队形,急令部队呈散兵队形,保持一定距离,避敌猛烈的火器。追击至会亭集东南一片旷野地区,一辆坦克在慌乱中陷入泥坑,驾驶员急忙加大油门,企图冲出泥坑,履带急速转动,污泥、水浆飞溅四周,坦克依然僵死不动。1大队迅速缩小包围圈,坦克还在顽抗,又开炮又打枪,终未形成杀伤力,最后被迫投降,1大队拿下第三辆坦克。

1大队继续紧咬坦克群。在夏邑业庙北侧,骑兵王金亮、李学良纵马一跃,跳上最后面的一辆坦克,一边用手榴弹敲打顶盖,一边喊话:"你们跑不掉了,快投降吧!我们优待俘虏!"冷不防,前面的坦克突然掉转机枪,一阵扫射,致李学良轻伤、王金亮重伤(在后方医院牺牲)。孟大队长见情况突变,急令2区队多带手榴弹向坦克靠近,同时指挥全大队火力向两辆坦克猛烈扫射,掩护两位伤员撤下来。骑兵追击至谢寨、步桥一带,一辆坦克在一条小河沟前突然停止前进,又把炮口对准追击的骑兵,喷出一阵阵强烈火焰,炮弹落地,泥土、灰尘飞扬,机枪扫射,弹如雨下。骑兵们急忙下马,在一片坟地上散开,把火力对准坦克,实施还击。程参谋长和孟大队长带着机枪手趴在一个大坟墓墙里,敌坦克向大坟墓周围打炮,一炮落在大坟墓后,一炮落在墓前。警卫员朱惟金久经沙场,知道第三炮一定会击中他们,立即把两位首长拉跑,边喊:"这里危险,快转移!"刚离开,第三发炮弹便在坟墙里开了花。来不及转移的机枪手蒋步宽、弹药手李振香被炮弹击中,当场牺牲。在坟墙外射击的班长汤传厚重伤(在后方医院牺牲),骑手郭长青当场牺牲。2区队队长、小个子王永丰机警灵活,见到伤亡太大,一边喊着:"撤!"一边顺沟向不知名的小村急驰,副大队长王广华紧紧跟随。快进村时,突然一阵机枪声,王广华不幸身中七弹,肠子流出肚外,鲜血洒落疆场。王永丰替他包扎,王广华脸色苍白,有气无力地向王永丰时断时续地说:"老乡,我不行了,给我家里捎个信……"话音未落,他的心脏就停止了跳动。顷刻间,1大队便伤亡十多名指战员。

这场激烈的战斗没有阻住敌坦克继续向西逃窜。孟昭贤留党支部书记张德才负责战场遗留事宜:收敛烈士遗体、医治伤员等,他自己则召集剩余人员,动员说:"打坦克,不能硬拼,只能智取!"他说,"坦克装甲厚,火力猛,我们骑兵打不赢,但车内人员要呼吸、吃饭、喝水,只要紧追不舍,就会有杀敌战机,打赢坦克。"遂决定采取"群狼战术",不停地穷追、紧缠、硬逼,与坦克保持一定距离,呈扇形衔尾追击,遇到有利地形,立即冲上去,打天线、打潜望镜、朝驾驶孔投弹,或用集束手榴弹炸它的腿——履带。

时下,卢政委和戴团长坐镇团部,与华野司令部张参谋长保持热线联系,一有情况,及时上报。华野司令部指示:"据情报,坦克内可能藏有敌军主帅杜聿明。逃出重围的六辆坦克,一定要全部捉住,不让一个敌人逃跑!"为此,团部向追击前线传达华野首长的命令,并命令附近的3大队再次全队出动,多派骑兵,多备马匹,前往增援1大队。

1大队追击至会亭集西南白庙北的小常庄时,坦克内的敌人发生内变。由于坦克长时间打炮、打机枪,车内温度不断升高,坦克营副营长吴秀章的太太憋得几乎晕过去,叫苦不迭;坦克严重超员,人挤着人,连炮塔都无法转动;天线被炸坏,不能与外界联系,潜望镜被炸碎,驾驶员无法正常开进。第四辆坦克被迫伸出白旗。1、3大队一起包围上去,当即俘虏全车人员,其中还有两名徐州高中的女学生。

敌军剩下的两辆坦克继续向西溃逃,1大队和3大队3区队的骑兵一直尾追至安徽亳县东北的杨庄。其中一辆坦克陷入河沟,驶乘人员企图转到前面一辆坦克内。两个大队的骑兵飞驰而上,连人带坦克一起活捉。

最后一辆坦克很顽固,知道自己穷途末路,疯狂地向北乱跑。冬天的夜晚来得早，下午6点多钟，暮色便笼罩了原野。骑兵团追击部队到达亳县芦家庙附近，听到坦克发出一阵"轰隆"、"咔嚓"声，马达戛然停止。勇士们朝响声处飞奔去，形成包围圈，区队长王永丰等首先冲到坦克前。骑手王复林轻身一纵，跳上坦克，一看车盖敞开，车内竟空无一人。车下的骑手喊道："这里有一个受伤的国民党军医官！"王永丰提审军医官，知道其余人员已向前逃跑，马上命令张友田带人前往追击。

张友田带领张友金在月光下追了约一里，见到前面有几个人影在快速移动。张友田高兴极了，一边鸣枪示警，一边高喊："缴枪不杀！优待俘虏！"敌人在黑夜的荒郊野地听到长空呼啸的枪声，顿生恐惧，无力反抗，只得举手投降。据俘虏交代，前面还有逃敌。

张友田一身是胆，是好样的。他让张友金押解俘虏回大队之后，单枪匹马，长啸一声"追！"一路搜索前进。当遇到河流阻路时，他顺河而行，见不远处河上有一条土坝，即从坝上过了河。不一会儿，见路上趴着一人，张友田猛喊一声："快起来！不起来开枪啦！"话音刚落，他纵身下马，直扑那人，顺手搜出美式手枪一支。经审问，知道前面还有三人，张友田押令俘虏带路，很快抓住了逃敌，从每人身上收缴了佩带的美式手枪。他确认前方再无逃敌，便翻身上马，手持冲锋枪，押着四名俘虏，从原路返回。路上在民兵的帮助下，顺利与1大队的战友会合。

孟大队长考虑人马已经极度疲惫，一面派人向团部报捷，一面与当地政府联系，在当地食宿，休息一夜。次日清晨，大家乘坦克回师团部。半路上，坦克油料不足，遵照特纵指示，先后交两广纵队驻军看管，最后由特纵坦克大队派人开走。

这次骑兵打坦克，从早晨8时至晚上8时，1、3大队合兵进击十二个小时，马不停蹄，追击行程一百多里，俘敌四十三人，无一漏网，缴获坦克六辆及全部装备。骑兵团付出了沉重的代价，牺牲九人，受伤十三人，消耗子弹四千发，炮弹、手榴弹五十多枚。

战后，华东野战军首长来电嘉奖骑兵团，特种兵纵队在总结淮海战役时，陈锐霆司令员表扬骑兵团创造了"骑兵打坦克"的奇迹。

1949年1月14日，骑兵团进驻萧县陶楼地区，卢福贵政委主持总结1948年的工作，还召开庆祝大会，弘扬战斗精神，鼓舞士气，表彰淮海战役中的功臣、英雄模范。经上级批准，卢政委宣布：1大队荣立集体一等功，1大队2区队副区队长王广华被追认一等功臣，孟昭贤、王永丰等荣立二等功，王开一、苗福昌等荣立三等功。

从此，"骑兵打坦克"传为佳话，人们津津乐道，并以此为背景，创作了各种形式的文艺作品。记者忙于写文章做报道，画家画成连环画，作家白艾1955年10月发表小说《草上飞》。苏联军事代表团的顾问在考察淮海战役现场时，对"骑兵打坦克"感到疑惑不解，认为是不可能的事情。经过讲解，令苏联军人惊讶不已，转而产生兴趣、感到新鲜，并派人前来调查研究，拍摄现场。

但是，骑兵团第1大队大队长孟昭贤在担任北京军区装甲兵技术部部长期间，回顾当年的实际情况，揭示了其中的奥秘，作了公正、中肯的评论。他说：华野骑兵团在淮海战役最后这场"骑兵打坦克"的战斗，是在特定情况、特定条件下进行的一场特殊战斗。当时，我军坦克少，步兵追不上坦克，地方武装对付不了坦克，只有将这个任务交给唯一的一支骑兵快速部队。首长的选择是正确的，骑兵也不负众望，采取了"群狼战术"，与坦克"保持一定距离，有机会就咬你一口"，从而保证了战斗的胜利。但是，从作战角度看，建制的骑兵部队对坦克作战是不可取的。

的确，一向以快速部队著称的骑兵团，抗战时在淮北曾称雄一时。迨至解放战争初期，突然遇到国民党军装备精良、火力极强的对手，骑兵的弱点立即暴露无遗。骑兵作战时，目标大、队形密集，容易遭受火炮、飞机、坦克猛烈袭击，甚至轻重机枪、冲锋枪、卡宾枪编织的密集火力网也会使骑手和马匹蒙受巨大损失。其灵活机动、击敌不意的战斗特性，迅速勇猛、坚决果断的冲击威力，顿时减色，不再称雄。

新中国成立后，人民解放军顺应战争的发展规律，重点发展摩托化、机械化部队，骑兵作为一个兵种被取消，由"铁马"取代了"战马"。然而，骑兵团建立的许多战绩，"骑兵打坦克"也以我军战争史上一个传奇式的战例，被永载史册，流芳后世。

第十一章　三野教导师政治委员

一、升调教导师

淮海战役刚结束，特种兵纵队在陈锐霆司令员的统一领导下，忙着进行战地接收任务。骑兵团负责打扫战场、维持战地纪律、接收战利品。火炮、车辆、弹药、油料等军用物资散落满地，库存则堆积如山。按照华野首长指示，要连夜将这些物资撤离战场，运往各后方基地的安全地区。

1949年1月12日，骑兵团奉命脱离特种兵纵队建制，归建华野司令部，并前往萧县县城西北的陶楼地区休整。

1月14日，卢福贵政委升任华东野战军直属教导师政治委员，骑兵团同时划归教导师建制。华野教导师下辖三个团：教导1团（由华野司令部警卫团改编而成）、教导2团和骑兵团。部队合编时，在卢政委主持下，骑兵团领导层进行了一次大调整。参谋长程朝先升任团长，副参谋长朱传贤升任副团长，华野警卫团政治处主任郭萍升任政委，政治处副主任李宣化调警卫团政治处升任主任，1大队长孟昭贤升任参谋长，政治处组织股股长王开一任政治处主任，胡广明任副主任，团长戴彪升任29军85师副师长。

卢福贵在骑兵团任政委仅七个多月，却与全体指战员结下了深厚的战斗友情，给大家留下了十分深刻的良好印象。卢政委时年三十七岁，大家称他为"红军老大哥"。在众人心里，他是一位德高望重的好政委,还是一位良师益友。大家说他有长者风范,为人诚恳、平易近人、关心部属、深入群众、以身作则,特别称赞他政治工作经验丰富,十分熟悉政治工作的历史,工作细致、深入、办法多,受到广大指战员的尊敬、拥护。听说政委要调走,许多人都来看望他。大家在政委面前无拘无束,久久不愿离去。好酒的干部还戏说政委在张弓镇上的"限酒令"把大家逼得难过极了,服从命令白天不敢喝,只得晚上悄悄地偷喝几口,过过酒瘾,引得大家哄堂大笑。

2月9日,遵照中央军委关于统一全军组织和番号的决定,华东野战军改称第三野战军。教导师,全称第三野战军直属教导师,仍辖三个团。三个多月后,骑兵团改称骑兵第25团,仍属教导师建制。

3月中旬,卢政委爱人张莹亚还在特纵卫生部工作。一天,赖政委告诉她,三野政治部已来调令,让她去教导师报到。莹亚简单地收拾了一下行李,打好背包,提着一个箱子,第二天便到了徐州。按照与老卢的约定,她先到特纵坦克部队等着,教导师派人前来迎接。后来,由教导师在徐州的警卫团派人派车把她送到铜山三堡镇师部。这天,老卢一直在三野司令部开会,直到半夜才回到师部。好在警卫员尚学太很机灵,已经把莹亚带到宿舍,向她介绍了首长的近况。两人婚后一别,一晃又近两月,这次见面格外高兴!卢政委咧着嘴笑说:"你来得真及时,三天后部队又要南下,打过长江去,解放全中国。"莹亚一听,欣喜若狂,这一直都是她的梦想,眼下真的要打回老家去,解放全中国了。

二、渡江前的政治思想教育

2月13日,教导师移驻徐州南部铜山县三堡镇,继续休整。遵照华野政治部发布的《向江南大进军的政治工作指示》,以铁营为中心，进行一个半月的整训。整训内容是贯彻华野前委在徐州北面贾汪召开的两次扩大会议精神，打好渡江战役，突破长江，追歼逃敌。师党委决定，师长冯文华负责军事整训，以射击为中心内容；政委卢福贵负责政治整训，重点抓紧抓好渡江的政治思想教育。

卢政委与政治部研究决定，这次整训分三个阶段进行。

第一阶段，传达华野前委第一次贾汪扩大会议精神，学习毛泽东为新华社写的1949年新年献词《将革命进行到底》和《关于时局的声明》，以及中央政治局一月会议对目前形势的分析和1949年军队的八项任务、华野的六大任务。为帮助大家深入学习毛泽东的两篇光辉文献，贯彻会议精神，采取领导作报告、上大课、组织专题座谈讨论等辅导方式，使全体指战员明确认识渡江南进任务的必要性、艰巨性和复杂性，深刻理解国民党政府的反动本质和蒋介石的"和谈"阴谋，充分体会到只有坚决打过长江去，才能彻底摧毁国民党的反动统治，达到坚定树立"打过长江去，解放全中国"、将革命进行到底的决心和信心。

在这一阶段的学习讨论中，我们的指战员在新形势下暴露出一些新的思想问题。一是一些人对蒋介石的"和谈"阴谋认识不清，存在和平幻想。有的说："蒋介石被打趴下了，所以才打出和平旗号"，"以后可以过和平日子了"。有的产生轻敌思想，认为国民党军队主力在长江以北被打垮了，"蒋介石剩下的三等残废部队还经得住打？"不少人革命意志开始放松、衰退，惦记着家里的"一亩三分地"、"老婆孩子热炕头"，"仗打完了，可以回家过安定日子，或者转业到地方工作"。二是对长江"天险"的地理、气象条件不了解，产生了一些畏惧和顾虑。有的说："听说长江有八十里路宽，水有几十丈深。""海无边，江无底，一个秤砣落底得三天！""听说江猪是怪物，要吃人，成群结队能把船拱翻！""江里还有九里十三矶，船撞上就沉没！""怪不得曹操当年83万大军过不了江！"有的怕"木船打不过兵舰"，还有美国出兵干涉，增加了渡江难度。还有一些人怕过不惯江南生活，有的说："吃大米长脚气，光见水，不见地。"

在学习中，以两篇文献和贾汪会议精神为武器，针对上述一些新的思想症结，进行认真的讲解和剖析，解决了大家的思想问题，提高了渡江作战的自觉性，增强了渡江奋战的决心，树立了战役必胜的信心。

大家擦亮了眼睛，认识到蒋介石的"和谈"是伪装和平。他一面高喊"求和"，一面在"和谈"的烟幕下，争取时间，编练部队，图谋依托长江天险，划江而治，形成"南北朝"的局面，等待时机，卷土重来。有的人斩钉截铁地断言："现在可不能听蒋介石的和谈谎言，我们不打过长江，就要前功尽弃！"有的人还从历史经验上瞻望渡江胜利的前景，说："中国古代战争史上，兵家往往把长江视为不可逾越的天堑，但也曾有过三次成功渡江的统一战争，西晋灭东吴、隋灭陈、北宋灭南唐，都是在双方实力对比悬殊的情况下，北方军队经过充分准备，大规模地突破长江天险，从而夺取胜利的。今天，解放军二野、三野，还有四野的肖劲光兵团，以百万之众、胜利之师，乘胜下江南，一定能胜利实现中国历史上的第四次大规模的渡江作战。"这样为继续大进军"打过长江去，解放全中国"奠定了巩固的思想基础。大家进一步理解了"将革命进行到底"的真谛，眼下取得的胜利仅仅是"万里长征走完了第一步"。有的说："不把敌人消灭光，胜利、和平都是不牢靠的，一定要听毛主席的话，就是'在南京国民党反动政府接受并实现真正的民主和平以前，你们丝毫也不应当松懈你们的战斗力。对任何敢于反抗的反动派，必须坚决、彻底、干净、全部地歼灭之'。"

第二阶段，学习毛泽东1949年2月8日为中央军委写的复第二、第三野战军的电报《把军队变为工作队》，以及三野前委第二次贾汪扩大会议精神，要求军队学会接收和管理城市的工作。这个"电报"极为重要，它预示着党的工作即将发生历史性的重大转折。复电指出:"今后将一反过去二十年先乡村后城市的方式,而改变为先城市后乡村的方式。军队不但是一个战斗队,而且主要的是一个工作队。"在一个月之后,中共七届二中全会正式决定:"从现在起,开始了由城市到乡村,并由城市领导乡村的时期","人民解放军永远是一个战斗队……又是一个工作队","随着战斗的逐步减少,工作队的作用就增加了",并在不久的时间内,"全部转化为工作队"。"党和军队的工作重心必须放在城市,必须用极大的努力去学会管理城市和建设城市"。

为了保证在渡江战役中顺利进占各大、中城市,三野首长十分重视新区政策、城市政策,特别是入城纪律的思想教育。根据三野前委第二次贾汪扩大会议精神,三野政治部编印出"约法八章"、"入城守则"、"新区农村工作手册"等文件颁发给全军,要求部队广泛深入地进行教育,务使人人知晓、深刻体会政策,严格遵守入城纪律。

卢福贵政委是大别山里出生的红军干部,也没有进过大、中城市,弄不清楚富饶繁华的江南城市有什么特点。他脑子一动,请三野政治部宣传部的同志到教导师来上大课,阐明江南城市的特点和风土人情、入城纪律和城市政策,以提高政治思想教育的质量和成效。

经过几次学习讨论,全体指战员对复杂的城市有了一个初步的印象和了解,认识到执行城市政策的重要性。正如粟裕司令员说的:"京沪杭是国民党反动派的经济、政治、文化中心,对国际上影响很大,如果执行不好,我们在政治上就会孤立。"一些人体会到我们指战员长期战斗、生活在农村,进城后不能简单照搬农村的那一套思想观念。比如,城市中女人烫发、抹口红,但不能叫人家资产阶级女人;不能把穿西装的男人统统打入"资本家"、"资产阶级分子"的行列。有的人说:"北方的地主,吃的穿的还不如南方城市的普通人。"这种思想很可怕,不能把早餐吃大饼、油条,午餐桌子上有两三个菜的人家都看成地主。

军队进城接管大、中城市工作是一件新工作，事事都要小心谨慎，开动脑筋想一想。比如，进城后碰到的复工生产，就要注意"公私兼顾、劳资两利"政策。有人说："原先，我想进城后帮一下工人，为工人办好事，提高工资，改善生活。现在知道，工人工资提高了，但资本家无利可图，工厂倒闭，工人失业，那就事与愿违，好事变成坏事了。"工商业政策也是一样，只能没收官僚资本，对于民族资本家、小商业主和手工业者，必须加以扶植，以活跃市场，保证平民生活。接管江南城市，也不能照搬农村划分阶级的办法来整治城市，只能划分敌、我、友。有人说："还是陈老总说得明白，我们对敌人、特务、帝国主义的阴谋破坏和暗杀分子，要斗争，要消灭他们，随时准备开火。但对开明士绅、资本家、外国人要很客气，要团结，要争取。"

入城纪律是入城政策的前奏。陈总司令在徐州贾汪时就说过："历来军队入了城，往市民家里一住，干好事的不多。"他又查阅资料，找出历史上就有过军队"不入民宅"的记载。为此，规定入城后，"一律不得入民宅"，并列入三野的"入城守则"。有些干部想不通，说："遇到下雨、有病号怎么办？"陈总司令坚持说："这一条一定要无条件执行，说不入民宅，就是不准入，天王老子也不行！"据说，毛泽东听说后，连声称赞："很好，很好，很好，很好。"入城纪律关系到稳定人心，打开局面，建立革命秩序，扭转混乱现象的重大问题。经过学习，大家纷纷表示：一定严格遵守入城纪律，不入民宅，夜宿街头，看戏、坐车、洗澡、吃饭等，凡要付钱的一律付钱、买票，还不能接受居民的礼物。

第三阶段，学习进入总结阶段。为调动指战员的革命积极性，激发部队的革命英雄主义精神，落实和巩固已取得的渡江备战思想成果，教导师党委决定，把政治整训引向群众性的立功运动高潮。大家畅谈学习成果和心得，感到能够参加这次具有历史意义的渡江战役是非常光荣的，流血牺牲也值得，并激昂慷慨地表示："要为人民立新功"，"打过长江去，渡江立大功"。一些人对自己要求很高，立志更上一层楼，争当"渡江英雄"。"英雄比英雄，江南会英雄；人人当英雄，江南立大功！"一批要求入党的积极分子纷纷提出"火线入党"的申请，"哪里需要，就去哪里，哪里危险，甘愿流血牺牲"。广大党员指战员则向党旗宣誓："党员做模范，立功打先锋"。一句话，决心书、申请书像雪花一样飞向师、团政治部门，有些指战员还直接找指导员、政治处主任，甚至师政委，要求挑重担、打先锋，负责最危险、最艰巨的任务。

兵营之内，一片沸腾，立即涌现出群众性的求战竞赛热潮。

三、渡江

3月23日，教导师全体指战员士气饱满、斗志昂扬，随三野指挥机关离开徐州，开赴渡江前线，南移至蚌埠郊区的小集镇孙家圩子附近地区。

遵照三野司令部部署，骑兵团作为一支快速主力部队，于3月30日调归中突击集团9兵团王建安司令员指挥。4月9日，部队向渡江前沿南移，进入纵阳县李家墩地区，待命渡江。

4月1日，教导师率两个步兵团，随三野司令部机关经凤阳、天长、扬州，东移至渡江前沿阵地，进驻苏北泰州城东南十五公里的白马庙村附近，担任三野渡江指挥部的警卫任务。时下的白马庙村原名徐家庄，是三野渡江指挥部所在地。它南临长江，北枕运河，是一处富饶之地，也是一方兵家要地。

1949年3月，中共七届二中全会决定：东北"四野"组建中国空军，华东"三野"组建中国海军。三野首长早在徐州时，即已考虑着手组建中国人民解放军海军的任务，到蚌埠时就确定张爱萍为首任华东军区海军司令兼政委。当时，张爱萍刚从苏联伏罗希洛夫城、海参崴疗养回到渡江前线,并抵达三野渡江指挥部白马庙村。

自从4月21日毛泽东、朱德发出《向全国进军的命令》后,经过三天的激烈战斗,二野、三野百万雄师在一千多里的长江战线上,冲破敌阵,横渡长江,捷报频传。其中三野东突击集团的渡江进程神速,很是喜人。当天午夜,教导师主力配合苏南军区警8旅,攻歼八圩港之敌145师,拔除了敌在靖江的渡江障碍之后,第10兵团第1梯队在国民党军守备重点的江阴地段,突破天生港、王师塘、长山等江防阵地,在长江南岸建立了以江阴为中心的正面宽五十多公里、纵深达十多公里的滩头阵地。22日凌晨,教导师担任江阴的城防警卫任务,国民党江阴要塞军宣布起义。江阴要塞,号称江防门户,东依上海,西近南京,控制着长江下游最狭窄的江面,南北距离仅三里路。东突击集团占领了江阴要塞,拦腰斩断了汤恩伯集团的长江防线,从南北两岸锁住长江,上游敌舰难以东逃,下游敌舰难以西援。从而控扼了长江下游的咽喉要地,军威大振,威慑敌胆,使其先从精神上崩溃。23日,东突击集团各军乘胜南下,势如破竹,相继占领镇江、丹阳、常州等地,切断了汤恩伯的陆路防线沪宁铁路。午夜,8兵团35军占领了国民党经营二十二年的统治中心南京城。24日凌晨3点,104师312团首先登上国民党"总统府"的门楼顶层,降下青天白日旗,升起八一军旗。红旗猎猎飘扬,敲响了蒋家王朝的丧钟,从而胜利完成了长江战役第一阶段的任务。

4月23日是一个可喜的日子,粟裕心情很好,充满着胜利的喜悦,在泰州白马庙召开华东军区海军成立大会,宣布华东军区海军成立,张爱萍为华东军区海军司令兼政委,海军领导机关设在江阴要塞区。为支援华东海军建立筹备班子,粟裕批准教导师师长冯文华率领汪大漠、孙公飞和教导师的一个步兵团,归建华东海军。同时被调的,还有28军82师参谋长李进、三野政治部联络部副部长杨进,以及三野直属侦察营、苏北海防纵队,共四千多人。这次会议，是一次划时代的会议，是解放军的一大军种诞生的会议。四十年后的1989年3月，中央军委确定"4·23"为中国海军的诞生纪念日，白马庙村为中国海军的诞生纪念地。

次日清晨，张爱萍司令员兼政委率部离开白马庙，渡江至江阴要塞，原教导师师长冯文华已在要塞大门外率部恭迎首长。

4月25日，三野直属教导师政委卢福贵率领警卫团，随三野机关从白马庙出发，经八圩港渡过长江，到达江阴要塞，准备向常州进发。首长决定在要塞停留两天，处理善后事宜，考察要塞的军事设施。

粟司令员首先巡视江阴要塞的塞防设施。山虽不高，超不过二百米，然而滨江而立，江面最窄处仅三里宽，形势险要，属虎踞龙盘之地，为国民党经营多年的江防重镇。渡江前，防守兵力已达七千人，并配置有强大的火力武器，设有总炮台一座、大炮台三座、游动炮团一个，有远程要塞炮七十门、加农榴弹炮三十六门，担负着从张家港至黄田港三十六公里的江防。还依山傍水，构筑了一个完整的防御体系，山顶有炮群，山腰有堑壕，山脚有地堡群，港口有木桩铁丝网，江面有舰船，可谓江上雄关，堪称"京沪锁钥"、"江防门户"。接着，粟司令员告诉张震参谋长，其应由三野特纵妥为接管，完整保存，作为重要的教育基地。最后，粟司令员亲切接见起义有功人员、地下党员唐秉琳（炮台台长）、唐秉煜（守备总队队长）、吴广文（工兵营长）等，说："你们为大军顺利渡江做出了重要贡献，为党为人民立了大功。党和人民是不会忘记你们的。"

四、在沪宁线上

25日下午，张震参谋长找卢政委谈话，说："胡炳云29军23日晚9时进驻无锡后，10兵团叶司令叫他迅速向苏州进军，并指令 26 日下午 3 时攻占该地，得手后负责城防警卫任务。29 军 85 师今晚 24 时出发，沿宁沪铁路向苏州挺进，86 师明日跟进，87 师正担负着无锡的城防事宜。叶司令要求迅速派部队接替无锡的城防。你知道，三野司令部无兵可派，只得派你率警卫团，务于明日一早前往接防。"老卢听后，二话没讲，起身立正敬礼，说："坚决完成任务！"张参谋长与老卢握手告别，又补充了一句："眼下兵力正是紧张的时候，等郎广战役后，让骑兵团迅速归队，让教导师参谋长严振衡尽快到职。"

次日，卢政委率领警卫团，经过三十六公里的急行军，于中午从江阴到达无锡，当即与 87 师政委许家屯会见，办理了交接手续。这一天，苏南军区在无锡成立，管文蔚、陈丕显分任司令、政委，下辖三个警备旅，负责加强辖区的警备，警 8 旅控制无锡，警 6 旅控制常州，一个团控制戚墅堰发电厂。教导师驻无锡，负责上海方向的警戒任务。

郎（溪）广（德）战役结束后，浙江局势稳定。5 月 11 日，三野渡江指挥部令骑兵团归建教导师。骑兵团迅即沿太湖西岸，从浙江安吉出发，经长兴、宜兴，进至无锡，15 日进驻新安镇。该镇位于无锡南门外十四公里处，东靠宁沪铁路，西濒太湖，东距苏州四十二公里，人马粮草供应充足。其任务是：作为上海战役的一支预备队，负责追歼围堵上海突围溃散之敌。

最近，骑兵团指战员的情绪不太好。这要从渡江战役说起，骑兵团在枞阳县李家墩地区待命渡江。按照中突击集团指挥部命令，进行渡江前的各项准备工作：战场调查，基本弄清地形、民情、水情、潮汐规律、天气变化等；派人筹集船只，选调和教育船工，针对马多、物资多的实际情况，还准备了一些相应的木排；重点开展军事训练，下湖进河学游泳，上船、下船、乘船、划船，练船上射击，以及进行航渡队形、步骑协同、抢滩登岸等攻击训练。迨至渡江开始，7 兵团命令 21 军和骑兵团以最快速度自取捷径，向杭州追击，"夺取杭州之钱塘江大桥，截敌退路",抢在敌人炸桥以前占领该桥,解放杭州。可是4月20日晚8时,中突击集团发起渡江期间,快速部队骑兵团却被安排在9兵团的队尾,于26日才从无为县泥蚁坝渡江。到达荻港,前进至繁昌,天还没亮,稍事整顿,即沿南陵、宣城之线进入广德十字铺,绕天目山区,走大路直取杭州。5月3日起,仅用一周时间,到达浙江西北部的安吉县,距杭州仅一天路程。步兵21军比骑兵团提前六天出发,于5月2日到达余杭。5月3日兵分两路,61师直插杭州市区,62师凌晨突袭钱塘江大桥。敌人见势不妙,慌忙炸桥,因炸药量小,大桥被炸了一个窟窿。

骑兵团的这次渡江战役,耽误了六天的作战时机,没达成快速突袭敌人、截敌退路的战略目标,全体指战员心存遗憾,满腹怨气,埋怨王建安司令员渡江指挥不当。如果与21军第一梯队或第二梯队渡江,就可以提前四五天出敌不意占领大桥,阻止炸桥事故的发生和截获更多的敌军。加之,上海战役又没有打上仗,情绪产生了波动。为此,卢政委给大家上大课,讲解了共产党员应当顾大局、识大体的深刻含义,骑兵团政委郭萍、王开一主任等也做了深入细致的思想政治工作,大家的思想情绪才慢慢地稳定下来。

5月26日,卢福贵政委命令骑兵团前进至苏州,准备进驻上海担任骑兵巡逻任务,后因情况有变,任务取消。6月10日,教导师率警卫团、骑兵团进入上海西郊嘉定外冈镇整训,休息一个多月,增补新兵五百人。

6月下旬,为纪念"7·7"抗战十二周年、庆祝上海解放,上海市军管会决定举行一次盛大的军民联合大游行。大游行包括解放军入城式和百万军民大游行。解放军入城式由三野教导师警卫团、骑兵团和特种兵纵队机械化部队参加,特纵司令陈锐霆奉命调集部分坦克、炮兵、汽车部队和五十辆战车、五十辆装甲车、二十五辆水陆两用汽车、五百辆汽车、九十六门美式榴弹炮、九门德式指挥炮和部分高射机枪等武器装备。

6月29日，教导师进入上海市江湾虹桥机场，进行一周的队列训练。全体指战员精心准备，刻苦训练，将武器擦得锃亮，穿戴整齐，并理发、刮胡子；骑兵团把马匹刷得干干净净，还为战马挂上了粪袋。

7月7日，按计划先进行解放军入城阅兵式。受检阅的部队一早集结在水电路北至吴淞口路左侧，按骑兵、步兵、坦克兵、炮兵、工兵序列，依次整齐排开。第三野战军、华东军区司令陈毅，在纵队司令员陈锐霆的陪同下，乘坐敞篷吉普车检阅入城式部队。接着，开始分列式，教导师骑兵团作为先导部队，分两路纵队，以良好的军容风纪、整齐的队形、熟练的军事技能，在雄壮的音乐声中，雄赳赳气昂昂地行进在队列的最前面。经过主席台（水电路原国民党装甲兵司令部门前），随着指挥官一声口令，大家向陈毅、饶漱石、粟裕等首长行骑兵礼，首长向骑兵们挥手，高呼："你们辛苦了！"骑兵们高声回答："为人民服务！"走过主席台，穿越市中心，经南京路、淮海路，返回原地。紧接骑兵团之后是教导师警卫团的步兵队列，他们个个身材魁梧、服装统一、步伐矫健、整齐，举枪动作敏捷、熟练。后面依次是坦克兵、炮兵、工兵等队列。

这次盛大的军民联合大游行，声势浩大、秩序井然、军民团结。特别是解放军入场式，威武雄壮，凸显了解放军胜利之师的军威，对稳定局势、鼓舞人民、震慑反动分子起到极为重要的作用。

五、南京公安总队政委

7月13日，卢福贵率领教导师，随三野领导机关从上海迁至南京，进驻国民党江苏省主席的一座公馆。

7月15日，接到三野司令部命令，骑兵团划归皖北军区建制，执行剿匪任务。8月6日，骑兵团奉命北上安徽宿县，归建皖北军区，在阜阳军分区的配合下，执行清剿皖北涡（阳）、亳（县）、蒙（城）一带的国民党游动匪徒。卢政委明白，这次骑兵团的调动，将是最后一次任务，心里十分难过，亲自到火车站送行，与程朝先团长、邓萍政委、朱传贤、孟昭贤、王开一等团领导一一握别，祝他们"旗开得胜，马到成功"！一边说着，不禁两眼湿润了。列车缓缓开动，他仍依依不舍地向指战员们频频挥手致意。回到驻地，他仍然沉浸在伤感之中，静静地呆坐着，遐想着曾经的坚甲利兵、戎马生涯，伴随着阵阵机枪声、手榴弹爆炸声，勇士们争先恐后，驰骋沙场，英勇杀敌。果然，三年之后，华东军区于1952年5月10日下令撤销骑兵团，改编为战车独立第6团，归建华东军区装甲兵。但是，骑兵团创建的铁骑精神将代代相传。

话又说回来了。从6月起，张震参谋长在上海因病住院，现任南京警备区司令员兼任政委的袁仲贤代理野战军参谋长。袁代参谋长知道卢福贵在长征时期即任警卫连指导员，是警卫工作的行家。一天，他找卢政委共同研究教导师的任务，听取了老卢的许多意见，最后他说："眼下教导师是一支城市警备部队，负责南京的警备任务，要保证政府工作的正常开展，保卫人民生命财产安全。这是一项艰巨复杂的任务，不单纯是一个站岗放哨的问题，要负责机关、仓库和重要企事业单位的警卫，要负责反特、剿匪和搜集遣送敌军的散兵游勇，要维护政策法令和交通秩序，要纠查军容风纪、缉私、打击黑市等。当前，南京社会秩序一团乱麻，国民党政府南逃时留下的潜伏特务有几千人，公安局又留用了一批'首都警察厅'的旧人员。任务十分繁重，现有一个警卫团，兵力不够用，暂时先把三野军政干校警卫连调来，还要从野战部队调一批人来充实警备部队。"

警卫部队的许多任务是与市公安局的任务重叠交织在一起的，不能单独地孤军作战。部队具有的传统枪杆子的威慑作用，必须与市公安局相配合，才能收到预期的良好效果。南京解放后，五个月换了两任局长，即："二野"保卫部部长周兴为首任局长，"三野"保卫部部长龙潜为第二任局长，他们不是在任时间短暂，就是不懂地方公安工作的特点，工作开展不起来。自从12月上旬，中央公安部派陈龙到南京来当公安局长以后，十分重视警备部队的作用。陈龙对国家公安工作的政策法令十分熟悉，运用自如。毛泽东主席在1949年6月《论人民民主专政》一文中，重申了马克思列宁主义的国家学说，指出："帝国主义还存在，国内反动派还存在，国内阶级还存在。我们现在的任务是要强化人民的国家机器，这主要是指人民的军队、人民的警察和人民的法庭"。9月，中国人民政治协商会议第一届全体会议通过的《共同纲领》规定"中华人民共和国的武装力量，即人民解放军、人民公安部队和人民警察，是属于人民的武力"。10月27日，朱德在第一次全国公安会议上说："等剿灭土匪和土改工作进行得差不多了，解放军就变成国防军了。国内一切任务，无论城市和乡村，我们不另设军队，不设宪兵，也不设警备队，只设一种军队，叫公安部队。"10月30日，关于公安部队的组建，周恩来总理对罗瑞卿部长说："《共同纲领》，大家都是同意了的，维持地方治安，防止敌特活动，保卫边防，都是你们（公安部队）的责任。国防军只是训练提高，将来地方部队还要转给你们，你们就是内防军。"1950年4月，中共中央政治局决定人民解放军实行整编，将陆军统编为国防军和公安部队。国防军集中力量担负对付外部侵略、巩固国防的任务；公安部队则主要担负肃清残匪、保卫政权、维护社会治安、保卫祖国建设的任务。

1950年春天，陈龙根据上述国家建设的战略方针，经南京市军事管制委员会主任粟裕和唐亮、江渭清、柯庆施等人批准，将教导师警备部队改为南京公安总队。陈龙局长任总队第一政委，孙克骥副局长为总队长，卢福贵为总队政委。

这样，就把城市警备部队和政府公安局的力量统一了起来。公安总队的战士开始同民警一起巡逻在大街小巷，对敌对分子起到了震慑的作用，对社会治安起到了积极的稳定作用。二者还协同组织了几次大规模的取缔和收容行动，对秦淮河夫子庙一带的娼妓、赌徒、金银贩子、流氓、扒手等进行了反复的扫荡，净化了社会，改良了风气。公安总队还和水上公安分局联手，对马鞍山至镇江一带的沿江水上盗匪进行了全面清剿，终于彻底消灭了水上盗匪。

卢福贵在南京公安总队工作了近一年的时间。他率领总队全体指战员配合市公安局行动，呕心沥血、尽职尽力、运筹策划，为组建公安总队、稳定南京的社会治安付出了不少心血，做出了较大的贡献。

1950年6月，在军队实施由战斗队转变为工作队的转型时期，卢福贵思念着老首长、导师徐子荣政委。当时，徐政委已调中央公安部，出任办公厅主任兼人事局（后改政治部）局长。卢福贵给老首长写信问候，报告了自己在南京公安总队的工作。徐政委迅即回信，果断地说："中央公安部急需用人，特别是有经验的政工干部更缺，望你能来人事局工作，为人民公安建功立业。"

1950年6月的一天，公安部人事局行政秘书杨怡向交通科要了一辆车子，直奔北京前门火车站，迎接卢福贵政委。同车抵达的还有卢福贵的夫人张莹亚和大儿子新宁。警卫员尚学太背着卡宾枪、盒子炮各一支，卢政委自备白朗宁手枪一支。他们的宿舍被安置在公安部老北大门东边的一所小院中。

后　记

　　20世纪50年代初，我在公安部政治部（含人事局）办公室工作，后调至卢老身边当秘书。与首长共处四年，首长的许多优良传统和美德使我崇拜、敬仰。他在机关业余文化学校读书时，为了写好作文，我听他讲了很多长征、西路军和解放战争时的故事，并和他一起研究确定每次作文的题目和结构，还多次陪他去公安部幼儿园、地方中小学校宣讲红军故事、弘扬红军精神。当时我感到这些故事十分动人、特别新鲜、异常珍贵，就想帮他把这些故事写出来，推向社会。但是，1954年组织上决定将卢老调任公安部警卫局副局长，我即与他分别，从此，写故事的事便搁置了下来。

　　2005年，在卢老逝世十多年后，张莹亚大姐送来卢老生前亲笔书写的一段回忆资料，要求我为他写传。写长篇传记文学我还是第一次，心里没底，于是答应看看资料再定。而后，为了我与卢老的情谊，为了不忘过去，我最后还是答应了。

　　传记即是历史。写史最主要的是要有充分真实的史料素材。然而，仔细阅读资料后，我感到材料不全，连我知道的那许多故事都没有列入。据张莹亚大姐说，卢老原先有一个较详细的回忆资料，但在"文化大革命"中被红卫兵"抄丢"了。真是可惜，却也无奈。为了使作品真实可信、个性鲜明，入书的重要章节都做到有实可依、有据可查，于是，我就用了较长的时间，采取多种办法，有重点地抓资料汇集工作：一是我年事已高，不便出门远行，就拜托好友帮忙代为访问。比如关于迪化"新兵营"的具体情况，我请公安部边防局的麻丽新找新疆边防总队的同志向自治区史志办了解情况，得到了一本《中国工农红军西路军左支队在新疆》的资料汇编，非常珍贵。关于延安八路军荣军学校的来龙去脉，我请新华通讯社陕西分社的老记者侯嘉荫向旬邑县史志办征集资料，得到了荣校很多珍藏的素材。关于卢福贵任荥阳县县委书记的情况，我请公安部边防局副参谋长马双龙找河南边防总队派人赴荥阳史志办摸底，很快解决了问题。二是直接打电话给各地史志办，寻求有关红四方面军的资料。其中从阿坝州史志办买到了所属各县的县志。卢老的大儿子陆新宁也从家乡金寨县史志办取来好些资料。三是我自己在北京市区内走访有关人员和单位，并经常去新华社图书馆、国家图书馆、各大书店等地查找。新华社图书馆报刊齐全，为本书提供了所需的很多实况报道素材。另外，出版社也是我关注的地方，并在那里获得了很多很有价值的参考资料，比如解放军出版社内部发行的《中国工农红军第四方面军战史资料选编》（全套）、《通信兵回忆史料》（全套），军事科学出版社发行量很小的《新四军骑兵团征战发展纪实》、《中国共产党军队政治工作史》（上、下卷），还有解放军原政治学院1984年出版的《军队政治工作史》（讲义）等，《中国国家地理》杂志还为本书无偿提供了有关红军长征过草地时的图片。周末，我还常去潘家园旧书市场转一转，也收集到许多有价值的资料。

中国人民公安出版社文艺分社易孟林社长在本书成书过程中多次登门指导，提出修改方案，并给予热情的鼓励。全国政协委员、公安部边防局原政委傅宏裕和武警总部创作室原主任刘秉荣、公安部副局级调研员徐良志、新华社译审陆琴娣等，都给予了多方面的关爱和支持。

在这里，我还要提及的是，在成书的这两年中，我的夫人贺若瑄（译审、资深翻译家）承担了全部家务，无论酷暑严寒，总要出门采购、做饭烧菜、料理家务，无微不至地照料我的生活，还对稿子提出许多很好的意见和建议，并为书稿的后期工作默默地付出了艰辛的劳动。

在本书即将付梓之际，对以上好友和同志们一并表示真诚的感谢。

由于主客观条件所限，书中难免有不尽如人意之处，恳请读者，特别是知情的老同志，予以批评斧正。

2013 年 10 月 19 日
于北京东城左安漪园

附

卢福贵简历

1911年9月28日，出生在安徽省金寨县皂靴河张店河湾村（今为双河区铁冲乡李桥村月畈组）。

1929年6月1日，加入中国共产党；10月当选为乡苏维埃主席。

1930年3月，入红32师参军；9月成为红1军2师战士。

1931年1月，被编入红4军11师31团；10月被编入红25军73师218团；12月被编入红四方面军总指挥部无线电台警卫连，先后任班长、排长、指导员。

1937年5月，任新疆迪化"新兵营"1大队政委。

1940年2月，任延安八路军荣誉军人学校政委。

1941年6月，任中央军委后勤部会计学校政委。

1942年11月，入延安中央党校学习。

1944年11月，参加延安八路军河南军区部队整训。

1945年2月，任河南省荥阳县县委书记兼独立团政委；7月任八路军豫西皮徐支队政治部组织科科长；11月任新四军皮旅政治部组织科科长。

1946年9月，任华中野战军第13旅（次年改华东野战军第1纵队独立师）1团政委。

1947年5月，于孟良崮战役中受伤，入后方医院疗养。

1947年8月，入华野随营学校参加整风学习。

1948年1月，入华东野战军特种兵纵队学习队工作；5月任骑兵团政委。

1949年1月，任华东野战军（后改为第三野战军）直属教导师政委。

1949年7月，任南京市公安总队（原教导师警备部队）政委。

1950年6月，任中央公安部政治部（人事局）组织处、直工处处长。

1954年6月，任公安部警卫局副局长（副军级）。

1956年1月，任黑龙江省公安厅副厅长。

1958年10月，任黑龙江省委党校副书记。

1973年6月，任黑龙江省委、省政府机关党委副书记。

1978年12月，离职休养。

1993年12月25日，于凌晨3时50分在杭州第一医院逝世，享年83岁。